Robert Jordan
Der Dolchstoß

Zu diesem Buch

Wie aus dem Nichts droht plötzlich eine Invasion. Weder der Wiedergeborene Drache noch seine Verbündeten sind auf die Gefahr vorbereitet. Rands Freunde sind in alle Gegenden des Landes verstreut, und über Ebou Dar, wo sie nach der magischen Schale suchen, braut sich ein Sturm zusammen. Da erfahren Elayne und Nynaeve, die beiden jungen Aes Sedai, von einer uralten Schwesternschaft, die ihnen helfen könnte. Doch sind diese Frauen Feindinnen im Dienst des Dunklen Königs oder Opfer eines verhängnisvollen Mißverständnisses?

Robert Jordan, geboren 1948 in South Carolina, begeisterte sich schon in seiner Jugend für phantastische Literatur von Jules Verne und H. G. Wells. Als ihm der Lesestoff ausging, begann er selbst zu schreiben. 1990 erschien der Auftakt zu seinem Zyklus »Das Rad der Zeit«, einem einzigartigen epischen Werk, das Millionen Fans in  der ganzen Welt gefunden hat. Bei Piper liegen inzwischen 31 Bände der Saga vor. Robert Jordan starb im September 2007 an einer seltenen Blutkrankheit.
Weiteres zum Autor: www.tor.com/jordan und www.radderzeit.de

Robert Jordan

Der Dolchstoß

DAS RAD DER ZEIT 19

Aus dem Amerikanischen
von Karin König

Piper München Zürich

Mehr über unsere Autoren und Bücher:
www.piper.de

Zu den lieferbaren Büchern von Robert Jordan bei Piper
siehe Seite 287

Mix
Produktgruppe aus vorbildlich bewirtschafteten
Wäldern und anderen kontrollierten Herkünften
www.fsc.org Zert.-Nr. GFA-COC-1223
© 1996 Forest Stewardship Council

Deutsche Erstausgabe
1. Auflage September 2005
2. Auflage Juli 2008
erstmals erschienen: Wilhelm Heyne Verlag GmbH & Co. KG,
München 1999
© 1996 Robert Jordan
Titel der amerikanischen Originalausgabe:
»A Crown of Swords 3«, TOR Books, New York 1996
© der deutschsprachigen Ausgabe:
2005 Piper Verlag GmbH, München
Umschlagkonzept: Büro Hamburg
Umschlaggestaltung: Nele Schütz Design, München
Umschlagabbildung: Attila Boros / Agentur Kohlstedt
Innenillustrationen: Johann Peterka
Karte: Erhard Ringer
Autorenfoto: Jack Alterman
Satz: C. Schaber Datentechnik, Wels
Papier: Munken Print von Arctic Paper Munkedals AB, Schweden
Druck und Bindung: CPI – Clausen & Bosse, Leck
Printed in Germany   ISBN 978-3-492-28569-8

INHALT

KAPITEL 1:	Muster in Mustern	9
KAPITEL 2:	Eine swowanische Nacht	27
KAPITEL 3:	Kleine Opfer	48
KAPITEL 4:	In Nachbarschaft einer Weberei	72
KAPITEL 5:	Die Schwesternschaft	99
KAPITEL 6:	Geistfalle	112
KAPITEL 7:	Unwiderrufliche Worte	127
KAPITEL 8:	Allein sein	159
KAPITEL 9:	Brot und Käse	174
KAPITEL 10:	Das Vogelfest	198
KAPITEL 11:	Der erste Becher	217
KAPITEL 12:	*Mashiara*	234
KAPITEL 13:	Der Flamme versiegelt	262

Große Fäule

Das Verdorbene Land

es Verderbens

Schayol Ghul

Tarwin Paß

Chachin

Schol Arbela

Fal Dara

ebene

Kandor

Arafel

Schienar

Niamh Paß

Fal Moran

Aiel Wüste

Schwarze
Hügel

Tar Valon

Brudermörders Dolch

vin

Drachenberg

Gaelin

Jangai Paß

nach Rhuidean

lain Steppe

Alguenya

Cairhien

Braem. Wald

Cairhien

ndor

Caemlyn

Rückgrat

ke Vier Könige

Aringill

der

Storn

Hügel
von
Kintara

Erinin

Iralell

Lugard

Welt

Murandy

Far
Madding

Haddon Mirk

Stedding
Schangtai

Cary

Ebenen
von Maredo

Tear

Illian

Die
Drachenfinger

Tear

Godan

Illian

Mayenne

er der Stürme

Cindaking

eerleute

KAPITEL 1

Muster in Mustern

Sevanna betrachtete verächtlich ihre staubbedeckten Begleiterinnen, die mit ihr zusammen auf der kleinen Lichtung im Kreis saßen. Die beinahe unbelaubten Zweige über ihnen spendeten nur wenig kühlen Schatten. Der Ort, an dem Rand al'Thor sie ins Verderben gestürzt hatte, lag über einhundert Meilen westlich von ihnen, und doch wirkten die anderen Frauen besorgt. Da keine Dampfzelte zur Verfügung standen, hatten sie sich am Abend nicht richtig säubern, sondern sich nur hastig Gesicht und Hände waschen können. Acht kleine, unterschiedliche Silberbecher und ein mit Wasser gefüllter Silberkrug, der beim Rückzug verbeult war, standen auf dem herabgefallenen Laub neben ihr.

»Entweder verfolgt uns der *Car'a'carn* nicht, oder er konnte uns nicht finden. Beides befriedigt mich.«

Einige der Frauen zuckten wahrhaftig zusammen. Tions rundes Gesicht wurde blaß, und Modarra tätschelte ihr die Schulter. Modarra wäre hübsch gewesen, wenn sie nicht so groß gewesen wäre, und sie versuchte stets, jedermann in ihrer Reichweite zu bemuttern. Alarys bemühte sich zu offensichtlich, ihre bereits ordentlich um sie ausgebreiteten Röcke zu richten, um nicht sehen zu müssen, was sie nicht sehen wollte. Meira preßte die schmalen Lippen zusammen, aber wer wußte, ob dies aufgrund der deutlichen Angst der anderen oder ihrer eigenen Angst vor dem *Car'a'carn* geschah? Sie hatten allen Grund, sich zu fürchten.

Zwei volle Tage waren seit der Schlacht vergangen, und nicht einmal mehr zwanzigtausend Töchter des Speers hatten sich wieder um Sevanna geschart. Therava und die meisten der Weisen Frauen, die im Westen gestanden hatten, wurden noch immer vermißt, einschließlich aller übrigen mit ihr Verbundenen. Einige der Vermißten bemühten sich gewiß, nach Brudermörders Dolch zurück zu gelangen, aber wie viele würden die Sonne nie wieder aufgehen sehen? Niemand konnte sich an ein ähnliches Gemetzel erinnern, an so viele Tote in so kurzer Zeit. Sogar die *Algai d'siswai* waren nicht wirklich bereit, so bald wieder in den Kampf zu ziehen. Sie hatten Angst, aber sie zeigten sie nicht, ließen ihr Herz und ihre Seele sich nicht wie bei den Feuchtländern auf ihren Gesichtern widerspiegeln, so daß alle es sehen konnten.

Rhiale erkannte anscheinend zumindest das. »Wenn wir es tun müssen, dann sollten wir es tun«, murrte sie. Sie war eine derjenigen, die zusammengezuckt waren.

Sevanna nahm den kleinen grauen Würfel aus ihrer Tasche und stellte ihn auf das braune Laub inmitten des Kreises. Someryn stützte die Hände auf die Knie und beugte sich vor, um den Würfel zu betrachten. Ihre Nase berührte ihn fast. Alle Seiten des Würfels waren mit komplizierten Mustern bedeckt, und wenn man ihn aus der Nähe ansah, konnte man kleinere Muster innerhalb der großen Muster erkennen und noch kleinere wiederum innerhalb dieser, sowie darin erneut Muster erahnen. Sevanna wußte nicht, wie die kleinsten Muster – so fein, so genau – gestaltet werden konnten. Sie hatte früher geglaubt, der Würfel bestünde aus Stein, aber dessen war sie sich nicht mehr sicher. Gestern hatte sie ihn versehentlich auf Felsen fallen lassen, ohne daß auch nur eine eingravierte Linie beschädigt worden wäre. Wenn die Muster *wirklich* eingraviert waren. Sie wußten aber, daß der Würfel ein *Ter'angreal* war.

»Dort, bei dem Muster, das wie ein verdrehter Halbmond aussieht, sollte der kleinste mögliche Strang Feuer leicht zu berühren sein«, erklärte sie ihnen, »und ein weiterer dort oben, auf dieser wie ein Lichtblitz gestalteten Markierung.« Someryn richtete sich hastig auf.

»Was wird dann geschehen?« fragte Alarys, während sie ihr Haar mit den Fingern kämmte. Sie schien dies unbewußt zu tun, aber sie fand stets Möglichkeiten, jedermann in Erinnerung zu rufen, daß ihr Haar schwarz anstatt wie bei den meisten blond oder rot war.

Sevanna lächelte. Sie genoß es, Dinge zu wissen, die den anderen verborgen waren. »Ich werde den Würfel benutzen, um den Feuchtländer zu rufen, der ihn mir gab.«

»Das habt Ihr uns bereits gesagt«, erwiderte Rhiale verärgert, und Tion fragte barsch: »Wie wird er dadurch gerufen?« Sie fürchtete vielleicht Rand al'Thor, aber nicht vieles anderes. Und gewiß nicht Sevanna. Belinde strich mit einem knochigen Finger sanft über den Würfel, die sonnengebleichten Augenbrauen gesenkt.

Sevanna behielt eine nichtssagende Miene bei, ärgerte sich aber insgeheim darüber, daß es sie Mühe kostete, nicht mit ihrer Kette zu spielen oder ihre Stola zu richten. »Ich habe Euch alles gesagt, was Ihr wissen müßt.« Ihrer Meinung nach sogar erheblich mehr als das, aber es war nötig gewesen. Sonst wären sie alle mit den Töchtern des Speers und den Weisen Frauen zurückgekehrt. Oder sie befänden sich noch alle auf dem Weg nach Osten und suchten nach Zeichen anderer Überlebender oder nach Anzeichen einer Verfolgung. Wenn sie spät aufbrachen, könnten sie noch immer fünfzig Meilen zurücklegen, bevor sie haltmachten. »Worte können den Keiler nicht häuten und ihn noch weniger töten. Wenn Ihr entschlossen seid,

Euch in den Bergen zu verkriechen und Euer Leben lang davonzulaufen, dann geht. Wenn nicht, dann tut, was Ihr tun müßt. Ich werde meinen Teil dazu beitragen.«

Rhiales blaue und Tions graue Augen starrten sie herausfordernd an. Sogar Modarra wirkte unentschieden, obwohl Sevanna auf sie und Someryn den größten Einfluß hatte.

Sevanna wartete äußerlich ruhig ab. Innerlich drehte sich ihr vor Zorn der Magen um. Sie würde sich nicht geschlagen geben, nur weil diese Frauen feige waren.

»Wenn wir es tun müssen«, seufzte Rhiale schließlich. Abgesehen von der nicht anwesenden Therava widersprach sie am häufigsten, aber Sevanna hatte bei ihr noch Hoffnung. Das widerspenstigste Rückgrat erwies sich oft als das geschmeidigste, wenn es erst nachgab, was genauso für Frauen wie für Männer galt. Rhiale und die anderen wandten ihre Blicke dem Würfel zu, wobei einige die Stirn runzelten.

Sevanna sah natürlich nichts. Ihr kam der Gedanke, daß sie, wenn sie nichts unternahmen, behaupten könnten, der Würfel bewirke nichts, und sie würde es niemals wissen.

Plötzlich keuchte Someryn jedoch, und Meira hauchte: »Er zieht noch mehr heran. Schaut.« Sie deutete hin. »Dort und dort erfüllen Feuer und Erde, Luft und Geist die Rinnen.«

»Nicht alle«, sagte Belinde. »Ich denke, sie könnten auf vielerlei Arten erfüllt werden. Und an manchen Stellen drehen sich die Stränge um etwas nicht Vorhandenes.« Sie furchte die Stirn. »Er zieht wohl auch den männlichen Teil der Macht heran.«

Mehrere der Frauen wichen ein Stück zurück, richteten ihre Stolen und strichen über ihre Röcke, als wollten sie Staub entfernen. Sevanna hätte beinahe alles darum gegeben, auch etwas sehen zu können. Wie konnten sie so feige sein? Wie konnten sie es zeigen?

Schließlich sagte Modarra: »Ich frage mich, was geschehen würde, wenn wir ihn an einer anderen Stelle mit Feuer berührten.«

»Wenn man den Würfel zu stark oder auf die falsche Art antreibt, könnte er schmelzen«, antwortete eine Stimme aus der Luft. »Er könnte sogar ver…«

Die Stimme brach ab, als die anderen Frauen aufsprangen und in den Wald spähten. Alarys und Modarra gingen sogar so weit, ihre Gürtelmesser zu ziehen, obwohl sie Stahl nicht benötigten, wenn sie die Eine Macht zur Verfügung hatten. Nichts bewegte sich in den sonnengestreiften Schatten, nicht einmal ein Vogel.

Sevanna regte sich nicht. Sie hatte allenfalls ein Drittel von dem geglaubt, was der Feuchtländer ihr erzählt hatte, und dies wahrhaftig nicht, aber sie erkannte Caddars Stimme. Feuchtländer besaßen stets mehrere Namen, aber er hatte ihr nur diesen genannt. Sie vermutete in ihm einen Mann mit vielen Geheimnissen. »Setzt Euch wieder hin«, befahl sie. »Und laßt die Stränge fahren. Wie kann ich ihn herbeirufen, wenn Ihr Worte fürchtet?«

Rhiale fuhr mit offenem Mund und ungläubig geweiteten Augen herum. Sie fragte sich zweifellos, woher Sevanna wußte, daß sie nicht länger die Macht lenkten. Die Frau konnte nicht klar denken. Sie ließen sich zögernd und unbehaglich wieder im Kreis nieder. Rhiale nahm eine ausdruckslosere Miene an als alle anderen.

»Also seid Ihr zurück«, sagte Caddars Stimme aus der Luft. »Habt Ihr al'Thor?«

Etwas an seinem Tonfall warnte sie. Er konnte es nicht wissen – aber er wußte es. Sie verbannte alles, was sie hatte sagen wollen. »Nein, Caddar, dennoch müssen wir miteinander reden. Ich treffe Euch in zehn Tagen an der Stelle, wo wir uns zum erstenmal begegnet sind.« Sie konnte jenes Tal in Brudermörders Dolch eher erreichen, aber sie brauchte Zeit zur Vorbereitung. Wie konnte er es wissen?

»Hoffentlich habt Ihr die Wahrheit gesagt, Mädchen«, murmelte Caddar trocken. »Sonst werdet Ihr merken, daß ich nicht mit mir spaßen lasse. Bleibt, wo Ihr seid, und ich werde zu Euch kommen.«

Sevanna blickte bestürzt zum Würfel. *Mädchen?* »Was habt Ihr gesagt?« forderte sie zu wissen. *Mädchen!* Sie traute ihren Ohren nicht. Rhiale sah sie ganz bewußt nicht an, und Meira lächelte, was seltsam war, weil es so selten geschah.

Caddars Seufzen erfüllte die Lichtung. »Sagt Eurer Weisen Frau, sie soll weiterhin das tun, was sie gerade tut – nichts anderes –, und ich werde zu Euch kommen.« Er schien nur mühsam die Geduld zu bewahren. Wenn sie von dem Feuchtländer bekommen hätte, was sie haben wollte, würde sie ihn in *Gai'schain*-Weiß kleiden. Nein, in Schwarz!

»Was meint Ihr damit, daß Ihr kommen werdet, Caddar?« Nur Schweigen als Antwort. »Caddar, wo seid Ihr?« Stille. »Caddar?«

Die anderen wechselten beunruhigte Blicke.

»Ist er verrückt?« fragte Tion. Alarys murmelte, er müsse es wohl sein, und Belinde verlangte verärgert zu wissen, wie lange sie diesen Unsinn noch fortführen müßten.

»Bis ich sage, daß wir aufhören«, antwortete Sevanna sanft und blickte zum Würfel. Ein hoffnungsvolles Prickeln schlich sich in ihre Brust. Wenn er dies tun konnte, dann vermochte er gewiß auch zu vollbringen, was er versprochen hatte. Und vielleicht ... Sie wollte nicht zuviel erhoffen. Sie schaute durch die Zweige aufwärts, die sich über der Lichtung beinahe berührten. Die Sonne war noch nicht zum höchsten Punkt aufgestiegen. »Wenn er bis Mittag nicht gekommen ist, werden wir gehen.« Natürlich murrten sie.

»Also bleiben wir hier tatenlos sitzen?« Alarys warf mit geübtem Kopfschwung ihr Haar über eine Schulter zurück. »Für einen Feuchtländer?«

»Was immer er Euch versprochen hat, Sevanna«, sagte Rhiale stirnrunzelnd, »kann dies nicht wert sein.«

»Er ist verrückt«, grollte Tion.

Modarra deutete mit dem Kopf auf den Würfel. »Was ist, wenn er uns noch hören kann?«

Tion rümpfte verächtlich die Nase, und Someryn sagte: »Warum sollte es uns kümmern, wenn ein Mann hört, was wir sagen? Aber es gefällt mir nicht, auf ihn zu warten.«

»Was ist, wenn er wie diese Feuchtländer in den schwarzen Umhängen ist?« Belinde preßte die Lippen zusammen, bis sie beinahe Meiras Lippen ähnelten.

»Macht Euch nicht lächerlich«, höhnte Alarys. »Feuchtländer töten solche Männer, wenn sie welche sehen. Was auch immer die *Algai d'siswai* beanspruchen – es muß ein Werk der Aes Sedai gewesen sein. Und Rand al'Thors.« Die Erwähnung dieses Namens bewirkte gequältes Schweigen, das aber nicht anhielt.

»Caddar muß einen ebensolchen Würfel besitzen«, sagte Belinde. »Und er muß eine Frau mit der Gabe kennen, ihn einsetzen zu können.«

»Eine Aes Sedai?« Rhiale schnaubte angewidert. »Und wenn zehn Aes Sedai bei ihm sind – laßt sie kommen. Wir werden so mit ihnen umgehen, wie sie es verdienen.«

Meira lachte trocken. »Ich habe das Gefühl, daß Ihr allmählich glaubt, sie hätten Desaine getötet.«

»Hütet Eure Zunge!« fauchte Rhiale.

»Ja«, murmelte Someryn besorgt. »Unbedachte Worte könnten an falsche Ohren gelangen.«

Tion lachte kurz und unwirsch auf. »Ihr alle zusammen besitzt weniger Mut als ein einziger Feuchtländer.« Wogegen Someryn natürlich protestierte, und Modarra ebenfalls, und Meira äußerte Worte, die eine Herausforderung bedeutet hätten, wenn sie keine Weisen Frauen gewesen wären, und Alarys sprach noch härter, und Belinde ...

Ihr Gezänk ärgerte Sevanna, obwohl sie daraus schließen konnte, daß sie sich nicht gegen sie verschwören würden. Aber sie hob nicht deshalb eine Schweigen gebietende Hand. Rhiale sah sie stirnrunzelnd an und öffnete den Mund, und in diesem Moment hörten sie, was sie hörte. Etwas raschelte im Laub unter den Bäumen. Kein Aiel würde ein solches Geräusch verursachen, selbst wenn sich Aiel den Weisen Frauen ungebeten näherten, und kein Tier käme Menschen so nahe. Dieses Mal erhob Sevanna sich zusammen mit den anderen.

Zwei Gestalten tauchten auf, ein Mann und eine Frau, die beim Vorangehen genügend Zweige zerbrachen, um einen Toten zu erwecken. Kurz vor der Lichtung hielten sie inne, und der Mann beugte leicht den Kopf, um der Frau etwas zu sagen. Es war Caddar, der einen fast schwarzen Mantel mit Spitzenbesatz an Kragen und Manschetten trug. Zumindest hatte er kein Schwert. Sie stritten sich anscheinend. Sevanna hätte etwas von ihrem Gespräch hören sollen, aber es herrschte vollkommene Stille. Caddar war fast eine Handbreit größer als Modarra – für einen Feuchtländer, und selbst für einen Aiel, groß –, und die Frau reichte ihm nur bis zur Brust. Sie besaß eine ebenso dunkle Gesichtsfarbe und ebenso dunkles Haar wie er und war von ausreichender Schönheit, daß Sevanna die Lippen zusammenpreßte. Sie trug ein hellrotes Seidengewand, das noch mehr von ihrem Busen offenbarte als bei Someryn.

Als hätte Sevanna sie im Geiste gerufen, rückte Someryn näher an sie heran. »Die Frau besitzt die Gabe«, flüsterte sie, ohne das Paar aus den Augen zu lassen. »Sie webt eine Barriere.« Dann schürzte sie die Lippen und fügte widerwillig hinzu: »Sie ist stark. Sehr stark.« Diese Worte bedeuteten aus ihrem Munde tatsächlich etwas Außergewöhnliches. Sevanna hatte noch nie verstehen können, warum Stärke im Lenken der Macht unter Weisen Frauen nicht zählte – während sie um ihretwillen froh darüber war –, aber Someryn war stolz darauf, noch niemals einer Frau begegnet zu sein, die auch nur annähernd so stark war wie sie. Doch ihrem Tonfall entnahm Sevanna, daß diese Frau stärker war.

Im Moment kümmerte es sie allerdings nicht, ob die Frau Berge versetzen oder nur eine Kerze entzünden konnte. Sie mußte eine Aes Sedai sein. Sie sah nicht wie eine Aes Sedai aus, aber das hatte Sevanna schon früher erlebt. Durch sie mußte Caddar Zugriff auf das *Ter'angreal* bekommen haben. So hatte er sie finden und herkommen können. So bald; so schnell. Möglichkeiten taten sich auf, und Hoffnungen wuchsen. Aber wer von beiden führte?

»Hört auf, die Macht in den Würfel zu lenken«, befahl sie. Vielleicht verfolgte er noch immer ihr Gespräch.

Rhiale warf ihr einen fast mitleidigen Blick zu. »Someryn hat bereits aufgehört, Sevanna.«

Nichts konnte ihr die Stimmung verderben. Sie lächelte und sagte: »Sehr gut. Denkt daran, was ich gesagt habe. Laßt mich reden.« Die meisten der übrigen Frauen nickten. Rhiale schnaubte. Sevanna behielt ihr Lächeln bei. Eine Weise Frau konnte nicht zur *Gai'-schain* gemacht werden, aber es waren bereits so viele überholte Bräuche abgeschafft worden, daß andere vielleicht folgen würden.

Caddar und die Frau kamen näher, und Someryn flüsterte: »Sie hält die Macht noch immer fest.«

»Setzt Euch neben mich«, befahl Sevanna ihr eilig.

»Berührt mein Bein, wenn sie die Macht lenkt.« Es ärgerte sie maßlos, aber sie mußte es wissen.

Sie setzte sich mit untergeschlagenen Beinen hin, und die anderen folgten ihrem Beispiel, wobei sie eine Lücke für Caddar und die Frau ließen. Someryn saß Sevanna so nahe, daß sich ihre Knie berührten. Sevanna wünschte, sie hätte einen Stuhl.

»Ich grüße Euch, Caddar«, sagte sie trotz seiner vorherigen Beleidigung förmlich. »Nehmt Platz, Ihr und Eure Frau.«

Sie wollte sehen, wie die Aes Sedai reagierte, aber sie wölbte nur eine Augenbraue und lächelte träge. Ihre Augen waren genauso schwarz wie seine – so schwarz wie die eines Raben. Die übrigen Weisen Frauen zeigten Kühle. Hätten die Aes Sedai Rand al'Thor nicht bei den Brunnen entkommen lassen, hätten sie gewiß alle getötet oder gefangen genommen. Diese Aes Sedai mußte sich dessen bewußt sein, da Caddar eindeutig Bescheid wußte, aber sie wirkte ganz und gar nicht ängstlich.

»Dies ist Maisia«, sagte Caddar und ließ sich ein kleines Stück abseits von der für ihn freigelassenen Lücke nieder. Er wollte aus einem unbestimmten Grund nicht gern auf Armeslänge herankommen. Vielleicht fürchtete er Dolche. »Ich habe Euch gesagt, Ihr solltet eine einzige Weise Frau heranziehen, Sevanna, nicht sechs. Manche Menschen sind vielleicht mißtrauisch.« Er schien aus einem unbestimmten Grund belustigt.

Die Frau, Maisia, hielt in ihrer Bewegung, ihre Röcke zu glätten, inne, als er ihren Namen nannte, und sah ihn überaus zornig an. Vielleicht hatte sie ihre Identität verborgen halten wollen. Sie sagte jedoch nichts. Kurz darauf setzte sie sich neben ihn, und ihr Lächeln kehrte so schnell zurück, als wäre es niemals verschwunden. Sevanna war nicht zum ersten Mal dankbar dafür, daß Feuchtländern ihre Empfindungen ins Gesicht geschrieben standen.

»Ihr habt den Gegenstand mitgebracht, mit dem Rand al'Thor kontrolliert werden kann?« Warum sollte sie die Form wahren, wenn er so unhöflich war? Sie konnte sich nicht daran erinnern, daß er sich bei ihrer ersten Begegnung ebenso verhalten hätte. Vielleicht ermutigte ihn die Aes Sedai dazu.

Caddar sah sie fragend an. »Nun, wenn Ihr ihn nicht habt?«

»Ich werde ihn bekommen«, sagte sie ruhig, und er lächelte. Maisia lächelte ebenfalls.

»Also dann.« Seine Miene drückte deutlich Zweifel und Unglaube aus, während sich die Frau lustig machte. Auch für sie könnte ein schwarzes Gewand gefunden werden. »Was ich besitze, wird Rand kontrollieren, wenn er erst gefangen ist, aber es kann ihn nicht überwältigen. Ich werde es nicht riskieren, daß er von mir erfährt, bevor Ihr ihn in sicherem Gewahrsam habt.« Er schien durch das Eingeständnis nicht im geringsten beschämt.

Sevanna verdrängte ihre Enttäuschung. Eine Hoffnung war geschwunden, aber andere blieben. Rhiale und Tion falteten die Hände und blickten starr geradeaus, über den Kreis und über Caddar hinaus. Er verdiente es nicht mehr, daß man ihm zuhörte. Aber sie wußten natürlich nicht alles.

»Was ist mit den Aes Sedai? Kann dieser Gegenstand sie ebenfalls kontrollieren?« Rhiale und Tion wurden wieder aufmerksamer. Belindes Augenbrauen zuckten, und Meira sah sie tatsächlich an. Sevanna hätte ihre mangelnde Selbstbeherrschung verfluchen mögen.

Caddar war jedoch genauso blind wie alle Feuchtländer. Er warf den Kopf zurück und lachte. »Wollt Ihr damit behaupten, Ihr hättet al'Thor verfehlt, aber Aes Sedai gefangengenommen? Ihr habt nach dem Adler gegriffen und Lerchen erwischt!«

»Könnt Ihr für die Aes Sedai dasselbe beschaffen?«

Sie hätte am liebsten mit den Zähnen geknirscht. Er war früher gewiß weitaus freundlicher gewesen.

Er zuckte die Achseln. »Vielleicht. Wenn der Preis stimmt.« Es bedeutete ihm nichts, es war unwichtig. Auch Maisia zeigte keine Besorgnis. Seltsam, wenn sie eine Aes Sedai war. Aber sie mußte es sein.

»Ihr habt eine flinke Zunge, Feuchtländer«, sagte Tion tonlos. »Welchen Beweis habt Ihr?« Dieses eine Mal hatte Sevanna nichts dagegen, daß sie unaufgefordert sprach.

Caddars Gesicht spannte sich dermaßen an, als wäre er ein Clanhäuptling, der beleidigt worden wäre, aber kurz darauf lächelte er wieder. »Wie Ihr wünscht. Maisia, spielt für sie mit dem Würfel.«

Someryn bewegte ihre Röcke und preßte ihre Knöchel gegen Sevannas Oberschenkel, während der graue Würfel einen Schritt in die Luft stieg. Er sprang hin und her, als würde er von einer Hand zur anderen geworfen, neigte sich dann und drehte sich wie ein Kreisel auf einer Ecke immer schneller, bis er undeutlich wurde.

»Würdet Ihr gern sehen, wie sie ihn auf der Nase balanciert?« fragte Caddar spöttisch.

Die dunkle Frau blickte starr geradeaus und lächelte jetzt eindeutig gezwungen. »Ich glaube, ich habe gerade genug bewiesen, Caddar«, sagte sie kalt. Aber der Würfel drehte sich weiterhin.

Sevanna wartete ab, bis sie langsam bis zwanzig gezählt hatte, bevor sie sagte: »Das genügt.«

»Ihr könnt jetzt aufhören, Maisia«, sagte Caddar. »Stellt ihn wieder hin.« Erst da sank der Würfel langsam herab und schmiegte sich sanft an seinen ursprünglichen Platz. Obwohl die Frau eine dunkle Hautfarbe besaß, wirkte sie jetzt blaß und beinahe zornig.

Wäre sie allein gewesen, hätte Sevanna gelacht und getanzt. Sie hatte Mühe, eine ausdruckslose Miene

20

beizubehalten. Rhiale und die anderen waren zu sehr in ihre hochmütige Betrachtung Maisias vertieft, um es zu bemerken. Was mit der Gabe bei einer Frau gelang, würde auch bei einer anderen gelingen. Bei Someryn und Modarra hatte es vielleicht keinen Zweck, aber bei Rhiale, und bei Therava ... Sie durfte keinen zu eifrigen Eindruck erwecken, nicht, wenn die anderen wußten, daß es keine gefangengenommenen Aes Sedai gab.

»Natürlich«, fuhr Caddar fort, »wird es eine Weile dauern, Euch das Gewünschte zu beschaffen.« Er nahm einen verschlagenen Ausdruck an und versuchte, es zu verbergen. Ein anderer Feuchtländer hätte es vielleicht nicht bemerkt. »Ich warne Euch, der Preis wird nicht gering sein.«

Sevanna beugte sich wider Willen vor. »Und das Geheimnis, wie Ihr so schnell hierher gelangt seid? Wieviel würde es kosten, wenn sie uns das lehrte?« Es gelang ihr, die Stimme zu beherrschen, aber sie fürchtete, daß die Verachtung, die sie empfand, hörbar war. Feuchtländer würden für Gold alles tun.

Vielleicht hatte der Mann ihre Verachtung herausgehört. Seine Augen weiteten sich jedenfalls überrascht, bevor er sich wieder beherrschte. Er betrachtete seine Hände und verzog leicht die Mundwinkel. Warum sollte sein Lächeln erfreut scheinen? »Das tut sie nicht«, sagte er glatt. »Nicht selbst. Es ist wie mit dem Würfel. Ich kann Euch einige beschaffen, aber deren Preis ist noch höher. Ich bezweifle, daß das genügt, was Ihr von Cairhien zusammengetragen habt. Glücklicherweise könnt Ihr die ... Reisekästen dazu benutzen, Eure Leute in reichere Länder zu verbringen.«

Selbst Meira fühlte sich bemüßigt, ihre Miene nicht zu gierig erscheinen zu lassen. Reichere Länder, und keine Notwendigkeit, sich einen Weg durch diese Narren zu bahnen, die Rand al'Thor folgten.

»Erzählt mir mehr«, sagte Sevanna kühl. »Reichere Länder könnten interessant sein.« Aber nicht interessant genug, sie den *Car'a'carn* vergessen zu lassen. Caddar würde ihr alles geben, was er versprochen hatte, bevor sie ihn zum *Da'tsang* erklärte. Gut, daß er Schwarz anscheinend mochte. Dann wäre es nicht nötig, ihm Gold zu geben.

Der Beobachter geisterte lautlos durch den Wald. Es war wunderbar, was man durch einen solchen Würfel erfahren konnte, besonders in einer Welt, in der es anscheinend nur zwei andere gab. Man konnte dem roten Gewand leicht folgen, und sie schauten niemals zurück, nicht einmal, um nachzusehen, ob jemand der sogenannten Aiel ihnen folgte. Graendal behielt die Spiegelmaske bei, die ihre wahre Gestalt verbarg, aber Sammael hatte seine abgelegt, zeigte wieder seinen goldenen Bart und ragte mit Kopf und Schultern über ihr auf. Er hatte die Verbindung zwischen ihnen ebenfalls aufgegeben. Der Beobachter fragte sich, ob das unter den gegebenen Umständen klug war. Er hatte sich immer schon gefragt, wieviel von Sammaels berühmter Tapferkeit in Wahrheit Dummheit und Verblendung war. Aber der Mann hielt *Saidin* fest. Vielleicht war er sich der Gefahr doch nicht so vollkommen unbewußt.

Der Beobachter folgte und lauschte. Sie hatten keine Ahnung. Die Wahre Macht, unmittelbar vom Großen Herrn herangezogen, war weder sichtbar noch konnte sie außer von demjenigen, der sie führte, entdeckt werden. Schwarze Flecken trübten seine Sicht. Natürlich hatte sie ihren Preis, der sich mit jedem Gebrauch der Macht erhöhte, aber er war stets bereit gewesen, ihn zu bezahlen, wenn es nötig war. Von der Wahren Macht erfüllt zu sein, war fast, als knie man unter Shayol Ghul und sonne sich im Ruhm des Großen Herrn. Der Ruhm war den Schmerz wert.

»Natürlich mußte ich dich bei mir haben«, grollte Sammael, während er über abgestorbene Ranken stolperte. Er hatte sich außerhalb von Städten niemals heimisch gefühlt. »Du hast ihnen allein schon hundert Fragen beantwortet, indem du dort warst. Ich kann kaum glauben, daß dieses törichte Mädchen tatsächlich von sich aus vorgeschlagen hat, was ich wollte.« Er lachte bellend. »Vielleicht bin ich selbst ein *Ta'veren*.«

Ein Zweig, der Graendal im Weg war, schnellte zurück, bis er mit scharfem Krachen brach. Er schwebte einen Moment in der Luft, als beabsichtige Graendal, ihren Gefährten zu schlagen. »Dieses törichte Mädchen wird dir das Herz herausschneiden und es verspeisen, wenn sie nur halbwegs die Gelegenheit dazu bekommt.« Der Zweig flog zur Seite. »Ich habe selbst einige Fragen. Ich hätte niemals gedacht, daß du deinen Waffenstillstand mit al'Thor länger beibehältst als notwendig, aber dies ...«

Der Beobachter wölbte die Augenbrauen. Ein Waffenstillstand? Eine Behauptung, die allem Anschein nach genauso gewagt wie falsch war.

»Ich habe seine Entführung nicht angeordnet, aber Mesaana hatte damit zu tun. Vielleicht auch Demandred und Semirhage, trotz des Ausgangs, Mesaana jedoch mit Gewißheit. Vielleicht solltest du noch einmal darüber nachdenken, was der Große Herr damit meint, al'Thor unbeschadet zu lassen.«

Graendal dachte so angestrengt darüber nach, daß sie stolperte. Sammael ergriff ihren Arm und stützte sie, aber sobald sie ihr Gleichgewicht wiedererlangt hatte, riß sie sich los. Interessant, selbst wenn man bedachte, was auf dieser Lichtung geschehen war. Graendals wahres Interesse galt stets dem Mächtigsten und Schönsten, aber sie hätte, nur um Zeit zu gewinnen, auch mit einem Mann getändelt, den sie töten oder der sie töten wollte. Die einzigen Männer, mit denen sie niemals tändelte, waren jene Auserwählten, die eine Zeitlang über ihr standen. Sie akzeptierte es niemals, geringerwertig zu sein.

»Warum beschäftigen wir uns dann weiterhin mit ihnen?« Ihre Stimme klang angespannt, obwohl sie ihre Empfindungen für gewöhnlich sehr gut beherrschte. »Al'Thor in Mesaanas Händen ist eine Sache. Al'Thor in Händen dieser Wilden ist etwas anderes. Nicht, daß sie bei ihm viele Chancen hätte. Reisekästen? Was ist das für ein Spiel? Haben sie Gefangene gemacht? Wenn du glaubst, ich würde sie Zwang lehren, dann vergiß es. Eine jener Frauen war nicht unbedeutend. Ich werde es nicht riskieren, auf Stärke und Können gleichzeitig zu treffen, weder bei ihr noch bei jemandem, den sie lehrt.«

Der Beobachter blieb stehen und schaute hinter sich. Bis auf die Augen in Fächerstoff gehüllt, sorgte er sich nicht, daß er gesehen werden könnte. Er hatte im Laufe der Jahre auf vielen Gebieten, die Sammael verachtete, Erfahrungen gesammelt.

Das plötzlich eröffnete und einen Baum in der Mitte zerteilende Wegetor erschreckte Graendal. Der gespaltene Baumstamm schwankte. Jetzt wußte sie auch, daß Sammael die Quelle festhielt.

»Hast du geglaubt, ich hätte ihnen die Wahrheit gesagt?« fragte Sammael spöttisch. »Kleine Steigerungen in der allgemeinen Verwirrung sind genauso wichtig wie große. Sie werden hingehen, wo ich sie hinschicke, tun, was ich will, und lernen, mit dem zufrieden zu sein, was ich ihnen gebe. Wie auch Ihr, Maisia.«

Graendal ließ ihr Trugbild fahren und stand dann genauso blond wie er und genauso hellhäutig, wie sie vorher dunkelhäutig gewesen war, da. »Wenn du mich noch einmal so nennst, werde ich dich töten.« Ihre Stimme war noch ausdrucksloser als ihr Gesicht. Sie meinte es ernst. Der Beobachter spannte sich an. Wenn sie es versuchte, würde einer von beiden sterben. Sollte er eingreifen? Schwarze Flecken trübten seine Sicht jetzt stärker.

Sammael erwiderte Graendals Blick mit der gleichen Härte. »Denk daran, wer Nae'blis sein wird, Graendal«, sagte er und trat durch das Wegetor.

Sie blieb einen Moment stehen und betrachtete die Öffnung. Ein waagerechter, silberner Schlitz erschien auf einer Seite, aber bevor sich ihr Wegetor auszurichten begann, ließ sie das Gewebe zögernd fahren, so daß sich der Schlitz auf einen Punkt verkleinerte und dann erlosch. Die Haut des Beobachters hörte auf zu kribbeln, als auch er *Saidar* fahren ließ. Graendal folgte Sammael mit starrem Gesicht, und sein Wegetor schloß sich hinter ihr.

Der Beobachter lächelte hinter seiner Fächerstoff-Maske verzerrt. Nae'blis. Das erklärte, was Graendal gefügig gemacht hatte, was sie davon abhielt, Sammael zu töten. Selbst sie wurde davon verblendet. Es war jedoch für Sammael ein noch größeres Wagnis, als zu behaupten, einen Waffenstillstand mit al'Thor geschlossen zu haben. Es sei denn natürlich, es entspräche der Wahrheit. Der Große Herr genoß es, seine Diener gegeneinander aufzubringen, um zu sehen, wer stärker war. Nur die Stärksten durften sich in seinem Ruhm sonnen. Aber die Wahrheit von heute mußte nicht die Wahrheit von morgen sein. Der Beobachter hatte die Wahrheit sich zwischen einem Sonnenaufgang und einem Sonnenuntergang hundert Mal verändern sehen. Mehr als einmal hatte er sie selbst verändert. Er erwog, zurückzugehen und die sieben Frauen auf der Lichtung zu töten. Sie würden rasch sterben. Er bezweifelte, daß sie wußten, wie sie einen wahren Kreis bilden müßten. Die schwarzen Flecken erfüllten seine Sicht, ein waagerechter Blizzard. Nein, er würde den Dingen ihren Lauf lassen. Im Moment.

In seinen Ohren klang es, als schreie die Welt, als er die Wahre Macht gebrauchte, um eine kleine Öffnung zu schaffen und das Muster zu verlassen. Sammael erkannte nicht, wie wahr er gesprochen hatte. Kleine Steigerungen in der allgemeinen Verwirrung waren ganz genauso wichtig wie große.

KAPITEL 2

Eine swovanische Nacht

Die Nacht senkte sich langsam über Ebou Dar, aber das Schimmern der weißen Gebäude widerstand der Dunkelheit. Kleine Gruppen von Nachtschwärmern der swovanischen Nacht mit Zweigen Immergrün im Haar tanzten unter einem Dreiviertelmond auf den Straßen, wobei nur wenige eine Laterne trugen, während sie zur Musik der Flöten und Trommeln und Hörner umhersprangen, die aus Gasthäusern und Palästen drang, aber überwiegend lagen die Straßen verlassen da. In der Ferne bellte ein Hund, und ein anderer in der Nähe antwortete wütend, bis er plötzlich aufjaulte und dann schwieg.

Mat schlich auf Zehenspitzen und lauschte, während sein Blick die Mondschatten absuchte. Nur eine die Straße entlang huschende Katze regte sich. Das Tappen laufender bloßer Füße verklang. Der Besitzer des einen Paars sollte stolpern und der des anderen bluten. Als Mat sich bückte, stieß sein Fuß gegen einen auf dem Pflaster liegenden Knüppel, der so lang war wie sein Arm. Schwere Messingbeschläge glänzten im Mondlicht. Damit hätte man ihm gewiß den Schädel spalten können. Er schüttelte den Kopf und wischte seinen Dolch an dem zerschlissenen Umhang des Mannes zu seinen Füßen ab. Geöffnete Augen starrten aus einem schmutzigen, faltigen Gesicht in den Nachthimmel. Ein Bettler, so wie er aussah und roch. Mat hatte noch nie davon gehört, daß ein Bettler jemanden angegriffen hätte, aber vielleicht waren die Zeiten härter, als er gedacht hatte. Ein großer Jutesack lag neben der ausge-

streckten Hand. Der Bursche hatte wohl gehofft, er würde Reichtümer in Mats Taschen finden. Der Sack hätte ihn vom Kopf bis zu den Knien bedecken können.

Nördlich über der Stadt flammte plötzlich mit hohem Donnern Licht am Himmel auf, während sich funkelnde Streifen Grün zu einer Kugel ausdehnten, und dann ließ ein weiterer Ausbruch rote Funken durch das Grün rieseln, gefolgt von blauen und gelben Funken. Die Nachtblumen der Feuerwerker, nicht so großartig, wie sie in einer mondlosen Nacht mit einem Wolkenhimmel gewesen wären, aber sie nahmen ihm dennoch den Atem. Er konnte stundenlang Feuerwerke betrachten. Nalesean hatte von einem Feuerwerker gesprochen – Licht, war das erst heute morgen gewesen? –, aber keine neuen Nachtblumen erstrahlten. Wenn Feuerwerker den Himmel erblühen ließen, wie sie es nannten, pflanzten sie mehr als nur vier Blumen. Also hatte eindeutig ein Reicher für die swovanische Nacht eingekauft. Mat wünschte, er wüßte, bei wem. Ein Feuerwerker, der Nachtblumen verkaufte, würde auch noch anderes verkaufen.

Er ließ den Dolch wieder in seinen Ärmel gleiten, las seinen Hut vom Pflaster auf und ging eilig davon, wobei seine Stiefel widerhallten, ein Geräusch, das so einsam klang, wie die Straßen verlassen waren. Durch die meisten geschlossenen Fensterläden drang kein Lichtschimmer. Wahrscheinlich konnte man in der Stadt keinen besseren Ort für einen Mord finden. Die gesamte Begegnung mit den drei Bettlern hatte nur eine oder zwei Minuten gedauert und war von niemandem bemerkt worden. In dieser Stadt konnte man drei oder vier Auseinandersetzungen am Tag erleben, wenn man nicht vorsichtig war, aber die Möglichkeit, zwei Räuberbanden an einem Tag zu begegnen, schien genauso groß wie die Möglichkeit, daß die Bürgerwehr eine Bestechung abwies. Was geschah mit seinem

Glück? Wenn nur diese verdammten Würfel in seinem Kopf aufhören würden umherzurollen. Er lief nicht, aber er trödelte auch nicht, eine Hand an einem Heft unter seinem Umhang und ein Auge aufmerksam auf Bewegungen in den Schatten gerichtet. Er sah jedoch nichts außer einigen Nachtschwärmern, welche die Straße entlang torkelten.

Im Schankraum der *Wanderin* waren die Tische bis auf einige wenige an den Wänden fortgeräumt worden. Die Flötenspieler und Trommler musizierten für vier lachende Reihen Menschen, die ein Mittelding zwischen einer Quadrille und einer Gigue tanzten. Mat beobachtete sie und machte einen Schritt nach. Fremde Händler in edlem Tuch sprangen mit Einheimischen in bestickten Seidenwesten oder jenen nutzlosen, über die Schultern geschlungenen Umhängen umher. Er merkte sich zwei der Händler aufgrund der Art vor, wie sie sich bewegten, von denen nur einer schlank war, die sich aber beide mit leichter Anmut bewegten, und mehrere einheimische Frauen, die ihre beste Kleidung trugen, deren tiefe Ausschnitte von ein wenig Spitze oder viel Stickerei gesäumt waren, die aber nicht aus Seide bestand. Natürlich hätte er nichts dagegen gehabt, mit einer in Seide gehüllten Frau zu tanzen – er hatte niemals einen Tanz mit einer Frau irgendeines Alters oder Status abgelehnt –, aber die Reichen hielten sich heute nacht in den Palästen oder den Heimen der wohlhabenderen Händler und Geldverleiher auf. Die Menschen, die dort an den Wänden aufgereiht standen und für den nächsten Tanz Atem schöpften, tranken aus Bechern oder schnappten sich frische Becher von Tabletts, die von Schankmädchen eilig durch die Menge getragen wurden. Herrin Anan würde heute abend wahrscheinlich genauso viel Wein verkaufen wie sonst in einer ganzen Woche. Und auch Bier. Die Einheimischen hatten offensichtlich keinen guten Geschmack.

Mat versuchte einen weiteren Tanzschritt und hielt dann Caira auf, als sie mit einem Tablett vorübereilen wollte. Er bemühte sich, die Musik mit seiner Stimme zu übertönen, um einiges zu fragen und sein Essen zu bestellen, Edelfisch, ein Gericht mit scharfem Beigeschmack, das Herrin Anans Köchin perfekt zubereitete. Ein Mann brauchte seine Kraft, um beim Tanzen mithalten zu können.

Caira warf einem Burschen in einer gelben Weste, der sich einen Becher von ihrem Tablett schnappte und die Münzen dafür darauf fallen ließ, ein vielsagendes Lächeln zu, hatte aber dieses Mal kein Lächeln für Mat übrig. Tatsächlich preßte sie den Mund zu einer schmalen Linie zusammen, was keine geringe Leistung war. »Ich bin also Euer kleines Häschen?« Sie fuhr mit vielsagendem Naserümpfen fort. »Der Junge ist im Bett, wo er hingehört, und ich weiß nicht, wo Lord Nalesean ist, oder Harnan, oder Meister Vanin oder sonst jemand. Und die Köchin sagte, sie würde nur Suppe und Brot für jene vorbereiten, die ihre Zungen in Wein ertränken. Aber warum mein Lord Edelfisch will, wenn eine edle Frau in seinem Zimmer wartet, verstehe ich wirklich nicht. Wenn Ihr mich entschuldigen wollt – manche Leute müssen für ihren Unterhalt arbeiten.« Sie fegte davon, bot ihr Tablett dar und lächelte jeden Mann in Sichtweite breit an.

Mat blickte ihr stirnrunzelnd nach. Eine edle Frau? In seinem Zimmer? Die Goldkiste war jetzt in einer kleinen Höhlung vor einem der Herde unter dem Küchenboden versteckt, aber die Würfel in seinem Kopf spielten dennoch plötzlich verrückt.

Die fröhlichen Klänge verebbten, während er langsam die Treppe hinaufstieg. Er hielt vor seiner Zimmertür inne und lauschte den Würfeln. Es hatte heute bisher zwei Versuche gegeben, ihn auszurauben. Zweimal wäre ihm beinahe der Schädel gespalten worden. Er war sich sicher, daß die Schattenfreundin ihn nicht

31

gesehen hatte, und niemand konnte sie als edel bezeichnen, aber ... Er tastete nach dem Heft unter seinem Umhang und nahm die Hand dann wieder fort, als ihm eine Frau in den Sinn kam, eine große Frau, zwischen deren Brüsten ein Dolchheft hervorsah. Sein Dolch. Er brauchte einfach Glück. Er öffnete seufzend die Tür.

Die Jägerin, die Elayne zu ihrer Behüterin gemacht hatte, wandte sich um und hob seinen ungespannten Zwei-Flüsse-Bogen an, den blonden Zopf über eine Schulter gelegt. Ihre blauen Augen hefteten sich bewußt auf ihn, und ihr Gesicht nahm einen entschlossenen Ausdruck an. Sie schien bereit, ihn mit dem Bogen zu prügeln, wenn sie nicht bekam, was sie wollte.

»Wenn es um Olver geht«, begann er, als plötzlich eine Erinnerung aufkam, sich ein Nebel über einem Tag, einer Stunde seines Lebens lichtete.

Mit den Seanchanern im Westen und den Weißmänteln im Osten bestand kaum noch Hoffnung, so daß er sein gewundenes Horn anhob und hineinblies, ohne wirklich zu wissen, was ihn erwartete. Der Ton klang golden, wie das Horn es war, und so lieblich, daß er nicht wußte, ob er lachen oder weinen sollte. Der Ton hallte wider, und die Erde und der Himmel schienen zu singen. Während dieser eine reine Ton in der Luft schwebte, stieg ein Nebel auf, scheinbar aus dem Nichts, dünne Ranken, die sich verdichteten, höher wogten, bis sich alles verfinsterte, als hätten Wolken das Land bedeckt. Und auf diesen Wolken kamen sie wie einen Berghang herabgeritten, die toten Helden der Legende, die dazu verurteilt waren, durch das Horn von Valere zurückgerufen zu werden. Artur Falkenflügel selbst führte sie an, groß und mit einer Hakennase, und dahinter kamen die übrigen, kaum mehr als einhundert. So wenige, aber es waren all jene, die das Rad immer wieder hervorbringen würde, um das Muster zu leiten, um Legenden und Mythen zu schmieden. Mikel des Reinen Herzens und Shivan der Jäger hinter seiner schwarzen Maske. Von ihm hieß es, er verkünde das Ende der Zeitalter, die Zerstörung dessen, was gewesen war, und die Geburt dessen, was sein würde, er und seine Schwester Calian, die Wählerin genannt, die mit einer roten Maske an seiner Seite ritt. Amaresu, mit dem glühenden Sonnenschwert in Händen, und Paedrig, der goldzüngige Friedensstifter, und dort, mit dem Silberbogen in Händen, mit dem sie niemals ein Ziel verfehlte ...

Er schob die Tür zu und war versucht, sich dagegen zu lehnen. Er fühlte sich benommen, schwindlig. »Ihr seid es. Birgitte, zweifellos. Verdammt, es ist unmöglich. Wie? Wie?«

Die Frau aus der Legende seufzte ergeben und stellte seinen Bogen wieder in die Ecke neben seinen Speer. »Ich wurde zur Unzeit herausgerissen, Hornbläser, von Moghedien zum Sterben vertrieben und durch Elaynes Bund gerettet.« Sie sprach langsam und betrachtete ihn, als wollte sie sich vergewissern, daß er verstand. »Ich fürchtete, du könntest dich erinnern, wer ich ursprünglich war.«

Noch immer benommen, warf Mat sich stirnrunzelnd in den Lehnstuhl neben seinem Tisch. Wer sie ursprünglich war, wahrhaftig. Sie stellte sich ihm mit in die Hüften gestemmten Fäusten herausfordernd gegenüber, keinen Deut anders als die Birgitte, die er aus dem Himmel hatte reiten sehen. Sogar ihre Kleidung war dieselbe, obwohl dieser kurze Umhang rot und die weite Hose gelb waren. »Elayne und Nynaeve wissen Bescheid und haben es vor mir geheimgehalten, richtig? Ich habe die Geheimnisse satt, Birgitte, und sie verwahren so viele Geheimnisse, wie ein Getreidespeicher Ratten beherbergt. Sie sind mit Herz und Seele Aes Sedai geworden. Sogar Nynaeve ist mir jetzt doppelt fremd.«

»Du hast deine eigenen Geheimnisse.« Sie kreuzte die Arme unter ihren Brüsten und setzte sich aufs Fußende seines Bettes. So wie sie ihn ansah, hätte man meinen können, er sei ein Rätsel. »Du hast ihnen beispielsweise nicht erzählt, daß du das Horn von Valere geblasen hast. Und ich denke, daß dies noch das geringste Geheimnis ist, das du vor ihnen verbirgst.«

Mat blinzelte. Er hatte angenommen, sie hätten es ihr gesagt. Sie war immerhin Birgitte. »Welche Geheimnisse habe ich denn sonst? Diese Frauen kennen mich in- und auswendig.« Sie war Birgitte. Natürlich. Er beugte sich vor. »Laßt sie wieder zur Vernunft kommen. Ihr seid Birgitte Silberbogen. Ihr könnt sie Eure Befehle befolgen lassen. Diese Stadt weist an jeder Biegung Fallgruben auf, und ich fürchte, daß die Pfähle jeden Tag spitzer werden. Drängt sie zur Flucht, bevor es zu spät ist.«

Sie lachte; hielt eine Hand vor den Mund und lachte! »Ihr irrt Euch, Hornbläser. Ich befehle ihr nicht. Ich bin Elaynes Behüterin. Ich gehorche.« Sie lächelte wehmütig. »Birgitte Silberbogen. Vertraute des Lichts – ich bin nicht sicher, ob ich diese Frau noch bin. So vieles von dem, was ich war, ist seit meiner seltsamen Wiedergeburt vergangen wie Nebel unter der Sommersonne. Ich bin jetzt keine Heldin mehr, sondern nur eine Frau, die ihren Weg gehen muß. Und nun zu deinen Geheimnissen. Welche Sprache sprechen wir, Hornbläser?«

Er öffnete den Mund ... und hielt inne, als er wirklich hörte, was sie gerade gesagt hatte. *Nosane iro gavane domorakoshi, Diynen'd'ma'purvene*? Sprechen wir welche Sprache, Bläser des Horns? Seine Nackenhaare stellten sich auf. »Das alte Blut«, sagte er vorsichtig – nicht in der Alten Sprache. »Eine Aes Sedai sagte mir einmal, das alte Blut fließe stark in ... Verdammt, worüber lacht Ihr jetzt?«

»Über dich, Mat«, brachte sie mühsam hervor, während sie sich wieder zu beruhigen versuchte. Zumindest sprach sie nicht mehr in der alten Sprache. Sie wischte sich eine Träne aus dem Augenwinkel. »Einige Menschen sprechen durch das Alte Blut einige Worte oder einen oder zwei Sätze der Alten Sprache. Üblicherweise ohne zu verstehen, was sie sagen. Aber du ... Während eines Satzes bist du ein Eharoni-Hochprinz und während des nächsten ein Herrscher Manetherens mit perfektem Akzent. Nein, sorge dich nicht. Dein Geheimnis ist bei mir sicher.« Sie zögerte. »Ist meines auch bei dir sicher?«

Er winkte ab, noch immer zu verwirrt, um sich beleidigt zu fühlen. »Wirke ich wie ein Schwätzer?« murrte er. Birgitte! Leibhaftig! »Verdammt, ich könnte etwas zu trinken gebrauchen.« Er wußte, noch bevor er die Worte ganz ausgesprochen hatte, daß es die falschen waren. Frauen wollten niemals ...

»Das hört sich gut an«, sagte sie. »Ich könnte selbst einen Becher Wein vertragen. Blut und Asche; als ich merkte, daß du mich erkannt hattest, hätte ich fast meine Zunge verschluckt.«

Er setzte sich jäh aufrecht und starrte sie an.

Sie begegnete seinem Blick mit heiterem Augenzwinkern und einem Grinsen. »Im Schankraum herrscht genug Lärm, daß wir reden können, ohne belauscht zu werden. Außerdem hätte ich nichts dagegen, mich dort hinzusetzen und mich ein wenig umzuschauen. Elayne predigt wie ein tovanischer Ratsherr, wenn ich länger als einen Herzschlag mit einem Mann liebäugele.«

Er nickte ohne nachzudenken. Die Erinnerungen anderer Menschen vermittelten ihm, daß die Tovaner ein strenges und mißbilligendes und bis zur Schmerzgrenze enthaltsames Volk waren oder zumindest vor tausend und mehr Jahren gewesen waren. Er war sich nicht sicher, ob er lachen oder stöhnen sollte. Einerseits hatte er die Gelegenheit, mit Birgitte zu sprechen – Birgitte! Er bezweifelte, daß er diesen Schock jemals überwinden würde –, aber andererseits bezweifelte er auch, daß er den Lärm im Schankraum hören würde, weil die Würfel in seinem Kopf so laut klapperten. Sie mußte irgendwie ein Schlüssel dazu sein. Ein Mann mit einem Rest Verstand würde jetzt sofort aus dem Fenster klettern. »Ein oder zwei Becher Wein hört sich auch für mich gut an«, antwortete er.

Eine steife, salzige Brise von der Bucht trug wundersamerweise einen Hauch Kühle heran, aber Nynaeve empfand die Nacht dennoch als bedrückend. Musik und bruchstückhaftes Lachen schwebten von der Stadt und auch schwach vom Festsaal im Palast heran. Sie war von Tylin selbst zum Ball eingeladen worden, und Elayne und Aviendha ebenfalls, aber sie hatten alle, unterschiedlich höflich, abgelehnt. Aviendha hatte gesagt, es gäbe nur einen Tanz, den sie mit Feuchtländer-Männern zu tanzen bereit wäre, was Tylin verunsichert hatte. Nynaeve selbst wäre gern hingegangen – nur ein Narr verpaßte eine Gelegenheit zu tanzen –, aber sie wußte, daß sie dann genau das getan hätte, was sie auch jetzt tat, nämlich irgendwo sitzen, sich sorgen und versuchen, sich nicht die Fingerknöchel zu zerbeißen.

Also befanden sie sich alle hier, mit Thom und Juilin in ihren Räumen eingepfercht, unruhig wie eingesperrte Katzen, während sich alle anderen in Ebou Dar amüsierten. Nun, sie war zumindest unruhig. Was könnte Birgitte aufgehalten haben? Wie lange dauerte es, einem Mann aufzutragen, sich sofort am nächsten Morgen einzufinden? Licht, die ganze Mühe war vergebens gewesen, und die Zeit zum Schlafengehen war schon längst vorüber. Wenn sie Schlaf fände, könnte sie die Erinnerungen an die schrecklichen Bootsfahrten von heute morgen verbannen. Und am schlimmsten war, daß ihr Wettersinn sagte, daß ein Sturm aufkam, daß der Wind heulen und der Regen so dicht herabprasseln würde, daß niemand mehr zehn Fuß weit sehen könnte. Es hatte einige Zeit gedauert, bis sie verstand, wenn sie dem Wind lauschte und manchmal anscheinend Lügen hörte. Zumindest glaubte sie zu verstehen. Eine andere Art Sturm kam auf, nicht Wind oder Regen. Sie hatte keinen Beweis, aber sie würde ihre Schuhsohlen verspeisen, wenn Mat Cauthon nicht irgendwie darin verwickelt war. Sie wollte einen Monat, ein Jahr lang schlafen, um die Sorgen zu vergessen, bis Lan sie mit einem Kuß weckte wie der Sonnenkönig Talia. Was natürlich lächerlich war. Es war nur eine Geschichte, noch dazu eine sehr ungehörige, und sie würde ohnehin nicht der Liebling irgendeines Mannes werden, nicht einmal Lans. Sie würde ihn jedoch irgendwie finden und sich mit ihm verbinden. Sie würde ... Licht! Wenn sie sich nicht von den anderen beobachtet gefühlt hätte, wäre sie zutiefst beunruhigt auf und ab gelaufen!

Die Zeit schritt voran. Sie las den kurzen Brief, den Mat bei Tylin hinterlegt hatte, und las ihn abermals. Aviendha saß ruhig neben ihrem Stuhl mit der hohen Lehne auf den hellgrünen Bodenfliesen, wie üblich im Schneidersitz, eine goldverzierte, ledergebundene Ausgabe von *Die Reisen des Jain Weitschreiter* auf den Knien. Sie zeigte keine Angst, aber die Frau hätte auch mit keiner Wimper gezuckt, wenn ihr jemand eine Viper in ihr Gewand gesteckt hätte. Als sie zum Palast zurückgekehrt war, hatte sie die silberne Halskette angelegt, die sie jetzt fast Tag und Nacht trug. Außer auf der Bootsfahrt. Sie hatte gesagt, sie wollte sie nicht verlieren. Nynaeve fragte sich träge, warum sie ihr Elfenbein-Armband nicht mehr trug. Sie hatte eine Unterhaltung belauscht, in der darüber gesprochen worden war, es nicht mehr zu tragen, bis Elayne ein ähnliches Armband besäße, was wenig Sinn ergab. Dies war jedoch genauso unwichtig wie das Armband selbst. Der Brief auf ihrem Schoß erregte erneut ihre Aufmerksamkeit. Die Stehlampen in dem Wohnraum gaben helles Licht, doch Mats jungenhafte Handschrift war nur schwer lesbar. Aber es war der Inhalt des Briefes, bei dem sich Nynaeves Magen verkrampfte.

Hier gibt es nur Hitze und Fliegen, und davon können wir auch viele in Caemlyn finden.

»Bist du sicher, daß du ihm nichts erzählt hast?« fragte sie.

Juilin hielt in seiner Handbewegung über dem Spielbrett inne und sah sie mit verletzter Unschuld an. »Wie oft soll ich dir das noch sagen?« Verletzte Unschuld war eine der Empfindungen, die Männer am besten zeigen konnten, besonders wenn sie so schuldig waren wie Füchse im Hühnerstall. Bemerkenswerterweise zeigte die Schnitzerei um den Rand des Spielbretts Füchse.

Thom, der auf der anderen Seite des mit Steinintarsien versehenen Tisches des Diebefängers saß, sah in seiner edel geschnittenen Jacke aus bronzefarbenem Tuch weder wie ein Gaukler aus noch wie der Mann, der einst Königin Morgases Geliebter gewesen war. Knorrig und weißhaarig, mit langem Schnurrbart und dichten Augenbrauen, war er von seinen klaren blauen Augen bis zu den Stiefelsohlen die enttäuschte Geduld. »Ich sehe nicht, wie wir das hätten tun können, Nynaeve«, sagte er trocken, »wenn man bedenkt, daß du uns bis heute abend fast nichts erzählt hattest. Du hättest Juilin und mich schicken sollen.«

Nynaeve schnaubte. Als wären die beiden nicht wie geköpfte Hühner herumgelaufen, seit sie angekommen waren, und hätten sich nicht auf Mats Geheiß in ihre und Elaynes Angelegenheiten eingemischt. Die drei konnten auch keine zwei Minuten zusammen sein, ohne zu tratschen. Männer konnten das niemals. Sie ... Die Wahrheit war, wie sie widerwillig zugab, daß es ihnen niemals in den Sinn gekommen war, die Menschen zu benutzen. »Ihr hättet mit ihm etwas trinken gehen können«, murrte sie. »Erzählt mir nicht, daß Ihr es nicht tun würdet.« So mußte es sein – daß Mat Birgitte in dem Gasthaus schmoren ließ. Dieser Mann würde den ganzen Plan noch verderben.

»Und was ist, wenn sie es getan hätten?« Elayne, die neben einem der hohen Bogenfenster lehnte und durch das weiß gestrichene eiserne Balkongitter in die Nacht schaute, kicherte. Sie tippte mit dem Fuß, obwohl es ein Wunder war, daß sie unter all den durch die Dunkelheit heranschwebenden Melodienfetzen eine einzelne erkennen konnte. »Es ist eine Nacht zum ... Trinken.«

Nynaeve sah sie stirnrunzelnd an. Elayne war schon den ganzen Abend über zunehmend seltsam gewesen. Wenn sie es nicht besser wüßte, hätte sie vermutet, daß sie sich heimlich hinausgeschlichen und einige Male an Wein genippt hatte. Oder eher einige Schlucke genommen hatte. Das wäre jedoch selbst dann unmöglich gewesen, wenn Elayne sie nicht im Auge behalten hätte. Sie alle hatten recht verhängnisvolle Erfahrungen mit zuviel Wein gemacht, und keine von ihnen hatte jemals wieder mehr als einen Becher auf einmal getrunken.

»Mein Interesse gilt Jaichim Carridin«, sagte Aviendha, schloß das Buch und legte es neben sich. Es kümmerte sie nicht, wie seltsam es wirkte, daß sie in einem blauen Seidengewand auf dem Boden saß. »Unter uns werden Schattenläufer getötet, sobald man sie entdeckt, und weder Clan noch Septime, noch Gemeinschaft oder Erstschwester gehen dagegen an. Wenn Jaichim Carridin ein Schattenläufer ist – warum tötet Tylin Mitsobar ihn dann nicht? Warum tun wir es nicht?«

»Hier sind die Dinge ein wenig verworrener«, belehrte Nynaeve sie, obwohl sie sich dasselbe gefragt hatte. Natürlich nicht, warum Carridin nicht getötet wurde, sondern warum er noch immer kommen und gehen konnte, wie er wollte. Sie hatte ihn genau an dem Tag, nachdem man ihr Mats Brief ausgehändigt und sie Tylin gesagt hatte, was er enthielt, im Palast gesehen. Er hatte über eine Stunde mit Tylin gesprochen und war genauso ehrenvoll gegangen, wie er gekommen war. Sie hatte dies mit Elayne besprechen wollen, aber die Frage, was Mat wußte und woher, war vorrangig. Dieser Mann würde ihnen Schwierigkeiten machen. Irgendwie. Ihre Aufgabe würde mißlingen, ungeachtet dessen, was alle sagten. Ein Unwetter zog heran.

Thom räusperte sich. »Tylin ist eine schwache Königin und Carridin der Gesandte einer Macht.« Er setzte einen Stein und hielt den Blick auf das Spielbrett gerichtet. Er klang, als denke er nur laut nach. »Ein Weißmantel-Inquisitor kann dem Wesen nach kein Schattenfreund sein. Zumindest wird es in der Hochburg des Lichts so dargestellt. Wenn sie ihn gefangennimmt oder ihn auch nur anklagt, wird sie eine Weißmäntel-Legion in Ebou Dar vorfinden, bevor sie blinzeln kann. Vielleicht lassen sie ihr den Thron, aber sie wäre von diesem Moment an eine Marionette, die von der Kuppel der Wahrheit geführt würde. Willst du dich noch immer nicht geschlagen geben, Juilin?« Der Diebefänger sah ihn an und beugte sich dann wütend über das Brett.

»Ich habe sie nicht für feige gehalten«, sagte Aviendha angewidert, und Thom lächelte belustigt.

»Du hast noch niemals etwas gegenübergestanden, das du nicht bekämpfen konntest, Kind«, sagte er sanft, »etwas so Starkes, daß du nur die Wahl hast, zu fliehen oder lebendig verschlungen zu werden. Du solltest dein Urteil über Tylin aufschieben, bis du das erlebt hast.« Aviendha errötete aus einem unbestimmten Grund. Normalerweise verbarg sie ihre Empfindungen so gut, daß ihr Gesicht wie aus Stein gemeißelt wirkte.

»Ich weiß es«, sagte Elayne plötzlich. »Wir werden einen Beweis finden, den sogar Pedron Niall anerkennen muß.« Sie trat wieder in den Raum. Nein, sie schwebte. »Wir werden uns verkleiden und ihm folgen.«

Auf einmal stand nicht mehr Elayne in einem grünen Ebou Dari-Gewand dort, sondern eine Domani mit einem dünnen, eng anliegenden blauen Gewand. Nynaeve sprang ungewollt auf und preßte die Lippen aus Verärgerung über sich selbst zusammen. Daß sie die Gewebe im Moment nicht sehen konnte, war kein Grund, sich durch das Trugbild erschrecken zu lassen. Sie warf Thom und Juilin einen raschen Blick zu. Sogar Thoms Mund stand offen. Sie umfaßte unbewußt fest ihren Zopf. Elayne würde alles verraten! Was war mit ihr los?

Ein Trugbild wirkte besser, je stärker man sich an das hielt, was – zumindest in Gestalt und Größe – vorher gewesen war, weshalb Teile des Ebou-Dari-Gewandes durch die Domani-Kleidung hindurch blitzten, als Elayne sich drehte, um sich in einem der beiden großen Spiegel des Raums zu begutachten. Sie lachte und klatschte in die Hände. »Oh, er wird mich *niemals* erkennen. Und dich auch nicht, Nächstschwester.« Plötzlich saß eine Tarabonin mit braunen Augen und blonden, mit roten Perlen der gleichen Schattierung wie ihr eng anliegendes Seidengewand geschmückten Zöpfen neben Nynaeves Stuhl. Sie sah Elayne fragend an. Nynaeve umschloß ihren Zopf fester. »Und wir dürfen dich nicht vergessen«, plapperte Elayne weiter. »Ich weiß *genau* das Richtige für dich.«

Dieses Mal sah Nynaeve das Schimmern um Elayne. Sie war zornig. Sie sah zwar die Stränge, die um sie gewoben wurden, konnte aber natürlich nicht erkennen, welche Gestalt Elayne ihr gab. Dazu mußte sie in einen der Spiegel sehen. Eine Meervolkfrau mit einem Dutzend mit Edelsteinen besetzten Ringen in den Ohren und doppelt so vielen von der zu ihrem Nasenring verlaufenden Kette herabhängenden Medaillons sah sie entsetzt an. Sie trug, abgesehen von dem Schmuck, lediglich eine weite Hose aus brokatdurchwirkter grüner Seide, wie es die Frauen der Athan'Miere außer Sichtweite des Landes zu halten pflegten. Es war nur ein

Trugbild. Sie war unter dem Gewebe noch immer angemessen bekleidet. Aber ... Neben ihrem Spiegelbild sah sie jene von Thom und Juilin, die sich beide bemühten, nicht zu grinsen.

Ein erstickter Schrei entrang sich ihrer Kehle. »Schließt die Augen!« schrie sie die Männer an und begann umherzuspringen, die Arme zu schwenken und alles zu tun, damit ihr Gewand hindurch schiene. »Schließt sie, verdammt!« Oh. Sie hatten die Augen geschlossen. Starr vor Empörung hörte sie auf herumzuspringen. Jetzt bemühten sie sich jedoch nicht mehr, nicht zu grinsen. Und Aviendha bog sich offen vor Lachen.

Nynaeve riß an ihren Röcken – im Spiegel schien die Meervolkfrau an ihrer Hose zu zupfen – und sah Elayne starr an. »Hör auf damit, Elayne!« Die Domani erwiderte ihren Blick mit ungläubig geöffnetem Mund und geweiteten Augen. Erst jetzt erkannte Nynaeve, wie zornig sie war. Die Wahre Quelle lockte gerade außerhalb ihrer Sichtweite. Sie umarmte *Saidar* und errichtete rasch einen Schild zwischen Elayne und der Quelle. Oder zumindest versuchte sie es. Jemanden abzuschirmen, der die Macht bereits festhielt, war nicht leicht, selbst wenn man der Stärkere war. Als Kind hatte sie einmal Meister Anvils Hammer so hart wie möglich auf den Amboß geschlagen, und die Erschütterung hatte sich bis in ihre Zehen fortgesetzt. Dies war ungefähr doppelt so stark. »Liebe des Lichts, Elayne, bist du betrunken?«

Das Schimmern um die Domanifrau schwand, wie auch die Domanifrau selbst. Nynaeve erkannte, daß auch das sie umgebende Gewebe verschwunden war, aber sie schaute noch immer in den Spiegel und atmete erleichtert auf, als sie dort Nynaeve al'Meara in mit gelben Schlitzen versehenem Blau sah.

»Nein«, sagte Elayne zögernd. Ihr Gesicht war gerötet, aber nicht aus Verlegenheit – nicht nur. Sie reckte ihr Kinn empor, und ihre Stimme wurde eisig. »*Ich* bin es nicht.«

Die Tür zum Gang wurde aufgerissen, und Birgitte torkelte mit breitem Lächeln herein. Nun, vielleicht torkelte sie nicht ganz, aber sie lief entschieden unsicher. »Ich hatte nicht erwartet, daß ihr alle wegen mir aufbleibt«, sagte sie strahlend. »Nun, es wird euch interessieren zu hören, was ich zu berichten habe. Aber zuerst ...« Sie verschwand mit zwei für jemanden, der einen erheblichen Alkoholspiegel aufwies, steten Schritten in ihrem Zimmer.

Thom betrachtete mit belustigtem und Juilin mit ungläubigem Grinsen die Tür. Tatsächlich wußten sie, wer sie war. Elayne schaute nur zu Boden. Aus Birgittes Schlafraum erklang ein Plätschern, als wäre ein Krug umgekippt worden. Nynaeve wechselte verwirrte Blicke mit Aviendha.

Birgitte kam mit tropfendem Gesicht und Haar und einem von den Schultern bis zu den Ellbogen triefenden Umhang zurück. »Jetzt kann ich wieder klarer denken«, verkündete sie und ließ sich seufzend in einem der Stühle nieder. »Dieser junge Mann hat ein hohles Bein und ein Loch in seiner Fußsohle. Er hat sogar Beslan unter den Tisch getrunken, und ich fing an zu glauben, daß Wein für diesen Burschen Wasser sei.«

»Beslan?« fragte Nynaeve mit erhobener Stimme. »Tylins Sohn? Was hatte er dort zu suchen?«

»Warum hast du das zugelassen, Birgitte?« rief Elayne aus. »Mat Cauthon wird den Jungen verderben, und seine Mutter wird uns die Schuld dafür geben.«

»Der *Junge* ist genauso alt wie du«, belehrte Thom sie gereizt.

Nynaeve und Elayne sahen sich fragend an. Was wollte er? Jedermann wußte, daß ein Mann von Natur aus erst zehn Jahre später zur Vernunft kam als eine Frau.

Elaynes Verwirrung wurde von Entschlossenheit und nicht geringer Verärgerung ersetzt, als sie sich erneut Birgitte zuwandte. Worte mußten ausgesprochen werden, die beide Frauen morgen vielleicht bedauern würden.

»Wenn ihr jetzt gehen wollt, Thom und Juilin«, sagte Nynaeve rasch. Es war höchst unwahrscheinlich, daß sie die Notwendigkeit selbst erkannten. »Ihr braucht Schlaf, um morgen früh ausgeruht zu sein.« Sie saßen da und starrten sie an wie Toren, so daß sie mit Nachdruck sagte: »Nun?«

»Dieses Spiel war schon vor zwanzig Zügen entschieden«, stellte Thom fest, während er das Spielbrett betrachtete. »Was hältst du davon, wenn wir in unser Zimmer hinuntergehen und ein neues Spiel beginnen? Du kannst zehn Züge während des Spiels frei wählen.«

»Zehn Züge?« keuchte Juilin und schob geräuschvoll seinen Stuhl zurück. »Bietest du mir auch Fischsuppe und Milchbrot an?«

Sie diskutierten weiter, während sie hinausgingen, aber an der Tür schauten beide noch einmal mürrisch und verstimmt zurück. Es war ihnen ohne weiteres zuzutrauen, die ganze Nacht wach zu bleiben, nur weil Nynaeve sie zu Bett geschickt hatte.

»Mat wird Beslan nicht verderben«, sagte Birgitte trocken, als sich die Tür hinter den Männern schloß. »Wahrscheinlich könnten nicht einmal neun Federtänzer mit einer Schiffsladung Branntwein ihn verderben. Sie würden nicht wissen, wo sie beginnen sollten.«

Nynaeve hörte dies mit Erleichterung, obwohl ihr der Tonfall der Frau seltsam vorkam – wahrscheinlich durch die Trunkenheit –, aber Beslan war nicht das Thema. Das sagte sie dann auch, und Elayne fügte hinzu: »Nein, er ist es nicht. Du hast *getrunken*, Birgitte! Und *ich* habe es gespürt. Ich fühle mich *noch immer* angeheitert, wenn ich mich nicht konzentriere. So soll der Bund *nicht* funktionieren. Aes Sedai krümmen sich nicht vor Lachen, wenn Behüter zuviel trinken.« Nynaeve hob hilflos die Hände.

»Sieh mich nicht so an«, sagte Birgitte. »Du weißt mehr als ich. Aes Sedai und Behüter waren schon immer auch Männer und Frauen. Vielleicht ist das der Unterschied. Vielleicht sind wir uns zu ähnlich.« Ihr Lächeln geriet ein wenig schief. Es war nicht annähernd genug Wasser in dem Krug gewesen. »Das könnte vermutlich peinlich sein.«

»Könnten wir uns vielleicht auf die wichtigen Dinge beschränken?« fragte Nynaeve angespannt. »Wie beispielsweise Mat?« Elayne öffnete den Mund, um etwas auf Birgittes Feststellung zu erwidern, aber sie schloß ihn schnell wieder, und die roten Flecken auf ihren Wangen zeigten dieses Mal eindeutig Kummer. »Nun«, fuhr Nynaeve fort. »Wird Mat morgen früh hier sein, oder ist er in einem genauso empörenden Zustand wie du?«

»Vielleicht kommt er«, sagte Birgitte, während sie einen Becher Pfefferminztee von Aviendha entgegennahm, die sich wie immer auf den Boden setzte. Elayne sah sie einen Moment stirnrunzelnd an und setzte sich dann wahrhaftig, ebenfalls im Schneidersitz, neben sie!

»Was meinst du mit ›vielleicht‹?« Nynaeve lenkte die Macht, der Stuhl, auf dem sie gesessen hatte, schwebte zu ihr herüber, und wenn er geräuschvoll aufsetzte, dann hatte sie es so gewollt. Zuviel trinken und auf dem Boden sitzen. Was käme als nächstes? »Wenn er erwartet, daß wir auf Händen und Knien zu ihm kriechen ...!«

Birgitte trank dankbar einen Schluck Tee und schien seltsamerweise nicht mehr so betrunken, als sie Nynaeve erneut ansah. »Ich habe es ihm ausgeredet. Ich glaube nicht, daß er es wirklich ernst gemeint hat. Er verlangt jetzt nur eine Entschuldigung und einen Dank.«

Nynaeve fielen fast die Augen aus dem Kopf. Sie

hatte es ihm *ausgeredet*? Eine Entschuldigung? Matrim Cauthon gegenüber? »Niemals«, grollte sie.

»Wofür?« wollte Elayne wissen, als wäre es von Bedeutung. Sie gab vor, Nynaeves funkelnden Blick nicht zu bemerken.

»Für den Stein von Tear«, erklärte Birgitte, und Nynaeve wandte ruckartig den Kopf. Birgitte klang überhaupt nicht mehr betrunken. »Er sagt, er und Juilin seien in den Stein gegangen, um euch beide aus einem Kerker zu befreien, aus dem ihr nicht selbst entkommen konntet.« Sie schüttelte nachdenklich den Kopf. »Ich weiß nicht, ob ich das für jemand anderen als Gaidal getan hätte. Nicht der Stein. Er sagt, ihr hättet ihm kaum gedankt, sondern ihm das Gefühl gegeben, als sollte er dankbar sein, daß ihr ihn nicht beschimpft habt.«

Das entsprach in gewisser Weise der Wahrheit, war aber völlig entstellt. Mat hatte damals mit spöttischem Grinsen gesagt, er sei dort, um für sie die Kastanien aus dem Feuer zu holen. Selbst da hatte er geglaubt, er könne ihnen Befehle erteilen. »Nur eine der Schwarzen Schwestern hielt im Kerker Wache«, murrte Nynaeve, »und wir hatten uns bereits um sie gekümmert.« Es stimmte allerdings, daß sie noch nicht herausgefunden hatten, wie sie die abgeschirmte Tür öffnen konnten. »Be'lal war ohnehin nicht wirklich an uns interessiert – er wollte durch uns nur Rand anlocken. Moiraine hatte ihn unseres Wissens nach zu dem Zeitpunkt vielleicht schon getötet.«

»Die Schwarze Ajah.« Birgittes Stimme klang äußerst tonlos. »Und eine der Verlorenen. Mat hat sie niemals erwähnt. Ihr schuldet ihm auf Knien Dank, Elayne. Ihr beide. Der Mann verdient Eure Anerkennung. Und Juilin ebenfalls.«

Nynaeve errötete. Er hatte niemals erwähnt …? Dieser überaus verachtungswürdige Mann! »Ich werde mich nicht bei Matrim Cauthon entschuldigen, nicht einmal auf dem Totenbett.«

Aviendha beugte sich zu Elayne und berührte ihr Knie. »Nächstschwester, ich drücke es vorsichtig aus. Wenn das alles stimmt, dann habt ihr beide Mat Cauthon gegenüber *Toh*. Und ihr habt es seitdem allein schon durch euer Handeln, das ich mit angesehen habe, noch schlimmer gemacht.«

»*Toh!*« rief Nynaeve aus. Die beiden sprachen stets über diesen *Toh*-Unsinn. »Wir sind keine Aiel, Aviendha. Und Mat Cauthon ist ein Dorn im Fuß jedes Menschen, dem er begegnet.«

Aber Elayne nickte. »Ich verstehe. Du hast recht, Aviendha. Aber was müssen wir *tun*? Du wirst mir helfen müssen, Nächstschwester. Ich will keine Aiel werden, aber ich … ich will stolz auf mich sein können.«

»Wir werden uns *nicht* entschuldigen!« fauchte Nynaeve.

»Es macht mich stolz, dich zu kennen«, sagte Aviendha und berührte leicht Elaynes Wange. »Eine Entschuldigung ist ein Anfang, wenn es auch nicht genügt, dem *Toh* zu begegnen.«

»Hört ihr mir zu?« fragte Nynaeve. »Ich sagte, ich werde mich nicht entschuldigen!«

Sie sprachen einfach weiter. Nur Birgitte sah sie an und wirkte, als würde sie jeden Moment zu lachen beginnen. Nynaeve riß mit beiden Händen an ihrem Zopf. Sie hatte gewußt, daß sie Thom und Juilin hätten schicken sollen.

KAPITEL 3

Kleine Opfer

Als stark gebeugte Frau mit einem Krückstock betrachtete Elayne blinzelnd das Schild über der Bogentür des Gasthauses und blickte dann hoffnungsvoll in die Ferne; sie wünschte, sie wäre wieder in ihrem Bett, anstatt bei Sonnenaufgang aufgestanden zu sein. Nicht, daß sie geschlafen hätte. Der Mol-Hara-Platz hinter ihr war bis auf wenige knarrende Ochsen- und Eselkarren auf dem Weg zum Markt und vereinzelte Frauen, die große Körbe auf dem Kopf trugen, verlassen. Ein einbeiniger Bettler saß mit seiner Schale an einer Ecke des Gasthauses, der erste vieler, die den Platz später übersäen würden. Sie hatte ihm bereits ein Silberstück gegeben, was schon jetzt genügte, ihn eine Woche zu ernähren, aber er steckte es mit zahnlosem Grinsen unter seinen zerrissenen Umhang und wartete weiter. Der Himmel war noch immer grau, aber der Tag versprach sengend heiß zu werden. Es war heute morgen schwierig, sich ausreichend zu konzentrieren, um die Hitze nicht als unangenehm zu empfinden.

Die letzten Überreste von Birgittes durch den Kater verursachten Kopfschmerzen pochten noch in ihrem Hinterkopf. Wenn sich ihre bescheidene Fähigkeit zu Heilen nur nicht als *so* gering erwiesen hätte. Sie hoffte, daß Aviendha und Birgitte in ihren Trugbild-Verkleidungen heute morgen etwas Nützliches über Carridin erfahren konnten. Nicht, daß Carridin eine von ihnen auch nur von einem Schuster hätte unterscheiden können, aber es war besser, vorsichtig zu sein. Sie war stolz darauf, daß Aviendha nicht ver-

48

langt hatte, hierher mitzukommen, sondern über den Vorschlag sogar überrascht gewesen war. Aviendha glaubte nicht, daß sie jemanden brauchte, der auf sie aufpaßte oder sicherstellte, daß sie etwas Nützliches tat.

Sie richtete seufzend ihr Gewand, obwohl es nicht nötig gewesen wäre. In diesem Kleid in Blau und Creme, mit etwas ebenfalls cremefarbener Vandalra-Spitze, fühlte sie sich ein wenig ... ungeschützt. Nur als sie und Nynaeve mit dem Meervolk nach Tanchico reisten, hatten sie es verschmäht, die örtliche Mode zu tragen, aber die Ebou-Dari-Mode war auf ihre sehr eigene Art fast ... Sie seufzte erneut. Sie versuchte gerade, Zeit zu schinden. Aviendha hätte mitkommen und sie an der Hand führen sollen.

»Ich werde mich nicht entschuldigen«, sagte Nynaeve plötzlich über ihre Schulter. Sie umklammerte ihre grauen Röcke mit beiden Händen und starrte zur Wanderin, als warte Moghedien selbst in dem Gasthaus. »Ich werde es nicht tun!«

»Du hättest doch Weiß tragen sollen«, murmelte Elayne und erntete damit einen mißtrauischen Seitenblick. Kurz darauf fügte sie hinzu: »Du sagtest, es sei die Farbe für Begräbnisse.« Nynaeve nickte zufrieden, obwohl Elayne das nicht hatte bewirken wollen. Dies *würde* mißlingen, wenn sie keinen Frieden untereinander halten konnten. Birgitte hatte heute morgen einen Kräuteraufguß bereiten lassen, eine besonders bittere Mischung, weil Nynaeve behauptet hatte, sie sei nicht zornig genug, die Macht zu lenken. Weiterhin hatte sie sich höchst dramatisch darüber ausgelassen, daß Begräbnis-Weiß die einzige passende Farbe sei, hatte darauf bestanden, nicht mitzukommen, bis Elayne sie aus dem Zimmer zerrte, und hatte mindestens zwanzig Mal verkündet, sie würde sich nicht entschuldigen. Der Friede mußte gewahrt werden, aber ... »Du hast zugestimmt, Nynaeve. Nein, ich will nichts mehr davon hören, daß wir anderen dich tyrannisieren. Du hast zugestimmt. Also hör auf zu schmollen.«

Nynaeves Augen weiteten sich vor Zorn. »*Schmollen?*« wiederholte sie leise. »Darüber müssen wir ausführlich reden, Elayne. Wir brauchen uns nicht zu beeilen. Es muß tausend Gründe geben, warum dies nicht gelingen will, *Ta'veren* oder nicht *Ta'veren*, und Mat Cauthon vereinigt neunhundert dieser Gründe in sich.«

Elayne sah sie gleichmütig an. »Hast du heute morgen freiwillig die bittersten, wirksamsten Kräuter gewählt?« Großäugiger Zorn verwandelte sich in großäugige Unschuld, aber Nynaeves Wangen röteten sich. Elayne stieß die Tür auf, und Nynaeve folgte ihr murrend. Elayne wäre nicht überrascht gewesen, wenn sie auch noch die Zunge herausgestreckt hätte.

Der Duft frischgebackenen Brotes schwebte von den Küchen heran, und alle Fensterläden waren geöffnet, um den Schankraum zu lüften. Ein Schankmädchen mit rundlichen Wangen stand auf Zehenspitzen auf einem hohen Stuhl, um verstaubte Immergrünzweige über den Fenstern abzunehmen, während andere die Tische, Bänke und Stühle wieder zurückstellten, die für den Tanz fortgeräumt worden waren. So früh war niemand sonst hier, bis auf ein mageres Mädchen mit einer weißen Schürze, die halbherzig den Boden fegte. Sie wäre vielleicht hübsch gewesen, wenn sie ihren Mund nicht ständig schmollend verzogen hätte. Es herrschte überraschend wenig Unordnung, wenn man bedachte, daß es in Wirtshäusern während der Feierlichkeiten angeblich zügellos und sogar unzüchtig zuging. Beinahe wünschte sich Elayne jedoch, sie hätte es sehen können.

»Könntet Ihr mich zu Meister Cauthons Räumen führen?« fragte sie das magere Mädchen lächelnd und hielt ihr zwei Silbermünzen hin. Nynaeve schnaubte.

Das Mädchen betrachtete sie mürrisch – und überraschenderweise auch die Münzen – und murmelte verdrießlich etwas, was wie ›letzte Nacht eine edle Frau und heute morgen adlige Damen‹ klang. Sie wies ihnen widerwillig den Weg. Elayne dachte einen Moment, sie würde die Münzen verschmähen, aber als sie sich gerade abwenden wollte, riß das Mädchen ihr das Silber ohne ein Wort des Dankes aus der Hand und hielt nur inne, um sie ausgerechnet in ihren Ausschnitt zu stecken, bevor sie den Besen erneut schwang. Vielleicht hatte sie dort eine Tasche eingenäht.

»Siehst du«, grollte Nynaeve leise. »Merke dir meine Worte – er hatte ein Auge auf die junge Frau geworfen. Und bei diesem Mann soll ich mich deiner Meinung nach entschuldigen.«

Elayne schwieg und ging die geländerlose Treppe an der Rückseite des Raums hinauf voraus. Wenn Nynaeve nicht aufhörte, sich zu beklagen ... Der erste Gang rechts, hatte das Mädchen gesagt, und die letzte Tür links, aber vor dieser Tür zögerte sie und biß sich auf die Unterlippe.

Nynaeve strahlte. »Jetzt siehst du ein, daß es eine schlechte Idee war, oder? Wir sind keine Aiel, Elayne. Ich mag das Mädchen eigentlich, auch wenn sie ständig ihren Dolch liebkost, aber denk nur an den vollkommenen Unsinn, den sie erzählt hat. Es ist unmöglich. Das weißt du doch.«

»Wir haben nichts Unmöglichem zugestimmt, Nynaeve.« Es kostete sie Mühe, ihre Stimme entschlossen klingen zu lassen. Einiges, was Aviendha anscheinend vollkommen ernst gemeint hatte ... Sie hatte tatsächlich vorgeschlagen, sie sollten sich von dem Mann *schlagen* lassen! »Wir haben nur durchaus Vertretbarem zugestimmt.« Gerade so. Sie klopfte mit den Knöcheln laut an die mit Paneelen versehene Tür. Ein Fisch war in das Holz geschnitzt, ein rundes Tier mit Streifen und einem Maul. Alle Türen wiesen unterschiedliche Schnitzereien auf, aber es waren hauptsächlich Fische. Niemand antwortete.

Nynaeve stieß geräuschvoll den Atem aus, den sie angehalten haben mußte. »Vielleicht ist er ausgegangen. Wir sollten ein anderes Mal wiederkommen.«

»Um diese Zeit?« Sie klopfte erneut. »Du sagst doch, er läge meist auf dem Bett, wenn möglich.« Im Zimmer war noch immer nichts zu hören.

»Elayne, wenn man auch nur annähernd von Birgittes Zustand ausgehen kann, hat sich Mat letzte Nacht vollkommen betrunken. Er wird es uns nicht danken, wenn wir ihn aufwecken. Warum gehen wir nicht einfach und …«

Elayne öffnete die Tür und trat ein. Nynaeve folgte ihr mit einem Seufzen, das man bis in den Palast hätte hören können.

Mat Cauthon lag auf der zerknitterten roten Decke ausgebreitet auf dem Bett, ein gefaltetes Tuch über den Augen, das aufs Kissen tropfte. Der Raum wirkte nicht sehr ordentlich, obwohl abgestaubt worden war. Ein Stiefel stand auf dem Waschtisch – dem Waschtisch! – neben einem weißen Becken mit klarem Wasser, der Standspiegel hing schief, als wäre Mat gegen ihn gestolpert und hätte ihn einfach weit nach hinten geneigt stehen lassen, und seinen zerknitterten Umhang hatte er über eine Stuhllehne geworfen. Alles andere trug er noch, einschließlich diesem schwarzen Schal, den er niemals abzulegen schien, und dem anderen Stiefel. Der silberne Fuchskopf baumelte aus seinem geöffneten Hemdkragen heraus.

Das Medaillon ließ Elaynes Finger jucken. Wenn er wirklich seinen Rausch ausschlief, könnte sie es ihm vielleicht unbemerkt abnehmen. Sie beabsichtigte, auf die eine oder andere Art herauszufinden, wie dieser Gegenstand die Macht aufnahm. Der Gedanke faszinierte sie herauszufinden, wie alles funktionierte, denn dieser Fuchskopf schloß alle Geheimnisse der Welt in sich ein.

Nynaeve zog sie am Ärmel, deutete mit dem Kopf

auf die Tür und formulierte lautlos ›schläft‹ und noch etwas, was Elayne nicht erkennen konnte. Wahrscheinlich eine weitere Bitte zu gehen.

»Laß mich in Ruhe, Nerim«, murmelte Mat plötzlich. »Ich habe es dir schon einmal gesagt: Ich will nur einen neuen Schädel. Und schließ die Tür leise, sonst nagele ich dich mit den Ohren daran.«

Nynaeve zuckte zusammen und versuchte, Elayne zur Tür zu ziehen, aber sie blieb stehen. »Hier ist nicht Nerim, Meister Cauthon.«

Er hob den Kopf vom Kissen, lüpfte mit beiden Händen das Tuch ein Stück hoch und blinzelte sie mit geröteten Augen an.

Nynaeve grinste und bemühte sich in keiner Weise, ihr Vergnügen über seinen jämmerlichen Zustand zu verbergen. Elayne konnte zunächst nicht verstehen, warum ihr auch nach Grinsen zumute war. Ihre einzige Erfahrung mit zuviel Alkohol ließ sie heute nur Mitleid und Anteilnahme für jene empfinden, die diesem Laster verfallen waren. Sie spürte Birgittes Kopfschmerzen noch immer im Hinterkopf, und ihr fiel etwas auf. Es konnte ihr gewiß nicht gefallen, wenn Birgitte sich betrank, aus welchem Grund auch immer, aber ihr konnte auch der Gedanke nicht gefallen, daß jemand überhaupt etwas besser konnte als ihre erste Behüterin. Ein lächerlicher Gedanke. Peinlich. Aber auch befriedigend.

»Was tut Ihr hier?« fragte er heiser, zuckte dann zusammen und senkte die Stimme. »Es ist mitten in der Nacht.«

»Es ist Morgen«, sagte Nynaeve scharf. »Erinnert Ihr Euch nicht daran, mit Birgitte gesprochen zu haben?«

»Könntet Ihr etwas leiser sprechen?« flüsterte er und schloß die Augen. Im nächsten Moment öffnete er sie ruckartig wieder. »Birgitte?« Er setzte sich jäh auf und schwang die Beine aus dem Bett. Eine Zeitlang saß er nur da, blickte zu Boden, die Ellbogen auf den Knien, während das Medaillon von dem Band um seinen Hals herabhing. Schließlich wandte er den Kopf und sah sie kläglich an. Oder zumindest erweckten seine Augen diesen Eindruck. »Was hat sie Euch erzählt?«

»Sie hat uns Eure Forderungen mitgeteilt, Meister Cauthon«, sagte Elayne förmlich. So mußte es sich anfühlen, wenn man vor dem Henker stand. Sie konnte nur den Kopf hoch erhoben halten und eine möglichst stolze Miene bewahren. »Ich möchte Euch von Herzen für die Rettung aus dem Stein danken.« So, sie hatte begonnen, und es hatte nicht weh getan. Nicht sehr.

Nynaeve stand finster dreinblickend da und preßte die Lippen immer fester zusammen. Die Frau würde ihr dies *nicht* allein überlassen. Elayne umarmte die Quelle, bevor sie darüber nachgedacht hatte, und lenkte einen kleinen Strang Luft, der Nynaeves Ohrläppchen wie mit einem schnippenden Finger einen leichten Schlag versetzte. Sie hob ruckartig eine Hand zum Ohr und blickte noch finsterer drein, aber Elayne wandte sich nur kühl wieder Meister Cauthon zu und wartete.

»Ich danke Euch ebenfalls«, murmelte Nynaeve schließlich mürrisch. »Von Herzen.«

Elayne rollte wider Willen die Augen. Nun, er hatte sie gebeten, leiser zu sprechen, aber dennoch schien er sie gehört zu haben. Seltsamerweise zuckte er verlegen die Achseln.

»Oh, das. Das war nichts. Wahrscheinlich hättet Ihr Euch bald darauf auch ohne meine Hilfe befreit.« Er ließ den Kopf auf die Hände sinken und preßte sich erneut das feuchte Tuch auf die Augen. »Könntet Ihr Caira beim Hinausgehen bitten, mir etwas gewürzten Wein zu bringen? Sie ist ein schlankes Mädchen, hübsch, mit herzlichem Blick.«

Elayne zitterte. *Nichts?* Der Mann *forderte* eine Entschuldigung, sie erniedrigte sich so weit, sie auszusprechen, und jetzt war es *nichts*? Er verdiente keinerlei Mitgefühl! Sie hielt noch immer *Saidar* fest und erwog, ihn mit einem weitaus stärkeren Strang als bei Nynaeve zu schlagen. Nicht, daß es etwas nützte, solange er den Fuchskopf trug. Andererseits hing dieser lose herab, berührte ihn nicht. Bot er noch Schutz, wenn dem so war?

Nynaeve beendete Elaynes Überlegungen, indem sie mit gespreizten Fingern auf Mat zusprang. Elayne gelang es, zwischen die beiden zu treten und die andere Frau an den Schultern zu packen. Einen Augenblick lang standen sie, abgesehen von ihrer Körpergröße, Nase an Nase. Schließlich entspannte sich Nynaeve mit verzogenem Gesicht, und Elayne spürte, daß sie die Frau loslassen konnte.

Der Mann hielt den Kopf noch immer gesenkt und hatte nichts bemerkt. Ob ihn das Medaillon schützte oder nicht – sie hätte sich seinen Bogen aus der Ecke schnappen und ihn damit schlagen mögen, bis er schrie. Sie spürte Röte in ihre Wangen steigen: Sie hatte Nynaeve daran gehindert, alles zu verderben, und dachte nur daran, es selbst zu tun. Schlimmer noch – sie erkannte an dem spöttischen, selbstzufriedenen Lächeln Nynaeves, daß sie ihre Gedanken sehr wohl erahnte.

»Da ist noch etwas, Meister Cauthon«, verkündete Elayne und straffte die Schultern. Das Lächeln verschwand von Nynaeves Gesicht. »Wir möchten uns auch dafür entschuldigen, daß wir es so lange hinausgezögert haben, Euch unseren wohlverdienten Dank auszusprechen. Und wir entschuldigen uns … demütig …« Darüber geriet sie ein wenig ins Stottern. »… dafür, wie wir Euch seither behandelt haben.« Nynaeve streckte flehentlich eine Hand aus, die Elayne mißachtete. »Um Euch die Tiefe unseres Bedauerns zu zeigen, versprechen wir Folgendes.« Aviendha hatte gesagt, eine Entschuldigung sei erst der Anfang. »Wir werden Euch in keiner Weise mehr herabsetzen oder erniedrigen, noch

Euch aus irgendeinem Grund anschreien oder ... oder versuchen, Euch Befehle zu erteilen.« Nynaeve zuckte zusammen. Elayne preßte ebenfalls die Lippen aufeinander, hörte aber nicht auf. »Da wir Eure ehrliche Besorgnis um unsere Sicherheit erkennen, werde wir den Palast nicht mehr verlassen, ohne Euch zu sagen, wohin wir gehen, und wir werden uns Euren Rat anhören.« Licht, sie wollte keine Aiel sein, sie wollte dies alles nicht tun, aber es verlangte sie nach Aviendhas Respekt. »Wenn Ihr ... wenn Ihr der Meinung seid, daß wir uns ...« Nicht, daß sie die Absicht hatte, eine Schwester-Frau zu werden – allein der *Gedanke* war schon ungehörig! –, aber sie mochte sie. »... daß wir uns in unnötige Gefahr begeben ...« Es war nicht Aviendhas Fehler, daß Rand ihrer beider Herzen erobert hatte. Und Mins ebenfalls. »... werden wir Leibwächter akzeptieren, wenn Ihr wollt ...« Schicksal oder *Ta'veren* oder was auch immer – was war, das war. Sie liebte beide Frauen wie Schwestern. »... und sie so lange wie möglich bei uns behalten.« *Verdammt* sei der Mann, daß er ihr das antat! Sie meinte nicht Mat Cauthon. »Ich schwöre dies beim Löwenthron von Andor.« Sie rang nach Atem, als wäre sie eine Meile weit gelaufen. Nynaeve wirkte wie ein in die Enge getriebener Dachs.

Mat wandte ganz langsam den Kopf in ihre Richtung und senkte das Tuch ausreichend weit, daß gerötete Augen zu sehen waren. »Ihr klingt, als steckte Euch Eisenwurz in der Kehle, meine Dame«, sagte er spöttisch. »Ihr habt übrigens meine Erlaubnis, mich Mat zu nennen.« Verachtenswerter Mann! Er würde Höflichkeit nicht einmal erkennen, wenn sie ihn in die Nase zwickte! Sein spöttischer Blick schwenkte zu Nynaeve. »Was ist mit Euch? Ich hörte von Elayne häufig ›wir‹, aber kein Wort von Euch.«

»Ich werde Euch nicht anschreien«, schrie Nynaeve. »Und auch alles andere. Ich verspreche Euch, Euch ... Euch ...!« Sie erstickte fast an ihrer Zunge, als sie erkannte, daß sie ihn mit keinem der Namen belegen durfte, die er verdiente, ohne das Versprechen bereits zu brechen. Und doch war die Wirkung ihres Ausbruchs recht zufriedenstellend.

Er erschauderte mit einem Aufschrei, ließ das Tuch fallen und umklammerte seinen Kopf mit beiden Händen. Seine Augen traten hervor. »Verfluchte Würfel«, wimmerte er. Elayne kam jäh in den Sinn, daß er eine hervorragende Quelle für eine deftige Ausdrucksweise wäre. Stallburschen schienen ihre Zungen stets in dem Moment im Zaum zu halten, wenn sie sie erblickten. Gewiß hatte sie sich vorgenommen, ihn zu zivilisieren und für Rand nützlich zu machen, aber das schloß nicht unbedingt seine Ausdrucksweise mit ein. Tatsächlich erkannte sie, daß sie eine ganze Menge *nicht* zu unterlassen versprochen hatte. Das darzulegen, würde Nynaeve erheblich beruhigen.

Nach einem langen Moment sagte er mit tonloser Stimme: »Danke, Nynaeve.« Er hielt inne und schluckte schwer. »Ich dachte erst, Ihr beide wärt jemand anderer in Verkleidung. Da ich anscheinend noch immer lebe, können wir uns genausogut um den Rest kümmern. Ich glaube mich zu erinnern, daß Birgitte sagte, ich sollte etwas für Euch finden. Was?«

»Ihr werdet es nicht finden«, belehrte Nynaeve ihn mit fester Stimme. Nun, vielleicht eher hart als fest, aber Elayne dachte nicht daran, sie zu rügen. Er verdiente jedes Zusammenschrecken. »Ihr werdet uns begleiten, und wir werden es gemeinsam finden.«

»Macht Ihr bereits einen Rückzieher, Nynaeve?« Seine Verachtung zeigte sich besonders in seinen Augen. »Ihr habt gerade erst versprochen zu tun, was ich sage. Wenn Ihr einen *Ta'veren* an einer Koppel zähmen wollt, dann fragt Rand oder Perrin um Rat und seht, welche Antwort Ihr bekommt.«

»Wir haben nichts dergleichen versprochen, Matrim Cauthon«, fauchte Nynaeve, während sie sich auf die

Zehenspitzen stellte. »Ich habe nichts dergleichen versprochen!« Ihre Augen funkelten, als wollte sie sich erneut auf ihn stürzen. Sogar ihr Zopf schien sich zu sträuben.

Elayne konnte sich besser beherrschen. Sie würden nichts erreichen, wenn sie ihn zu etwas zu zwingen versuchten. »Wir werden uns Euren Rat *anhören* und ihn annehmen, wenn er vernünftig ist, Meister ... Mat«, schalt sie sanft. Er konnte doch nicht wirklich glauben, daß sie versprochen hätten ... Als sie ihn jedoch ansah, erkannte sie, daß er es sehr wohl glaubte. Oh, Licht! Nynaeve hatte recht. Er *würde* Schwierigkeiten verursachen.

Daran hielt sie sich fest. Sie lenkte erneut die Macht und hob seinen Umhang vom Stuhl zu einem angemessenen Platz an einem der Haken an der Wand, damit sie sich hinsetzen konnte, streckte den Rücken und richtete sorgfältig ihre Röcke. Es würde schwierig werden, die Meister Cauthon – Mat – und ihr selbst gegenüber gegebenen Versprechen zu halten, aber nichts, was er sagte oder tat, konnte sie berühren. Nynaeve schaute zu dem einzigen anderen Sitzplatz, einem niedrigen, mit Schnitzereien versehenen Hocker, und blieb stehen. Eine Hand zuckte zu ihrem Zopf, bevor sie die Arme verschränkte.

»Die Athan'Miere nennen es die Schale der Winde, Meister ... Mat. Es ist ein *Ter'angreal* ...«

Schließlich durchdrang Aufregung seine Benommenheit. »Das wäre etwas, wenn man sie fände«, murmelte er. »Im Rahad.« Er schüttelte den Kopf und zuckte zusammen. »Ich sage Euch eines: Keine von Euch setzt ohne jeweils vier oder fünf meiner Rotwaffen einen Fuß auf die andere Seite des Flusses. Und auch nicht außerhalb des Palasts. Hat Birgitte Euch von der Notiz erzählt, die man mir zugesteckt hat? Ich bin sicher, daß ich es ihr gegenüber erwähnt habe. Und da sind auch noch Carridin und seine Schattenfreunde. Ihr könnt mir nicht erzählen, daß er nichts vorhätte.«

»Jeder Schwester, die Egwene als Amyrlin unterstützt, droht von der Burg Gefahr.« Leibwächter überall? Licht! Ein gefährliches Schimmern zeigte sich in Nynaeves Augen. »Wir können uns nicht verstecken, Meist ... Mat, und wir werden es auch nicht tun. Man wird sich zu gegebener Zeit um Jaichim Carridin kümmern.« Sie hatten nicht versprochen, ihm alles zu erzählen, und sie durften nicht zulassen, daß er abgelenkt würde. »Zunächst stehen wichtigere Dinge an.«

»Zu gegebener Zeit?« begann er ungläubig, aber Nynaeve unterbrach ihn.

»Je vier oder fünf?« sagte sie verärgert. »Das ist lächer ...« Sie schloß einen Moment die Augen und milderte ihre Stimme ein wenig. »Ich meine, es ist nicht vernünftig. Elayne und ich. Birgitte und Aviendha. Ihr habt nicht so viele Männer. Außerdem brauchen wir wirklich nur Euch.« Letzteres klang gezwungen. Es war ein zu großes Eingeständnis.

»Birgitte und Aviendha benötigen keine Aufseher«, sagte er nachdenklich. »Diese Schale der Winde ist vermutlich wichtiger als Carridin, aber ... Es scheint nicht richtig, Schattenfreunde frei herumlaufen zu lassen.«

Nynaeves Gesicht wurde allmählich purpurfarben. Elayne warf einen Blick in den Standspiegel und war erleichtert zu sehen, daß sie zumindest äußerlich gefaßt blieb. Der Mann war verachtenswert! Aufseher? Sie war sich nicht sicher, was schlimmer wäre: daß er diese beiläufige Beleidigung absichtlich angebracht hatte oder daß es Gedankenlosigkeit war. Sie betrachtete sich erneut im Spiegel und senkte ihr Kinn ein wenig. Aufseher! Sie war die Gelassenheit in Person.

Er betrachtete sie mit seinen blutunterlaufenen Augen, sah aber anscheinend nichts. »Mehr hat Birgitte Euch nicht erzählt?« fragte er, und Nynaeve erwiderte aufgebracht: »Ich denke, das war gerade genug, selbst für Euch.« Er wirkte unverständlicherweise überrascht und recht erfreut.

Nynaeve zuckte zusammen und legte dann ihre Arme fester um sich. »Da Ihr nicht in der Verfassung seid, jetzt mit uns irgendwo hinzugehen – seht mich nicht so finster an, Mat Cauthon; es ist nicht abwertend gemeint, sondern einfach die Wahrheit! –, könnt Ihr Euch im Laufe des Morgens im Palast einfinden. Aber Ihr braucht nicht zu glauben, daß wir Euch helfen, Eure Sachen zu tragen. Ich habe nicht versprochen, als Packpferd zu dienen.«

»Die *Wanderin* ist durchaus gut genug«, begann er verärgert und hielt dann inne, während sich ein verwunderter Ausdruck auf seinem Gesicht breitmachte. Elayne hätte es als entsetzten Ausdruck bezeichnet. Das sollte ihn lehren zu grollen, wenn sein Kopf einer Melone glich. Zumindest hatte sich ihr Kopf so angefühlt, als sie das eine Mal zuviel getrunken hatte. Aber natürlich würde er nicht daraus lernen. Männer hielten stets die Hände ins Feuer und glaubten, dieses Mal werde es sie nicht verbrennen, wie Lini stets sagte.

»Ihr könnt kaum erwarten, daß wir die Schale beim ersten Versuch finden«, fuhr Nynaeve fort, »*Ta'veren* oder nicht. Jeden Tag hinauszugehen, wird weitaus einfacher sein, wenn ihr nicht den Platz überqueren müßt.« Wenn sie nicht jeden Morgen auf ihn warten müßten, meinte sie damit. Ihrer Meinung nach war Trunkenheit bei weitem nicht die einzige Entschuldigung, die er dafür finden könnte, den ganzen Tag im Bett zu bleiben.

»Außerdem«, fügte Elayne hinzu, »könnt Ihr uns so im Auge behalten.« Nynaeve gab einen Laut von sich, der einem Stöhnen nahe kam. Erkannte sie nicht, daß er gelockt werden mußte? Es bedeutete nicht, daß sie ihm tatsächlich *erlaubt* hätte, sie im Auge zu behalten.

Er schien sie oder Nynaeve jedoch nicht gehört zu haben. Er schaute mit gequältem Blick unmittelbar durch sie hindurch. »Warum mußten sie, verdammt noch mal, jetzt aufhören?« stöhnte er so leise, daß sie ihn kaum hörten. Was, unter dem Licht, meinte er?

»Die Räume wären einem König angemessen, Meister ... Mat. Tylin selbst hat sie ausgewählt, sie liegen unweit ihrer eigenen Räume. Die Königin hat ein sehr persönliches Interesse daran bekundet. Mat, Ihr wollt doch nicht, daß wir Tylin beleidigen, oder?«

Ein Blick in sein Gesicht genügte, daß Elayne eilig die Macht lenkte, um das Fenster zu öffnen und die Waschschüssel auszuschütten. Wenn sie jemals einen Mann erlebt hatte, der im Begriff stand, seinen Magen zu entleeren, dann sah er sie genau in diesem Augenblick an.

»Ich verstehe nicht, warum Ihr solch ein Aufhebens macht.« In Wahrheit wußte sie es vermutlich doch. Einige der Schankmädchen hier ließen sich wahrscheinlich von ihm begrapschen, aber sie bezweifelte, daß es im Palast auch so viele Frauen zulassen würden, wenn überhaupt welche. Er würde seine Nächte auch nicht mehr mit Trinken und Spielen verbringen können. Tylin würde sicherlich kein schlechtes Beispiel für Beslan zulassen. »Wir müssen alle Opfer bringen.« Hier hielt sie mühsam inne und sagte ihm nicht, daß sein Opfer nur klein und lediglich gerechtfertigt war, während ihres gewaltig und ungerechtfertigt war, ungeachtet dessen, was Aviendha behauptete. Nynaeve hatte natürlich gegen *jegliches* Opfer gewettert.

Er legte den Kopf erneut in die Hände und stieß unterdrückte Laute aus, während seine Schultern bebten. Er lachte! Sie hob die Waschschüssel auf einen Strang Luft und erwog, sie auf ihn zu schleudern. Als er den Blick jedoch wieder hob, wirkte er aus einem unbestimmten Grund zornig. »Opfer?« höhnte er. »Wenn ich Euch auffordern würde, dasselbe Opfer zu bringen, würdet Ihr um Euch schlagen und das Dach über meinem Kopf einstürzen lassen!« War er etwa noch immer betrunken?

61

Sie beschloß, seinen furchterregenden Blick nicht zu beachten. »Da wir gerade von Eurem Kopf sprechen – wenn ihr Heilung wollt, würde Nynaeve sie Euch gewiß gern gewähren.« Wenn sie jemals ausreichend zornig war, die Macht zu lenken, dann jetzt.

Nynaeve zuckte kurz zusammen und sah sie aus den Augenwinkeln an. »Natürlich«, sagte sie eilig. »Wenn Ihr wollt.« Die Farbe ihrer Wangen bestätigte alle Vermutungen Elaynes über diesen Morgen.

Er höhnte, freundlich wie immer. »Vergeßt meine Kopfschmerzen einfach. Ich komme sehr gut ohne Aes Sedai zurecht.« Und dann, sicher um die Dinge bewußt zu komplizieren, fügte er mit zögernder Stimme hinzu: »Ich danke Euch jedoch für das Angebot.« Es klang fast, als meinte er es ernst!

Elayne hätte beinahe den Mund aufgesperrt. Ihre Kenntnis über Männer war auf Rand und das beschränkt, was Lini und ihre Mutter ihr erzählt hatten. Würde Rand sie genauso verwirren wie Mat Cauthon?

Sie ermahnte sich, daß sie als letztes, bevor sie gingen, ein Versprechen von ihm fordern müßte, daß er unverzüglich zum Palast aufbräche. Nynaeve hatte ihr klargemacht, daß er sein einmal gegebenes Wort hielt, wie widerwillig auch immer, daß er aber, wenn man ihm auch nur eine Lücke ließ, hundert Möglichkeiten fände hindurchzuschlüpfen. *Das* hatte sie nur zu eifrig betont. Er gab das Versprechen mit freudloser, bedauernder Miene. Oder vielleicht lag es auch nur wieder an seinen Augen. Als sie die Waschschüssel zu seinen Füßen absetzte, wirkte er tatsächlich dankbar. Sie würde kein Mitleid empfinden. Sie würde es nicht tun.

Als sie sich wieder im Gang befanden und die Tür zu Mats Zimmer geschlossen war, reckte Nynaeve eine Faust zur Decke. »Dieser Mann könnte die Geduld eines Steins strapazieren! Ich bin froh, daß er sich selbst um seinen Kopf kümmern will! Hörst du mich?

Froh! Er wird uns Schwierigkeiten machen. Er wird es tun.«

»Ihr beide werdet ihm mehr Schwierigkeiten machen, als er es selbst jemals tun könnte.« Die Sprecherin schritt durch den Gang auf sie zu, eine Frau mit einer Spur Grau im Haar, einem strengen Gesicht und einer befehlsgewohnten Stimme. Sie runzelte leicht die Stirn. Trotz des Hochzeitsdolchs in ihrem Ausschnitt war sie zu hellhäutig für eine Ebou Dari. »Ich konnte es nicht glauben, als Caira es mir sagte. Ich bezweifle, daß ich jemals zuvor so viel Torheit in nur zwei Gewändern gesehen habe.«

Elayne betrachtete die Frau von oben bis unten. Sie war es nicht einmal als Novizin gewohnt gewesen, in diesem Tonfall angesprochen zu werden. »Und wer könntet Ihr sein, gute Frau?«

»Ich könnte Setalle Anan, die Besitzerin dieses Gasthauses, sein, und ich bin es auch, Kind«, antwortete die Frau trocken, und mit diesen Worten öffnete sie schwungvoll eine Tür auf der anderen Seite des Ganges, ergriff sie beide an je einem Arm und drängte sie so schnell hindurch, daß Elayne das Gefühl hatte, ihre Füße schwebten über dem Boden.

»Hier liegt anscheinend ein Mißverständnis vor«, sagte sie kühl, als die Frau sie losließ, um die Tür zu schließen.

Nynaeve war nicht in der Stimmung, Spitzfindigkeiten auszutauschen. Sie hielt ihre Hand so, daß der Große Schlangenring deutlich sichtbar war, und sagte erregt: »Nun, seht her ...«

»Sehr hübsch«, erwiderte die Frau und stieß sie beide so hart voran, daß sie sich nebeneinander auf dem Bett sitzend wiederfanden. Elaynes Augen weiteten sich ungläubig. Diese Herrin Anan stellte sich ihnen mit grimmigem Gesicht und in die Hüften gestemmten Fäusten gegenüber, das vollkommene Bild einer Mutter, die ihre Töchter maßregeln will. »Damit zu protzen, zeigt nur, wie töricht Ihr seid. Dieser junge Mann wird Euch auf seinen Knien schaukeln – eine auf jedem Knie würde mich nicht wundern, wenn Ihr es gestattet –, er wird Euch einige Küsse rauben und soviel mehr, wie Ihr bereit seid zu geben, aber er wird Euch nichts antun. Ihr könnt ihm jedoch etwas antun, wenn Ihr so weiter macht.«

Ihm etwas *antun*? Die Frau dachte, sie … sie glaubte, er hätte mit ihnen *getändelt* … sie dachte … Elayne wußte nicht, ob sie lachen oder weinen sollte, aber sie erhob sich und richtete ihre Röcke. »Wie ich bereits sagte, Herrin Anan, hier liegt ein Mißverständnis vor.« Ihre Stimme wurde sanfter, als sie weitersprach, da ihre Verwirrung zu Ruhe wurde. »Ich bin Elayne Trakand, Tochter-Erbin von Andor und Aes Sedai der Grünen Ajah. Ich weiß nicht, was Ihr glaubt …« Sie mußte beinahe schielen, als Herrin Anan einen Finger an ihre Nasenspitze hielt.

»Elayne, wenn das Euer Name ist, das einzige, was mich davon abhält, Euch hinunter in die Küche zu befördern und Euch und diesem anderen törichten Mädchen dort den Mund auszuwaschen, ist die Möglichkeit, daß Ihr vielleicht tatsächlich die Macht lenken könnt. Oder seid Ihr so einfältig, diesen Ring zu tragen, wenn Ihr nicht einmal das tun könnt? Ich warne Euch, es bedeutet für die Schwestern drüben im Tarasin-Palast keinen Unterschied. Wißt Ihr überhaupt von ihnen? Wenn ja, seid Ihr offen gestanden nicht nur töricht, sondern auch blind und dumm.«

Elaynes Geduld schwand mit jedem Wort. Töricht? Blind und dumm? Das würde sie sich nicht nachsagen lassen, besonders nicht, nachdem sie gezwungen gewesen war, vor Mat Cauthon zu kriechen. Auf den Knien schaukeln? Mat Cauthon? Sie bewahrte äußerlich die Fassung, aber Nynaeve nicht.

Sie sah die Frau zornerfüllt an, und das Schimmern *Saidars* umgab sie, als sie aufsprang. Stränge Luft hüll-

ten Herrin Anan von den Schultern bis zu den Knöcheln ein und drückten ihre Röcke und Unterkleider gerade ausreichend eng an ihre Beine, daß sie hätte stürzen können. »Ich bin zufällig eine jener Schwestern im Palast. Nynaeve al'Meara von der Gelben Ajah, um genau zu sein. Wollt Ihr also, daß ich *Euch* in die Küche befördere? Ich weiß über das Mundauswaschen bestens Bescheid.« Elayne trat vom ausgestreckten Arm der Besitzerin des Wirtshauses fort.

Die Frau mußte den Druck der Stränge spüren, und selbst ein Schwachsinniger hätte gewußt, was diese unsichtbaren Fesseln zu bedeuten hatten, und doch blinzelte sie nicht einmal! Ihre grün gefleckten Augen verengten sich nur. »Also kann zumindest eine von Euch die Macht lenken«, sagte sie gelassen. »Ich sollte ruhig zulassen, daß Ihr mich in die Küche bringt, Kind. Was auch immer Ihr tut – Ihr würdet Euch bereits zur Mittagszeit in den Händen wahrer Aes Sedai befinden, darauf wette ich.«

»Habt Ihr mich nicht verstanden?« fauchte Nynaeve. »Ich …!«

Herrin Anan hielt nicht einmal inne. »Ihr werdet nicht nur die nächsten Jahre mit Wehklagen verbringen, sondern werdet es auch vor all jenen tun, denen Ihr erzählt habt, daß Ihr Aes Sedai wärt. Seid versichert, daß sie Euch zwingen werden zu gestehen. Sie werden Euch von innen nach außen kehren. Ich sollte Euch weitere Fehler machen lassen oder zum Palast hinüber laufen, sobald Ihr mich freilaßt. Der einzige Grund, warum ich es nicht tue, ist, daß sie genauso an Lord Mat ein Exempel statuieren würden wie an Euch, wenn sie auch nur vermuten, daß er Euch geholfen hat, und wie ich bereits sagte, mag ich den jungen Mann.«

»Ich sage Euch …« Nynaeve versuchte es erneut, aber die Besitzerin des Wirtshauses ließ ihr *noch immer* keine Gelegenheit, zu Wort zu kommen. Wie ein Paket verschnürt, war die Frau dennoch wie ein einen Berg hinabrollender Felsblock. Sie war wie ein ganzer Bergrutsch, der alles einebnete, was auch immer ihm in den Weg geriet.

»Es nützt nichts, wenn Ihr versucht, die Lügen aufrechtzuerhalten, Nynaeve. Ihr seht aus wie, oh, ungefähr einundzwanzig, also könntet Ihr gut zehn Jahre älter sein, wenn Ihr die verzögerte Alterung bereits erreicht hättet. Ihr könntet sogar die Stola schon vier oder fünf Jahre tragen – wenn nicht eines wäre.« Sie wandte den Kopf, den einzigen Körperteil, den sie bewegen konnte, zu Elayne. »Ihr, Kind, seid nicht alt genug, um schon der verzögerten Alterung zu unterliegen, und keine so junge Frau wie Ihr hat jemals die Stola getragen. In der Geschichte der Burg niemals. Wenn Ihr jemals in der Burg wart, wette ich, daß Ihr Weiß trugt und jedes Mal zusammenschrakt, wenn die Herrin der Novizinnen in Eure Richtung blickte. Ihr habt Euch den Ring von irgend einem Goldschmied anfertigen lassen – einige sind ausreichend töricht, wie ich hörte –, oder vielleicht hat Nynaeve ihn für Euch gestohlen. Wie dem auch sei, da Ihr keine Schwester sein könnt, kann sie ebenfalls keine Schwester sein. Keine Aes Sedai würde mit einer Frau reisen, die diesen Status nur vorgibt.«

Elayne runzelte die Stirn und merkte nicht, daß sie auf ihrer Unterlippe kaute. Langsam. Ganz langsam. Woher hatte eine Wirtin in Ebou Dar solche Kenntnisse? Vielleicht war Setalle Anan als Mädchen zur Burg gegangen, obwohl sie nicht lange dort geblieben wäre, da sie offensichtlich nicht die Macht lenken konnte. Elayne hätte es erkannt, selbst wenn ihre Fähigkeit genauso gering war wie die ihrer Mutter, und Morgase Trakand hatte nur eine solch geringe Fähigkeit besessen, daß sie wahrscheinlich innerhalb von sechs Wochen fortgeschickt worden wäre, wenn sie nicht die Tochter-Erbin gewesen wäre.

»Laß sie los, Nynaeve«, sagte Elayne lächelnd. Sie war der Frau bereits wohler gesonnen. Es mußte schrecklich gewesen sein, diese Reise nach Tar Valon zu unternehmen, nur um wieder fortgeschickt zu werden. Es gab keinen Grund, warum die Frau ihnen glauben *mußte* – etwas daran gefiel ihr nicht, aber sie konnte es nicht benennen –, überhaupt keinen Grund, aber wenn sie die Reise nach Tar Valon unternommen hatte, würde sie vielleicht tatsächlich über den Mol-Hara-Platz gehen. Merilille, oder jede andere Schwester, konnte ihr den Kopf zurechtrücken.

»Sie loslassen?« keuchte Nynaeve. »Elayne!«

»Laß sie los. Herrin Anan, ich erkenne, daß die einzige Möglichkeit, Euch zu überzeugen …«

»Der Amyrlin-Sitz und drei Sitzende könnten mich nicht überzeugen, Kind.« Licht, ließ sie jemals jemanden einen Satz beenden? »Nun, ich habe keine Zeit für weitere Spiele. Ich kann Euch beiden helfen. Ich kenne jedenfalls jene, die dazu in der Lage sind, einige Frauen, die abgeirrt sind. Ihr habt es Lord Mat zu verdanken, daß ich bereit bin, Euch zu ihnen zu bringen, aber ich muß es wissen. Wart Ihr beide jemals in der Burg, oder seid Ihr Wilde? Und wenn Ihr dort wart – wurdet Ihr fortgeschickt, oder seid Ihr davongelaufen? Die Wahrheit. Sie behandeln jeden Fall anders.«

Elayne zuckte die Achseln. Sie hatten erledigt, weshalb sie hergekommen waren. Sie war nicht bereit, noch mehr Zeit zu verschwenden, sondern wollte mit dem weitermachen, was als nächstes getan werden müßte. »Wenn Ihr Euch nicht überzeugen lassen wollt, dann war das alles. Nynaeve? Es ist Zeit zu gehen.«

Die Stränge um die Wirtin schwanden und das Schimmern um Nynaeve ebenfalls, aber Nynaeve beobachtete die Frau weiterhin wachsam und hoffnungsvoll. Sie benetzte ihre Lippen. »Ihr kennt einige Frauen, die uns helfen können?«

»Nynaeve!« rief Elayne verwundert aus. »Wir brauchen keine Hilfe. Wir *sind* Aes Sedai, erinnerst du dich?«

Mit einem seltsamen Blick in ihre Richtung schüttelte Herrin Anan ihre Röcke aus und beugte sich herab, um ihre hervorschauenden Unterkleider glatt zu streichen. Ihre wahre Aufmerksamkeit galt aber Nynaeve. Elayne hatte sich noch nie in ihrem Leben so vollkommen beiseite geschoben gefühlt. »Ich kenne einige Frauen, die gelegentlich Wilde oder Davongelaufene oder Frauen aufnehmen, welche die Prüfung zur Aufgenommenen oder zur Aes Sedai nicht bestanden haben. Es müssen insgesamt mindestens fünfzig sein, obwohl die Anzahl schwankt. Sie können Euch helfen, ein Leben ohne das Risiko zu führen, daß eine wahre Schwester Euch wünschen läßt, sie würde Euch die Haut abziehen und die Qual beenden. Nun, belügt mich nicht. Wart Ihr jemals in der Burg? Denn wenn Ihr davongelaufen seid, könntet Ihr genausogut beschließen zurückzukehren. Die Burg hat sogar während des Hundertjährigen Krieges fast alle Davongelaufenen gefunden, also solltet Ihr nicht denken, daß sie sich durch diese kleine Schererei jetzt aufhalten lassen werden. Tatsächlich wäre mein Vorschlag in diesem Fall, daß Ihr den Platz überquert und Euch der Gnade einer Schwester unterwerft. Obwohl ich fürchte, daß es nur geringe Gnade geben wird, aber Ihr könnt mir glauben, daß es mehr sein wird, als wenn sie Euch zurückholen. Ihr werdet danach nicht einmal mehr daran denken, das *Gelände* der Burg ohne Erlaubnis zu verlassen.«

Nynaeve atmete tief durch. »Wir wurden aus der Burg fortgeschickt, Herrin Anan. Darauf schwöre ich bei allem, was Ihr verlangt.«

Elayne sah sie ungläubig an. »Nynaeve, was *sagst* du da? Herrin Anan, wir *sind* Aes Sedai.«

Herrin Anan lachte. »Kind, laßt mich mit Nynaeve reden; die ist zumindest alt genug, um Vernunft zu zeigen. Erzählt das dem Zirkel, und sie werden es nicht freundlich aufnehmen. Es wird sie nicht kümmern, daß Ihr die Macht lenken könnt. Sie können es auch, und sie werden Euch den Hintern versohlen oder Euch auf die Straße werfen, wenn ihr die Törin spielt.«

»Wer ist dieser *Zirkel*?« fragte Elayne. »Wir *sind* Aes Sedai. Kommt zum Tarasin-Palast hinüber, und Ihr werdet es sehen.«

»Ich werde sie im Zaum halten«, besaß Nynaeve die Frechheit zu sagen, während sie Elayne unentwegt stirnrunzelnd und mit einer Miene ansah, als sei sie diejenige, die verrückt geworden sei.

Herrin Anan nickte nur. »Gut. Jetzt nehmt diese Ringe ab und steckt sie weg. Der Zirkel erlaubt solche Art Vortäuschung nicht. Sie würden sie Euch gleich zu Beginn nehmen und einschmelzen lassen. Obwohl Ihr, Euren Gewändern nach zu urteilen, Geld habt. Wenn Ihr es gestohlen habt, laßt es Reanne nicht wissen. Eine der ersten Regeln, die Ihr lernen müßt, lautet, nicht zu stehlen, selbst wenn Ihr verhungert. Sie wollen keine Aufmerksamkeit erregen.«

Elayne ballte die Hände zu Fäusten und verbarg sie hinter dem Rücken, als sie beobachtete, wie Nynaeve sanftmütig ihren Ring abnahm und in ihre Gürteltasche steckte. Nynaeve, die jedesmal aufheulte, wenn Merilille oder Adeleas oder eine der anderen vergaßen, daß sie eine vollwertige Schwester war!

»Vertrau mir, Elayne«, sagte Nynaeve.

Was Elayne leichter gefallen wäre, wenn sie auch nur eine Ahnung gehabt hätte, was die Frau vorhatte. Sie vertraute ihr dennoch. Überwiegend. »Ein kleines Opfer«, murmelte sie. Aes Sedai nahmen ihre Ringe ab, wenn es nötig war, und sie hatte es auch schon getan, aber er gehörte jetzt rechtmäßig ihr. Es schmerzte sie fast körperlich, den Goldring abzunehmen.

»Sprecht mit Eurer Freundin, Kind«, wies Herrin Anan Nynaeve ungeduldig an. »Reanne Corly wird sich nicht mit Trotz und Schmollen abgeben, und wenn Ihr mich meinen Vormittag umsonst verschwenden laßt ... Kommt schon, kommt. Ihr habt Glück, daß ich Lord Mat mag.«

Elayne hielt ihre kühle Gelassenheit nur noch mühsam bei. Trotz und Schmollen? Trotz und *Schmollen*? Sie würde Nynaeve dorthin treten, wo es schmerzte, sobald sie die Gelegenheit dazu bekäme.

KAPITEL 4

In Nachbarschaft einer Weberei

Nynaeve wollte mit Elayne sprechen, wenn die Gasthausbesitzerin nicht mehr zuhören würde, aber es ergab sich nicht sofort die Gelegenheit. Die Frau drängte sie wie eine Gefangenenwärterin aus dem Raum, ihre starre Ungeduld durch den vorsichtigen Blick, den sie auf Mats Tür warf, ungebrochen. Auf der Rückseite des Gasthauses führte eine weitere geländerlose Steintreppe in eine große Küche voller Backdüfte, wo die rundlichste Frau, die Nynaeve je gesehen hatte, einen großen Holzlöffel wie ein Zepter schwang und drei weitere Frauen anwies, knusprige braune Brotlaibe aus den Öfen zu nehmen und durch Rollen hellen Teigs zu ersetzen. Ein großer Topf grobkörniger, weißer Haferbrei, der hier zum Frühstück gegessen wurde, köchelte sanft auf einem der weiß gekachelten Öfen.

»Enid«, sprach Herrin Anan die rundliche Frau an, »ich gehe eine Weile aus. Ich muß diese beiden Kinder zu jemandem bringen, der Zeit hat, sie angemessen zu bemuttern.«

Enid wischte sich die breiten, mehlbestäubten Hände an einem weißen Handtuch ab, während sie Nynaeve und Elayne mißbilligend betrachtete. Alles an ihr war rund, ihr schweißbedecktes, olivfarbenes Gesicht, ihre dunklen Augen, einfach alles. Sie schien aus großen, in ein Gewand gestopften Klumpen zu bestehen. Der Hochzeitsdolch, der über ihre schneeweiße Schürze herabhing, wies ein volles Dutzend funkelnder Steine auf. »Sind das die beiden Gören, von denen

Caira gesprochen hat, Herrin? Feine Häppchen für unseren jungen Herrn, würde ich sagen.« Ihrem Tonfall nach zu urteilen, amüsierte es sie anscheinend.

Die Besitzerin des Gasthauses schüttelte verärgert den Kopf. »Ich habe diesem Mädchen gesagt, sie soll den Mund halten. Ich will nicht, daß in der *Wanderin* Gerüchte umgehen. Erinnert Caira daran, Enid, und benutzt, wenn nötig, Euren Kochlöffel, um ihre Aufmerksamkeit zu erlangen.« Sie sah Nynaeve und Elayne so verächtlich an, daß es Nynaeve fast den Atem nahm. »Würde irgend jemand, der nur halb soviel Verstand besitzt wie sie, glauben, daß sie Aes Sedai wären? Die beiden haben ihr ganzes Geld für Gewänder ausgegeben, um den Mann zu beeindrucken, und jetzt würden sie am liebsten sterben, wenn sie ihn nicht anlächeln können. Aes Sedai!« Sie ließ Enid keine Gelegenheit zu antworten, ergriff Nynaeves Ohr mit ihrer rechten und Elaynes mit der linken Hand und hatte sie mit drei raschen Schritten in den Hof hinausgeführt.

So lange hielt Nynaeves Schock an. Dann befreite sie sich oder versuchte es zumindest, weil die Frau im gleichen Moment losließ und sie ein halbes Dutzend Schritte mit empörtem Blick vorwärts stolperte. Sie war diesen Handel nicht eingegangen, um umhergezerrt zu werden. Elayne reckte das Kinn empor, und ihre blauen Augen wirkten so kalt, daß Nynaeve sich nicht gewundert hätte, wenn sich Frost an ihren Locken gebildet hätte.

Die Hände in die Hüften gestemmt, schien Herrin Anan es nicht zu bemerken. Oder vielleicht kümmerte es sie einfach nicht. »Ich kann nur hoffen, daß Caira jetzt niemand mehr etwas glauben wird«, sagte sie ruhig. »Wenn ich sicher gewesen wäre, daß Ihr genug Verstand besäßt, den Mund zu halten, hätte ich mehr gesagt und getan.« Sie war ruhig, aber weder freundlich noch sanft. Sie hatten ihren Vormittag gestört.

»Nun folgt mir, und verirrt Euch nicht. Oder wenn Ihr Euch verirrt, laßt Euch nie wieder in der Nähe meines Gasthauses blicken, sonst werde ich jemanden zum Palast schicken, um Merilille *und* Teslyn zu benachrichtigen. Sie sind zwei der wahren Schwestern, die Euch zweifellos auseinandernehmen würden.«

Elayne blickte von der Besitzerin des Gasthauses zu Nynaeve. Keine Wut, kein Stirnrunzeln und dennoch ein sehr bedeutungsvoller Blick. Nynaeve fragte sich, ob sie dies durchstehen könnte. Der Gedanke an Mat überzeugte sie letztendlich.

»Wir werden uns nicht verirren, Herrin Anan«, sagte sie und bemühte sich um Demut. Sie fand, daß es ihr recht gut gelang, wenn man bedachte, wie fremd ihr Demut war. »Danke, daß Ihr uns helft.« Sie lächelte die Wirtin an und bemühte sich sehr, nicht auf Elayne zu achten, deren Blick noch bedeutungsvoller wurde, auch wenn es kaum zu glauben war. Auf jeden Fall mußte sie dafür sorgen, daß die Frau sie weiterhin für die Störung wert hielt. »Wir sind Euch wirklich dankbar, Herrin Anan.«

Herrin Anan sah sie fragend an, schnaubte dann und schüttelte den Kopf. Nynaeve beschloß, daß sie die Wirtin, wenn es sein mußte, zum Palast zerren würde, wenn dies vorbei war, und die anderen Schwestern *zwingen* würde, sie in Herrin Anans Anwesenheit anzuerkennen.

Zu dieser frühen Stunde war der Hof bis auf einen einsamen Jungen von zehn oder zwölf Jahren mit einem Eimer, der den staubigen Boden mit Wasser besprenkelte, leer. Die weißen Stalltüren waren weit geöffnet, und eine Schubkarre mit einer darauf liegenden Mistgabel stand davor. Geräusche, als würde man einen großen Frosch zertreten, erklangen aus dem Stall. Nynaeve entschied, daß es der Gesang eines Mannes war. Würden sie reiten müssen, um ihren Bestimmungsort zu erreichen? Selbst ein kurzer Ritt wäre

unerfreulich. Da sie nur in der Absicht den Platz überquert hatten, wieder zurück zu sein, bevor die Sonne
höher gestiegen wäre, hatten sie weder Hüte noch Son-
nenschirme mitgenommen.

Herrin Anan führte sie jedoch durch den Hof und
dann eine schmale Gasse zwischen dem Stall und einer
hohen Mauer entlang, über deren oberen Rand von der
Trockenheit staubige Baumwipfel hervorsahen. Zweifellos irgend jemandes Garten. Ein kleines Tor am Ende
der Gasse führte auf eine staubige und dermaßen enge
Gasse, daß die ersten Sonnenstrahlen sie noch nicht
vollkommen erreicht hatten.

»Ihr Kinder bleibt jetzt dicht bei mir, denkt daran«,
belehrte die Wirtin sie erneut, während sie die düstere
Gasse betrat. »Wenn Ihr Euch verirrt, schwöre ich, daß
ich selbst zum Palast gehen werde.«

Nynaeve umfaßte mit beiden Händen ihren Zopf,
während sie Herrin Anan folgte, um ihr nicht an die
Kehle zu gehen. Wie sehr sie sich nach ihren ersten
grauen Haaren sehnte. Zuerst die anderen Aes Sedai,
dann das Meervolk – Licht, sie wollte nicht über sie
nachdenken! – und jetzt eine Wirtin! Niemand nahm
einen ernst, bevor man nicht zumindest ein wenig
Grau im Haar hatte. Selbst das alterslose Gesicht einer
Aes Sedai war ihrer Einschätzung nach nicht gleich-
wertig.

Elayne hob ihre Röcke aus dem Staub, obwohl ihre
Schuhe immer noch kleine Staubwolken aufwirbelten,
die sich auf dem Saum ihrer Gewänder niederließen.
»Laß mich sehen«, sagte Elayne sanft, während sie
starr geradeaus blickte. Sanft, aber kühl. Tatsächlich
sehr kühl. Sie hatte eine Art, jemanden auseinanderzu-
nehmen, ohne ihre Stimme zu erheben, die Nynaeve
bewunderte. Normalerweise. Im Moment erweckte es
in ihr nur das Verlangen, Elayne zu schlagen. »Wir
könnten jetzt im Palast sein, Blaubeertee trinken und
die frische Brise genießen, während wir darauf warte-

ten, daß Meister Cauthon seine Habe brächte. Vielleicht würden Aviendha und Birgitte mit nützlichen Informationen zurückkommen. Wir könnten endlich genau festlegen, was wir mit dem Mann tun wollen. Folgen wir ihm einfach durch die Straßen des Rahad und sehen, was geschieht, führen wir ihn in einander ähnelnde Gebäude, oder lassen wir ihn wählen? Es muß einhundert nützliche Möglichkeiten geben, diesen Vormittag zu verbringen, einschließlich der Entscheidung, ob es nach diesem Handel, den das Meervolk uns abgerungen hat, sicher ist, zu Egwene zurückzukehren – ob es jemals sicher ist. Wir müssen früher oder später darüber reden. Es nützt nichts, dem auszuweichen. Statt dessen befinden wir uns auf einem Spaziergang, der wer weiß wie lange dauern kann, und blinzeln den ganzen Weg in der Sonne, wenn wir so weiterlaufen, um Frauen aufzusuchen, die aus der Burg Verwiesene durchfüttern. Ich für meinen Teil habe kein großes Verlangen, heute morgen oder an irgend einem anderen Morgen Davongelaufene einzufangen. Aber du kannst mir das alles gewiß so erklären, daß ich es verstehe. Ich würde es so gern verstehen, Nynaeve. Mir wäre der Gedanke unangenehm, dich umsonst den ganzen Mol-Hara-Platz entlang zu treten.«

Nynaeve senkte die Augenbrauen. Sie treten? Elayne wurde wirklich immer heftiger, seit sie soviel Zeit mit Aviendha verbrachte. Jemand sollte den beiden ein wenig Verstand einbleuen. »Die Sonne steht noch nicht hoch genug, daß sie uns schon blendet«, murrte sie. Aber leider wäre es bald soweit. »Denk nach, Elayne. *Fünfzig* Frauen, welche die Macht lenken können und Wilden und aus der Burg Verwiesenen helfen.« Sie fühlte sich manchmal schuldig, wenn sie den Begriff ›Wilde‹ gebrauchte. Aus dem Munde der meisten Aes Sedai bedeutete es eine Beleidigung, aber sie beabsichtigte, sie diesen Begriff eines Tages wieder mit Stolz aussprechen zu lassen. »Und sie nannte sie den ›Zirkel‹. Das klingt für mich nicht nach einigen Freunden. Es klingt nach einer Gemeinschaft.« Die Gasse wand sich zwischen hohen Mauern und Rückseiten von Gebäuden hindurch, wobei bei vielen die bloßen Ziegelsteine durch den Verputz sahen, und an Palastgärten und Läden vorbei, wo manche offene Hintertür einen Blick auf Silberschmiede, Schneider oder Holzschnitzer bei der Arbeit freigab. Herrin Anan schaute mindestens ebenso häufig über ihre Schulter, um sich zu vergewissern, daß sie ihr noch immer folgten. Nynaeve lächelte und nickte ihr zu, was hoffentlich Eifer vermittelte.

»Nynaeve, wenn *zwei* Frauen, welche die Macht lenken können, eine Gemeinschaft bildeten, würde die Burg über sie herfallen wie ein Rudel Wölfe. Woher sollte Herrin Anan außerdem wissen, ob sie es können oder nicht? Frauen, die es können und keine Aes Sedai sind, zeigen sich nicht überall, wie du weißt. Jedenfalls nicht sehr lange. Auf jeden Fall kann ich nicht erkennen, daß es einen Unterschied machte. Egwene will vielleicht jede Frau, welche die Macht lenken kann, irgendwie zur Burg bringen, aber darum sind wir nicht hier.« Die frostige Geduld in Elaynes Stimme ließ Nynaeve ihren Zopf noch fester umfassen. Wie konnte die Frau so begriffsstutzig sein? Sie lächelte Herrin Anan erneut zu und unterdrückte dann nur mit Mühe einen finsteren Blick auf deren Rücken, als jene den Kopf wieder nach vorn wandte.

»Fünfzig Frauen sind nicht zwei Frauen«, flüsterte Nynaeve heftig. Sie konnten die Macht lenken. Es mußte so sein. Alles deutete darauf hin. »Es ist unvorstellbar, daß dieser Zirkel in einer Stadt mit einem Lagerraum voller *Angreale* besteht, ohne daß davon zumindest bekannt ist. Und wenn dem so ist…« Sie konnte nicht verhindern, daß ihre Stimme vor Zufriedenheit troff. »… werden wir die Schale ohne Meister

Matrim Cauthon finden. Wir können diese lächerlichen Versprechen vergessen.«

»Sie waren keine Bestechung, Nynaeve«, sagte Elayne wie abwesend. »Ich werde sie halten, und du ebenfalls, wenn du Ehrgefühl besitzt, und das weiß ich.« Sie verbrachte absolut zuviel Zeit mit Aviendha. Nynaeve wünschte, sie wüßte, warum Elayne begonnen hatte zu glauben, daß sie alle diesem Aiel-Unsinn folgen müßten.

Elayne biß sich stirnrunzelnd auf die Unterlippe. Alle Frostigkeit war von ihr gewichen. Sie war anscheinend wieder ihr altes Selbst. Schließlich sagte sie: »Wir wären ohne Meister Cauthon niemals zu dem Gasthaus gegangen, weshalb wir auch niemals der bemerkenswerten Herrin Anan begegnet oder zu diesem Zirkel geführt worden wären. Wenn uns der Zirkel also zur Schale führt, müssen wir anerkennen, daß er der ursächliche Grund dafür war.«

Mat Cauthon. Sein Name *brodelte* in ihrem Kopf. Nynaeve stolperte über ihre eigenen Füße und ließ den Zopf los, um ihre Röcke zu raffen. Der Boden der Gasse war nicht so glatt wie ein gepflasterter Platz und weitaus unebener als ein Palastboden. Manchmal war eine aufgeregte Elayne besser als eine Elayne, die klar denken konnte. »Bemerkenswert«, murmelte sie. »Niemand hat uns jemals so behandelt wie Herrin Anan, Elayne, nicht einmal Menschen, die zweifelten, nicht einmal das Meervolk. Die meisten Leute wären vorsichtig, wenn eine Zehnjährige vorgibt, eine Aes Sedai zu sein.«

»Die meisten Leute wissen nicht wirklich, wie eine Aes Sedai aussieht, Nynaeve. Ich denke, sie ist einst zur Burg gegangen. Sie weiß Dinge, die sie sonst nicht wissen könnte.«

Nynaeve schnaubte und betrachtete finster den Rücken der vorauseilenden Frau. Setalle Anan mochte zehnmal, hundertmal zur Burg gegangen sein – sie würde Nynaeve al'Meara dennoch als Aes Sedai anerkennen und sich entschuldigen müssen. Und auch erfahren müssen, wie es war, am Ohr umhergezerrt zu werden! Herrin Anan schaute zurück, und Nynaeve gönnte ihr ein starres Lächeln und nickte, als wäre ihr Hals ein Scharnier. »Elayne? Wenn diese Frauen wissen, wo sich die Schale befindet ... Wir müssen Mat nicht erzählen, wie wir sie gefunden haben.« Es klang leicht fragend.

»Ich sehe nicht ein, warum nicht«, erwiderte Elayne und machte dann alle ihre Hoffnungen zunichte, indem sie hinzufügte: »Aber ich muß vorsichtshalber Aviendha fragen.«

Wenn sie nicht gedacht hätte, daß Herrin Anan sie auf der Stelle verlassen würde, hätte sie geschrien.

Die gewundene Gasse wurde zu einer Straße, und es war kein sinnvolles Gespräch mehr möglich. Der schmale Rand der Sonne leuchtete blendend über die Dächer über ihnen. Elayne beschattete sehr betont ihre Augen mit einer Hand. Nynaeve weigerte sich. Es war nicht so schlimm, und sie blinzelte kaum. Ein klarer blauer Himmel spottete ihrem Wettersinn, der ihr noch immer sagte, daß ein Sturm über der Stadt hing.

Bei Tagesanbruch waren schon einige Kutschen in den gewundenen Straßen unterwegs, und mehrere Sänften, die von zwei oder manchmal vier barfüßigen Männern in grün-rot gestreiften Westen getragen wurden. Karren und Wagen rumpelten über die Pflastersteine, Menschen bevölkerten allmählich die Straßen, als Ladentüren geöffnet und Markisen hochgezogen wurden, Lehrlinge in Westen erledigten eilig Botengänge, Männer mit großen zusammengerollten Teppichen auf den Schultern, Akrobaten, Jongleure und Musikanten machten sich an den Häuserecken bereit, und Straßenhändler ließen sich mit ihren Kästen mit Anstecknadeln, Bändern oder schäbigen Früchten nieder. Auf den Fisch- und Fleischmärkten herrschte schon lange Betrieb. Alle Fischhändler waren Frauen und die meisten Metzger ebenfalls, bis auf diejenigen, die mit Rindfleisch handelten.

Herrin Anan bahnte sich an Kutschen und Wagen vorbei, die anscheinend keinen Grund sahen, ihr Tempo zu verlangsamen, festen Schrittes ihren Weg durch die Menge und an reichlich vorhandenen Hindernissen vorbei. Sie schien eine wohlbekannte Person zu sein, die von Ladenbesitzern, Handwerkern und anderen Wirten, die in den Eingängen standen, gegrüßt wurde. Die Ladenbesitzer und Handwerker wurden mit ein paar Worten und einem freundlichen Nicken bedacht, aber bei Wirten blieb sie stets stehen, um einen Moment zu plaudern. Nach dem ersten wünschte sich Nynaeve inbrünstig, sie würde es nicht wieder tun. Nach dem zweiten betete sie darum. Nach dem dritten blickte sie starr geradeaus und versuchte vergebens, nicht mehr zuzuhören. Elaynes Gesicht wurde immer angespannter und kälter. Sie reckte ihr Kinn so weit empor, daß man sich wundern mußte, daß sie den Weg noch sehen konnte.

Nynaeve mußte widerwillig zugeben, daß sie allen Grund dazu hatte. In Ebou Dar konnte vielleicht jemand in einem Seidengewand über einen Platz gehen, aber nicht weiter. Jedermann sonst trug Tuch oder Leinen, selten nur bestickt, bis auf einen gelegentlichen Bettler, der sich ein abgelegtes Seidengewand angeeignet hatte, das an jeder Ecke ausgefranst und mehr Loch als Kleidung war. Sie wünschte nur, Herrin Anan hätte eine andere Erklärung dafür gefunden, warum sie sie beide durch die Straßen führte. Sie wünschte, sie müßte nicht erneut der Geschichte über zwei launische Mädchen lauschen, die all ihr Geld für vornehme Kleider ausgegeben hatten, um einen Mann zu beeindrucken. Mat kam gut bei der Geschichte weg. Verdammt sei er! Ein angenehmer junger Bursche, wenn Herrin Anan nicht verheiratet gewesen wäre, ein wunderbarer Tänzer mit nur einer Spur Verschmitztheit. Alle Frauen lachten. Sie und Elayne jedoch nicht. Nicht die geistlosen kleinen Schwärmerinnen – dieses Wort hatte sie gebraucht –, die keine Kupfermünze mehr besaßen, weil sie hinter einem Mann hergejagt waren, hirnlose Tolpatsche, die hätten betteln oder stehlen müssen, wenn Herrin Anan nicht jemanden wüßte, der ihnen vielleicht Arbeit in der Küche gäbe.

»Sie braucht nicht an jeder Absteige in der Stadt stehenzubleiben«, grollte Nynaeve, während sie vom Gasthaus *Gestrandete Gans* fortgingen, wo sie zusammen mit einer Wirtin, die trotz des bescheidenen Namens große Granate an ihren Ohren trug, drei langatmige Geschichten anhören mußten. Herrin Anan blickte jetzt kaum noch einmal zurück, um nachzusehen, ob sie ihr folgten. »Ihr müßt erkennen, daß wir an solchen Orten niemals unsere wahren Gesichter zeigen dürfen!«

»Das ist vermutlich genau der Punkt«, sagte Elayne eisig. »Nynaeve, wenn du uns einem Wildschwein hinterherlaufen läßt ...« Es war nicht nötig, die Drohung zu beenden. Mit Birgittes und Aviendhas Unterstützung – und sie würden helfen – konnte Elayne ihr das Leben schwermachen, bis sie zufriedengestellt war.

»Sie werden uns geradewegs zu der Schale bringen«, beharrte sie und verscheuchte einen Bettler mit einer schrecklichen purpurfarbenen Narbe, die ein Auge unkenntlich machte. »Ich weiß es.« Elayne schnaubte ausdrucksvoll.

Nynaeve hatte irgendwann aufgehört, die Brücken zu zählen, die sie überquerten, große und kleine, mit darunter entlang stakenden Lastbooten. Die Sonne stieg immer höher über den Dächern auf. Herrin Anan nahm nicht den direkten Weg – sie schien tatsächlich Umwege in Kauf zu nehmen, um Gasthäuser aufzusuchen –, aber sie liefen in östlicher Richtung, und Nynaeve dachte, sie müßten dem Fluß nahe kommen, als sich die Frau mit den haselnußbraunen Augen plötzlich zu ihnen umwandte.

»Hütet jetzt Eure Zungen. Sprecht nur, wenn Ihr angesprochen werdet. Bringt mich in Verlegenheit, und …« Mit einem letzten Stirnrunzeln und leisem Murren, daß sie wahrscheinlich gerade einen Fehler beging, bedeutete sie ihnen mit einer Kopfbewegung, ihr zu einem genau gegenüberstehenden Haus mit einem Flachdach zu folgen.

Es war kein großes Haus – zwei Stockwerke ohne Balkon, mit rissigem Verputz und an mehreren Stellen durchscheinenden Ziegelsteinen –, das keinen allzu angenehmen Standort hatte, da das laute Rattern der Webrahmen auf der einen Seite und der beißende Gestank einer Färberei auf der anderen störten. Eine Dienerin öffnete die Tür, eine bereits ergrauende Frau mit kantigem Kinn, Schultern wie ein Hufschmied und stählernem Blick, der auch nicht durch den Schweiß auf ihrem Gesicht gemildert wurde. Nynaeve folgte Herrin Anan lächelnd hinein. Irgendwo in diesem Haus lenkte eine Frau die Macht.

Die Dienerin mit dem kantigen Kinn hatte Setalle Anan offensichtlich erkannt, schien aber seltsam überrascht. Sie vollführte einen respektvollen Hofknicks, war aber dennoch eindeutig beunruhigt über ihren Besuch. Nynaeve und Elayne wurden jedoch ausdruckslos begrüßt. Sie wurden in einen Wohnraum im ersten Stock geführt, und die Dienerin belehrte sie mit fester Stimme: »Rührt Euch nicht und faßt nichts an, sonst werdet Ihr Euch Strafe einhandeln.« Dann verschwand sie.

Nynaeve sah Elayne an.

»Nynaeve, wenn eine Frau die Macht lenkt, bedeutet das nicht …« Das Gefühl änderte sich, schwoll einen Moment an, sank aber dann noch weiter ab als zuvor. »Selbst bei zwei Frauen bedeutet es nichts«, protestierte Elayne, aber sie klang zweifelnd. »Das war die unmöglichste Dienerin, die ich je erlebt habe.« Sie setzte sich auf einen roten Stuhl mit hoher Rückenlehne, und kurz darauf setzte sich auch Nynaeve hin, aber nur auf die Stuhlkante. Aus Eifer, nicht aus Nervosität. Überhaupt nicht aus Nervosität.

Der Raum war nicht sehr beeindruckend, aber die blau-weißen Bodenfliesen glänzten, und die hellgrünen Wände waren frisch gestrichen. Natürlich waren nirgendwo Vergoldungen zu sehen, aber edle Schnitzereien schmückten die entlang den Wänden aufgestellten roten Stühle und mehrere kleine Tische in einem dunkleren Blau als die Fliesen. Die Leuchter aus Messing waren glänzend poliert. Sorgfältig angeordnete Immergrünzweige schmückten den gekehrten Kamin, und auch der Kaminsims war mit Reliefs versehen und nicht nur aus einfachem Stein. Die Reliefs schienen seltsam gewählt – sie stellten das dar, was die Leute in Ebou Dar die Dreizehn Sünden nannten: ein Mann, dessen Augen vor Neid fast sein ganzes Gesicht einnahmen, ein Bursche, dessen Zunge ihm vor Geschwätzigkeit beinahe bis auf die Knöchel hing, ein die Zähne fletschender Mann, der aus Habgier Münzen an seine Brust preßte, und so weiter –, aber alles in allem stellte es sie sehr zufrieden. Wer auch immer diesen Raum hatte ausstatten lassen, konnte sich auch einen frischen Außenverputz leisten, und der einzige Grund, ihn nicht zu erneuern, wäre, nicht auffallen zu wollen.

Die Dienerin hatte die Tür offen gelassen, und plötzlich drangen Stimmen aus dem Gang herein.

»Ich kann es nicht glauben, daß Ihr sie hergebracht habt.« Die Stimme der Sprecherin klang vor Ungläubigkeit und Zorn angespannt. »Ihr wißt, wie vorsichtig wir sind, Setalle. Ihr wißt mehr, als Ihr wissen solltet, und *das* wißt Ihr mit Sicherheit.«

»Es tut mir sehr leid, Reanne«, antwortete Herrin Anan steif. »Ich habe nicht richtig darüber nachgedacht. Ich … schwöre, daß ich für das Verhalten dieser Mädchen bürge und mich Eurem Urteil beuge.«

»Das ist nicht nötig!« Reannes Stimme klang jetzt vor Entsetzen höher. »Das heißt … Ich meine, Ihr hättet es nicht tun sollen, aber … Setalle, verzeiht, daß ich meine Stimme erhoben habe. Sagt, daß Ihr mir vergebt.«

»Ihr habt keinen Grund, Euch zu entschuldigen, Reanne.« Die Gastwirtin klang wahrhaftig gleichzeitig kläglich und widerwillig. »Es war falsch von mir, sie herzubringen.«

»Nein, nein, Setalle. Ich hätte nicht so mit Euch sprechen dürfen. Bitte, Ihr müßt mir vergeben. Bitte verzeiht.«

Herrin Anan und Reanne Corly betraten den Raum, und Nynaeve blinzelte überrascht. Der Unterhaltung nach hatte sie eine Frau erwartet, die jünger wäre als Setalle Anan, aber Reanne hatte überwiegend graues Haar und ein Gesicht voller Falten, die vielleicht Lachfalten waren, jetzt aber eher Besorgnis ausdrückten. Warum sollte sich die ältere Frau vor der jüngeren erniedrigen, und warum sollte die jüngere es zulassen, wie halbherzig auch immer? Hier herrschten seltsamere Bräuche, als ihr lieb war. Sie war natürlich beim Frauenkreis zu Hause niemals in die Verlegenheit gekommen, sich allzu demütig zu zeigen, aber dies …

Natürlich konnte Reanne die Macht lenken – das war ohnehin zu erwarten gewesen –, aber sie hatte nicht mit ihrer Stärke gerechnet. Reanne war nicht so stark wie Elayne oder auch Nicola – verdammt sei diese Elende! –, aber sie konnte leicht mit Sheriam oder vielleicht Kwamesa oder Kiruna mithalten. Nicht viele Frauen besaßen soviel Stärke, und auch wenn sie selbst ebenfalls recht stark war, war sie doch überrascht, diese Frau hier vorzufinden. Sie mußte eine der Wilden sein. Die Burg hätte eine Möglichkeit gefunden, eine solche Frau zu verwahren, und wenn sie sie ihr Leben lang in einem Novizinnengewand gehalten hätten.

Nynaeve erhob sich, als sie den Raum betraten, und glättete ihre Röcke. Sicher nicht aus Nervosität. Gewiß nicht. Oh, wenn dies doch nur gut ausginge …

Reannes wachsame blaue Augen betrachteten Elayne und Nynaeve mit der Miene eines Menschen, der gerade zwei Schweine in seiner Küche vorgefunden hatte, frisch vom Schweinestall und vor Schlamm triefend. Sie tupfte sich mit einem kleinen Taschentuch das Gesicht ab, obwohl es im Inneren des Hauses kühler war als draußen. »Wir werden vermutlich etwas mit ihnen tun müssen«, murmelte sie, »wenn sie sind, was sie zu sein behaupten.« Ihre Stimme klang auch jetzt noch recht hoch, melodisch und jugendlich. Als sie zu Ende gesprochen hatte, zuckte sie aus einem unbestimmten Grund kurz zusammen und betrachtete die Wirtin von der Seite, wodurch eine neue Runde widerwilliger Entschuldigungen von Herrin Anan und nervöser Versuche Herrin Corlys, diese abzuwehren, begann. In Ebou Dar konnten, wenn die Menschen wahrhaft höflich waren, über eine Stunde lang Entschuldigungen ausgetauscht werden.

Elayne hatte sich mit einem etwas starren Lächeln ebenfalls erhoben. Sie sah Nynaeve mit einer gewölbten Augenbraue an, stützte ihren Ellbogen in eine Hand und legte einen Finger an ihre Wange.

Nynaeve räusperte sich. »Herrin Corly, mein Name ist Nynaeve al'Meara, und dies ist Elayne Trakand. Wir suchen …«

»Setalle hat mir alles über Euch erzählt«, unterbrach die blauäugige Frau sie unheilvoll. Wie viele graue Haare sie auch haben mochte – Nynaeve vermutete, daß sie dennoch steinhart war. »Nur Geduld, Mädchen, ich kümmere mich sofort um Euch.« Sie wandte sich wieder an Setalle, während sie ihre Wangen weiterhin mit dem Taschentuch abtupfte. Kaum unterdrückte Schüchternheit prägte ihre Stimme erneut. »Setalle, wenn Ihr mich bitte entschuldigen wollt, ich muß diese Mädchen befragen ...«

»Seht nur, wer nach all diesen Jahren zurückgekehrt ist«, platzte eine kleine, stämmige Frau mittleren Alters heraus, während sie in den Raum stürzte und ihrer Begleiterin zunickte. Trotz ihres von einem roten Gürtel gehaltenen Ebou-Dari-Gewandes und einem feucht glänzenden, gebräunten Gesicht sprach sie mit rein cairhienischem Akzent. Ihre gleichermaßen verschwitzte Begleiterin in dunklem, einfach geschnittenen Tuch einer Kauffrau war einen Kopf größer, nicht älter als Nynaeve, mit dunklen, schräg stehenden Augen, einer ausgeprägten Hakennase und einem breiten Mund. »Es ist Garenia! Sie ...« Sie brach verwirrt ab, als sie erkannte, daß noch andere anwesend waren.

Reanne legte wie im Gebet – oder vielleicht, weil sie jemanden schlagen wollte – die Hände zusammen. »Berowin«, sagte sie schneidend, »Ihr werdet eines Tages noch über eine Klippe hinauslaufen, bevor Ihr sie unter Euren Füßen bemerkt.«

»Es tut mir leid, Eld ...« Die Cairhienerin senkte errötend den Blick. Die Saldaeanerin machte sich intensiv an einer Anstecknadel mit einem Kreis roter Steine an ihrer Brust zu schaffen.

Nynaeve sah Elayne triumphierend an. Beide Neuankömmlinge konnten die Macht lenken, und irgendwo im Haus wurde immer noch *Saidar* gelenkt. Zwei weitere, und während Berowin nicht sehr stark war, stand Garenia sogar noch über Reanne. Sie konnte es mit Lelaine oder Romanda aufnehmen. Natürlich war das nicht wichtig, und doch ergab das bereits fünf. Elayne reckte eigensinnig das Kinn, aber dann seufzte sie und nickte kurz. Manchmal war es unglaublich mühsam, sie von etwas zu überzeugen.

»Euer Name ist Garenia?« fragte Herrin Anan

zögernd, während sie die fragliche Frau stirnrunzelnd ansah. »Ihr seht einer Frau sehr ähnlich, die ich einst getroffen habe. Zarya Alkaese.«

Dunkle, schräg stehende Augen blinzelten überrascht. Die saldaeanische Kauffrau zog ein Taschentuch aus ihrem Ärmel und tupfte damit ihre Wangen ab. »Das ist der Name der Schwester meiner Großmutter«, sagte sie kurz darauf. »Man hat mir gesagt, ich ähnele ihr sehr. Ging es ihr gut, als Ihr sie saht? Sie hat ihre Familie vollkommen vergessen, nachdem sie fortging, um eine Aes Sedai zu werden.«

»Die Schwester Eurer Großmutter.« Die Wirtin lachte leise. »Natürlich. Es ging ihr gut, als ich sie sah, aber das war vor langer Zeit. Ich war damals noch jünger, als Ihr es jetzt seid.«

Reanne war an ihrer Seite geblieben und schaltete sich jetzt ein. »Setalle, es tut mir sehr leid, aber ich muß Euch bitten, uns zu entschuldigen. Ihr verzeiht, wenn ich Euch nicht hinausführe?«

Herrin Anan äußerte ebenfalls Entschuldigungen, als sei es ihr Fehler, daß die andere Frau sie nicht hinuntergeleiten konnte, und ging mit einem letzten, sehr skeptischen Blick auf Nynaeve und Elayne davon.

»Setalle!« rief Garenia aus, sobald die Gastwirtin gegangen war. »Das war Setalle Anan? Wie hat sie …? Licht des Himmels! Die Burg würde selbst nach siebzig Jahren …«

»Garenia!« ermahnte sie Herrin Corly äußerst streng. Ihr Blick war sogar noch strenger, und das Gesicht der Saldaeanerin rötete sich. »Da Ihr beide hier seid, können wir die Dreierbefragung durchführen. Ihr Mädchen bleibt, wo Ihr seid, und verhaltet Euch still.« Letzteres war an Nynaeve und Elayne gerichtet. Die anderen Frauen zogen sich in eine Ecke zurück und berieten sich leise.

Elayne rückte näher zu Nynaeve. »Ich mochte es schon nicht, wie eine Novizin behandelt zu werden, als

87

ich noch eine Novizin *war*. Wie lange beabsichtigst du diese Farce noch zu spielen?«

Nynaeve zischte ihr zu, sie solle still sein. »Ich versuche zuzuhören, Elayne«, flüsterte sie.

Es stand natürlich außer Frage, die Macht zu benutzen. Die drei hätten es sofort bemerkt. Glücklicherweise woben sie keine Schilde, weil sie vielleicht nicht wußten wie, und manchmal hoben sie ihre Stimmen gerade ausreichend an, daß man etwas verstehen konnte.

»… sagte, sie könnten Wilde sein«, bemerkte Reanne, und Entsetzen und Abscheu spiegelte sich auf den Gesichtern der anderen Frauen.

»Dann weisen wir ihnen die Tür«, sagte Berowin. »Die Hintertür. Wilde!«

»Ich möchte wissen, wer diese Setalle Anan ist«, wandte Garenia ein.

»Wenn Ihr Eure Gedanken nicht auf das Wesentliche konzentrieren könnt«, belehrte Reanne sie, »solltet Ihr diesen Turnus vielleicht auf der Farm verbringen. Alise kann einen Geist wundervoll konzentrieren. Nun …« Die Worte waren nur noch ein Summen.

Eine weitere Dienerin erschien, eine schlanke Frau, die bis auf ihre mürrische Miene hübsch war, in einem Gewand aus grobem grauen Tuch und einer langen weißen Schürze. Sie stellte ein grün lackiertes Tablett auf einen der kleinen Tische, wischte sich mit einer Ecke ihrer Schürze verstohlen die Wangen ab und machte sich dann mit blau glasierten Bechern und einer dazu passenden Teekanne zu schaffen. Nynaeve wölbte die Augenbrauen. Diese Frau konnte ebenfalls die Macht lenken, wenn auch nicht sehr stark. Warum war sie eine Dienerin?

Garenia schaute über ihre Schulter und zuckte zusammen. »Was hat Derys getan, um Strafe zu verdienen? Ich dachte, der Tag würde niemals kommen, an dem sie eine Regel verletzen, geschweige denn sie brechen würde.«

Berowin schnaubte laut, aber ihre Antwort war kaum hörbar. »Sie wollte heiraten. Sie wird einen Turnus so weitermachen und am Tag nach dem Halbmondfest mit Keraille gehen. Damit wird sich Meister Denal abfinden müssen.«

»Vielleicht wollt Ihr beide die Felder für Alise hacken?« Reannes Stimme klang trocken, und die beiden Frauen verstummten.

Nynaeve empfand Frohlocken. Regeln kümmerten sie nicht sehr, zumindest nicht die Regeln anderer – andere Menschen sahen die Situationen selten so klar wie sie und stellten daher törichte Regeln auf. Warum sollte diese Frau, Derys, beispielsweise nicht heiraten, wenn sie wollte? Regeln und Strafen wiesen jedoch auf eine Gesellschaft hin. Sie *hatte* recht. Und noch etwas. Sie stieß Elayne an, bis diese den Kopf senkte.

»Berowin trägt einen roten Gürtel«, flüsterte sie. Das deutete auf eine Weise Frau hin, eine von Ebou Dars berühmten Heilerinnen, deren Betreuung als das Nächstbeste nach der Heilung durch Aes Sedai galt, die fast alles kurierten. Dies geschah vermutlich mit Kräutern und Wissen, aber ... »Wie vielen Weisen Frauen sind wir begegnet, Elayne? Wie viele konnten die Macht lenken? Wie viele waren Ebou Dari oder auch Altarenerinnen?«

»Sieben, wenn man Berowin dazu zählt«, antwortete sie zögernd, »und nur bei einer war ich sicher, daß sie von hier stammte.« Hah! Bei den übrigen hatte das eindeutig nicht gegolten. Elayne atmete tief durch, fuhr aber dennoch leise fort. »*Keine* besaß jedoch auch nur annähernd die Stärke dieser Frau.« Zumindest hatte sie nicht angedeutet, daß sie sich irgendwie geirrt hätten. Alle diese Weisen Frauen hatten die Fähigkeit besessen. »Nynaeve, willst du wirklich behaupten, daß die Weisen Frauen ... *alle* Weisen Frauen ...? Das wäre *mehr* als unglaublich.«

»Elayne, diese Stadt besitzt eine Gilde der Männer,

die jede Nacht die Plätze kehren! Ich glaube, wir haben gerade die sagenumwobene Alte Schwesternschaft der Weisen Frauen gefunden.«

Die eigensinnige Frau schüttelte den Kopf. »Die Burg hätte schon vor Jahren hundert Schwestern hergeschickt, Nynaeve. Zweihundert. Alles dergleichen wäre sofort zerschlagen worden.«

»Vielleicht weiß die Burg nichts davon«, wandte Nynaeve ein. »Vielleicht hält sich die Gilde ausreichend bedeckt, daß die Burg niemals glaubte, sie wären der Besorgnis wert. Es gibt kein Gesetz gegen das Lenken der Macht, wenn man keine Aes Sedai ist, nur gegen die Behauptung, eine Aes Sedai zu sein, und gegen den Mißbrauch der Macht. Oder dagegen, sie in Mißkredit zu bringen.« Das bedeutete, nichts zu tun, was möglicherweise ein schlechtes Licht auf wahre Aes Sedai werfen könnte, wenn jemand zufällig glaubte, man sei eine Aes Sedai, was ihrer Meinung nach schon recht weit ging. Das wahre Problem war jedoch, daß sie es nicht glaubte. Die Burg wußte offenbar alles, und sie würden wahrscheinlich selbst einen Handarbeitskreis sprengen, wenn die ihn bildenden Frauen die Macht lenken konnten. Und dennoch mußte es eine Erklärung geben für …

Sie nahm nur halbwegs wahr, daß die Wahre Quelle umarmt wurde, aber plötzlich wurde sie sich dessen sehr bewußt. Ihr Kinn sank herab, als ein Strang Luft ihren Zopf direkt am Schädel packte und sie auf den Zehen durch den Raum zu laufen zwang. Elayne lief genau neben ihr, das Gesicht zorngerötet. Das schlimmste daran war, daß sie beide abgeschirmt waren.

Der kurze Lauf endete, als sie sich vor Herrin Corly und den beiden anderen, die alle drei in roten Stühlen an der Wand saßen und vom Schimmern *Saidars* umgeben waren, wieder auf die Fußsohlen niederlassen durften.

»Man hat Euch befohlen, still zu sein«, sagte Reanne fest. »Wenn wir beschließen, Euch zu helfen, werdet Ihr lernen müssen, daß wir nicht weniger strikten Gehorsam erwarten als die Weiße Burg selbst.« Diese letzten Worte klangen ehrfurchtsvoll. »Ich sage Euch, daß Ihr freundlicher behandelt worden wärt, wenn Ihr nicht auf diese ungebührliche Art zu uns gekommen wärt.« Der Strang um Nynaeves Zopf schwand. Elayne reckte verärgert den Kopf, als auch sie losgelassen wurde.

Entsetztes Erstaunen wurde zu regelrechtem Zorn, als Nynaeve erkannte, daß Berowin ihren Schild weiterhin festhielt. Die meisten Aes Sedai, denen sie begegnet war, standen über Berowin. Fast alle. Sie faßte sich wieder und bemühte sich, die Quelle in der Erwartung anzurühren, daß die Gewebe zerstört würden. Sie würde diesen Frauen zumindest zeigen, daß sie nicht ... Die Gewebe ... streckten sich aus. Die rundliche Cairhienerin lächelte, und Nynaeves Miene verdüsterte sich. Der Schild streckte sich immer weiter aus und wölbte sich wie eine Kugel vor. Er würde nicht zerstört werden. Das war unmöglich. Jeder konnte sie natürlich von der Quelle abtrennen, wenn er sie überraschte, und jemand Schwächeres konnte den einmal gewobenen Schild aufrechterhalten, aber nicht jemand *so viel* Schwächeres! Doch ein Schild dehnte sich nicht so weit aus, ohne zu brechen. Es war unmöglich!

»Ihr könntet eines Eurer Blutgefäße zum Platzen bringen, wenn Ihr so weitermacht«, sagte Berowin fast umgänglich. »Wir versuchen nicht, über unsere Stellung hinaus zu streben, aber die Fähigkeiten werden mit der Zeit verbessert, und dies war bei mir schon immer fast ein Talent. Ich könnte sogar einen der Verlorenen festhalten.«

Nynaeve gab stirnrunzelnd auf. Sie konnte warten. Da sie keine andere Wahl hatte, mußte sie warten.

Derys kam mit ihrem Tablett heran und verteilte Becher mit dunklem Tee an die drei sitzenden Frauen. Sie sah Nynaeve oder Elayne nicht einmal an, bevor sie einen perfekten Hofknicks vollführte und an ihren Tisch zurückkehrte.

»Wir könnten jetzt Blaubeertee trinken, Nynaeve«, sagte Elayne und warf ihr einen dermaßen finsteren Blick zu, daß sie beinahe zurückgewichen wäre. Vielleicht wäre es das beste, nicht zu lange zu warten.

»Seid still, Mädchen.« Herrin Corlys Tonfall war vielleicht ruhig, aber sie tupfte sich mit dem Taschentuch verärgert das Gesicht ab. »Unser Bericht über Euch besagt, daß Ihr beide vorlaut und streitsüchtig seid, hinter Männern herjagt und lügt. Wobei ich noch hinzufügen möchte, daß Ihr nicht einmal einfachen Anweisungen folgen könnt, was sich alles ändern muß, wenn Ihr unsere Hilfe erstrebt. Euer Verhalten ist höchst ungebührlich. Seid dankbar, daß wir bereit sind, mit Euch zu sprechen.«

»Wir bitten Euch tatsächlich um Hilfe«, sagte Nynaeve. Sie wünschte, Elayne würde aufhören, so wütend dreinzublicken. Das war noch schlimmer als der strenge Blick Herrin Corlys. Nun, mindestens genauso schlimm. »Wir müssen unbedingt ein *Ter'angreal* finden ...«

Reanne Corly erhob die Stimme, als hätte Nynaeve schweigend dagestanden. »Normalerweise kennen wir die Mädchen, die zu uns gebracht werden, bereits vorher, aber wir müssen sichergehen, daß Ihr seid, was Ihr zu sein vorgebt. Wie viele Türen zur Bibliothek der Weißen Burg dürfen Novizinnen benutzen und welche?« Sie nahm einen Schluck Tee und wartete.

»Zwei«, antwortete Elayne giftig. »Die Haupttür zum Osten hin, wenn sie von einer Schwester geschickt werden, oder die kleine Tür an der südwestlichen Ecke, welche die Novizinnentür genannt wird, wenn sie von sich aus hingehen. Wie lange, Nynaeve?«

Garenia, die Elaynes Schild festhielt, lenkte unsanft einen weiteren dünnen Strang Luft. Elayne erbebte, und Nynaeve zuckte zusammen und wunderte sich, daß sie nicht ihre Röcke umklammerte. »Höflichkeit ist ebenfalls vonnöten«, murmelte Garenia in ihren Becher.

»Das war die richtige Antwort«, sagte Herrin Corly, als sei nichts weiter geschehen, obwohl sie die Saldaeanerin kurz über ihren Becher hinweg betrachtete. »Nun, wie viele Brücken gibt es im Wassergarten?«

»Drei«, fauchte Nynaeve, hauptsächlich, weil sie es wußte. Sie hatte über die Bibliothek nichts gewußt, da sie niemals eine Novizin gewesen war. »Wir müssen wissen ...« Berowin konnte sich nicht zurückhalten, einen weiteren Strang Luft zu lenken, aber Herrin Corly konnte es – und tat es. Nynaeve behielt nur mühsam eine ausdruckslose Miene bei und verschränkte die Hände in ihren Röcken, um sie ruhig zu halten. Elayne besaß die Frechheit, ihr ein kleines, frostiges Lächeln zu gönnen. Frostig, aber zufrieden.

Ein Dutzend weitere Fragen prasselten auf sie ein, angefangen davon, wie viele Stockwerke die Novizinnenquartiere umfaßten – zwölf –, bis zu der Frage, unter welchen Umständen eine Novizin zum Saal der Burg zugelassen wurde – um Nachrichten zu überbringen oder wegen eines Vergehens aus der Burg gewiesen zu werden; aus keinem anderen Grund. Sie prasselten auf sie ein, ohne daß Nynaeve mehr als zwei Worte dazu äußern konnte, und jene zwei Worte wurden von der schrecklichen Herrin Corly mit Schweigen quittiert. Sie begann sich wie eine Novizin im Saal zu fühlen, die kein Wort sprechen durfte. Das war eine der wenigen Antworten, die sie wußte, aber glücklicherweise antwortete Elayne prompt, wenn sie es nicht tat. Nynaeve hätte es vielleicht besser gemacht, wenn sie über Aufgenommene befragt worden wären, zumindest etwas besser, aber die drei Frauen interessierte, was eine Novizin wissen sollte. Sie war nur froh, daß Elayne bereitwillig mitspielte, obwohl es, nach ihren bleichen Wangen und dem emporgereckten Kinn zu urteilen, nicht mehr lange dauern konnte.

»Nynaeve war vermutlich wirklich dort«, sagte Reanne schließlich, während sie mit den anderen beiden Blicke wechselte. »Wenn Elayne sie gelehrt hätte durchzukommen, hätte sie selbst es wohl besser gemacht. Einige Menschen leben in fortwährendem Nebel.« Garenia schnaubte und nickte dann zögernd. Berowin nickte für Nynaeves Geschmack viel zu prompt.

»Bitte«, sagte sie höflich. Sie konnte höflich sein, wenn sie dazu Veranlassung hatte, was auch immer man von ihr behaupten mochte. »Wir müssen unbedingt ein *Ter'angreal* finden, das vom Meervolk die Schale der Winde genannt wird. Es befindet sich in einem staubigen alten Lagerraum irgendwo im Rahad, und ich glaube, daß Eure Gilde, Euer Zirkel, diesen Ort kennt. Bitte helft uns.« Drei jäh versteinerte Gesichter sahen sie an.

»Es gibt keine *Gilde*«, sagte Herrin Corly kühl, »nur einige Freundinnen, die in der Weißen Burg keinen Platz bekommen haben …« Wieder dieser ehrfurchtsvolle Tonfall. »… und die gelegentlich ausreichend töricht sind, eine Hand auszustrecken, wenn es nötig ist. Wir betreiben keinen Handel mit *Ter'angrealen*, *Angrealen* oder auch *Sa'angrealen*. Wir sind keine Aes Sedai.« ›Aes Sedai‹ hallte ebenfalls ehrfürchtig wider. »Auf jeden Fall seid Ihr nicht hier, um irgendwelche Fragen zu stellen. Wir haben noch weitere Fragen an *Euch*, um festzustellen, wie weit Ihr gediehen seid, woraufhin Ihr aufs Land gebracht und der Obhut einer Freundin übergeben werdet. Sie wird Euch bei sich behalten, bis wir entscheiden, was als nächstes zu tun ist. Bis wir sicher sein können, daß Euch die Schwestern nicht verfolgen. Ihr habt ein neues Leben vor Euch, eine neue Chance, wenn Ihr sie nur erkennen wollt. Was auch immer Euch von der Burg ferngehalten hat, gilt hier nicht, ob es ein Mangel an Geschicklichkeit oder Angst oder etwas anderes ist. Niemand wird Euch drängen, zu lernen oder zu tun, was Ihr nicht lernen oder tun könnt. Es genügt, was Ihr seid. Nun?«

»Es reicht«, sagte Elayne mit eisiger Stimme. »Es reicht schon *lange*, Nynaeve. Oder beabsichtigst du, auf dem Land wer weiß wie lange abzuwarten? Sie haben sie *nicht*, Nynaeve.« Sie nahm den Großen Schlangenring aus ihrer Gürteltasche und steckte ihn sich an den Finger. So wie sie die sitzenden Frauen betrachtete, hätte niemand geglaubt, daß sie abgeschirmt war. Sie war eine Königin der Geduld. Sie war vom Scheitel bis zur Sohle eine Aes Sedai. »Ich bin Elayne Trakand, Hochsitz des Hauses Trakand. Ich bin die Tochter-Erbin von Andor und Aes Sedai der Grünen Ajah, und ich *fordere*, sofort freigelassen zu werden.« Nynaeve stöhnte.

Garenia verzog angewidert das Gesicht, und Berowins Augen weiteten sich entsetzt. Reanne Corly schüttelte kläglich den Kopf, aber als sie sprach, klang ihre Stimme eisenhart. »Ich hatte gehofft, Setalle Anan hätte Euch bezüglich dieser Lüge umgestimmt. Ich weiß, wie schwer es ist, stolz zur Weißen Burg aufzubrechen und dann nach Hause zurückkehren und sein Versagen zugeben zu müssen. Aber das erwähnt man niemals, nicht einmal scherzhaft!«

»Ich mache keine Scherze«, sagte Elayne gelassen.

Garenia beugte sich stirnrunzelnd vor, und ein Strang Luft bildete sich bereits, als Herrin Corly eine Hand hob. »Und Ihr, Nynaeve? Beharrt Ihr auch auf diesem ... Wahnsinn?«

Nynaeve atmete tief durch. Diese Frauen mußten wissen, wo sich die Schale der Winde befand. Sie mußten es einfach wissen!

»Nynaeve!« sagte Elayne übellaunig. Sie würde sie

dies nicht vergessen lassen. Sie hatte eine Art, auf jedem kleinen Fehltritt herumzureiten, daß einem der Boden unter den Füßen schwand.

»Ich bin eine Aes Sedai der Gelben Ajah«, sagte Nynaeve erschöpft. »Der wahre Amyrlin-Sitz, Egwene al'Vere, hat uns in Salidar zur Stola erhoben. Sie ist nicht älter als Elayne. Ihr müßt davon gehört haben.« Die drei harten Mienen änderten sich keinen Deut. »Sie hat uns ausgesandt, die Schale der Winde zu finden, mit der wir das Wetter wieder heilen können.« Noch immer kein Anzeichen von Veränderung. Sie versuchte, ihren Zorn im Zaum zu halten. Sie versuchte es wirklich. Er drang gegen ihren Willen hervor. »Das müßt Ihr doch auch wollen! Seht Euch nur um! Der Dunkle König erstickt die Welt! Wenn Ihr auch nur eine Ahnung habt, wo sich die Schale befindet, dann sagt es uns!«

Herrin Corly machte Derys ein Zeichen, die herankam, zwei Becher aufnahm und mit geweiteten Augen ängstliche Blicke auf Nynaeve und Elayne warf. Als sie davoneilte und den Raum verließ, erhoben sich die drei Frauen langsam und standen dann wie drei grimmige, das Urteil verkündende Richter da.

»Ich bedaure, daß Ihr unsere Hilfe nicht annehmen werdet«, sagte Herrin Corly kalt. »Ich bedaure diese ganze Angelegenheit.« Sie griff in ihre Tasche und drückte Nynaeve und Elayne je drei Silbermünzen in die Hand. »Dies sollte für die nächsten Tage reichen. Ich denke, Ihr könnt auch für Eure Gewänder etwas bekommen, wenn auch nicht mehr den Preis, den Ihr dafür bezahlt habt. Es sind kaum geeignete Reisekleider. Morgen bei Sonnenaufgang werdet Ihr Ebou Dar verlassen haben.«

»Wir werden nirgendwo hingehen«, erwiderte Nynaeve. »Bitte, wenn Ihr wißt …« Sie hätte genausogut schweigen können, was Herrin Corly jedoch nicht tat.

»Zu diesem Zeitpunkt werden wir damit beginnen,

eine Beschreibung Eurer Personen zu verteilen, und
wir werden sicherstellen, daß die Schwestern im Tarasin-Palast sie erhalten. Wenn Ihr nach Sonnenaufgang
noch gesehen werdet, werden wir dafür sorgen, daß
die Schwestern erfahren, wo Ihr Euch aufhaltet, und
die Weißmäntel ebenfalls. Dann habt Ihr die Wahl, entweder davonzulaufen oder Euch den Schwestern zu
ergeben oder zu sterben. Geht, kehrt nicht zurück, und
Ihr solltet überleben können, wenn Ihr diese wider-
wärtige und gefährliche List aufgebt. Wir sind fertig
mit Euch. Berowin, kümmert Euch bitte um sie.« Sie
rauschte zwischen ihnen hindurch und verließ den
Raum, ohne zurückzublicken.

Nynaeve ließ sich mürrisch zur Vordertür drängen.
Widerstand würde nichts anderes bewirken als vielleicht
wahrhaftig hinausgeworfen zu werden, aber es gefiel ihr
nicht, aufgeben zu müssen. Licht, es gefiel ihr ganz und
gar nicht! Elayne schritt neben ihr aus, und ihre ganze
Haltung drückte starre Entschlossenheit aus, den Raum
zu verlassen und die Angelegenheit zu beenden.

In der kleinen Eingangshalle beschloß Nynaeve, es
noch einmal zu versuchen. »Bitte, Garenia, Berowin,
wenn Ihr auch nur eine Ahnung habt, sagt es uns. Gebt
uns irgendeinen Hinweis. Ihr müßt doch erkennen,
wie wichtig es ist. Ihr müßt es erkennen!«

»Die Blindesten sind diejenigen, welche die Augen
geschlossen halten«, zitierte Elayne nicht sehr leise.

Berowin zögerte, aber Garenia nicht. Sie trat nahe an
Nynaeve heran. »Haltet Ihr uns für Närrinnen, Mädchen? Ich sage Euch eines: Wenn es nach mir ginge,
würden wir Euch eiligst zur Farm schaffen, ungeachtet
dessen, was Ihr sagt. Einige Monate unter Alises
Obhut, und Ihr würdet lernen, Eure Zungen zu hüten
und für die Hilfe dankbar zu sein, die Ihr ablehnt.«
Nynaeve erwog, ihr einen Schlag auf die Nase zu versetzen. Sie brauchte *Saidar* nicht, um ihre Fäuste zu gebrauchen.

»Garenia«, sagte Berowin streng. »Entschuldigt Euch!
Wir halten niemanden gegen seinen Willen fest, und das
wißt Ihr sehr genau. Entschuldigt Euch augenblicklich!«

Und Wunder über Wunder – die Frau, die eine hohe
Position innegehabt hätte, wenn sie eine Aes Sedai gewesen wäre, betrachtete die Frau, die nur eine geringe
Stellung innegehabt hätte, von der Seite und errötete
zutiefst. »Ich bitte um Verzeihung«, murmelte Garenia
an Nynaeve gewandt. »Mein Temperament geht
manchmal mit mir durch, und ich sage Dinge, die zu
sagen ich kein Recht habe. Ich bitte demütig um Vergebung.« Ein weiterer Seitenblick zu Berowin, die nickte,
veranlaßte sie zu einem erleichterten Seufzen.

Während Nynaeve noch immer mit offenem Mund
dastand, wurden die Schilde beseitigt, sie und Elayne
auf die Straße geschoben, und die Tür fiel hinter ihnen
ins Schloß.

KAPITEL 5

Die Schwesternschaft

Unglaublich, dachte Reanne, während sie von einem Fenster aus beobachtete, wie die beiden Mädchen zwischen Händlern und Bettlern und gelegentlichen Sänften die Straße hinab verschwanden. Sie war in den Versammlungsraum zurückgekehrt, sobald die beiden hinausgeführt worden waren. Sie wußte nicht, was sie von ihnen halten sollte, und ihre beharrlichen Behauptungen wider alle Vernunft waren nur teilweise der Grund für ihre Verwirrung.

»Sie haben nicht geschwitzt«, flüsterte Berowin ihr zu.

»Nein?« Sie hätte den Tarasin-Palast unverzüglich benachrichtigen lassen, wenn sie nicht ihr Wort gegeben hätte – und wenn es nicht gefährlich gewesen wäre. Angst brodelte in ihr, die gleiche Furcht, die sie ergriffen hatte, nachdem sie einmal die Silberbögen passiert hatte und die Prüfung zur Aufgenommenen abgelegt hatte. Und genauso, wie sie es jedes Mal in den seither vergangenen Jahren gehandhabt hatte, rief sie sich erneut zur Ordnung. In Wahrheit erkannte sie nicht, daß die Angst davor, vielleicht wieder schreiend davonzulaufen, schon seit langem jede Möglichkeit bezwungen hatte, es tatsächlich zu tun. Sie betete, daß diese Mädchen ihren Wahnsinn aufgeben würden. Sie betete, daß sie, wenn sie es nicht täten, weit von Ebou Dar entfernt aufgegriffen würden und entweder schwiegen oder kein Gehör fanden. Vorsichtsmaßnahmen mußten getroffen und seit Jahren nicht mehr benutzte Schutzvorrichtungen eingesetzt werden. Aes

Sedai waren jedoch fast allmächtig, so daß es keinen Unterschied machte, wie sie tief innerlich wußte.

»Älteste, wäre es möglich, daß die ältere der beiden in Wahrheit ...? Wir haben die Macht gelenkt, und ...«

Berowin brach kläglich ab, aber Reanne wußte, was sie hatte sagen wollen. Warum sollte eine Aes Sedai vorgeben, weniger zu sein, so viel weniger? Außerdem hätte eine wahre Aes Sedai sie alle um Gnade bittend auf die Knie gezwungen und nicht so ergeben dagestanden.

»Wir haben die Macht nicht vor einer Aes Sedai gelenkt«, sagte sie fest. »Wir haben keine Regel gebrochen.« Diese Regeln, deren erste lautete, daß sie alle eins waren, selbst jene, die eine Zeitlang höhergestellt waren, fanden bei ihr genauso strenge Anwendung wie bei jedermann sonst. Wie hätte es anders sein können, wenn jene, die höher standen, schließlich wieder niedrigere Positionen einnehmen mußten? Nur durch Bewegung und Veränderung konnten sie verborgen bleiben.

»Aber einige der Gerüchte erwähnen ein Mädchen als Amyrlin, Älteste. Und sie wußte ...«

»Aufrührer.« Reanne legte alle zornerfüllte Ungläubigkeit in dieses eine Wort. Daß jemand es wagen sollte, sich gegen die Weiße Burg zu erheben! Es war nicht ungewöhnlich, daß sich unglaubliche Geschichten mit solchen Menschen verknüpften.

»Was ist mit Logain, und der Roten Ajah?« fragte Garenia, und Reanne sah sie starr an. Sie nippte trotzig an ihrem Tee.

»Wie auch immer die Wahrheit aussieht, Garenia, es steht uns nicht zu, etwas zu kritisieren, was Aes Sedai möglicherweise tun.« Reanne preßte die Lippen zusammen. Das stimmte kaum mit ihren Empfindungen gegenüber den Aufrührern überein, aber wie konnte eine Aes Sedai so etwas tun?

Die Saldaeanerin beugte ergeben und vielleicht

auch, um ihre störrische Miene zu verbergen, den Kopf. Reanne seufzte. Sie selbst hatte die Träume von der Grünen Ajah schon vor langer Zeit aufgegeben, aber es gab Frauen wie Berowin, die insgeheim hofften, daß sie eines Tages irgendwie zur Weißen Burg zurückkehren und trotz allem Aes Sedai werden könnten. Und dann gab es Frauen wie Garenia, die ihre Wünsche beinahe genauso schlecht geheimhalten konnten, obwohl diese Wünsche noch weitaus verbotener waren. Sie hätten Wilde tatsächlich akzeptiert und wären sogar ausgezogen, um Mädchen zu finden, die gelehrt werden konnten!

Garenia war noch nicht fertig. Sie bewegte sich stets hart am Rande der Disziplin und verletzte sie auch häufig. »Was ist mit dieser Setalle Anan? Die Mädchen wußten vom Zirkel. Herrin Anan muß es ihnen gesagt haben, obwohl – wie kann sie wissen ...« Sie erschauderte auf eine für andere entschieden zu auffällige Art, aber sie hatte ihre Gefühle noch nie verbergen können, auch wenn sie es sollte. »Wer auch immer uns verraten hat, muß gefunden und bestraft werden. Sie ist Gastwirtin und muß lernen, ihre Zunge zu hüten!« Berowin keuchte, die Augen entsetzt geweitet, und sank schwer auf einen Stuhl.

»Erinnert Euch, wer sie ist, Garenia«, wies Reanne sie scharf zurecht. »Wenn Setalle uns verraten hätte, würden wir jetzt bereits nach Tar Valon kriechen und den ganzen Weg um Vergebung bitten.« Als sie ursprünglich nach Ebou Dar kam, hatte man ihr die Geschichte einer Frau erzählt, die tatsächlich zur Weißen Burg kriechen mußte, und nichts, was sie bisher von Aes Sedai gesehen hatte, ließ sie dies auch nur im geringsten in Frage stellen. »Sie hat die wenigen Geheimnisse, die sie kennt, aus Dankbarkeit bewahrt, und ich bin überzeugt, daß sie noch immer Dankbarkeit empfindet. Sie wäre bei ihrer ersten Geburt gestorben, wenn die Schwesternschaft ihr nicht geholfen hätte.

Was sie weiß, hat sie von unvorsichtigen Menschen erfahren, die glaubten, sie könne sie nicht hören, und diese wurden bereits vor über zwanzig Jahren bestraft.« Dennoch wünschte sie, sie könnte sich dazu bringen, Setalle zu größerer Vorsicht zu ermahnen. Sie mußte vor diesen Mädchen unachtsam gesprochen haben.

Die Frau beugte erneut den Kopf, preßte aber die Lippen eigensinnig zusammen. Reanne beschloß, daß Garenia zumindest einen Teil dieses Turnus in Abgeschiedenheit verbringen und besondere Anweisungen erhalten müßte, um ihr eigensinniges Mundwerk unter Kontrolle zu bekommen. Alise brauchte selten länger als eine Woche, eine Frau davon zu überzeugen, daß sich Eigensinn nicht lohnte.

Bevor sie Garenia dies jedoch mitteilen konnte, stand Derys, einen Hofknicks vollführend, im Eingang und kündigte Sarainya Vostovan an. Sarainya fegte wie üblich herein, bevor Reanne sie dazu auffordern konnte. Die auffallend hübsche Frau ließ Garenia in gewisser Weise fügsam erscheinen, obwohl sie jede Regel strikt einhielt. Reanne war sich sicher, daß sie ihr Haar zu Zöpfen geflochten und mit Glöckchen geschmückt getragen hätte, wenn sie die Wahl gehabt hätte, ungeachtet dessen, wie das zu ihrem roten Gürtel gepaßt hätte. Aber andererseits hätte sie, wenn sie wiederum die Wahl gehabt hätte, auch nicht einen Turnus mit dem Gürtel gedient.

Sarainya vollführte am Eingang natürlich einen Hofknicks und kniete auch mit gesenktem Kopf vor Reanne nieder, aber selbst fünfzig Jahre hatten sie nicht vergessen lassen, daß sie eine Frau mit erheblicher Macht gewesen wäre, wenn sie sich dazu hätte überwinden können, nach Arafel zurückzukehren. Der Hofknicks und alles andere waren nur Zugeständnisse. Als sie mit rauher, kräftiger Stimme sprach, fragte sich Reanne, ob sich die Frau jemals wieder aussöhnen würde, und die Sorge um Garenia schwand aus ihren Gedanken.

»Callie ist tot, Älteste Schwester. Ihr wurde die Kehle durchschnitten, und sie wurde anscheinend bis auf die Strümpfe ausgeraubt, aber Sumeko behauptet, die Eine Macht habe sie getötet.«

»Das ist unmöglich!« platzte Berowin heraus. »Niemand aus der Schwesternschaft würde so etwas tun!«

»Und eine Aes Sedai?« entgegnete Garenia zögernd. »Aber wie? Die Drei Eide. Sumeko muß sich irren.«

Reanne hob Ruhe gebietend eine Hand. Sumeko irrte sich niemals, nicht auf diesem Gebiet. Sie wäre eine Angehörige der Gelben Ajah geworden, wenn sie während der Prüfungen zur Stola nicht vollkommen zusammengebrochen wäre, und obwohl es bei Strafe verboten war, arbeitete sie daran, mehr zu lernen, wann immer sie glaubte, daß niemand zusah. Keine Aes Sedai hätte dies tun können, und niemand aus der Schwesternschaft hätte es getan, aber ... Diese so beharrlichen Mädchen, die wußten, was sie nicht wissen sollten. Der Zirkel bestand schon zu lange, hatte zu vielen Frauen Hilfe gewährt, um jetzt vernichtet zu werden.

»Wir müssen Folgendes tun«, belehrte sie die anderen. Die angstvolle Aufregung setzte erneut ein, aber dieses Mal bemerkte sie es kaum.

Nynaeve schritt zornig von dem kleinen Haus fort. Es war unglaublich! Diese Frauen hatten eine Gilde. Sie wußte es! Was auch immer sie sagten, sie war überzeugt, daß sie außerdem wußten, wo sich die Schale befand. Sie hätte alles getan, um sie dazu zu bringen, es ihr zu sagen. Einige Stunden lang ihnen gegenüber Fügsamkeit zu zeigen, wäre erheblich leichter gewesen, als sich wer weiß wie viele Tage mit Mat Cauthon abzufinden.

Ich hätte so ergeben sein können, wie sie wollten, dachte

sie verärgert. *Sie hätten mich nur für eine nachgiebige Närrin gehalten! Ich hätte* ... Das war eine Lüge, und das flaue Gefühl, an das sie sich sehr gut erinnerte, wäre nicht nötig gewesen, sie davon zu überzeugen. Hätte sie auch nur halbwegs die Gelegenheit dazu bekommen, hätte sie jede einzelne dieser Frauen geschüttelt, bis sie ihr gesagt hätten, was sie wissen wollte.

Sie warf stirnrunzelnd einen Seitenblick zu Elayne, die gedankenverloren schien. Nynaeve wünschte, sie wüßte, woran Elayne dachte. Ein verschwendeter Vormittag und fast vollständige Demütigung. Sie mochte es nicht, im Unrecht zu sein, und sie war es noch nicht gewohnt zuzugeben, daß sie tatsächlich im Unrecht war. Jetzt würde sie sich bei Elayne entschuldigen müssen. Sie haßte es *wirklich*, sich zu entschuldigen. Nun, es würde in ihren Zimmern vielleicht nicht ganz so schlimm sein, wenn Birgitte und Aviendha noch unterwegs waren, wie sie hoffte. Sie würde nicht auf der Straße damit beginnen, wenn wer weiß wer vorbeikommen konnte. Die Menge hatte sich verdichtet, obwohl die Sonne durch die kreisenden Wolken schreiender Meeresvögel über ihnen kaum höher zu stehen schien.

Es war nach all diesen Windungen und Biegungen nicht leicht, den Rückweg zu finden. Nynaeve mußte ein halbes Dutzend Mal nach dem Weg fragen, während Elayne jeweils in eine andere Richtung schaute und Gleichgültigkeit vorgab. Sie schritten über Brükken, wichen Wagen und Karren aus und sprangen aus dem Weg, wenn sich Sänften eilig durch die Menge schlängelten. Nynaeve wünschte, Elayne würde etwas sagen. Nynaeve wußte, wie man einen Groll pflegte, und je länger sie selbst schwieg, desto schlimmer wurde es, wenn sie sprach, so daß die Vorstellung, wie es wieder in ihren Zimmern sein würde, desto düsterer ausfiel, je länger Elayne schwieg. Das machte sie wütend. Sie hatte zugegeben, daß sie im Unrecht war, wenn auch nur sich selbst gegenüber. Elayne hatte kein Recht, sie so leiden zu lassen. Sie setzte eine Miene auf, die selbst Menschen, die ihren Ring nicht bemerkten, aus dem Weg treten ließ. Sogar einige Sänftenträger wichen ihr aus.

»Wie alt wirkte Reanne auf dich?« fragte Elayne plötzlich. Nynaeve wäre beinahe zusammengezuckt. Sie hatten fast den Mol-Hara-Platz erreicht.

»Wie fünfzig. Vielleicht sechzig. Das ist doch unwichtig.« Sie ließ ihren Blick über die Menge schweifen, um zu überprüfen, ob jemand lauschen konnte. Eine vorübergehende Straßenhändlerin, die kleine gelbe Zitronen verkaufte, erstickte nur unvollkommen einen Schrei, als Nynaeves Blick einen Moment an ihr haften blieb, woraufhin sie sich hustend und würgend über ihre Waren beugen mußte. Nynaeve schnaubte. Die Frau hatte wahrscheinlich tatsächlich gelauscht, wenn sie auch nicht vorgehabt hatte, einen Vorteil daraus zu ziehen. »Sie *sind* eine Gilde, Elayne, und sie wissen *wahrhaftig*, wo sich die Schale befindet. Ich weiß einfach, daß es so ist.« Das war überhaupt nicht das, was sie hatte sagen wollen. Wenn sie sich jetzt dafür entschuldigte, Elayne in diese Geschichte hineingezogen zu haben, wäre es vielleicht nicht so schlimm.

»Vermutlich«, sagte Elayne nachdenklich. »Ich schätze, daß sie es wissen könnten. Wie kann sie so gealtert sein?«

Nynaeve blieb mitten auf der Straße jäh stehen. Nach all dem Streit und nachdem sie buchstäblich hinausgeworfen worden waren, *vermutete* sie nur? »Nun, *ich* vermute, sie ist genauso gealtert wie wir übrigen, einen Tag nach dem anderen. Elayne, wenn du das geglaubt hast, warum hast du dann wie Rhiannon in der Burg verkündet, wer du bist?« Ihr gefiel das eher – gemäß der Geschichte, daß das, was Königin Rhiannon bekam, weit von dem entfernt war, was sie gewollt hatte.

Aber die Frage schien auf Elayne, trotz all ihrer Ausbildung, nicht anwendbar. Sie zog Nynaeve zur Vorderseite des Ladens einer Näherin mit breitem Eingang, in dem mehrere Ankleidepuppen mit halbwegs fertiggestellten Gewändern standen, als eine verhangene grüne Kutsche vorüberrumpelte. Die Straßen waren hier nicht sehr breit.

»Sie hätten uns nichts erzählt, Nynaeve, auch nicht, wenn du vor ihnen niedergekniet und darum gebettelt hättest.« Nynaeve öffnete empört den Mund und schloß ihn dann eilig wieder. Sie hatte niemals etwas von Betteln gesagt. Und außerdem – warum hätte sie die einzige sein sollen? Besser irgendeine Frau als Mat Cauthon. Elayne war jedoch nicht von ihrem Gedanken abzubringen. »Nynaeve, sie muß wie jede andere verzögert gealtert sein. Wie alt ist sie, wenn sie wie fünfzig oder sechzig aussieht?«

»Wovon sprichst du?« Nynaeve merkte sich die Örtlichkeit, ohne darüber nachzudenken. Die Arbeiten der Näherin sahen gut aus und schienen einer näheren Betrachtung wert. »Sie lenkt die Macht bestimmt nicht häufiger als notwendig, weil sie sosehr befürchtet, für eine Schwester gehalten zu werden. Daher will sie gewiß auch kein zu glattes Gesicht haben.«

»Du hast beim Unterricht wohl niemals zugehört?« murmelte Elayne. Sie sah die rundliche Näherin strahlend in den Eingang treten und zog Nynaeve zur Ecke des Gebäudes. Wenn man die Mengen Spitze an Leibchen und Unterröcken des Gewandes der Näherin bedachte, würde man näher hinsehen müssen, wenn Nynaeve etwas bei ihr bestellen wollte. »Vergiß die Kleider einen Moment, Nynaeve. Welche ist die älteste Aufgenommene, an die du dich erinnern kannst?«

Nynaeve sah Elayne ausdruckslos an. Es hatte geklungen, als denke sie niemals an etwas anderes! Und sie hatte sehr wohl zugehört. Manchmal. »Ich glaube, Elin Warrel. Sie muß ungefähr in meinem Alter sein.«

106

Das Gewand der Näherin wäre mit einem sittsameren Ausschnitt und weitaus weniger Spitze hübsch. In grüner Seide. Lan mochte Grün, obwohl sie ihre Kleider sicher nicht für ihn aussuchen würde. Er mochte auch Blau.

Elayne lachte so heftig, daß Nynaeve sich fragte, ob sie laut gesprochen hatte. Sie errötete zutiefst und versuchte, es zu erklären – sie war sich sicher, daß sie es erklären konnte, bei Bel Tine –, aber Elayne gab ihr keine Gelegenheit. »Elins Schwester besuchte sie, unmittelbar bevor du zu Beginn in der Burg eintrafst, Nynaeve. Ihre *jüngere* Schwester. Die Frau hatte *graues* Haar. Nun, teilweise. Sie muß über *vierzig* gewesen sein, Nynaeve.«

Elin Warrel war über vierzig? Aber ...! »Was sagst du da, Elayne?«

Niemand konnte sie belauschen, und niemand außer der noch immer hoffnungsvoll abwartenden Näherin schien sie zu beachten, aber Elayne senkte ihre Stimme dennoch zu einem Flüstern. »Wir altern *langsamer*, Nynaeve. Irgendwann zwischen zwanzig und fünfundzwanzig beginnen wir langsamer zu altern. Wie sehr, hängt von unserer Stärke ab. Das gilt für jede Frau, welche die Macht lenken kann. Takima meinte, es sei der Beginn, ein altersloses Aussehen anzunehmen, obwohl ich nicht glaube, daß es jemals eine Frau erreicht hat, bevor sie die Stola *mindestens* ein oder zwei und manchmal auch fünf oder mehr Jahre getragen hat. Du *weißt*, daß jede Schwester mit grauem Haar tatsächlich *alt* ist, selbst wenn du es nicht erwähnen darfst. Wenn Reanne also verzögert gealtert ist, und es muß so sein, wie alt ist sie dann?«

Nynaeve kümmerte es nicht, wie alt Reanne war. Sie wollte schreien. Kein Wunder, daß jedermann sich weigerte, ihr Alter zu glauben. Und es erklärte auch, warum der Frauenzirkel zu Hause ihr über die Schulter gesehen hatte, als seien sie im Zweifel, daß sie alt genug sei, daß man ihr vollkommen vertrauen könnte. Das alterslose Gesicht einer Schwester anzunehmen, war schön und gut, aber wie lange würde es noch dauern, bis sie ihre grauen Haare hatte?

Sie blickte verärgert die Straße hinab, als sie etwas am Hinterkopf streifte. Sie wandte sich schwankend zu Elayne um. Warum hatte sie sie geschlagen? Aber Elayne lag zusammengesunken am Boden, und eine häßliche, purpurfarbene Beule bildete sich an ihrer Schläfe. Nynaeve sank auf die Knie und barg die Freundin in ihren Armen.

»Eure Freundin muß ohnmächtig geworden sein«, sagte eine Frau mit langer Nase, die sich ungeachtet ihres gelben Gewandes, das selbst nach Ebou-Dari-Maßstäben weitaus zuviel Busen zeigte, neben sie kniete. »Laßt mich Euch helfen.«

Ein großer, in seiner bestickten Seidenweste gutaussehender Bursche mit einem allerdings eher schmierigen Grinsen beugte sich herab und legte eine Hand auf Nynaeves Schulter. »Ich habe eine Kutsche hier. Wir bringen Euch an einen Ort, wo Ihr es bequemer habt als hier auf den Pflastersteinen.«

»Geht nur«, beschied Nynaeve den beiden höflich. »Wir brauchen keine Hilfe.«

Der Mann versuchte jedoch weiterhin, sie zum Aufstehen zu bewegen und zu einer roten Kutsche zu geleiten, in der eine bestürzt wirkende Frau in Blau heftig winkte. Und die Frau mit der langen Nase versuchte wahrhaftig, Elayne hochzuheben, dankte dem Mann für seine Hilfe und flötete, welch gute Idee der Gedanke mit der Kutsche sei. Eine Zuschauermenge hatte sich, anscheinend aus dem Nichts, zu einem Halbkreis versammelt, Frauen, die leise Mitgefühl dafür äußerten, in der Hitze ohnmächtig zu werden, und Männer, die sich anerboten, die Damen tragen zu helfen. Ein hagerer, überaus dreister Bursche griff vor Nynaeves Augen nach ihrer Geldbörse.

Sie fühlte sich noch immer so benommen, daß das Umarmen *Saidars* schwierig war, aber auch wenn all diese plappernden Leute um sie herum ihren Zorn nicht genährt hätten, hätte das, was sie auf der Straße liegen sah, es getan. Ein Pfeil mit einer stumpfen Steinspitze. Derjenige, der sie gestreift, oder derjenige, der Elayne getroffen hatte. Sie lenkte die Macht, und der hagere Taschendieb beugte sich vornüber, umklammerte seinen Leib und quiekte wie ein Schwein im Dornbusch. Ein weiterer Strang, und die Frau mit der langen Nase fiel mit einem doppelt so schrillen Schrei hintenüber. Der Mann in der Seidenweste entschied offensichtlich, daß sie seine Hilfe doch nicht benötigten, denn er wandte sich um und lief zur Kutsche, aber sie verpaßte ihm dennoch eine Abreibung. Er brüllte lauter als ein zorniger Stier, während die Frau in der Kutsche ihn an der Weste hereinzog.

»Danke, aber wir brauchen keine Hilfe«, rief Nynaeve höflich.

Nur wenige waren geblieben, die es noch hören konnten. Als deutlich wurde, daß die Eine Macht gebraucht wurde – und daß Menschen plötzlich umhersprangen und aus keinem ersichtlichen Grund schrien, machte es den meisten überdeutlich –, eilten sie davon. Die Frau mit der langen Nase rappelte sich hoch, sprang auf die rote Kutsche und klammerte sich unsicher daran, während der Kutscher in seiner dunklen Weste die Pferde mit Peitschenhieben durch die Menge drängte, so daß die Menschen beiseite springen mußten. Sogar der Taschendieb humpelte davon, so schnell er konnte.

Nynaeve hätte es nicht weniger gekümmert, wenn sich die Erde aufgetan und alle verschlungen hätte. Mit schmerzender Brust ließ sie vermischte dünne Stränge Wind und Wasser, Erde, Feuer und Geist durch Elayne fließen. Es war ein einfaches Gewebe, das trotz ihrer Schwäche und Benommenheit leicht zu gestalten war, und das Ergebnis ließ sie aufatmen. Es war keine ernstliche Verletzung. Elaynes Schädel war nicht gebrochen. Normalerweise hätte sie die Stränge in weitaus komplizertere Gewebe umgeleitet, in die Heilung, die sie selbst entdeckt hatte. Aber im Moment konnte sie nur einfachere Gewebe gestalten. Nur mit Geist, Wind und Wasser wob sie die Heilung, welche die Gelben schon seit undenklichen Zeiten benutzt hatten.

Elayne riß die Augen auf und krampfte sich mit einem Keuchen, das ihr allen Atem zu nehmen schien, zusammen, während ihre Fersen auf dem Pflaster aufschlugen. Dies dauerte nur einen Moment, aber währenddessen schrumpfte die Beule und verschwand.

Nynaeve half ihr auf – und die Hand einer Frau mit einem Zinnbecher voll Wasser schob sich zwischen sie. »Selbst eine Aes Sedai ist nach einem solchen Erlebnis durstig«, sagte die Näherin.

Elayne griff nach dem Becher, aber Nynaeve umschloß ihr Handgelenk. »Nein, danke.« Die Frau zuckte die Achseln, und als sie sich abwandte, sagte Nynaeve in verändertem Tonfall noch einmal: »Danke.« Es schien leichter über die Lippen zu gehen, je häufiger man es sagte. Sie war sich nicht sicher, ob ihr das gefiel.

Das Meer aus Spitze wurde angehoben, als die Näherin abermals die Achseln zuckte. »Ich fertige Kleidung für jedermann. Ich kann Euch eine bessere Farbwahl empfehlen als die Eure.« Sie verschwand wieder in ihrem Laden. Nynaeve sah ihr stirnrunzelnd nach.

»Was ist passiert?« fragte Elayne. »Warum wolltest du mich nicht trinken lassen? Ich bin durstig *und* hungrig.«

Mit einem letzten finsteren Blick hinter der Näherin her beugte sich Nynaeve herab, um den Pfeil aufzuheben.

Elayne brauchte keine weiteren Erklärungen. *Saidar* schimmerte sie sofort ab. »Teslyn und Joline?«

Nynaeve schüttelte den Kopf. Die leichte Benommenheit schien zu schwinden. Sie glaubte nicht, daß diese beiden sich zu so etwas herablassen würden. Sie glaubte es einfach nicht. »Was ist mit Reanne?« fragte sie ruhig. Die Näherin hatte sich, noch immer hoffnungsvoll, wieder in den Eingang ihres Ladens gestellt. »Vielleicht will sie sich vergewissern, daß wir wirklich gehen. Oder noch schlimmer – vielleicht Garenia.« Das war fast so erschreckend, als wenn es Teslyn und Joline gewesen wären. Und weitaus ärgerlicher.

Elayne sah sogar im Zorn hübsch aus. »Wer auch immer es war, wir werden es herausfinden, du wirst sehen. Nynaeve, wenn der Zirkel weiß, wo sich die Schale befindet, können wir sie finden, aber ...« Sie biß sich zögernd auf die Lippe. »Ich weiß nur einen Weg, wie wir sichergehen können.«

Nynaeve nickte langsam, obwohl sie lieber eine Handvoll Staub gegessen hätte. Der heutige Tag war ihr anfangs so heiter erschienen, aber dann hatte sich Düsterkeit auf ihn gelegt, von Reanne zu ... Oh, Licht, wie lange würde es noch dauern, bis sie ihr graues Haar hatte?

»Weine nicht, Nynaeve. Mat kann nicht so schlecht sein. Er wird sie in wenigen Tagen für uns finden, ich weiß es.«

Nynaeve weinte nur noch heftiger.

KAPITEL 6

Geistfalle

Moghedien wollte dem verhaßten Traum entfliehen, aber es nützte nichts, aufwachen oder schreien zu wollen. Der Schlaf hielt sie fester als jegliche Fesseln. Der Anfang ging schnell vorüber, flüchtig, verschwommen, ohne Gnade. Sie würde den Rest um so eher durchleben müssen.

Sie erkannte die Frau kaum, die das Zelt betrat, in dem sie gefangengehalten wurde. Halima, die Schreiberin einer dieser Närrinnen, die sich Aes Sedai nannten. Närrinnen, die sie jedoch durch den Silberring um sie herum ausreichend fest hielten und sie gehorchen ließen. Eine schnelle Bewegung, obwohl sie um Langsamkeit betete. *Die Frau lenkte die Macht, um ein Licht zu entzünden, und Moghedien sah nur das Licht. Es mußte* Saidin *sein – unter den Lebenden konnten nur die Auserwählten die Wahre Macht berühren,* die vom Dunklen König kam, *und nur wenige waren ausreichend töricht, sie im dringlichsten Notfall auszuschließen –,* aber das war unmöglich! Verschwommene Schnelligkeit. *Die Frau nannte sich Aran'gar und kannte Moghediens Namen. Sie rief zum Krater des Verderbens, nahm die A'dam-Halskette ab und zuckte unter einem Schmerz zusammen, den keine Frau empfinden sollte.* Wieder – wie viele Male hatte sie dies getan? – *wob Moghedien ein kleines Wegetor ins Zelt. Sie glitt, um sich Zeit zum Nachdenken zu verschaffen, durch die endlose Dunkelheit, aber kaum war sie auf ihre Plattform getreten, die wie ein kleiner abgeschlossener Marmorbalkon aussah und einen bequemen Stuhl aufwies, als sie schon auf den schwarzen Hängen Shayol Ghuls ankam, die für immer in Dämmerung gehüllt waren und wo Risse und Krater Dampf und Rauch und beißenden Dunst ausstießen. Ein Myrddraal kam in seiner totenschwarzen Kleidung zu ihr, wie ein fahler, augenloser Mensch, aber größer und wuchtiger als jeder andere Halbmensch. Er betrachtete sie anmaßend, nannte ungebeten seinen seltsamen Namen und befahl ihr mitzukommen. Das taten Myrddraals nicht mit Auserwählten.* Jetzt schrie sie in den Tiefen ihres Geistes, daß der Traum schneller ablaufen sollte, so schnell, daß er verschwamm, daß man ihn nicht erkannte, ihn nicht wahrnahm, aber *jetzt, als sie Shaidar Haran zurück zum Eingang des Kraters des Verderbens folgte, lief alles in normaler Geschwindigkeit ab und schien realer als* Tel'aran'rhiod *oder die wache Welt.*

Tränen strömten aus Moghediens Augen und die bereits glänzenden Wangen hinab. Sie warf sich auf ihrem harten Lager hin und her, und ihre Arme und Beine zuckten, während sie vergebens aufzuwachen versuchte. Sie war sich nicht mehr bewußt, daß sie träumte – alles schien real –, aber tief vergrabene Erinnerungen blieben, und in deren Tiefen schrie der Instinkt auf und suchte zu entkommen.

Sie war mit dem schräg abfallenden Tunnel, der mit Fangzähnen versehen war und dessen Wände in hellem Licht schimmerten, wohl vertraut. Sie hatte diese Abwärtsreise seit jenem Tag vor langer Zeit, als sie zum erstenmal zum Großen Herrn kam, um Gehorsam zu geloben und ihm ihre Seele zu verschwören, schon viele Male angetreten, aber niemals so wie jetzt, niemals zu einem Zeitpunkt, als ihr Versagen in vollem Umfang bekannt war. Es war ihr zuvor immer gelungen, Fehler sogar vor dem Großen Herrn zu verbergen. Hier konnte man Dinge tun, die man nirgends sonst tun konnte. Hier geschahen Dinge, die nirgends sonst geschehen konnten.

Sie zuckte zusammen, als einer der Steinfangzähne ihr Haar streifte, und faßte sich dann wieder, so gut sie konnte. Die Dornen und Klingen mieden den seltsamen, zu großen

Myrddraal, und obwohl er sie mit Kopf und Schultern weit überragte, war sie gezwungen, den Spitzen mit dem Kopf auszuweichen. Hier war die Realität für den Großen Herrn formbarer Ton, und er drückte sein Mißfallen häufig auf diese Art aus. Ein Steinzahn bohrte sich in ihre Schulter, und sie duckte sich, um unter einem weiteren hindurchzugelangen. Der Tunnel war nicht mehr hoch genug, daß sie aufrecht gehen konnte. Sie beugte sich tiefer hinab, eilte jetzt gebückt hinter dem Myrddraal her und versuchte aufzuschließen. Er veränderte seine Gangart nicht, aber wie sehr sie sich auch beeilte, wurde der Abstand zwischen ihnen doch nicht geringer. Die Decke senkte sich, damit die Fangzähne des Großen Herrn Verräter und Narren aufspießen konnten, und Moghedien ließ sich auf Hände und Knie nieder, kroch und robbte dann auf Ellbogen und Knien weiter. Licht flammte auf und flackerte im Tunnel, strahlte vom Eingang des Kraters selbst unmittelbar vor ihr aus, und Moghedien rutschte auf dem Bauch weiter, zog sich mit den Händen voran, stieß mit den Füßen nach. Steinspitzen gruben sich in ihre Haut, verfingen sich in ihrem Gewand. Keuchend schlängelte sie sich beim Geräusch zerreißenden Tuchs das letzte Stück voran.

Als sie über die Schulter zurückschaute, erbebte sie krampfartig. Wo der Tunneleingang hätte sein sollen, befand sich eine glatte Steinmauer. Vielleicht hatte der Große Herr das alles genau geplant, und vielleicht, wenn sie langsamer gewesen wäre ...

Sie fand sich auf einem Sims über einem schwarz gesprenkelten, roten See aus brodelnder Lava wieder, auf dem menschenhohe Flammen tanzten, erstarben und neu erschienen. Über ihr erhob sich die Höhle ohne obere Begrenzung in einen Himmel, an dem rot und gelb und schwarz gestreifte, drohende Wolken dahinrasten, als strömten sie auf dem Wind der Zeit selbst dahin. Es war nicht der dunkel wolkenverhangene Himmel, den man außerhalb Shayol Ghuls sah und der keinen zweiten Blick verdiente, nicht nur, weil sie ihn schon viele Male gesehen hatte. Der Stollen in den Bereich, wo der Große Herr gefangengehalten wurde, war hier nicht näher als irgendwo sonst auf der Welt, aber hier konnte sie ihn spüren. Hier konnte sie im strahlenden Glanz des Großen Herrn schwelgen. Die Wahre Macht umströmte sie so stark, daß der Versuch, die Macht zu lenken, sie zu Schlacke verbrennen würde. Nicht, daß sie den Wunsch verspürte, den Preis irgendwo sonst zu bezahlen.

Sie wollte sich gerade auf die Knie aufrichten, als sie etwas zwischen die Schulterblätter traf, sie fest auf den Steinsims drückte und ihr die Luft aus den Lungen preßte. Sie rang benommen nach Atem und blickte dann wieder über die Schulter. Der Myrddraal stand, einen wuchtigen Stiefel fest auf ihrem Rücken, über ihr. Sie hätte fast Saidar umarmt, aber hier ohne ausdrückliche Erlaubnis die Macht zu lenken, käme dem Tod gleich. Die Anmaßung auf den Hängen in der Oberwelt war eine Sache, aber dies …!

»Wißt Ihr, wer ich bin?« fragte sie. »Ich bin Moghedien!« Der augenlose Blick beobachtete sie wie vielleicht auch ein Insekt. Sie hatte Myrddraals gewöhnliche Menschen häufig auf diese Art betrachten sehen.

MOGHEDIEN. Die Stimme in ihrem Kopf verscheuchte alle Gedanken an den Myrddraal. Sie verscheuchte beinahe jeden Gedanken. Neben dieser Empfindung war auch die innigste Umarmung eines menschlichen Geliebten nur wie ein Tropfen im Vergleich zu einem Ozean. WIE SEHR HAST DU GEFEHLT, MOGHEDIEN? DIE AUSERWÄHLTEN SIND STETS DIE STÄRKSTEN, ABER DU LÄSST DICH EINNEHMEN. DU HAST JENE GELEHRT, DIE SICH MIR ENTGEGENSTELLEN WERDEN, MOGHEDIEN.

Sie kämpfte mit flatternden Augenlidern um Klarheit. »Großer Herr, ich habe sie nur kleine Dinge gelehrt, und ich habe sie so gut bekämpft, wie ich konnte. Ich habe sie einen möglichen Weg gelehrt, einen die Macht lenkenden Mann zu entdecken.« Es gelang ihr zu lachen. »Dies auszuführen, verursacht ihnen solche Kopfschmerzen, daß sie die Macht stundenlang nicht mehr lenken können.« Schweigen. Viel-

*leicht auch gut. Sie hatten den Versuch zu lernen schon
lange vor ihrer Rettung aufgegeben, aber das brauchte der
Große Herr nicht zu erfahren.* »Großer Herr, Ihr wißt, wie
ich Euch gedient habe. Ich diene in den Schatten, und Eure
Feinde spüren meinen Biß erst, wenn mein Gift wirkt.« *Sie
wagte nicht zu sagen, sie habe sich freiwillig gefangennehmen lassen, um von innen zu wirken, aber sie könnte es vor-
schlagen.* »Großer Herr, Ihr wißt, wie viele Eurer Feinde ich
im Krieg der Macht zu Fall gebracht habe. Aus den Schatten, ungesehen, oder wenn man mich doch sah, unbeachtet,
weil ich nicht als Bedrohung angesehen wurde.« *Schweigen.
Und dann ...*

MEINE AUSERWÄHLTEN SIND STETS DIE STÄRKSTEN.
MEINE HAND FÜHRT.

*Die Stimme hallte in ihrem Schädel wider, verwandelte
ihre Knochen in brodelnden Honig und setzte ihr Gehirn in
Flammen. Der Myrddraal hatte die Hand um ihr Kinn gelegt und zwang ihren Kopf hoch, bevor sich ihre Sicht weit
genug geklärt hatte, daß sie das Messer in seiner anderen
Hand sehen konnte. Alle ihre Träume endeten hier mit einem
Durchschneiden ihrer Kehle, während ihr Körper den Trollocs verfüttert würde. Vielleicht würde Shaidar Haran einen
Schnitt für sich selbst bewahren. Vielleicht ...*

*Nein. Sie wußte, daß sie sterben würde, aber dieser
Myrddraal würde keine Faser von ihr verspeisen! Sie
streckte sich nach* Saidar *aus, und ihre Augen traten hervor. Da war nichts. Nichts! Es war, als wenn sie von der
Quelle abgetrennt wäre! Sie wußte, daß dem nicht so war –
es hieß, daß dies der stärkste Schmerz war, der einem Menschen widerfahren konnte, jenseits jeglicher Macht zu töten – aber ...!*

*In jenen benommenen Momenten zwang der Myrddraal
ihren Mund auf, strich mit der Klinge ihre Zunge entlang
und kerbte dann ihr Ohr ein. Und als er sich mit ihrem
Blut und Speichel aufrichtete, wußte sie es, noch bevor er
einen kleinen, zerbrechlichen Käfig aus Golddraht mit
einem Kristall hervorbrachte. Einige Dinge konnten nur*

hier getan werden, einige nur jenen angetan werden, welche die Macht lenken konnten. Sie selbst hatte zahlreiche Männer und Frauen genau zu diesem Zweck hierher gebracht.

»Nein«, keuchte sie. Sie konnte den Blick nicht von dem Cour'souvra abwenden. »Nein, nicht ich! NICHT ICH!«

Shaidar Haran ignorierte sie und strich Blut und Speichel vom Messer auf den Cour'souvra. Der Kristall wurde milchig rot, der erste Schritt. Mit einem Schwung des Handgelenks warf er die Geistfalle zum zweiten Schritt über den geschmolzenen Felsen hinaus. Der goldene Käfig mit dem Kristall wölbte sich hoch in die Luft und hielt plötzlich inne, schwebte genau an der Stelle, wo sich anscheinend der Stollen befand, der Ort, an dem das Muster am dünnsten war.

Moghedien vergaß den Myrddraal. Sie streckte die Hände nach dem Stollen aus. »Gnade, Großer Herr!« Sie hatte niemals erlebt, daß der Große Herr der Dunkelheit Erbarmen walten ließ, aber auch wenn sie mit rasenden Wölfen in einer Zelle angekettet gewesen wäre, hätte sie um dasselbe gebeten. Unter den richtigen Umständen bat man auch um das Unmögliche. Der Cour'souvra schwebte in der Luft und wandte sich im Licht der auflodernden Flammen langsam um. »Ich habe Euch mit ganzem Herzen gedient, Großer Herr. Ich bitte um Gnade. Ich bitte darum. GNADEEEEEEE!«

DU KANNST MIR NOCH IMMER DIENEN.

Die Stimme versetzte sie in unvorstellbare Verzückung, aber gleichzeitig glühte die funkelnde Geistfalle plötzlich wie die Sonne auf, und sie erfuhr in ihrer Entzückung einen Schmerz, als sei sie in den Feuersee eingetaucht. Sie verschmolz damit, heulte und schlug wie wahnsinnig um sich, schlug in endlosem Schmerz um sich, bis sie nach Jahrhunderten, nachdem nichts als Todesqual und die Erinnerung an den Schmerz geblieben war, von der Gnade der Dunkelheit vereinnahmt wurde.

Moghedien regte sich auf ihrem Lager. Nicht wieder. Bitte!

Sie erkannte die Frau kaum, die das Zelt betrat, in dem sie gefangengehalten wurde.

Bitte, schrie sie in den Tiefen ihres Geistes.

Die Frau lenkte die Macht, um ein Licht zu entzünden, und Moghedien sah nur das Licht.

Sie erschauderte tief im Schlaf und zitterte von Kopf bis Fuß. Bitte!

Die Frau nannte sich Aran'gar und kannte Moghediens Namen. Sie rief zum Krater des Verderbens und ...

»Wacht auf, Frau«, sagte eine rauhe Stimme, und Moghedien öffnete ruckartig die Augen. Sie wünschte fast, der Traum kehrte wieder.

Keine Tür und kein Fenster durchbrach die nichtssagenden Steinmauern ihres kleinen Gefängnisses, und es gab auch keine Lampen, aber dennoch kam von irgendwoher Licht. Sie wußte nicht, wie viele Tage sie schon hier war, nur daß in unregelmäßigen Abständen fades Essen gebracht wurde, daß der einzige Eimer als sanitäre Einrichtung noch unregelmäßiger geleert wurde und Seife und ein Eimer mit parfümiertem Wasser irgendwo für sie bereitstanden, damit sie sich waschen konnte. Sie war sich nicht sicher, ob das eine Gnade war oder nicht. Die freudige Erregung beim Anblick eines Eimers Wasser hatte ihr verdeutlicht, wie tief sie gesunken war. Shaidar Haran war jetzt bei ihr in der Zelle.

Sie rollte sich eilig von ihrem Lager, kniete sich hin und führte ihr Gesicht zum bloßen Steinboden. Sie hatte stets getan, was auch immer nötig war, um zu überleben, und der Myrddraal hatte es sie auch nur zu gern gelehrt. »Ich grüße Euch bereitwillig, *Mia'cova.*« Der zusammengezogene Titel brannte auf ihrer Zunge. Er bedeutete ›Einer der mich besitzt‹ oder einfach ›Mein Besitzer‹. Der seltsame Schild, den Shaidar Haran bei ihr verwandt hatte – Myrddraal konnten dies nicht tun, aber er tat es – war nicht ersichtlich, aber sie erwog dennoch nicht, die Macht zu lenken. Die Wahre Macht war ihr natürlich verwehrt – sie konnte nur mit dem Segen des Großen Herrn herangezogen werden –, aber die Quelle marterte sie, obwohl das gerade außer Sicht befindliche Schimmern irgendwie seltsam schien. Sie erwog es noch immer nicht. Jedes Mal, wenn der Myrddraal sie aufsuchte, zeigte er ihr die Geistfalle. Es war äußerst schmerzhaft, die Macht in zu naher Entfernung des eigenen Cour'souvra zu lenken, und desto schmerzhafter, je näher er war. In dieser Nähe hätte sie vermutlich nicht einmal eine einfache Berührung der Quelle überlebt. Und das war noch die geringste der Gefahren einer Geistfalle.

Shaidar Haran kicherte rauh, beinahe trocken. Das war noch ein Unterschied bei diesem Myrddraal. Weitaus grausamer als nur blutdürstige Trollocs waren Myrddraals kalt und leidenschaftslos. Shaidar Haran zeigte jedoch häufig Belustigung. Bisher war sie froh, daß sie nur blaue Flecken hatte. Die meisten Frauen hätten jetzt schon am Rande des Wahnsinns gestanden, wenn sie nicht bereits darüber hinaus gelangt wären.

»Und wollt Ihr auch bereitwillig gehorchen?« fragte die rauhe, knirschende Stimme.

»Ja, ich möchte bereitwillig gehorchen, *Mia'cova*.« Was auch immer nötig war, um zu überleben. Aber sie keuchte noch immer, wenn sich kalte Finger plötzlich in ihr Haar gruben. Sie richtete sich so weit auf wie möglich, aber er half dennoch nach. Zumindest blieben ihre Füße diesesmal auf dem Boden. Der Myrddraal betrachtete sie ausdruckslos. Als sich Moghedien an vergangene Besuche erinnerte, fiel es ihr schwer, nicht zusammenzuzucken oder zu schreien oder einfach *Saidar* zu umarmen und dem ein Ende zu bereiten.

»Schließt Eure Augen«, befahl er ihr, »und haltet sie geschlossen, bis ich Euch erlaube, sie wieder zu öffnen.«

Moghedien schloß eilig die Augen. Eine von Shaidar Harans Lektionen hatte darin bestanden, ihr augenblicklichen Gehorsam beizubringen. Außerdem konnte sie mit geschlossenen Augen versuchen vorzugeben, daß sie jemand anderer sei. Was auch immer nötig war.

Die Hand in ihrem Haar bewegte sich jäh, und sie schrie wider Willen auf. Der Myrddraal preßte sie gegen die Wand. Sie hob schutzsuchend die Hände, und Shaidar Haran ließ sie los. Sie taumelte mindestens zehn Schritte – aber ihre Zelle maß keine zehn Schritte. Sie roch Wald. Sie roch einen schwachen Hauch harzigen Rauch. Sie hielt die Augen jedoch fest geschlossen. Sie wollte sich auch weiterhin nicht mehr als blaue Flecke einheimsen und auch davon nur so wenige wie möglich, so lange es ihr gelang.

»Ihr könnt die Augen jetzt wieder öffnen.«

Sie tat es vorsichtig. Der Sprecher war ein großer, breitschultriger junger Mann in schwarzen Stiefeln und Hose und einem weißen, oben geöffneten Hemd, der sie mit erschreckend blauen Augen aus einem gepolsterten Lehnstuhl vor einem Marmorkamin ansah, in dem die Flammen an langen Scheiten entlang züngelten. Sie stand in einem mit Holzpaneelen versehenen Raum, der vielleicht einem reichen Kaufmann oder einem Adligen bescheidenen Ranges in dieser Zeit hätte gehören können. Die Möbel waren mit Schnitzereien versehen und goldverziert und die Teppiche in rot-goldenen Arabesken gewoben. Sie war sich jedoch sicher, daß sich dieser Raum irgendwo in der Nähe Shayol Ghuls befand. Er fühlte sich nicht an wie *Tel'aran'rhiod*, die einzige andere Möglichkeit. Sie wandte hastig den Kopf und atmete tief durch. Der Myrddraal war nirgendwo zu sehen. Der feste Silberring *Cuande* um ihre Brust schien verschwunden.

»Habt Ihr Eure Zeit in der Vakuole genossen?«

Moghedien spürte eiskalte Finger nach ihrer Kopfhaut greifen. Sie war keine Forscherin und keine
Schöpferin, aber sie kannte das Wort. Sie dachte nicht
einmal daran zu fragen, woher ein junger Mann dieser
Zeit es kannte. Manchmal gab es Blasen im Muster, obwohl jemand wie Mesaana sagen würde, das sei eine
zu einfache Erklärung. Man konnte Vakuolen betreten,
wenn man wußte wie, und sie konnten wie der Rest
der Welt beeinflußt werden – Forscher hatten in Vakuolen oft große Experimente durchgeführt, wie sie
sich vage erinnerte –, aber sie befanden sich tatsächlich
außerhalb des Musters, und manchmal schlossen sie
sich oder lösten sich vielleicht und entschwebten.
Selbst Mesaana wußte nicht, was geschah, nur daß
alles zu der Zeit darin Befindliche für immer verschwand.

»Wie lange?« Es überraschte sie, daß ihre Stimme
fest klang. Sie wandte sich zu dem jungen Mann um,
der dort saß und sie anlächelte. »Ich fragte, wie lange?
Oder wißt Ihr es nicht?«

»Ich sah Euch …« Er hielt inne, langte nach einem
Silberbecher auf dem Tisch neben seinem Stuhl und
lächelte sie über den Rand hinweg weiterhin an,
während er trank. »… vorletzte Nacht ankommen.«

Sie konnte ihr erleichtertes Seufzen nicht zurückhalten. Der einzige Grund, warum jemand eine Vakuole
betreten wollte, bestand darin, daß die Zeit dort anders
verging – manchmal langsamer, manchmal schneller.
Manchmal viel schneller. Sie wäre nicht allzu überrascht gewesen zu erfahren, daß der Große Herr sie
tatsächlich einhundert Jahre lang gefangen gehalten
hatte, oder eintausend, um sie wieder in eine Welt zu
entlassen, die ihm bereits gehörte, um sie dahinsie-
chend ihren Weg gehen zu lassen, während die anderen Auserwählten die Oberhand hatten. Sie war noch
immer eine der Auserwählten, zumindest in ihrer Vorstellung. Bis der Große Herr selbst sagte, daß sie es

nicht mehr sei. Sie hatte niemals von jemandem gehört, der freigelassen wurde, wenn erst eine Geistfalle errichtet war, aber sie würde eine Möglichkeit finden. Es gab immer einen Weg für diejenigen, die vorsichtig waren, während jene, die versagten, Vorsicht Feigheit nannten. Sie hatte selbst einige dieser sogenannten Tapferen nach Shayol Ghul gebracht, damit sie mit dem *Cour'souvra* ausgestattet wurden.

Plötzlich fiel ihr auf, daß dieser Bursche für einen Schattenfreund viel wußte, besonders für jemanden, der nicht viel älter als zwanzig sein konnte. Er schwang ein Bein über eine Armlehne und rekelte sich anmaßend unter ihrem forschenden Blick. Nur ein zu stark ausgeprägtes Kinn verhinderte, daß er gut aussah. Aber sie glaubte nicht, daß sie jemals dermaßen blaue Augen gesehen hatte. Durch seine anmaßende Haltung und durch das, was sie gerade durch Shaidar Harans Hände erduldet hatte, durch den Ruf der Quelle und die Abwesenheit des Myrddraal erwog sie, diesem jungen Schattenfreund eine strenge Lektion zu erteilen. Der Umstand, daß ihre Kleidung verschmutzt war, trug ihren Teil zu dieser Erwägung bei. Sie roch leicht nach dem Parfüm des Waschwassers, aber sie hatte keine Möglichkeit gehabt, das rauhe Gewand zu säubern, in dem sie Egwene al'Vere entflohen war, oder die Risse von ihrer Reise zum Krater zu beseitigen. Die Vernunft gewann mühsam die Oberhand, denn dieser Raum *mußte* sich in der Nähe Shayol Ghuls befinden.

»Wie heißt Ihr?« fragte sie. »Habt Ihr eine Ahnung, mit wem Ihr sprecht?«

»Ja, Moghedien. Ihr könnt mich Moridin nennen.«

Moghedien keuchte, aber nicht wegen des Namens. Jeder Narr konnte sich Tod nennen. Aber ein winziger schwarzer Fleck, gerade ausreichend groß, daß man ihn sehen konnte, zog gerade über eines dieser blauen Augen und dann auf gleicher Höhe über das andere.

Dieser Moridin hatte häufiger als einmal die Wahre Macht berührt. Weitaus häufiger. Sie wußte, daß einige Menschen, welche die Macht lenken konnten, abgesehen von al'Thor, in dieser Zeit überlebt hatten – dieser Bursche hatte ungefähr die gleiche Größe wie al'Thor –, aber sie hatte nicht erwartet, daß der Große Herr jemandem diese besondere Ehre zuteil werden ließe. Eine Ehre mit Widerhaken, wie jeder Auserwählte wußte. Auf lange Sicht gesehen war die Wahre Macht weitaus suchterzeugender als die Eine Macht. Ein starker Wille konnte das Verlangen, mehr *Saidar* oder *Saidin* heranzuziehen, bezwingen, aber sie glaubte nicht, daß man einen ausreichend starken Willen haben konnte, der Wahren Macht zu widerstehen, wenn erst der *Saa* in die Augen trat. Der letztendlich zu zahlende Preis war unterschiedlich, aber in jedem Fall furchtbar.

»Euch wurde weitaus mehr Ehre gewährt, als Euch bewußt ist«, belehrte sie ihn. Als sei ihr Gewand aus edelstem Streith, ließ sie sich auf dem Lehnstuhl ihm gegenüber nieder. »Bringt mir etwas von diesem Wein, und ich werde es Euch erklären. Nur neunundzwanzig anderen wurde jemals gewährt ...«

Zu ihrem Entsetzen lachte er. »Ihr befindet Euch im Irrtum, Moghedien. Ihr dient noch immer dem Großen Herrn, aber nicht ganz so wie einst. Die Zeit für Eure eigenen Spiele ist vorüber. Wenn Ihr nicht zufällig einiges von Nutzen bewirkt hättet, wärt Ihr jetzt tot.«

»Ich bin eine der Auserwählten, Junge«, sagte sie, während Zorn ihre Vorsicht vereinnahmte. Sie richtete sich gerade auf und sah ihn mit all dem Wissen eines Zeitalters an, das seines unwichtig erscheinen ließ. Sie besaß ohnehin und in bestimmten, die Eine Macht betreffenden Gebieten soviel Wissen, daß niemand sie überflügeln konnte. Sie hätte, ungeachtet der Nähe Shayol Ghuls, fast die Quelle umarmt. »Eure Mutter hat Euch wahrscheinlich vor noch nicht allzu langer Zeit mit meinem Namen erschreckt, und Ihr müßt wissen, daß selbst erwachsene Menschen, die Euch wie einen Schwamm zerdrücken könnten, schwitzten, wenn sie ihn hörten. Ihr werdet Eure Zunge in meiner Gegenwart hüten!«

Er griff in den geöffneten Ausschnitt seines Hemdes, und ihr versagte die Stimme. Sie heftete ihren Blick auf den kleinen Käfig aus Golddraht mit dem blutroten Kristall, den er an einer Schnur baumelnd hervorgezogen hatte. Sie bemerkte flüchtig, daß er einen zweiten, ebensolchen Käfig wieder in den Hemdenausschnitt zurückgesteckt hatte, aber sie hatte nur Augen für ihren eigenen Käfig. Es war eindeutig ihrer. Er strich mit dem Daumen darüber, und sie spürte in ihrem Geist, ihrer Seele Zärtlichkeit. Es erforderte nicht viel mehr Druck, als er erzeugte, eine Geistfalle zu zerbrechen. Sie könnte sich auf der anderen Seite der Welt oder noch weiter entfernt befinden, und es wäre vollkommen unwichtig. Der Teil von ihr, der *sie* war, würde abgetrennt werden. Sie würde noch immer mit ihren Augen sehen und mit ihren Ohren hören, schmecken, was auf ihrer Zunge lag und spüren, was sie berührte, aber sie wäre innerhalb dieses roboterartigen Körpers, der demjenigen bedingungslosen Gehorsam schuldete, der den *Cour'souvra* besaß, hilflos. Ungeachtet des Umstands, ob es eine Möglichkeit gab, sich daraus zu befreien oder nicht, war eine Geistfalle genau das, was der Name besagte. Sie konnte spüren, wie alles Blut aus ihrem Gesicht wich.

»Versteht Ihr jetzt?« fragte er. »Ihr dient noch immer dem Großen Herrn, aber jetzt werdet Ihr meinen Befehlen gehorchen.«

»Ich verstehe, *Mia'cova*«, sagte sie mechanisch.

Er lachte erneut, ein tiefes, kräftiges Lachen, das ihrer spottete, während er die Geistfalle wieder unter

125

seinem Hemd verbarg. »Wir brauchen sie jetzt nicht, da Ihr Eure Lektion gelernt habt. Ich werde Euch Moghedien nennen, und Ihr werdet mich Moridin nennen. Ihr seid noch immer eine der Auserwählten. Wer könnte Euch ersetzen?«

»Ja, natürlich, Moridin«, sagte sie tonlos. Was auch immer er sagte, sie wußte, daß er sie besaß.

KAPITEL 7

Unwiderrufliche Worte

Morgase lag wach, starrte durch die monderleuchtete Düsternis an die Decke und versuchte, an ihre Tochter zu denken. Ein einziges helles Leintuch bedeckte sie, aber sie schwitzte in ihrem dicken, bis zum Hals geschlossenen Nachtgewand. Doch das war unwichtig. Ungeachtet des Umstands, wie häufig sie badete, ungeachtet dessen, wie heiß das Wasser war, fühlte sie sich nicht sauber. Elayne mußte wohlbehalten in die Weiße Burg gelangt sein. Manchmal schien es ihr Jahre her, seit sie sich dazu bringen konnte, einer Aes Sedai zu trauen, aber welche Widersprüche auch immer aufkamen – die Burg war gewiß der sicherste Platz für Elayne. Sie versuchte, an Gawyn zu denken – er würde bei seiner Schwester in Tar Valon sein, voller Stolz auf sie und aufrichtig bemüht, sie zu beschützen, wenn sie Schutz brauchte. Und an Galad – warum durfte sie ihn nicht sehen? Sie liebte ihn so sehr, als hätte sie ihn selbst geboren, und er brauchte diese Liebe auf vielerlei Arten mehr als die beiden anderen. Sie bemühte sich, an sie zu denken. Es war schwierig, an irgend etwas anderes zu denken als ... Sie starrte mit geweiteten, vor unvergossenen Tränen schimmernden Augen in die Dunkelheit.

Sie hatte stets geglaubt, sie sei ausreichend tapfer zu tun, was auch immer getan werden müßte, und sich dem zu stellen, was auch immer auf sie zukäme. Sie hatte stets geglaubt, sie könnte sich wieder aufraffen und weiter kämpfen. Rhadam Asunawa hatte sie in einer endlos scheinenden Stunde eines Besseren belehrt, ohne mehr als nur wenige blaue Flecke zu hinterlassen, die bereits verblaßten. Eamon Valda hatte ihre Ausbildung mit einer Frage vollendet. Der blaue Fleck, den ihre Antwort auf ihrem Herzen hinterlassen hatte, war nicht verblaßt. Sie hätte zu Asunawa zurückgehen und ihm sagen sollen, daß er machen könnte, was er wollte. Sie hätte ... Sie betete darum, daß Elayne in Sicherheit war. Vielleicht war es ungerecht, für Elayne mehr zu erhoffen als für Galad oder Gawyn, aber Elayne wäre die nächste Königin von Andor. Die Burg würde die Gelegenheit nicht versäumen, eine Aes Sedai auf den Löwenthron zu bringen. Wenn sie Elayne nur noch einmal sehen könnte, wenn sie alle ihre Kinder nur noch einmal sehen könnte.

Etwas raschelte in dem dunklen Schlafraum, und sie hielt den Atem an und bekämpfte ein Zittern. Sie konnte im schwachen Mondlicht kaum die Bettpfosten erkennen. Valda und Asunawa waren gestern von Amador nordwärts geritten, mit Tausenden von Weißmänteln, die sich dem Propheten entgegenstellen sollten, aber wenn er zurückgekommen war, wenn er ...

Ein Umriß in der Dunkelheit schälte sich zu einer Frauengestalt heraus, die aber zu klein war, als daß es Lini hätte sein können. »Ich dachte mir schon, daß Ihr noch wach seid«, sagte Breanes Stimme sanft. »Trinkt dies – es wird Euch helfen.« Die Cairhienerin versuchte, Morgase einen Silberbecher in die Hand zu geben, der einen leicht säuerlichen Geruch verströmte.

»Wartet, bis man Euch befiehlt, mir etwas zu trinken zu bringen«, fauchte Morgase und stieß den Becher fort. Warme Flüssigkeit ergoß sich über ihre Hand und auf das Leintuch. »Ich war bereits fast eingeschlafen, als Ihr hereinplatztet«, log sie. »Laßt mich allein!«

Die Frau stand da, das Gesicht in den Schatten verborgen, und sah auf sie herab, anstatt zu gehorchen. Morgase mochte Breane Taborwin nicht. Ob Breane wahrhaft adlig geboren und in die gewöhnliche Welt hinabgestiegen war, wie sie manchmal behauptete, oder ob sie nur eine Dienerin war, die gelernt hatte, ihre Vorgesetzten nachzuahmen – sie gehorchte, wann und wie sie wollte und ließ ihrer Zunge viel zu freien Lauf, wie sie jetzt bewies.

»Ihr jammert wie ein Schaf, Morgase Trakand.« Ihre Stimme klang, als brodele sie vor Zorn, obwohl sie leise sprach. Sie setzte den Becher geräuschvoll auf dem kleinen Nachttisch ab, wobei noch mehr Flüssigkeit verschüttet wurde. »Bah! Viele andere hat es weitaus schlimmer getroffen. Ihr lebt. Keiner Eurer Knochen ist gebrochen. Euer Verstand ist heil geblieben. Haltet durch. Laßt die Vergangenheit ruhen, und lebt Euer Leben weiter. Ihr wart so überaus gereizt, daß alle Menschen in Eurer Nähe auf Zehenspitzen einher gehen, sogar Meister Gill. Und Lamgwin hat in diesen drei Nächten kaum eine Sekunde geschlafen.«

Morgase errötete vor Zorn. Selbst in Andor durften Diener nicht so reden. Sie packte die Frau fest am Arm, während Besorgnis in ihr mit Mißfallen rang. »Sie wissen es nicht, oder?« Wenn sie es wüßten, würden sie sie zu rächen versuchen, zu retten versuchen. Sie würden sterben. Tallanvor würde sterben.

»Lini und ich lassen sie für Euch im dunkeln tappen«, höhnte Breane und entzog sich ihr. »Wenn ich Lamgwin umgehen könnte, würde ich sie alle wissen lassen, was für ein blökendes Schaf Ihr seid. Er sieht in Euch das Fleisch gewordene Licht. Ich sehe eine Frau ohne den Mut, sich dem Alltäglichen zu stellen. Ich werde nicht zulassen, daß Ihr ihn durch Eure Feigheit vernichtet.«

Feigheit. Zorn wallte in Morgase auf, aber ihr fehlten die Worte. Ihre Finger verkrampften sich in dem Laken. Sie glaubte nicht, daß sie kaltblütig hätte entscheiden können, mit Valda zu schlafen, aber wenn sie es getan hätte, hätte sie damit leben können. Das glaubte sie zumindest. Aber es war eine vollkommen andere Sache, dem zuzustimmen, weil sie Angst davor hatte, Asunawas verzwickten Fallen erneut entgegenzutreten. Wie auch immer sie in Asunawas Dienst geschrien hatte – Valda war derjenige, der ihr die wahren Grenzen ihres Mutes gezeigt hatte, den sie sehr unterschätzt hatte. Valdas Berührung und sein Bett konnte man mit der Zeit vergessen, aber sie würde immer Scham über dieses »Ja« von ihren Lippen empfinden. Breane schleuderte ihr die Wahrheit ins Gesicht, und sie wußte nicht, wie sie reagieren sollte.

Die Antwort wurde ihr durch Stiefelschritte im Vorzimmer erspart. Die Tür zum Schlafraum wurde aufgestoßen, und ein atemloser Mann blieb nach einem Schritt in den Raum stehen.

»Gut, daß Ihr wach seid«, hörte sie Tallanvors Stimme kurz darauf, wodurch ihr Herz wieder zu schlagen begann und sie wieder atmen konnte. Sie wollte Breanes Hand loslassen – sie konnte sich nicht daran erinnern, sie ergriffen zu haben –, aber zu ihrer Überraschung drückte die Frau ihre Hand, bevor sie sie losließ.

»Es geht etwas vor«, fuhr Tallanvor fort und schritt zu dem einzigen Fenster. Er stellte sich auf eine Seite, als wollte er nicht gesehen werden, und spähte in die Nacht. Das Mondlicht zeichnete seine große Gestalt ab. »Meister Gill, kommt und erzählt, was Ihr gesehen habt.«

Ein Kopf erschien im Eingang, dessen kahle Kopfhaut in der Dunkelheit schimmerte. Dahinter, im anderen Raum, bewegte sich ein breiter Schatten. Lamgwin Dorn. Als Basel Gill erkannte, daß sie noch im Bett lag, wandte er den Blick schnell ab, obwohl er wahrscheinlich nicht mehr als das Bett selbst hatte ausmachen können. Meister Gill war noch breiter als Lamgwin, aber nicht annähernd so groß. »Vergebt mir, meine Königin. Ich wollte nicht …« Er räusperte sich heftig, und seine Stiefel schabten über den Boden, als er sich unru-

130

hig bewegte. Hätte er eine Mütze dabei gehabt, hätte er sie in den Händen gedreht oder nervös geknetet. »Ich war im Langen Gang, auf meinem Weg zu … zu …« Zum Ingwerschnaps war er unterwegs gewesen, was er ihr nicht einzugestehen wagte. »Wie dem auch sei, ich schaute aus einem der Fenster und sah einen … einen großen Vogel, glaube ich … auf den Südkasernen landen.«

»Einen Vogel!« Linis dünne Stimme veranlaßte Meister Gill, den Eingang hastig freizugeben. Oder vielleicht war auch ein heftiger Rippenstoß der Grund. Lini nutzte normalerweise jeden Vorteil, den ihr graues Haar bot. Sie stolzierte an ihm vorbei, während sie noch mit dem Gürten ihres Nachtgewands beschäftigt war. »Narren! Trottel mit Spatzenhirnen! Ihr habt mein Ki …!« Sie hielt heftig hustend inne. Lini vergaß niemals, daß sie Morgases Amme gewesen war, und die ihrer Mutter ebenfalls, aber sie vergaß sich niemals vor anderen. Sie ärgerte sich, daß sie es jetzt getan hatte, was man an ihrer Stimme merkte. »Ihr habt Eure Königin wegen eines Vogels geweckt!« Sie tastete nach ihrem Haarnetz und stopfte mechanisch einige Strähnen darunter, die sich im Schlaf gelöst hatten. »Habt Ihr getrunken, Meister Gill?« Das fragte sich Morgase auch.

»Ich weiß nicht, ob es ein Vogel war«, protestierte Meister Gill. »Es sah nicht aus wie ein Vogel, aber was könnte es sonst gewesen sein? Der Vogel war groß. Männer stiegen von seinem Rücken, und einer saß noch auf seinem Nacken, als er wieder davonflog. Während ich mir ins Gesicht schlug, um wach zu werden, landete ein weiteres dieser … dieser Wesen, und weitere Männer stiegen herab, und dann kam noch eines, und ich beschloß, es sei an der Zeit, Lord Tallanvor zu benachrichtigen.« Lini schwieg, aber Morgase konnte ihren starren Blick fast spüren, und er war nicht auf sie gerichtet. Der Mann, der sein Wirtshaus im

Stich gelassen hatte, um ihr zu folgen, spürte es gewiß.
»Des Lichtes eigene Wahrheit, meine Königin«, beharrte er.

»Licht!« verkündete Tallanvor wie ein Echo. »Etwas ... etwas ist gerade auf den Nordkasernen gelandet.« Morgase hatte ihn noch nie zuvor so erschüttert erlebt. Sie wollte nur, daß sie alle gingen und sie in ihrem Elend allein ließen, aber es bestand wohl keine Hoffnung darauf. Tallanvor war auf vielerlei Art noch schlimmer als Breane. Viel schlimmer.

»Mein Gewand«, sagte sie, und dieses eine Mal reagierte Breane schnell. Meister Gill wandte hastig das Gesicht zur Wand, während sie aus dem Bett stieg und sich ankleidete.

Sie schritt zum Fenster, während sie die Schärpe schloß. Die langen Nordkasernen ragten über dem breiten Hof auf, vier hohe Stockwerke aus dunklem Stein mit einem Flachdach. Es war weder dort noch sonst irgendwo in der Festung Licht zu sehen. Alles war ruhig und still. »Ich sehe nichts, Tallanvor.«

Er zog sie zurück. »Schaut nur«, sagte er.

Zu einem anderen Zeitpunkt hätte sie es bedauert, daß er seine Hand wieder von ihrer Schulter nahm, und wäre sowohl über ihr Bedauern als auch über seinen Tonfall verärgert gewesen. Jetzt, nach Valda, war sie eher erleichtert. Gleichwohl war sie sowohl über die Erleichterung als auch über seinen Tonfall verärgert. Er war viel zu respektlos, viel zu eigensinnig, zu jung. Nicht viel älter als Galad.

Schatten bewegten sich so langsam, wie der Mond höher stieg, aber sonst regte sich nichts. In der Stadt Amador bellte ein Hund, dem weitere antworteten. Dann, als Morgase den Mund öffnete, um Tallanvor und alle anderen zu entlassen, krümmte sich ein Schatten auf den wuchtigen Kasernen und stürzte sich vom Dach.

Ein Wesen, hatte Tallanvor es genannt, und ihr fiel

keine bessere Bezeichnung ein. Der Eindruck eines Körpers, der dicker schien, als ein Mann groß war; breite, gerippte Schwingen wie die einer Fledermaus, die gesenkt wurden, als das Wesen auf den Hof hinabsank; eine Gestalt, ein Mann, der unmittelbar hinter einem gewundenen Hals saß. Und dann schlug es heftig mit den Schwingen und das ... Wesen ... schwang sich empor und schirmte das Mondlicht ab, als es über ihren Kopf hinweg flog und einen langen, dünnen Schwanz nach sich zog.

Morgase schloß langsam den Mund. Sie konnte nur denken: Schattengezücht. Trolloc und Myrddraal waren nicht die einzigen vom Schatten verkehrten Wesen in der Großen Fäule. Sie hatte niemals etwas hierüber erfahren, aber ihre Lehrer in der Burg hatten gesagt, daß dort Wesen lebten, die niemand jemals deutlich gesehen oder aber deren Anblick überlebt hätte, um sie zu beschreiben. Wie konnte dieses Wesen jedoch so weit in den Süden gelangt sein?

Plötzlich flammte in Richtung der Haupttore ein von einem gewaltigen Donnern begleiteter Lichtblitz auf, und dann erneut an zwei weiteren Stellen der Außenmauer. Auch dort befanden sich Tore.

»Was, im Krater des Verderbens, war das?« murrte Tallanvor in einem Moment des Schweigens, bevor Alarm geschlagen wurde. Rufe und Schreie und Pferdewiehern hallten durch die Dunkelheit. Feuer brach mit Donnerkrachen an mehreren Stellen aus.

»Die Eine Macht«, keuchte Morgase. Sie konnte die Macht vielleicht so gut wie gar nicht lenken, aber sie erkannte sie. Die Vorstellung von Schattengezücht schwand. »Es ... es müssen Aes Sedai sein.« Sie hörte jemanden hinter sich nach Atem ringen. Lini oder Breane. Basel Gill murmelte erregt: »Aes Sedai«, und Lamgwin flüsterte eine Erwiderung, die Morgase nicht verstand. In der Dunkelheit schlug Metall auf Metall, Feuer brüllte und Blitze zuckten vom wolkenlosen

Himmel. Auch die Alarmglocken der Stadt klangen schließlich schwach durch den Lärm, aber eigenartig wenige.

»Aes Sedai.« Tallanvor klang zweifelnd. »Warum jetzt? Um Euch zu retten, Morgase? Ich dachte, sie könnten die Eine Macht nicht gegen Menschen lenken, sondern nur gegen Schattengezücht. Übrigens – wenn dieses Flugwesen kein Schattengezücht war, dann habe ich noch niemals welches gesehen.«

»Ihr wißt nicht, wovon Ihr sprecht!« fauchte sie und wandte sich ihm heftig zu. »Ihr …!« Ein Armbrustpfeil prallte gegen den Fensterrahmen und löste einen Steinsplitterschauer aus. Sie spürte eine Luftbewegung, als der Pfeil zwischen ihnen abprallte und in einem der Bettpfosten steckenblieb. Nur eine Handbreit weiter rechts – und alle ihre Sorgen wären beendet gewesen.

Sie regte sich nicht, aber Tallanvor zog sie mit einem Fluch vom Fenster fort. Selbst beim Mondlicht konnte sie sein Stirnrunzeln erkennen, während er sie forschend betrachtete. Einen Moment dachte sie, er würde vielleicht ihr Gesicht berühren. Wenn er es täte, wußte sie nicht, ob sie weinen oder schreien oder ihm befehlen würde, sie für immer zu verlassen, oder …

Statt dessen sagte er: »Ich glaube eher, daß es einige von diesen Männern sind, diesen Shamin oder wie auch immer sie sich nennen.« Er bestand darauf, die seltsamen, unmöglichen Geschichten zu glauben, die ihren Weg sogar in die Festung gefunden hatten. »Ich denke, ich kann Euch jetzt sofort hinausbringen. Alles wird im Chaos versinken. Kommt mit mir.«

Sie widersprach ihm nicht. Nur wenige Menschen wußten etwas über die Eine Macht und noch viel weniger über die Unterschiede zwischen *Saidar* und *Saidin*. Sein Vorschlag hatte einen gewissen Reiz. Sie könnten im Tumult eines Kampfes vielleicht wirklich entkommen.

»Sie dort hinausbringen!« kreischte Lini. Flammendes Licht fiel durch das Fenster. Krachen und Donnern erstickten den Lärm der Männer und Schwerter. »Ich hätte Euch mehr Verstand zugetraut, Martyn Tallanvor. ›Nur Narren küssen Hornissen oder beißen ins Feuer.‹ Ihr habt sie sagen hören, es seien Aes Sedai. Glaubt Ihr, sie weiß es nicht? Glaubt Ihr das?«

»Mein Lord, wenn es Aes Sedai sind ...« Meister Gill brach ab.

Tallanvor ließ sie los, und er brummte leise und wünschte, er hätte ein Schwert. Pedron Niall hatte ihm gestattet, seine Klinge zu behalten. Eamon Valda war nicht so vertrauensvoll.

Sie empfand einen Anflug von Enttäuschung. Wenn er nur beharrlich geblieben wäre, wenn er sie fortgezerrt hätte ... Was war los mit ihr? Hätte er sie aus irgendeinem Grund fortgezerrt, hätte sie ihm die Haut abgezogen. Sie mußte sich zusammenreißen. Valda hatte ihr Vertrauen beeinträchtigt – nein, er hatte es tatsächlich zerstört –, aber sie mußte die Überreste wieder zusammenfügen. Irgendwie. Wenn es das noch wert war.

»Ich kann zumindest herauszufinden versuchen, was vor sich geht«, grollte Tallanvor und schritt zur Tür. »Wenn es nicht Eure Aes Sedai sind ...«

»Nein! Ihr werdet hierbleiben. Bitte.« Sie war sehr froh, daß die fahle Dunkelheit ihr zorngerötetes Gesicht verbarg. Sie hätte sich eher die Zunge abgebissen, als das letzte Wort bewußt zu sagen, aber es war ihr entschlüpft, bevor sie es verhindern konnte. Sie fuhr mit festerer Stimme fort. »Ihr werdet hierbleiben und Eure Königin beschützen, wie es Eure Aufgabe ist.«

Sie konnte sein Gesicht in dem schwachen Licht sehen, und seine Verbeugung schien recht angemessen, aber sie hätte ihre letzte Münze verwettet, daß er verärgert war. »Ich bin in Eurem Vorraum.« Nun, seine Stimme ließ keinen Zweifel. Aber dieses eine Mal küm-

135

merte es sie nicht, wie zornig er war und wie wenig er es verbarg. Es war durchaus möglich, daß sie diesen starrsinnigen Mann mit ihren eigenen Händen tötete, aber er würde nicht heute nacht sterben, von Soldaten niedergemetzelt, ohne daß man feststellen könnte, auf welcher Seite er stand.

Es gab jetzt keine Hoffnung mehr auf Schlaf, selbst wenn sie hätte schlafen können. Sie wusch sich das Gesicht und putzte sich die Zähne, ohne Licht zu entzünden. Breane und Lini halfen ihr, sich in blaue Seide mit grünen Schlitzen zu kleiden, die schneeweiße Spitze an den Handgelenken und unter dem Kinn aufwies. Dieses Gewand wäre überaus geeignet, Aes Sedai zu empfangen. *Saidar* wütete in der Nacht. Es mußten Aes Sedai sein. Wer sonst?

Als sie sich den Männern im Vorraum zugesellte, saßen sie bis auf das durch die Fenster hereinfallende Mondlicht und das gelegentliche Aufflammen von mit der Macht geschaffenem Feuer in Dunkelheit. Selbst eine Kerze mochte ungewollte Aufmerksamkeit erregen. Lamgwin und Meister Gill sprangen respektvoll von ihren Stühlen auf. Tallanvor erhob sich zögerlicher, und sie brauchte kein Licht, um zu wissen, daß er sie mit mürrischem Stirnrunzeln betrachtete. Wütend, daß sie ihn ignorieren mußte – sie war seine Königin! –, und kaum in der Lage, diese Wut aus ihrer Stimme zu verbannen, befahl sie Lamgwin, noch mehr der hohen Holzstühle von den Fenstern abzurücken. Dann saßen sie schweigend da und warteten. Zumindest war es auf ihrer Seite still. Draußen krachte Donner und hallte Brüllen wider, Hörner erklangen und Männer schrien, und durch dies alles spürte sie *Saidar* an- und abschwellen und dann erneut anschwellen.

Der Kampf nahm schließlich nach über einer Stunde ab und erstarb. Stimmen riefen noch immer unverständliche Befehle, Verwundete schrien, und manchmal erklangen diese seltsamen, heiseren Hörner erneut, aber kein Stahl klang mehr auf Stahl. *Saidar* verblaßte. Sie war sich sicher, daß Frauen in der Festung es noch immer umarmten, aber sie glaubte nicht, daß jetzt noch eine Frau die Macht lenkte. Alles schien nach dem Lärm und der Aufregung fast friedlich.

Tallanvor regte sich, aber sie bedeutete ihm mit einer Handbewegung, Ruhe zu bewahren, bevor er sich erheben konnte. Einen Moment lang dachte sie, er würde nicht gehorchen. Die Nacht wich der Morgendämmerung, dann kroch das Sonnenlicht durch die Fenster herein und schimmerte auf Tallanvors finsterem Gesicht. Sie hielt die Hände noch immer im Schoß. Geduld war nur eine der Tugenden, die junge Männer lernen mußten. Geduld kam als edle Tugend direkt nach Mut. Die Sonne stieg höher. Lini und Breane begannen zunehmend besorgt miteinander zu flüstern und warfen Blicke in Morgases Richtung. Tallanvor runzelte die Stirn, die dunklen Augen glühten, und er saß in dieser dunkelblauen Jacke, die ihm so gut paßte, kerzengerade. Meister Gill war nervös, fuhr sich zunächst mit der einen, dann mit der anderen Hand durch sein angegrautes Haar und wischte sich mit einem Taschentuch über die geröteten Wangen. Lamgwin saß nachlässig auf seinem Stuhl, und die schweren Lider des einstigen Straßenschlägers ließen vermuten, daß er halbwegs schlief, aber als er Breane ansah, zog ein flüchtiges Lächeln über sein vernarbtes Gesicht mit der einst gebrochenen Nase. Morgase konzentrierte sich auf ihre Atmung, fast wie bei den Übungen, die sie während ihrer Zeit in der Burg durchgeführt hatte. Geduld. Wenn nicht bald jemand käme, würde sie einiges zu sagen haben, ob es um Aes Sedai ging oder nicht!

Sie sprang bei einem jähen Pochen an der Tür zum Gang wider Willen auf. Bevor sie Breane auffordern konnte nachzusehen, wer es wäre, schwang die Tür auf und prallte gegen die Wand. Morgase starrte den eintretenden Mann an.

Ein großer, dunkler Krieger mit einer Hakennase erwiderte ihren Blick kalt. Das lange Heft eines Schwertes ragte über seiner Schulter auf. Eine seltsame Rüstung bedeckte seine Brust, einander überlappende, glitzernd golden und schwarz lackierte Platten, und er hielt einen Helm auf Hüfthöhe, der wie der Kopf eines Insekts aussah, schwarz und golden und grün, mit drei langen, dünnen grünen Federn. Zwei weitere, ebenso gerüstete Männer mit Helmen ohne Federn folgten ihm auf dem Fuße. Ihre Rüstungen schienen eher bemalt als lackiert, und sie trugen schußbereite Armbruste. Weitere Männer mit gold-schwarzen, mit Quasten versehenen Speeren standen draußen im Gang.

Tallanvor und Lamgwin und sogar der stämmige Meister Gill sprangen auf und stellten sich zwischen sie und ihre eigentümlichen Besucher. Sie mußte sich an ihnen vorbeidrängen.

Der Blick des Mannes mit der Hakennase schwenkte sofort zu ihr, bevor sie eine Erklärung fordern konnte. »Ihr seid Morgase, Königin von Andor?« Seine Stimme klang barsch, und er dehnte die Worte so stark, daß sie ihn kaum verstand. Er ließ ihr keine Gelegenheit zu antworten. »Ihr werdet mit mir kommen. Allein«, fügte er hinzu, als Tallanvor, Lamgwin und Meister Gill vortraten. Die Armbrustschützen hoben ihre Waffen. Die schweren Bolzen wirkten, als könnte man damit Löcher in Rüstungen stanzen. Ein Schild könnte sie kaum aufhalten.

»Ich habe keine Einwände dagegen, daß meine Männer hierbleiben, bis ich zurückkomme«, sagte Morgase ruhiger, als sie sich fühlte. Wer waren diese Leute? Sie kannte sonst die Akzente jeder Nation und auch ihre Rüstungen. »Ihr werdet gewiß gut für meine Sicherheit sorgen, Hauptmann …«

Er nannte keinen Namen, sondern bedeutete ihr nur, ihm zu folgen. Tallanvor machte zu ihrer Erleichterung trotz seines zornigen Blicks kein Aufhebens, und Meister Gill und Lamgwin schauten zu ihrer großen Verärgerung zu ihm, bevor sie zurücktraten. Im Gang formierten sich die Soldaten um sie, und der hakennasige Offizier und die beiden Armbrustschützen führten die Gruppe an. Eine Ehrengarde, versuchte sie sich zu sagen. So kurz nach einem Kampf wäre es überaus töricht, ungeschützt umherzuwandern. Sie wünschte, sie könnte es glauben.

Sie versuchte, den Offizier zu befragen, aber er sagte kein Wort, verlangsamte seinen Schritt nicht und sah sich nicht um, so daß sie ihre Bemühungen aufgab. Keiner der Soldaten sah sie auch nur an. Sie waren Männer mit hartem Blick, wie sie sie von ihrer eigenen Garde her kannte, Männer, die mehr als einen Kampf ausgefochten hatten. Aber wer waren sie? Ihre Stiefel schlugen unheilvoll im gleichen Takt auf dem Steinboden auf, ein Klang, der von den dicken Festungsmauern widerhallte. Es gab hier nur wenig Farbe, nichts, was das Auge erfreute außer vereinzelten Wandteppichen, die Weißmäntel in blutigem Kampf zeigten.

Sie erkannte, daß sie auf das Quartier des kommandierenden Lordhauptmanns zugeführt wurde, und Übelkeit machte sich in ihrem Magen breit. Sie hatte sich fast freudig an den Weg gewöhnt, als Pedron Niall noch lebte. Aber sie hatte ihn in den wenigen Tagen, seit er gestorben war, fürchten gelernt. Als sie um die Ecke kamen, zuckte sie dennoch beim Anblick der ungefähr zwei Dutzend Bogenschützen, die hinter ihrem Offizier hermarschierten, zusammen, Männer in bauschigen Hosen und Lederbrustpanzern, die mit waagerechten Streifen in Blau und Schwarz bemalt waren. Jeder Mann trug einen konischen Stahlhelm mit einer Maske aus grauem Stahlkettenpanzer, die sein Gesicht bis auf die Augen verdeckte. Hier und da waren Schnurrbärte unter den Masken zu erahnen. Der Offizier der Bogenschützen verbeugte sich vor dem Anführer ihrer Gruppe, der zur Erwiderung jedoch nur die Hand hob.

Taraboner. Sie hatte seit vielen Jahren keine tarabonischen Soldaten mehr gesehen, aber diese Männer waren trotz der Streifen Taraboner – oder sie hätte ihre Schuhe verspeist –, was jedoch keinen Sinn ergab. Tarabon war ein lebendig gewordenes Chaos. Es herrschte ein von hundert verschiedenen Seiten geführter Bürgerkrieg zwischen Thronbewerbern und Drachenverschworenen. Tarabon hätte diesen Angriff auf Andor niemals selbst durchführen können. Es sei denn, ein Anwärter hätte unglaublicherweise alle anderen, und auch die Drachenverschworenen, ausgestochen und ... Es war unmöglich, und es erklärte auch diese merkwürdig gerüsteten Soldaten und das Flügelwesen nicht, oder ...

Sie dachte, sie wäre schon Fremdartigem begegnet. Sie dachte, sie hätte Unwohlsein kennengelernt. Dann umrundeten sie und ihre Wache eine weitere Ecke und standen zwei Frauen gegenüber.

Die eine war schlank, kleiner als jede Cairhienerin und dunkler als jede Tairenerin, in einem blauen Gewand, das fast bis auf ihre Knöchel reichte. Silberne, gezackte Lichtblitze zogen sich über rote Applikationen auf ihrer Brust und an den Seiten ihrer weiten, geteilten Röcke. Die andere Frau in langweiligem Dunkelgrau war größer als die meisten Männer. Ihr blondes, glänzend gebürstetes Haar reichte ihr bis auf die Schultern, und sie hatte verschüchterte grüne Augen. Eine silberne Koppel verband ein Silberarmband am Handgelenk der kleineren Frau mit der von der größeren getragenen Halskette.

Sie traten für Morgases Wache beiseite, und als der hakennasige Offizier »Der'sul'dam« murmelte – zumindest glaubte Morgase das verstanden zu haben, wobei sein gedehnter Akzent das Verstehen erschwerte –, beugte die dunkle Frau leicht den Kopf und zog an der Koppel, woraufhin die blonde Frau zu Boden sank und Kopf, Knie und Handflächen flach auf den Stein preßte. Als Morgase und ihre Wächter vorübergegangen waren, beugte sich die dunkle Frau herab und tätschelte der anderen liebevoll den Kopf wie einem Hund, und die kniende Frau schaute, was noch schlimmer war, freudig und dankbar auf.

Morgase brachte mühsam die notwendige Anstrengung auf weiterzugehen, ihre Knie am Nachgeben zu hindern, ihren Magen vor dem Entleeren zu bewahren. Die reine Unterwürfigkeit war schon schlimm genug, aber sie war sich zudem sicher, daß die kniende Frau die Macht lenken konnte. Unmöglich! Sie ging wie benommen weiter und fragte sich, ob dies ein Traum sein konnte, ein schrecklicher Alptraum; sie betete, daß es so war. Sie war sich vage bewußt, daß sie bei weiteren Soldaten stehenblieben, die rot und schwarz gerüstet waren, und dann …

Pedron Nialls Empfangsraum – jetzt Valdas oder wer auch immer die Festung inzwischen eingenommen hatte – war verändert. Die goldene aufgehende Sonne, die in den Boden eingelassen war, war geblieben, aber alle eroberten Banner Nialls, die Valda behalten hatte, als wären es seine, waren verschwunden, und ebenso die Einrichtung, bis auf den einfachen, mit Schnitzereien versehenen, hochlehnigen Stuhl, den Niall und dann Valda benutzt hatten und der jetzt von zwei hohen, unheimlich bemalten Schirmen flankiert wurde. Der eine zeigte einen schwarzen Raubvogel mit weißem Federschopf und grausamem Schnabel, der die weiß gesäumten Schwingen weit ausgebreitet hatte, und der andere eine schwarz gesprenkelte gelbe Katze, die eine Pranke auf ein totes, einem Hirsch ähnliches Tier mit langen, geraden Hörnern und weißen

Streifen gestellt hatte, das nur halb so groß war wie die Katze.

Es befanden sich etliche Menschen in dem Raum, aber mehr konnte sie nicht wahrnehmen, bevor eine Frau mit scharf geschnittenem Gesicht in einem blauen Gewand vortrat, die eine Seite des Kopfes rasiert und das übrige Haar zu einem vor ihrer rechten Schulter herabhängenden Zopf geflochten. Ihre blauen Augen, die äußerste Verachtung zeigten, hätten dem Adler oder der Raubkatze gehören können. »Ihr befindet Euch in Gegenwart der Hohen Dame Suroth, die jene, die zuvor kommen, anführt und die Wiederkehr unterstützt«, intonierte sie mit schleppendem Akzent.

Der hakennasige Offizier packte Morgase ohne Vorwarnung am Nacken und drückte sie neben sich nieder. Benommen, nicht zuletzt weil ihr der Atem geraubt wurde, sah sie ihn den Boden küssen.

»Laßt sie los, Elbar«, befahl eine andere Frau. »Die Königin von Andor darf nicht so behandelt werden.«

Der Mann, Elbar, erhob sich auf die Knie und beugte den Kopf. »Ich erniedrige mich, Hohe Dame. Ich bitte um Vergebung.« Seine Stimme war so kalt und tonlos, wie es sein Akzent zuließ.

»Ich kann Euch dies kaum vergeben, Elbar.« Morgase schaute auf. Suroth überraschte sie. Ihr Kopf war auf beiden Seiten geschoren, so daß nur ein glänzender schwarzer Kamm auf dem Kopf und eine ihren Rücken hinabfallende Mähne geblieben waren. »Vielleicht, wenn Ihr bestraft seid. Und jetzt meldet Euch wieder zur Stelle. Laßt mich allein! Geht!« Bei einer entsprechenden Handbewegung blitzten mindestens zweieinhalb Zentimeter lange Fingernägel auf, von denen die ersten beiden jeder Hand blau glänzten.

Elbar verbeugte sich auf den Knien, erhob sich dann ruhig und verließ rückwärts den Raum. Morgase erkannte zum ersten Mal, daß keiner der anderen Soldaten ihnen in den Raum gefolgt war. Und sie erkannte noch etwas anderes. Er sah sie noch ein letztes Mal an, bevor er ging, und anstatt aufflammenden Groll gegenüber dem Menschen zu zeigen, der seine Bestrafung verursacht hatte, wirkte er ... nachdenklich. Es würde keine Bestrafung geben. Der gesamte Vorfall war im voraus vereinbart worden.

Suroth wandte sich jäh zu Morgase um, wobei sie sorgsam ihr blaues Gewand festhielt, damit die schneeweißen, mit Hunderten winziger Falten versehenen Röcke sichtbar blieben. Aufgestickte Reben und üppig rote und gelbe Blumen breiteten sich über das Gewand aus. Aber Morgase bemerkte trotz der jähen Bewegung, daß die Frau sie nicht eher erreichen würde, als bis sie selbst wieder aufgestanden war.

»Seid Ihr wohlauf?« fragte Suroth. »Wenn Ihr Schaden genommen habt, werde ich seine Bestrafung verdoppeln.«

Morgase strich über ihr Gewand, damit sie das falsche Lächeln nicht ansehen mußte, das sich nicht bis zu den Augen der Frau fortsetzte. Sie nahm die Gelegenheit wahr, sich in dem Raum umzusehen. Vier Männer und vier Frauen knieten an einer Wand, alle jung und überaus gutaussehend, und alle trugen ... Sie wandte ruckartig den Blick ab. Diese langen weißen Gewänder waren fast durchsichtig! Auf der anderen Seite der Schirme knieten jeweils zwei weitere Frauen, von denen jeweils eine ebenfalls ein graues und eine ein mit Silberpfeilen besticktes blaues Gewand trug, und beide waren ebenfalls von Handgelenk zu Hals durch eine Koppel verbunden. Morgase war nicht nahe genug, um es genau sagen zu können, aber sie war sich sicher, daß die beiden grau gewandeten Frauen die Macht lenken konnten. »Es geht mir recht gut, dan ...« Ein großer, rötlich-brauner Umriß lag auf dem Boden ausgebreitet – ein Haufen gegerbte Kuhhäute vielleicht. Dann bewegte er sich. »Was ist *das*?«

Es gelang ihr, nicht den Mund aufzusperren, aber die Frage entschlüpfte ihr dennoch, bevor sie es verhindern konnte.

»Ihr bewundert meinen Lopar?« Suroth entfernte sich erheblich schneller, als sie gekommen war. Der gewaltige Umriß hob einen großen runden Kopf, damit sie ihn mit einem Knöchel unter dem Kinn streicheln konnte. Das Wesen erinnerte Morgase an einen Bär, obwohl es gewiß noch um die Hälfte größer als der größte Bär war, von dem sie je erzählen gehört hatte, und er war noch dazu unbehaart, hatte keine nennenswerte Schnauze und hohe Wülste um die Augen. »Ich habe Almandaragal als Jungtier zu meinem ersten wahren Namenstag bekommen. Sein erster Versuch, mich zu töten, mißlang ihm noch im gleichen Jahr, als er erst ein Viertel seiner jetzigen Größe hatte.« In der Stimme der Frau schwang wahre Zuneigung mit. Der ... *Lopar* ... zog die Lippen zurück und zeigte dicke, spitze Zähne, während sie ihn streichelte. Er beugte die Vorderpranken, wobei die Krallen an jeweils sechs langen Zehen sichtbar wurden und wieder verschwanden. Und er begann zu schnurren, ein tiefes Rumpeln wie von hundert Katzen.

»Bemerkenswert«, sagte Morgase matt. Wahrer Namenstag? Wie viele Versuche hatte es noch gegeben, diese Frau zu töten, daß sie so beiläufig von ›dem ersten‹ sprechen konnte?

Der *Lopar* wimmerte kurz, als Suroth ihn verließ, legte sich aber rasch wieder mit dem Kopf auf den Pranken nieder. Sein Blick folgte ihr beunruhigenderweise nicht, sondern ruhte hauptsächlich auf Morgase und zuckte nur hin und wieder zur Tür oder zu den schmalen, wie Schießscharten aussehenden Fenstern.

»Aber wie treu der *Lopar* auch ist, kann er doch mit den *Damane* nicht mithalten.« Jetzt bemerkte Morgase keine Zuneigung mehr in Suroths Stimme. »Pura und Jinjin könnten hundert Mörder töten, bevor Almandaragal auch nur einmal geblinzelt hätte.« Bei der Erwähnung der beiden Namen zog je eine der blau gewandeten Frauen an ihrer Koppel, und die Frau am anderen Ende beugte sich herab, wie diejenige im Gang es getan hatte. »Wir haben seit unserer Rückkehr weitaus mehr *Damane* als zuvor. Dies ist ein reicher Jagdgrund für *Marath'damane*. Pura«, fügte sie beiläufig hinzu, »war einst eine ... Frau der Weißen Burg.«

Morgases Knie gaben nach. Eine Aes Sedai? Sie betrachtete den gebeugten Rücken der Frau namens Pura und weigerte sich, es zu glauben. Keine Aes Sedai konnte dazu gebracht werden, sich so unterwürfig zu verhalten. Zudem sollte jede Frau, welche die Macht lenken konnte, nicht nur eine Aes Sedai, imstande sein, diese Koppel zu nehmen und ihren Peiniger zu erwürgen. Jedermann sollte dazu in der Lage sein. Nein, diese Pura konnte keine Aes Sedai gewesen sein. Morgase fragte sich, ob sie um einen Stuhl bitten durfte. »Das ist sehr ... interessant.« Zumindest klang ihre Stimme fest. »Aber ich glaube nicht, daß Ihr mich hergebeten habt, um mit mir über Aes Sedai zu sprechen.« Natürlich war sie nicht gebeten worden. Suroth sah sie an, und kein Muskel regte sich an ihr, außer daß die Finger ihrer linken Hand mit den langen Nägeln zuckten.

»Thera!« rief die Frau mit dem scharf geschnittenen Gesicht und dem halb geschorenen Kopf plötzlich. »Kaf für die Hohe Dame und ihren Gast!«

Eine der Frauen in den durchscheinenden Gewändern, die älteste, die aber immer noch jung war, sprang anmutig auf. Ihr Mädchenmund ließ sie gereizt erscheinen, aber sie schoß hinter den hohen, mit dem Adler bemalten Schirm und kam nur Momente später mit einem Silbertablett mit zwei kleinen weißen Bechern zurück. Sie kniete sich geschmeidig vor Suroth

145

und beugte den Kopf, während sie das Tablett darbot. Morgase schüttelte den Kopf. Jede Dienerin in Andor, die aufgefordert würde, das zu tun – oder dieses Gewand zu tragen! –, wäre äußerst aufgebracht davongestürzt.

»Wer seid Ihr? Woher kommt Ihr?«

Suroth nahm einen der Becher mit ihren Fingerspitzen und inhalierte den daraus aufsteigenden Dampf. Ihr Nicken war für Morgases Geschmack eine übertriebene Erlaubnis, dennoch nahm sie ebenfalls einen Becher. Ein Schluck, und sie blickte überrascht in ihr Getränk. Schwärzer als jeder Tee, war die Flüssigkeit auch bitterer. Keine wie auch immer bemessene Honigzugabe hätte sie trinkbar gemacht. Suroth führte ihren eigenen Becher an die Lippen und seufzte erfreut.

»Wir müssen über vieles reden, Morgase, aber ich werde mich bei dieser ersten Unterhaltung kurz fassen. Wir Seanchaner sind zurückgekehrt, um zu beanspruchen, was uns von den Erben des Hochkönigs, Artur Paendrag Tanreall, gestohlen wurde.« Die Freude über den Kaf in ihrer Stimme wurde zu etwas anderem – Erwartung und auch Genugtuung –, und sie beobachtete Morgases Gesicht genau. Morgase konnte ihren Blick nicht abwenden. »Was uns gehörte, wird wieder unser sein. In Wahrheit war es das immer. Ein Dieb besitzt nicht. Ich habe die Wiedererlangung in Tarabon begonnen. Viele Adlige dieses Landes haben bereits geschworen zu gehorchen, abzuwarten und zu dienen. Es wird nicht lange dauern, bis alle dies getan haben. Ihr König – ich erinnere mich nicht an seinen Namen – hat sich mir und dem Kristallthron entgegengestellt. Hätte er überlebt, wäre er gepfählt worden. Seine Familie konnte nicht gefunden werden, um sie uns zu eigen zu machen, aber es gibt einen neuen König und einen neuen Panarchen, die der Kaiserin, möge sie ewig leben, und dem Kristallthron bereits Treue geschworen haben. Die Räuber werden ausgerottet. Es wird in Tarabon keinen Krieg oder Hunger mehr geben, denn die Menschen werden unter den Schwingen der Kaiserin Schutz suchen. Jetzt beginne ich damit auch in Amadicia. Bald werden alle vor der Kaiserin, möge sie ewig leben, der direkten Nachfahrin des großen Artur Falkenflügel, niederknien.«

Wäre die Dienerin mit dem Tablett nicht gegangen, hätte Morgase ihren Becher zurückgestellt. Die dunkle Oberfläche des Kaf war unbewegt, aber vieles, was die Frau äußerte, ergab für sie keinen Sinn. Kaiserin? Seanchan? Es hatte vor gut einem Jahr Gerüchte gegeben, daß Artur Falkenflügels Heere von jenseits des Aryth-Meers zurückgekommen seien, aber nur die Leichtgläubigsten hätten sie wirklich für bare Münze nehmen können, und sie bezweifelte, daß auch die schlimmsten Klatschmäuler auf den Märkten sie noch erzählten. Konnte es wahr sein? Allerdings genügte vollkommen, was sie verstand.

»Alle ehren den Namen Artur Falkenflügels, Suroth ...« Die Frau mit dem scharf geschnittenen Gesicht öffnete verärgert den Mund, blieb aber bei der Bewegung eines Fingers mit einem blauen Nagel der Hohen Dame still. »... aber diese Zeit ist längst vergangen. Jede hiesige Nation hat eine lange Abstammung. Kein Land wird sich Euch oder Eurer Kaiserin ergeben. Wenn Ihr einen Teil Tarabons eingenommen habt ...« Suroth sog zischend den Atem ein, und ihre Augen glitzerten »... dann bedenkt, daß es ein geplagtes, in sich geteiltes Land ist. Amadicia wird nicht kampflos fallen, und viele Nationen werden ihm zu Hilfe kommen, wenn sie von Euch erfahren.« Konnte es wahr sein? »Wie viele Ihr auch seid – Ihr werdet kein leichtes Spiel haben. Wir haben schon größeren Bedrohungen gegenübergestanden und sie bewältigt. Ich rate Euch, Frieden zu schließen, bevor Ihr vernichtet werdet.« Morgase erinnerte sich, daß *Saidar* in der Nacht gewütet hatte, und vermied es, die … *Damane* hatte sie sie genannt? … anzusehen. Es kostete sie große Mühe, sich keine Blöße zu geben.

Suroth lächelte wieder dieses maskenhafte Lächeln, während ihre Augen wie polierte Steine schimmerten. »Alle müssen eine Wahl treffen. Einige werden gehorchen, abwarten und dienen und ihre Länder im Namen der Kaiserin, möge sie ewig leben, regieren.«

Sie nahm eine Hand von ihrem Becher, um eine Geste zu vollführen, eine leichte Bewegung mit den langen Fingernägeln, woraufhin die Frau mit dem scharf geschnittenen Gesicht rief: »Thera! Die Position des Schwans!«

Suroth preßte aus einem unbestimmten Grund die Lippen zusammen. »Nicht der Schwan, Alwhin, Ihr blinde Närrin!« zischte sie leise, obwohl ihr Akzent das Verstehen erschwerte. Dann kehrte das frostige Lächeln augenblicklich zurück.

Die Dienerin erhob sich erneut von ihrem Platz an der Wand und lief auf seltsame Art, auf Zehenspitzen, die Arme zurückgenommen, zur Mitte des Raumes. Dann begann sie auf der flammenden goldenen Sonne, dem Symbol der Kinder des Lichts, langsam einen stilisierten Tanz. Sie streckte die Arme aus wie Schwingen und zog sie wieder an den Körper heran. Sie drehte sich, ließ den linken Fuß vorgleiten und beugte sich über das angewinkelte Knie, beide Arme wie flehend ausgestreckt, bis Arme und Körper und rechtes Bein eine gerade, schräg verlaufende Linie bildeten. Ihr hauchdünnes weißes Gewand ließ ihre gesamte Erscheinung anstößig wirken. Morgase spürte, wie ihr das Blut in die Wangen stieg, während der Tanz, wenn man es so nennen konnte, fortgeführt wurde.

»Thera ist neu und noch nicht gut dressiert«, murmelte Suroth. »Die Posen werden oft von zehn oder zwanzig *Da'covale* gleichzeitig ausgeführt, Männer und Frauen, die aufgrund der reinen Klarheit ihrer Linien ausgesucht wurden, aber manchmal ist es angenehm, nur einer zuzusehen. Es ist sehr erfreulich, schöne Dinge zu besitzen, nicht wahr?«

Morgase runzelte die Stirn. Wie konnte jemand einen Menschen besitzen? Suroth hatte schon zuvor davon gesprochen, sich ›jemanden zu eigen zu machen‹. Sie kannte die Alte Sprache, aber das Wort *Da'covale* war ihr nicht vertraut, doch wenn sie darüber nachdachte, mußte es ›Person, die besessen wird‹ bedeuten. Es war widerlich. Entsetzlich! »Unglaublich«, sagte sie tonlos. »Vielleicht sollte ich Euch verlassen, damit Ihr den … Tanz genießen könnt.«

»Gleich.« Suroth lächelte der posierenden Thera zu. Morgase vermied es hinzusehen. »Alle müssen eine Entscheidung treffen, wie ich bereits sagte. Der alte König von Tarabon erwählte es, sich aufzulehnen, und starb. Die alte Panarchin wurde gefangengenommen und verweigerte dennoch den Eid. Jedem von uns ist ein bestimmter Platz zugedacht, es sei denn, wir werden von der Kaiserin erhoben, aber jene, die ihren angemessenen Platz zurückweisen, können niedergeworfen werden und sehr tief sinken. Thera besitzt eine gewisse Anmut. Seltsamerweise zeigt Alwin sich als vielversprechende Lehrerin, so daß ich erwarte, daß Thera innerhalb weniger Jahre lernen wird, die Posen mit ihrer Anmut in Einklang zu bringen.« Nun gewährte sie ihr Lächeln und diesen glitzernden Blick Morgase.

Ein sehr bedeutungsvoller Blick, aber warum? Hatte es etwas mit der Tänzerin zu tun? Ihr Name war so häufig erwähnt worden, als sollte er hervorgehoben werden. Aber was …? Morgase wandte ruckartig den Kopf und sah die andere Frau an, die auf Zehenspitzen stand und sich langsam auf einem Fleck drehte, die Hände flach zusammengelegt und die Arme so hoch wie möglich erhoben. »Ich glaube es nicht«, keuchte sie. »Ich kann es nicht glauben!«

»Thera«, sagte Suroth, »wie lautete dein Name, bevor du mein Besitz wurdest? Welchen Titel hattest du inne?«

Thera erstarrte in ihrer gestreckten Position, erzitterte und warf panische Blicke zu Alwhin und zu Suroth. »Thera hieß Amathera, wenn es der Hohen Dame beliebt«, sagte sie hastig. »Thera war die Panarchin von Tarabon, wenn es der Hohen Dame beliebt.«

Morgase ließ ihren Becher fallen, der auf dem Boden zerschmetterte, so daß sich der schwarze Kaf auf die Fliesen ergoß. Es mußte eine Lüge sein. Sie war Amathera niemals begegnet, aber sie hatte einmal eine Beschreibung gehört. Nein. Viele Frauen in entsprechendem Alter konnten große dunkle Augen und einen gereizten Zug um den Mund haben. Pura war niemals eine Aes Sedai gewesen, und diese Frau …

»Posiert!« fauchte Alwhin, und Thera nahm ihre anmutigen Bewegungen wieder auf, ohne Suroth oder sonst jemandem auch nur noch einen Blick zu gönnen. Wer auch immer sie war – der vorrangige Gedanke in ihrem Kopf war jetzt der dringende Wunsch, keinen Fehler zu machen. Morgase bemühte sich sehr, sich nicht zu übergeben.

Suroth trat ganz nahe an sie heran, das Gesicht vollkommen kalt. »Alle müssen eine Wahl treffen«, sagte sie ruhig und stahlhart. »Einige meiner Gefangenen behaupten, Ihr hättet einige Zeit in der Weißen Burg verbracht. Dem Gesetz nach darf kein *Marath'damane* der Koppel entkommen, aber ich garantiere Euch, daß Ihr, die Ihr mich eine Lügnerin genannt habt, *diesem* Schicksal nicht gegenüberstehen werdet.« Ihre Betonung machte recht deutlich, daß dieses Versprechen kein anderes mögliches Schicksal einschloß. Das Lächeln, das ihre Augen niemals erreichte, kehrte zurück. »Ich hoffe, daß Ihr erwählen werdet, den

150

Schwur zu leisten, Morgase, und Andor im Namen der Kaiserin, möge sie ewig leben, zu regieren.« Morgase war sich zum erstenmal vollkommen sicher, daß die Frau log. »Ich werde morgen wieder mit Euch sprechen, oder vielleicht übermorgen, wenn ich Zeit habe.«

Suroth wandte sich ab und glitt an der einsamen Tänzerin vorbei zu dem hochlehnigen Stuhl. Sie breitete anmutig ihre Röcke aus, während sie sich hinsetzte und Alwhin erneut schrie: »Alle! Position des Schwans!« Die jungen Männer und Frauen, die an der Wand entlang knieten, sprangen vor, um sich Thera anzuschließen, und nahmen in einer geraden Linie vor Suroths Stuhl ihre Bewegungen auf. Nur der Blick des *Lopar* bewies noch Morgases Anwesenheit. Sie glaubte nicht, daß sie schon jemals in ihrem Leben so gründlich entlassen worden war. Sie raffte ihre Röcke und nahm all ihre Würde zusammen und ging.

Sie ging allerdings nicht weit allein. Die rot und schwarz gerüsteten Soldaten standen mit ihren mit roten und schwarzen Quasten versehenen Speeren wie Statuen im Vorraum, die Gesichter in ihren lackierten Helmen unbewegt, während die harten Augen den Eindruck erweckten, als blickten sie hinter den Kinnbacken gräßlicher Insekten hervor. Einer, der nicht viel größer war als sie, schloß sich ihr wortlos an und begleitete sie zu ihren Räumen zurück, deren Zugang von zwei Tarabonern mit Schwertern und ebenfalls mit waagerechten Streifen bemalten Stahl-Brustpanzern flankiert wurde. Sie verbeugten sich tief, die Hände auf den Knien, und sie dachte, es geschähe wegen ihr, bis ihr Begleiter zum erstenmal sprach.

»Genug der Ehre«, sagte er mit barscher, nüchterner Stimme, und die Taraboner richteten sich wieder auf, sahen Morgase aber nicht an, bis er sagte: »Bewacht sie gut. Sie hat den Eid noch nicht geleistet.« Dunkle Augen zuckten über Stahlschleiern zu ihr, aber ihre knappen, bestätigenden Verbeugungen galten dem Seanchaner.

Sie bemühte sich, nicht zu eilig in ihre Räume zu flüchten, aber als sich die Tür hinter ihr geschlossen hatte, lehnte sie sich dagegen und versuchte, ihre umherschwirrenden Gedanken zu ordnen. Seanchaner und *Damane*, Kaiserinnen und Eide und Menschen, die ein Besitz waren. Lini und Breane standen mitten im Raum und sahen sie an.

»Was ist geschehen?« fragte Lini geduldig und ungefähr im gleichen Tonfall, wie sie das Kind Morgase nach einem gelesenen Buch befragt hatte.

»Alpträume und Wahnsinn«, seufzte Morgase. Plötzlich richtete sie sich starr auf und sah sich im Raum um. »Wo ist ...? Wo sind die Männer?«

Breane beantwortete die ungestellte Frage in nüchtern-spöttischem Tonfall. »Tallanvor wollte sehen, was er herausfinden kann.« Sie stemmte die Fäuste in die Hüften, und ihre Miene wurde todernst. »Lamgwin ist mit ihm gegangen, und Meister Gill ebenfalls. Was habt *Ihr* herausgefunden? Wer sind diese ... *Seanchaner*?« Sie sprach den Namen merkwürdig aus und runzelte dabei die Stirn. »Soviel haben wir schon selbst gehört.« Sie gab vor, Linis scharfen Blick nicht zu bemerken. »Was sollen wir jetzt tun, Morgase?«

Morgase trat zwischen den Frauen hindurch zum nächstgelegenen Fenster. Es war nicht so schmal wie jene im Empfangsraum und führte auf den zwanzig Fuß oder noch tiefer gelegenen gepflasterten Hof hinaus. Eine mutlose Kolonne kahlköpfiger, wirrer Menschen, von denen einige blutbefleckte Verbände trugen, schlurften unter den wachsamen Blicken von mit Speeren bewaffneten Tarabonern über den Hof. Mehrere Seanchaner standen auf einem nahe gelegenen Turm und spähten zwischen den Zinnen hindurch in die Ferne. Einer trug einen mit drei schmalen Federn geschmückten Helm. Eine Frau erschien an einem Fenster auf der anderen Seite des Hofs, die mit einem Lichtblitz bestickte rote Applikation deutlich auf der Brust, und beobachtete die Weißmäntel-Gefangenen stirnrunzelnd. Die dahinstolpernden Männer wirkten benommen, als könnten sie nicht glauben, was geschehen war.

Was sollten sie tun? Eine Entscheidung, die Morgase fürchtete. Es schien, als hätte sie seit Monaten keine wichtige Entscheidung mehr getroffen, die nicht ins Unglück geführt hätte. Eine Wahl, hatte Suroth gesagt. Hilf diesen Seanchanern, Andor einzunehmen, oder … Ein letzter Dienst, den sie Andor erweisen konnte. Das Ende der Kolonne erschien, gefolgt von weiteren Tarabonern, denen sich ihre Landsleute anschlossen, an denen sie vorübergingen. Ein zwanzig Fuß tiefer Fall, und Suroth verlor ihr moralisches Druckmittel. Vielleicht war es der Ausweg eines Feiglings, aber sie hatte sich bereits als solcher erwiesen. Dennoch sollte die Königin von Andor nicht so sterben.

Sie sprach leise die unwiderruflichen Worte, die in der tausendjährigen Geschichte Andors erst zweimal zuvor gebraucht worden waren. »Unter dem Licht überlasse ich den Hochsitz des Hauses Trakand Elayne Trakand. Unter dem Licht entsage ich der Rosenkrone und verzichte zugunsten Elaynes, dem Hochsitz des Hauses Trakand, auf den Thron. Unter dem Licht unterwerfe ich mich dem Willen Elaynes von Andor als ihre gehorsame Untertanin.« Nichts von alledem machte Elayne natürlich zur Königin, aber es ebnete den Weg.

»Worüber lächelt Ihr?« fragte Lini.

Morgase wandte sich langsam um. »Ich dachte an Elayne.« Sie glaubte nicht, daß ihre alte Amme nahe genug gestanden hatte, um hören zu können, was wirklich niemand zu hören brauchte.

Linis Pupillen weiteten sich jedoch, und sie hielt den Atem an. »Ihr kommt augenblicklich von dort fort!« fauchte sie und ließ den Worten Taten folgen, indem sie Morgases Arm ergriff und sie vom Fenster fortzog.

»Lini, Ihr vergeßt Euch! Ihr seid schon seit langer Zeit nicht mehr meine Amme ...!« Morgase atmete tief durch und besänftigte ihre Stimme. Es war nicht leicht, diesem furchtsamen Blick zu begegnen, denn sonst erschreckte Lini nichts. »Ich tue nur das, was zum Besten Andors ist, glaubt mir«, belehrte sie die beiden sanft. »Es gibt keine andere Möglichkeit ...«

»Keine andere Möglichkeit?« unterbrach Breane sie verärgert und umklammerte ihre Röcke so fest, daß ihre Hände zitterten. Sie hätte sie eindeutig lieber um Morgases Kehle gelegt. »Welch törichten Unsinn gebt Ihr jetzt von Euch? Was ist, wenn diese Seanchaner denken, wir hätten Euch getötet?« Morgase preßte die Lippen zusammen. War sie inzwischen so leicht zu durchschauen?

»Schweigt, Frau!« Lini wurde sonst niemals ärgerlich oder erhob ihre Stimme, aber jetzt tat sie beides. Sie hob eine knochige Hand. »Ihr haltet den Mund, sonst schlage ich Euch, bis Ihr noch einfältiger seid als jetzt!«

»Schlagt *sie*, wenn Ihr jemanden schlagen wollt!« schrie Breane wild zurück. »*Königin* Morgase! Sie wird Euch und mich und meinen Lamgwin an den Galgen bringen, und ihren kostbaren Tallanvor ebenfalls, weil sie den Mut einer *Maus* hat!«

Die Tür öffnete sich; Tallanvor trat ein und beendete damit den Streit. Niemand würde in seiner Gegenwart schreien. Lini gab vor, Morgases Ärmel zu betrachten, als müsse er ausgebessert werden, während Meister Gill und Lamgwin Tallanvor in den Raum folgten. Breane setzte ein strahlendes Lächeln auf und glättete ihre Röcke. Die Männer merkten natürlich nichts.

Morgase merkte viel. Tallanvor hatte ein Schwert umgeschnallt, und Meister Gill und sogar Lamgwin ebenfalls, obwohl seines ein Kurzschwert war. Sie hatte stets das Gefühl gehabt, daß er sich wohler fühlte, wenn er die Gelegenheit hatte, sich mit Fäusten anstatt mit einer Waffe zu verteidigen. Bevor sie fragen konnte, schloß der dünne Mann, der als letzter hereinkam, sorgfältig die Tür hinter sich.

»Majestät«, sagte Sebban Balwer, »verzeiht unser Eindringen.« Seine Verbeugung und sein Lächeln schienen nüchtern und korrekt, aber als sein Blick von ihr zu den anderen Frauen zuckte, war sich Morgase sicher, daß Pedron Nialls ehemaliger Sekretär die Stimmung im Raum bemerkte, auch wenn das für die anderen nicht galt.

»Es überrascht mich, Euch zu sehen, Meister Balwer«, sagte sie. »Wie ich hörte, gab es einige Unerfreulichkeiten mit Eamon Valda.« Tatsächlich war ihr zu Ohren gekommen, daß Valda gesagt hätte, wenn er Balwer sähe, würde er ihn bis zu den Festungswällen treten. Balwers Lächeln wurde starr. Er wußte, was Valda gesagt hatte.

»Er plant, uns alle hier herauszubringen«, schaltete sich Tallanvor ein. »Heute noch. Jetzt.« Sein Blick war nicht der des Untertans einer Königin. »Wir nehmen sein Angebot an.«

»Wie?« fragte sie zögernd und bemühte sich, aufrecht stehen zu bleiben. Welche Hilfe konnte dieser zimperliche kleine Mann ihnen bieten? Flucht. Sie hätte sich sehr gern hingesetzt, aber sie würde es nicht tun, nicht, wenn Tallanvor sie auf diese Weise ansah. Natürlich war sie jetzt nicht mehr seine Königin, aber das wußte er nicht. Eine weitere Frage tauchte auf. »Und warum? Meister Balwer, ich werde kein ehrliches Hilfsangebot ablehnen, aber warum wollt Ihr Euer Leben aufs Spiel setzen? Diese Seanchaner werden es Euch büßen lassen, wenn sie es herausfinden sollten.«

»Ich hatte meine Pläne schon geschmiedet, bevor sie

kamen«, sagte er zögernd. »Es schien ... unklug ... die Königin von Andor in Valdas Händen zu belassen. Betrachtet es als meine Art, es ihm heimzuzahlen. Ich weiß, ich stelle nicht viel dar, Majestät ...« Er verbarg ein Husten hinter vorgehaltener Hand. »... aber der Plan ist ausgezeichnet. Diese Seanchaner erleichtern ihn sogar noch. Ich wäre ohne sie erst Tage später fertig gewesen. Sie gewähren jedermann, der bereit ist, den Eid zu leisten, für eine neu eroberte Stadt erstaunlich viele Freiheiten. Bereits eine Stunde nach Sonnenaufgang erhielt ich einen Paß, der es mir und bis zu zehn anderen, die den Eid geleistet haben, erlaubt, Amador zu verlassen. Sie glauben, ich beabsichtigte, im Osten Wein und Wagen zum Transport einzukaufen.«

»Es muß eine Falle sein.« Die Worte schmeckten bitter. Besser das Fenster, als in irgendeine Falle zu tappen. »Sie würden nicht zulassen, daß Ihr die Nachricht ihrer Anwesenheit ihrem Heer voraustragt.«

Balwer legte den Kopf auf eine Seite und begann seine Hände zu kneten, hielt aber dann jäh inne. »Das habe ich bedacht, Majestät. Der Offizier, der mir den Paß aushändigte, sagte, es sei ohne Belang. Seine genauen Worte lauteten: ›Erzählt, wem Ihr wollt, was Ihr gesehen habt, und laßt sie wissen, daß sie uns nicht trotzen können. Eure Länder werden es ohnehin nur zu bald erfahren.‹ Ich habe heute morgen mehrere Händler den Eid leisten und mit ihren Wagen aufbrechen sehen.«

Tallanvor trat nahe an sie heran. Zu nahe. Sie konnte fast seinen Atem, seinen Blick spüren. »Wir nehmen sein Angebot an«, sagte er, nur für sie hörbar. »Und wenn ich Euch fesseln und knebeln muß – ich glaube, er kann selbst dann einen Weg finden. Er scheint ein sehr findiger kleiner Bursche zu sein.«

Sie erwiderte seinen Blick fest. Das Fenster oder ... ein Hoffnungsschimmer. Wenn Tallanvor nur den

Mund halten würde, wäre es viel leichter zu sagen: »Ich nehme Euer Angebot dankbar an, Meister Balwer«, aber sie sagte es. Sie trat von Tallanvor fort, als wollte sie Balwer sehen, ohne den Kopf recken zu müssen. Es beunruhigte sie stets, ihm so nahe zu sein. Er war zu jung. »Was werden wir zuerst tun? Ich bezweifle, daß die Wächter vor der Tür Euren Paß auch für uns gelten lassen.«

Balwer beugte den Kopf, wie in Anerkennung ihrer Voraussicht. »Ich fürchte, sie müssen sich den Umständen anpassen, Majestät.« Tallanvor lockerte seinen Dolch in der Scheide, und Lamgwin streckte die Hände, wie der *Lopar* seine Krallen gestreckt hatte.

Sie glaubte nicht, daß es so leicht sein konnte, selbst nachdem sie gepackt hatten, was sie tragen konnten, und die beiden Taraboner überwältigt und unter ihr Bett verfrachtet hatten. An den Haupttoren, den leinenen Staubmantel wegen des Bündels auf ihrem Rücken unbeholfen zuhaltend, verbeugte sie sich, die Hände auf den Knien, wie Balwer es ihr gezeigt hatte, während er den Wächtern sagte, sie hätten alle zu gehorchen, abzuwarten und zu dienen geschworen. Sie überlegte, wie sie sicherstellen könnte, daß sie nicht lebendig gefangengenommen würde. Erst als sie tatsächlich an den letzten Wachen vorbei auf den Pferden aus Amador hinaus ritten, die Balwer hatte bereithalten lassen, begann sie es zu glauben. Natürlich erwartete Balwer eine angemessene Belohnung für die Rettung der Königin von Andor. Sie hatte niemandem gesagt, daß sie dem Thron unwiderruflich entsagt hatte. Sie wußte, daß sie die Worte ausgesprochen hatte, und sonst brauchte es niemand zu wissen. Es war sinnlos, sie zu bereuen. Jetzt würde sie abwarten, welche Art Leben sie ohne einen Thron führen könnte. Ein Leben weit entfernt von einem Mann, der viel zu jung und viel zu beunruhigend war.

»Warum wirkt Euer Lächeln so traurig?« fragte

Lini, während sie ihre braune Stute näher an Morgase heranführte. Das Tier wirkte mottenzerfressen. Morgases Kastanienbrauner war in keinem besseren Zustand, ebensowenig wie auch die anderen Pferde. Die Seanchaner hatten Balwer vielleicht bereitwillig mit seinem Paß gehen lassen, nicht aber mit anständigen Pferden.

»Vor uns liegt noch ein langer Weg«, belehrte Morgase sie, trieb ihre Stute zu einem Trab an und folgte Tallanvor.

KAPITEL 8

Allein sein

Perrin steckte das Heft seiner Streitaxt gegenüber dem Köcher durch die Schlaufe an seinem Gürtel, nahm seinen Langbogen aus der Ecke, schlang sich die Satteltaschen über die Schulter und verließ die Räume, die er mit Faile geteilt hatte, ohne einen Blick zurück zu werfen. Sie waren hier glücklich gewesen – die meiste Zeit. Er glaubte nicht, daß er jemals zurückkäme. Manchmal fragte er sich, ob glückliche Stunden mit Faile an einem Ort bedeuteten, daß er niemals dorthin zurückkehren würde. Er hoffte es nicht.

Die Diener, die ihm in den Palastgängen begegneten, trugen tiefschwarze Livreen. Vielleicht hatte Rand das angeordnet, aber vielleicht hatten die Diener es auch einfach selbst übernommen. Sie hatten sich ohne Livree unwohl gefühlt, als wüßten sie nicht, wohin sie gehörten, und Schwarz schien wegen der Asha'man als Rands Farbe sicher. Jene, die Perrin erblickten, eilten so schnell wie möglich von dannen, ohne sich die Zeit für Verbeugungen oder Hofknickse zu lassen. Angstgeruch folgte ihnen.

Dieses eine Mal hatten seine gelben Augen nichts damit zu tun, daß alle ihn fürchteten. Es war vielleicht nicht ratsam, sich in der Nähe eines Mannes aufzuhalten, den der Wiedergeborene Drache heute morgen öffentlich mit seinem Zorn überschüttet hatte. Perrin lockerte seine Schulter unter den Satteltaschen. Es war eine geraume Weile vergangen, bis ihn jemand aufgespürt und erwischt hatte. Natürlich hatte es auch niemand zuvor mit der Macht versucht. Besonders eine Erinnerung verfolgte ihn.

Er stieß sich hoch, hielt seine Schulter und richtete den Rücken an der eckigen Säule auf, die seine Flucht aufgehalten hatte. Er glaubte, sich vielleicht einige Rippen gebrochen zu haben. Rund um die Große Halle der Sonne versuchten verschiedene Adlige, die wegen der einen oder anderen Sache bei Rand vorsprechen wollten, ihn nicht anzusehen und vorzugeben, nicht da zu sein. Nur Dobraine beobachtete ihn und schüttelte seinen grauen Kopf, während Perrin den Thronsaal durchschritt.

»Ich werde mit den Aes Sedai umspringen, wie ich es will!« schrie Rand. »Hörst du mich, Perrin? Wie ich es will!«

»Du hast sie gerade den Weisen Frauen ausgeliefert«, grollte er als Erwiderung und stieß sich von der Säule ab. »Du weißt nicht, ob sie auf Seide schlafen oder ihre Kehlen durchschnitten wurden! Du bist nicht der Schöpfer!«

Rand warf mit wütendem Knurren den Kopf zurück. »Ich bin der Wiedergeborene Drache!« schrie er. »Es kümmert mich nicht, wie sie behandelt werden! Sie verdienen den Kerker!« Perrin regte sich unbehaglich, als Rands Blick von der gewölbten Decke abließ. Blaues Eis wäre daneben warm und sanft gewesen, um so mehr, da Rand aus einem von Qual verzerrten Gesicht zu ihm blickte. »Geh mir aus den Augen, Perrin. Hörst du mich? Verlasse Cairhien! Heute! Jetzt! Ich will dich niemals wiedersehen!« Er machte auf dem Absatz kehrt und schritt davon, während die Adligen sich fast auf den Boden warfen, als er vorüberging.

Perrin wischte sich etwas Blut vom Mundwinkel. Er war sich eben noch sicher gewesen, daß Rand ihn töten würde.

Er schüttelte den Kopf, um sich von diesem Gedanken zu befreien, umrundete eine Biegung und prallte fast gegen Loial. Der Ogier, der ein großes Bündel auf den Rücken gebunden und eine ausreichend große Tasche über die Schulter geschlungen hatte, daß ein Schaf hineingepaßt hätte, benutzte seine Streitaxt als Spazier-

160

stock. Die geräumigen Taschen seiner Jacke waren von Büchern ausgebeult.

Loials Pinselohren richteten sich bei Perrins Anblick auf und erschlafften dann jäh wieder. Sein ganzes Gesicht erschlaffte, wobei seine Augenbrauen bis auf die Wangen reichten. »Ich habe es gehört, Perrin«, dröhnte er traurig. »Das hätte Rand nicht tun sollen. Überstürzte Worte bewirken lang anhaltenden Kummer. Ich weiß, daß er noch mal darüber nachdenken wird. Morgen vielleicht.«

»Es ist schon in Ordnung«, erwiderte Perrin. »Cairhien ist zu ... vornehm ... für mich ohnehin. Ich bin Schmied, kein Höfling. Morgen werde ich schon weit fort sein.«

»Du und Faile könntet mit mir kommen. Karldin und ich wollen alle *Stedding* durch die Wegetore aufsuchen, Perrin.« Ein hellhaariger Bursche mit einem schmalen Gesicht, der hinter Lioal stand, wandte sich mit einem Stirnrunzeln von Perrin zu Loial. Er hatte ebenfalls eine Tasche und ein Bündel bei sich und trug zudem ein Schwert an der Hüfte. Perrin erkannte, trotz der blauen Jacke, einen der Asha'man. Karldin wirkte nicht erfreut, als er Perrin sah. Außerdem roch er kalt und verärgert. Loial spähte den Gang hinter Perrin hinab. »Wo ist Faile?«

»Sie ist ... Wir treffen uns in den Ställen. Wir haben uns gestritten.« Das war die schlichte Wahrheit. Faile schien es manchmal zu *lieben* herumzuschreien. Er dämpfte seine Stimme. »Loial, ich würde nicht dort darüber reden, wo jedermann es hören könnte. Ich meine, über die Wegetore.«

Loial schnaubte ausreichend heftig, daß sich selbst ein Stier erschrocken hätte, aber er dämpfte seine Stimme ebenfalls. »Ich sehe niemanden außer uns«, polterte er. Niemand, der weiter als zwei oder drei Schritte hinter Karldin gestanden hätte, hätte ihn noch hören können. Seine Ohren ... peitschten, das war das

einzig passende Wort, und er legte sie verärgert an. »Jedermann hat Angst, in deiner Nähe gesehen zu werden. Und das nach allem, was du für Rand getan hast.«

Karldin zog Loial am Ärmel. »Wir müssen gehen«, sagte er und sah Perrin an. Jeder, den der Wiedergeborene Drache zur Rechenschaft zog, gehörte, soweit es ihn betraf, nicht in die Tore. Perrin fragte sich, ob er gerade jetzt die Macht umarmte.

»Ja, ja«, murmelte Loial und winkte mit seiner großen Hand ab, stützte sich dann aber auf seine Streitaxt und runzelte nachdenklich die Stirn. »Das gefällt mir nicht, Perrin. Rand jagt dich davon. Und mich schickt er auch fort. Wie ich mein Buch beenden soll ...« Seine Ohren zuckten, und er hustete. »Dich, mich, und nur das Licht weiß, wo sich Mat befindet. Min wird er als nächste fortschicken. Er hat sich heute morgen vor ihr verborgen gehalten. Er hat mich vorgeschickt, um ihr zu sagen, er sei nicht da. Ich glaube, sie wußte, daß ich log. Er wird allein sein, Perrin. ›Es ist schrecklich, allein zu sein.‹ Das hat er zu mir gesagt. Er plant, alle seine Freunde fortzuschicken.«

»Das Rad webt, wie das Rad es wünscht«, sagte Perrin. Loial blinzelte bei diesem Echo Moiraines. Perrin hatte in letzter Zeit häufig an sie gedacht. Sie hatte immer weniger Einfluß auf Rand. »Leb wohl, Loial. Paß auf dich auf, und vertraue niemandem, dem du nicht vertrauen mußt.« Er sah Karldin nicht an.

»Das meinst du doch nicht so, Perrin.« Loial klang entsetzt. Er schien jedermann zu vertrauen. »Das kann nicht sein. Kommt mit mir, du und Faile.«

»Wir werden uns eines Tages wiedersehen«, sagte Perrin sanft und eilte an ihm vorbei, bevor er noch mehr sagen mußte. Er log nicht gern, besonders nicht einem Freund gegenüber.

Im Nordstall standen die Dinge ähnlich wie im Palast. Stallburschen sahen ihn hereinkommen, ließen

163

Mistgabeln und Pferdestriegel fallen und drängten sich durch schmale Türen an der Rückseite des Stalls hinaus. Rascheln auf dem Heuboden über ihm, das jemand anderer vielleicht nicht gehört hätte, verriet ihm, daß sich auch dort Menschen verbargen. Er konnte beunruhigtes, ängstliches Atmen hören. Er führte Traber aus einer grün gestreiften Box, legte ihm das Zaumzeug an und band ihn an einem Trensenring fest. Dann holte er Zaumzeug und Sattel aus der Sattelkammer, in der die Hälfte aller Sättel silber- oder goldverziert waren. Der Stall paßte mit seinen reich verzierten Balken sehr gut zu einem Palast, und Perrin war froh, der Pracht den Rücken kehren zu können.

Nördlich der Stadt folgte er der Straße, die er erst vor wenigen Tagen so verzweifelt mit Rand herabgekommen war, und ritt, bis die hügelige Landschaft Cairhien verbarg. Dann wandte er sich nach Osten, wo noch ein ansehnlicher Wald geblieben war, ritt einen hohen Hügel hinab und über den nächsten, noch höheren, hinweg. Unmittelbar hinter der Waldgrenze trieb Faile ihre Stute Schwalbe zu ihm, während Aram ihr auf seinem Pferd wie ein Hund folgte. Aram strahlte bei Perrins Anblick, obwohl das nicht viel bedeutete. Er teilte seine treuen Hundeblicke einfach zwischen ihm und Faile auf.

»Mein Ehemann«, sagte sie nicht allzu kühl, aber rasiermesserscharfer Zorn und dornige Eifersucht durchdrangen den sauberen Geruch ihres Körpers und ihrer Kräuterseife noch immer. Sie trug Reisekleidung, ein dünner Staubmantel hing ihren Rücken herab, und rote, zu ihren Stiefeln passende Handschuhe sahen unter den dunklen, engen Reitröcken hervor, die sie bevorzugte. Immerhin vier Dolche staken an ihrem Gürtel.

Hinter ihr kamen Bain und Chiad heran sowie Sulin mit einem Dutzend weiterer Töchter des Speers. Perrin wölbte die Augenbrauen. Er fragte sich, was Gaul davon hielt. Der Aiel hatte gesagt, er freue sich darauf, Bain und Chiad allein zu erwischen. Aber Failes andere Begleiter waren eine noch größere Überraschung.

»Was tun sie hier?« Er deutete mit dem Kopf auf eine kleine Gruppe Reiter, die ihre Pferde zurückhielten. Er erkannte Selande und Camaille und die große Tairenerin, alle noch immer in Männerkleidung und mit Schwertern. Der gedrungene Bursche in einer Jacke mit weiten Ärmeln, der seinen Bart ölte und spitz formte, wirkte, obwohl er sein Haar mit einem Band zurückgenommen trug, ebenfalls vertraut. Die anderen beiden Männer, beide Cairhiener, kannte Perrin nicht, aber er konnte anhand ihrer Jugend und des Bandes, das ihr Haar hielt, vermuten, daß sie zu Selandes ›Gesellschaft‹ gehörten.

»Ich habe Selande und einige ihrer Freunde in meinen Dienst genommen.« Faile sprach leichthin, aber sie gab plötzlich unklare, warnende Schwingungen ab. »Sie hätten sich in der Stadt früher oder später in Schwierigkeiten gebracht. Sie brauchen jemanden, der ihnen die Richtung weist. Betrachte es als gutes Werk. Ich werde Sorge tragen, daß sie dich nicht stören.«

Perrin seufzte und kratzte sich den Bart. Ein weiser Mann sagte seiner Frau nicht ins Gesicht, daß sie etwas vor ihm verbarg. Besonders wenn diese Frau Faile war. Sie würde genauso schrecklich werden wie ihre Mutter. Wenn sie es nicht bereits war. Ihn nicht stören? Wie viele dieser … jungen Leute hatte sie aufgenommen? »Ist alles bereit? Schon bald wird irgendein Dummkopf in der Stadt beschließen, er könne sich Gunst erschleichen, indem er Rand meinen Kopf bringt. Ich wäre gern vorher fort.« Aram brummte leise.

»Niemand wird dir deinen Kopf nehmen, mein Ehemann.« Faile lächelte und fuhr in einem Flüsterton fort, den nur er verstehen konnte. »Außer mir vielleicht.« Dann sagte sie in normaler Lautstärke: »Alles ist bereit.«

In einer Mulde jenseits des Waldes warteten die Leute aus den Zwei Flüssen neben ihren Pferden in einer Zweierkolonne, die sich seitlich um den Hügel außer Sicht wand. Perrin seufzte erneut. Das rote Wolfskopf-Banner und der Rote Adler von Manetheren flatterten an der Spitze der Kolonne leicht in einem heißen Wind. Weitere, vielleicht ein Dutzend Töchter des Speers kauerten in der Nähe der Banner auf ihren Fersen. Auf der anderen Seite zeigte Gaul einen für einen Aiel ungewöhnlich mürrischen Gesichtsausdruck.

Als Perrin abstieg, kamen zwei Männer in schwarzen Jacken zu ihm und salutierten mit einer auf die Brust gepreßten Faust. »Lord Perrin«, sagte Jur Grady. »Wir sind schon seit gestern abend hier. Wir sind bereit.«

Gradys wettergegerbtes Bauerngesicht ließ Perrin sich in seiner Gegenwart fast wohl fühlen, aber Fager Neald war eine andere Sache. Er war vielleicht zehn Jahre jünger als Grady und hätte nach allem, was Perrin wußte, ebenfalls ein Bauer sein können, aber er gab sich gern als mehr aus und trug seinen kümmerlichen Schnurrbart gewachst und annähernd spitz. Wo Grady ein Geweihter war, war er ein Soldat, ohne das an seinen Kragen gesteckte Silberschwert, aber das hielt ihn nicht davon ab, die Stimme zu erheben. »Lord Perrin, ist es wirklich nötig, die Frauen mitzunehmen? Sie werden uns nur Schwierigkeiten machen, sie alle, und das wißt Ihr nur zu gut.«

Einige der Frauen, von denen er sprach, standen nicht weit von den Leuten aus den Zwei Flüssen entfernt, die Stolen über ihre Arme geschlungen. Edarra schien die älteste der sechs Weisen Frauen zu sein. Sie beobachtete unbewegt die beiden Frauen, auf die Neald mit einer Kopfbewegung gedeutet hatte. Tatsächlich beunruhigten die beiden Perrin ebenfalls. Seonid Traighan, ganz reservierte Kühle in grüner

Seide, hatte hochmütig versucht, die Aielfrauen zu ignorieren – die meisten Cairhiener, die nicht vorgaben, Aiel zu sein, verachteten diese –, aber als sie Perrin sah, wechselte sie die Zügel ihres Kastanienbraunen in die andere Hand und stieß Masuri Sokawa in die Rippen. Masuri zuckte zusammen – Braune schienen sich häufig in Tagträumen zu verlieren –, sah die Grüne Schwester ausdruckslos an und richtete ihren Blick dann auf Perrin. Sie hätte ihn eher einem seltsamen und vielleicht gefährlichen Tier gewähren können, eines, bei dem sie Gewißheit haben wollte, bevor sie sich abwandte. Sie hatten geschworen, Rand al'Thor zu gehorchen, aber inwieweit würden sie Perrin Aybara folgen? Es schien unnatürlich, Aes Sedai Befehle zu erteilen. Aber es war immer noch besser als umgekehrt.

»Alle kommen mit«, sagte Perrin. »Und wir sollten aufbrechen, bevor wir gesehen werden.« Faile rümpfte die Nase.

Grady und Neald salutierten erneut und traten dann zur Mitte der freien Fläche. Perrin wußte nicht, wer von beiden das Notwendige tat, aber plötzlich drehte sich der jetzt vertraute senkrechte Silberblitz in der Luft, bis er zu einem Wegetor wurde, das kaum hoch genug war, daß man hätte hindurch reiten können. Jenseits der Öffnung waren Bäume zu sehen, die sich nicht sehr von denjenigen auf den umgebenden Hügeln unterschieden. Grady schritt sofort hindurch, wurde aber fast von Sulin und einer kleinen Horde verschleierter Töchter des Speers überrannt. Sie hatten die Ehre, als erste durch das Wegetor zu gehen, anscheinend für sich reserviert und wollten sie sich von niemandem nehmen lassen.

Perrin sah hundert Probleme voraus, an die er nicht gedacht hatte, während er Traber durch das Wegetor in eine weniger hügelige Landschaft führte. Hier war keine Lichtung, aber die Stelle war auch nicht so dicht

167

mit Bäumen bewachsen wie der Wald in Cairhien; die vereinzelten Bäume waren höher, aber genauso verdorrt. Er erkannte nur die Eichen und Lederblattbäume. Die Luft schien ein wenig heißer zu sein.

Faile folgte ihm, aber als er sich nach links umwandte, führte sie Schwalbe auf seine rechte Seite. Aram blickte sorgenvoll zwischen ihnen hin und her, bis Perrin mit dem Kopf auf seine Frau deutete. Der ehemalige Kesselflicker zog seinen Wallach hinter ihr her, aber so schnell er auch reagierte, war er doch nicht schneller als Bain und Chiad, die noch immer verschleiert waren. Trotz aller Befehle Perrins, daß die Leute aus den Zwei Flüssen als nächste kommen sollten, drangen jetzt Selande und gut zwei Dutzend junge Cairhiener und Tairener aus dem Wegetor, die ihre Pferde ebenfalls hinter sich herzogen. Zwei Dutzend! Perrin blieb kopfschüttelnd neben Grady stehen, der sich hierhin und dorthin wandte und das karge Waldgebiet betrachtete.

Gaul schritt heran, während Dannil die Leute aus den Zwei Flüssen schließlich im Laufschritt durch das Tor brachte, die ihre Pferde ebenfalls führten. Diese verdammten Banner tauchten unmittelbar hinter Dannil auf und wurden gehißt, sobald sie durch das Wegetor gelangt waren. Der Mann hätte sich diesen törichten Schnurrbart abrasieren sollen.

»Die Frauen sind unglaublich«, murrte Gaul.

Perrin öffnete den Mund, um Faile zu verteidigen, bevor er erkannte, daß der Mann Bain und Chiad gemeint haben mußte. Um es zu überspielen, sagte er: »Habt Ihr eine Frau, Grady?«

»Sora«, antwortete Grady wie abwesend, seine Aufmerksamkeit noch immer auf die umgebenden Bäume gerichtet. Perrin hätte gewettet, daß er jetzt bestimmt die Macht umarmte. Jedermann konnte in diesem Wald – im Vergleich zu den heimischen Wäldern – weit sehen, aber es konnte sich immer noch jemand anschleichen. »Sie vermißt mich«, fuhr Grady wie zu sich selbst fort. »Das lernt man gleich zu erkennen. Ich wünschte jedoch, ich wüßte, warum ihr Knie schmerzt.«

»Ihr Knie schmerzt«, sagte Perrin tonlos. »Gerade jetzt schmerzt es.«

Grady merkte anscheinend plötzlich, daß er vor sich hinstarrte, und Gaul ebenfalls. Er blinzelte, nahm seine Betrachtung aber dann sofort wieder auf. »Verzeiht, Lord Perrin. Ich muß aufpassen.« Er schwieg einen langen Moment und sagte dann zögernd: »Ein Bursche namens Canler hat das herausgefunden. Der M'Hael mag es nicht, wenn wir Dinge allein herauszufinden versuchen, aber wenn es erst geschehen ist ...« Sein unmerklich verzerrtes Gesicht besagte, daß Taim es wohl selbst dann nicht so leicht genommen hatte. »Wir glauben, es könnte vielleicht etwas Ähnliches wie der Bund zwischen Behütern und Aes Sedai sein. Nur etwa einer unter dreien von uns ist verheiratet. Wie dem auch sei, dadurch blieben viele Ehefrauen, anstatt davonzulaufen, als sie erfuhren, wer ihre Ehemänner waren. Daher wißt Ihr, wenn Ihr fort seid, daß es ihr gutgeht, und sie weiß, daß es Euch gutgeht. Ein Mann weiß gern, daß seine Frau in Sicherheit ist.«

»In der Tat«, erwiderte Perrin. Was wollte Faile mit diesen Narren? Sie war jetzt aufgesessen, und sie standen alle dicht um sie herum und schauten zu ihr auf. Er würde es ihr durchaus zutrauen, selbst in diesen *Ji'e'toh*-Unsinn einzutauchen.

Seonid und Masuri glitten mit den drei Behütern zwischen sich hinter den letzten der Männer aus den Zwei Flüssen heran und die Weisen Frauen wiederum unmittelbar hinter ihnen, was nicht überraschend war. Sie würden die Aes Sedai stets im Auge behalten. Seonid nahm die Zügel ihres Pferdes auf, als wollte sie aufsitzen, aber Edarra sagte leise etwas und deutete auf eine dicke, schiefstehende Eiche. Die beiden Aes Sedai sahen sie an, die Köpfe gleichzeitig drehend, wechselten Blicke und führten ihre Pferde zu dem Baum. Alles würde ein wenig glatter ablaufen, wenn diese beiden stets so sanftmütig wären – nun, nicht wirklich sanftmütig. Seonid wirkte stocksteif.

Dahinter kamen, unter den wachsamen Blicken von Leuten von Dobraines Besitz, die vermutlich wußten, worum es ging, die frischen Reitpferde, eine Herde zu zehnt an eine Führleine gebundene Ersatzpferde. Auch viele hochrädrige Versorgungskarren kamen durch das Wegetor heran, deren Kutscher die Pferde zogen und schrien, als fürchteten sie, das Wegetor könnte sich um sie schließen – es waren viele Karren, weil man auf ihnen nicht so viel transportieren konnte wie auf Wagen, und man hatte Karren bevorzugt, weil Wagen mit Gespannen nicht durch das Wegetor paßten. Anscheinend konnten weder Neald noch Grady ein so großes Wegetor gestalten, wie Rand oder Dashiva es konnten.

Als der letzte Karren schließlich quietschend hindurchrollte, erwog Perrin, das Wegetor sofort schließen zu lassen, aber Neald hielt es geöffnet, und er befand sich noch auf der anderen Seite in Cairhien. Kurz darauf war es zu spät.

Berelain schritt mit einer Stute hindurch, die so weiß wie Schwalbe schwarz war, und er dankte dem Licht im stillen, daß ihr graues Reitgewand bis zum Hals geschlossen war. Andererseits lag es von der Taille aufwärts so eng an wie jedes andere tarabonische Gewand. Perrin stöhnte. Mit ihr kamen Nurelle und Bertain Gallenne, der Lordhauptmann ihrer Beflügelten Wachen, ein grauhaariger Bursche, der seine schwarze Augenklappe so trug, wie ein anderer vielleicht eine Feder am Hut getragen hätte, und danach folgten die rot gerüsteten Beflügelten Wachen selbst, mehr als neunhundert Mann. Nurelle und die anderen, die auch bei den Brunnen von Dumai dabeigewesen waren, trugen ein gelbes Band um den linken Oberarm.

Berelain saß auf und ritt mit Gallenne zu einer Seite davon, während Nurelle die Beflügelten Wachen zwischen den Bäumen formierte. Es mußten sich fünfzig Schritt Entfernung und Dutzende von Bäumen zwischen Berelain und Faile befinden, aber sie postierte sich so, daß sie einander so ausdruckslos anstarren konnten, daß Perrins Haut kribbelte. Er hatte es für klug gehalten, Berelain zur Nachhut – und dadurch so weit von Faile entfernt wie möglich – zu beordern, aber diesem würde er jeden verdammten Abend gegenüberstehen. Verfluchter Rand!

Jetzt kam Neald durch das Wegetor, strich sich über seinen lächerlichen Schnurrbart und gebärdete sich vor allen, die ihn vielleicht beobachteten, wie ein eitler Pfau, während die Öffnung verschwand. Aber tatsächlich beobachtete ihn niemand, so daß er mit verstimmter Miene aufsaß.

Perrin saß auf Traber auf und ritt eine kleine Anhöhe hinauf. Wegen der Bäume konnten ihn nicht alle sehen, aber es genügte, daß sie ihn hören konnten. Bewegung kam in die Versammlung, als er sein Pferd verhielt, und die Menschen bemühten sich um bessere Sicht.

»Soweit aller Augen-und-Ohren in Cairhien bekannt ist«, sagte er laut, »wurde ich verbannt. Die Erste von Mayene befindet sich auf dem Weg nach Hause, und ihr anderen seid einfach verschwunden wie Nebel in der Sonne.«

Er war überrascht, als sie lachten. Der Ruf »Perrin Goldaugen« stieg auf, und das nicht nur von den Leuten aus den Zwei Flüssen. Er wartete darauf, daß es wieder ruhiger würde, aber es dauerte eine Weile. Faile lachte nicht und rief auch nicht, ebensowenig wie Berelain. Beide Frauen schüttelten den Kopf. Beide waren der Meinung, daß er nicht so viel offenbaren sollte, wie er beabsichtigte. Dann sahen sie einander an und erstarrten jäh. Es gefiel ihnen nicht, wenn sie einer Meinung waren. Perrin war nicht überrascht, als sich ihre Blicke mit gleichem Ausdruck ihm zuwandten. In den Zwei Flüssen gab es ein altes Sprichwort, obwohl es von den Umständen und der eigenen Person abhing, wie man es sagte und was man damit ausdrücken wollte. Es lautete: »Es ist stets der Fehler eines Mannes.« Etwas hatte er gelernt, das Frauen besser konnten als alles andere: einen Mann das Seufzen zu lehren.

»Einige von Euch fragen sich vielleicht, wo wir sind und was wir hier tun«, fuhr er fort, als schließlich wieder Ruhe eingekehrt war. Dieses Mal erfolgte schwächeres Gelächter. »Wir befinden uns in Ghealdan.« Ehrfürchtiges Murmeln und vielleicht Unglauben darüber, fünfzehnhundert Meilen oder mehr mit nur einem Schritt zurückgelegt zu haben. »Unsere erste Aufgabe wird darin bestehen, Königin Alliandre davon zu überzeugen, daß wir nicht hierhergekommen sind, um ihr Land einzunehmen.« Berelain sollte mit Alliandre sprechen, und Faile würde deshalb mit ihm streiten. »Dann werden wir einen Burschen suchen, der sich der Prophet des Lord Drache nennt.« Das würde auch kein Vergnügen. Masema war schon unangenehm gewesen, bevor er überschnappte. »Dieser Prophet hat einige Probleme verursacht, aber wir werden ihn wissen lassen, daß Rand al'Thor nicht will, daß ihm jemand aus Angst folgt, und wir werden ihn und all seine Leute, die zum Lord Drache zurückkehren wollen, mitnehmen.« *Und wir werden Masema zu Tode erschrecken, damit er dem folgt, wenn es sein muß,* dachte er sarkastisch.

Sie spendeten ihm Beifall. Sie brüllten und riefen, daß sie diesen Propheten für den Lord Drache nach Cairhien zurück schleifen würden, bis Perrin hoffte, daß dieser Fleck, auf dem sie sich befanden, noch weiter vom nächsten Dorf entfernt war, als er sein sollte. Selbst die Kutscher und Pferdepfleger fielen mit ein. Aber hauptsächlich betete Perrin, daß alles reibungslos und schnell vonstatten gehen würde. Je eher er soviel Entfernung wie möglich zwischen Berelain und sich selbst und Faile legen könnte, desto besser. Er wollte keine Überraschungen erleben, wenn sie gen Süden ritten. Es war an der Zeit, daß sich sein *Ta'veren* einmal als nützlich erwies.

KAPITEL 9

Brot und Käse

Mat wußte seit dem Tag, an dem er in den Tarasin-Palast gezogen war, daß er sich in Schwierigkeiten befand. Er hätte sich weigern können. Nur weil sich die flammenden Würfel drehten oder zur Ruhe kamen, bedeutete das nicht, daß er alles tun mußte. Wenn sie aufhörten, sich zu drehen, war es normalerweise zu spät, nichts zu tun. Das Problem war, daß er den Grund dafür wissen wollte. Noch vor wenigen Tagen hätte er gewünscht, er hätte seine Neugier unterdrückt.

Nachdem Nynaeve und Elayne sein Zimmer verlassen hatten, und als er seine Füße erreichen konnte, ohne das Gefühl zu haben, ihm würde der Kopf zerspringen, informierte er seine Männer. Niemand schien die Nachteile zu erkennen. Er wollte sie nur vorbereiten, aber niemand hörte zu.

»Sehr gut, mein Lord«, murmelte Nerim und half Mat, die Stiefel anzuziehen. »Mein Lord wird endlich angemessene Räume beziehen. Oh, sehr gut.« Er schien seine düstere Miene einen Moment abzulegen. »Ich werde die rote Seidenjacke für meinen Lord ausbürsten. Mein Lord hat sich die blaue Jacke recht stark mit Wein verdorben.« Mat wartete ungeduldig, zog die Jacke an und eilte in den Gang.

»Aes Sedai?« murrte Nalesean, während er sich ein sauberes Hemd überzog. Sein beleibter Diener, Lopin, blieb hinter ihm. »Verdammt sei meine Seele – ich mag Aes Sedai nicht besonders, aber ... der Tarasin-Palast, Mat.« Mat zuckte zusammen. Schlimm genug, daß der

Mann ohne Nachwirkungen am nächsten Morgen ein Faß Branntwein trinken konnte, aber mußte er so grinsen? »Ah, Mat, jetzt können wir die Würfel vergessen und statt dessen mit unseresgleichen Karten spielen.« Er meinte Adlige, die einzigen, die es sich – außer wohlhabenden Kaufleuten, die nicht lange wohlhabend bleiben würden, wenn sie um die gleichen Einsätze wie Adlige wetteten –, leisteten zu spielen. Nalesean rieb sich forsch die Hände, während Lopin seine Schnürbänder zu schließen versuchte. »Seidenlaken«, murmelte er. Wer hatte jemals von *Seidenlaken* gehört? Jene alten Erinnerungen drängten herauf, aber Mat weigerte sich zuzuhören.

»Lauter Adlige«, grollte Vanin im Untergeschoß und schürzte die Lippen, als wollte er ausspeien. Er hielt unbewußt nach Herrin Anan Ausschau. Aber dann beschloß er, aus dem Becher herben Weins zu trinken, der sein Frühstück war. »Es wäre jedoch gut, Lady Elayne wiederzusehen.« Versonnen hob er seine freie Hand, als wollte er sich mit den Knöcheln an die Stirn klopfen. Mat stöhnte. Diese Frau hatte einen guten Mann verdorben. »Wollt Ihr, daß ich Carridin noch einmal aufsuche?« fuhr Vanin fort, als sei alles andere belanglos. »In seiner Straße halten sich so viele Bettler auf, daß es schwer ist, etwas zu sehen. Es suchen ihn stets schrecklich viele Leute auf.« Mat gab sein Einverständnis. Kein Wunder, daß es Vanin nicht kümmerte, ob der Palast voller Adliger und Aes Sedai war. Er würde den Tag in der Sonne schwitzend und von Menschenmengen umgeben verbringen. Weitaus behaglicher.

Es hatte keinen Zweck zu versuchen, Harnan und die anderen Rotwaffen zu warnen, die alle weiße Getreideflocken und kleine schwarze Würste in sich hineinschaufelten, während sie einander in die Rippen stießen und über die Dienerinnen im Palast lachten, die, wie sie gehört hatten, alle aufgrund ihrer Schönheit ausgewählt wurden und mit ihrer Gunst bemerkenswert freizügig umgingen. Was den Tatsachen entsprach, wie sie sich ständig gegenseitig versicherten.

Die Dinge wurden keineswegs besser, als er auf der Suche nach Herrin Anan zur Begleichung der Rechnung in die Küchen ging. Caira war dort, aber sie hatte doppelt so schlechte Laune wie am Abend zuvor. Sie streckte die Unterlippe vor, funkelte ihn an und stolzierte aus der Tür in den Stallhof, wobei sie sich die Kehrseite rieb. Vielleicht hatte sie sich in die eine oder andere Schwierigkeit gebracht, aber er konnte nicht verstehen, warum sie ihn dafür verantwortlich machte.

Herrin Anan befand sich anscheinend draußen – sie organisierte ständig Suppenküchen für Flüchtlinge oder half bei irgendwelchen anderen wohltätigen Zwecken aus –, befehligte ihre umhereilenden Helfer mit einem langen Holzlöffel und nahm Mats Geld gern mit ihrer kräftigen Hand entgegen. »Ihr quetscht zu viele Melonen aus, mein junger Herr, und solltet nicht überrascht sein, wenn Euch eine faule in der Hand zerfällt«, sagte sie aus einem unbestimmten Grund in düsterem Tonfall. »Oder zwei«, fügte sie nach einem Moment nickend hinzu. Sie beugte sich nahe zu ihm und hob ihm ihr schwitzendes, rundes Gesicht mit eindringlichem Blick entgegen. »Ihr werdet Euch nur Ärger einhandeln, wenn Ihr ein Wort sagt. Ihr werdet schweigen.« Es klang nicht wie eine Frage.

»Kein Wort«, sagte Mat. Wovon, im Licht, sprach sie? Es schien jedoch die richtige Antwort gewesen zu sein, denn sie nickte und watschelte davon, während sie den Löffel doppelt so heftig schwang wie zuvor. Er hatte einen Moment lang geglaubt, sie wolle ihn damit schlagen. Die reine Wahrheit war, daß alle – nicht nur einige – Frauen eine gewalttätige Ader hatten.

Eines ergab das andere, und er war erleichtert, als Nerim und Lopin sich lautstark darüber ausließen, welches Gepäck ihrer beiden Herren zuerst hinübergetragen würde. Mat und Nalesean brauchten eine gute halbe Stunde, um sie wieder zu beruhigen. Ein Diener, der sich leicht aufregte, konnte einem das Leben schwermachen. Dann mußte er entscheiden, welchem der Rotwaffen die Ehre erwiesen werden sollte, die Kiste Gold hinüberzuschleppen und welcher die Pferde nehmen sollte. Wie dem auch sei – dadurch konnte er dem verdammten Tarasin-Palast noch eine Weile länger fernbleiben.

Als er es sich jedoch erst einmal in seinen neuen Räumen bequem gemacht hatte, vergaß er seine Sorgen zunächst beinahe. Er hatte einen großen Wohnraum und einen kleinen, in dieser Gegend Schmollwinkel genannten Raum zur Verfügung, sowie einen gewaltigen Schlafraum mit dem größten Bett, das er je gesehen hatte, dessen Bettpfosten mit allen möglichen Blumenornamenten verziert waren. Der größte Teil der Einrichtung war hellrot oder hellblau, wenn nicht goldüberzogen. Eine kleine Tür in der Nähe des Bettes führte zu einem beengten fensterlosen Raum für Nerim, den der Bursche trotz des schmalen Bettes anscheinend hervorragend fand. Mats Räume wiesen alle hohe Bogenfenster auf, die auf Balkone mit weißen Gittern über dem Mol-Hara-Platz führten. Die Stehlampen waren vergoldet, wie auch die Spiegelrahmen. Es gab zwei Spiegel im Schmollwinkel, drei im Wohnraum und *vier* im Schlafraum. Die Uhr – eine Uhr! – auf dem marmornen Kaminsims im Wohnraum glitzerte vor Gold. Die Waschschüssel und der Krug bestanden aus rotem Meervolk-Porzellan. Mat war beinahe enttäuscht, als er entdeckte, daß der Nachttopf unter dem Bett nur aus einfacher weißer Keramik bestand. Im Wohnraum befand sich außerdem ein Regal mit einem Dutzend Büchern. Nicht, daß er viel gelesen hätte.

Selbst wenn man die nicht harmonierenden Farben der Wände, Decken und Bodenfliesen bedachte, strotzten die Räume vor Reichtum. Zu einer anderen Zeit hätte er einen Gigue getanzt. Zu jeder anderen Zeit, wenn er sich nicht bewußt gewesen wäre, daß eine Frau, deren Räume sich auf dem gleichen Gang befanden, Übles mit ihm vorhatte. Wenn Teslyn oder Merilille oder eine der Ihren es nicht, trotz seines Medaillons, zuerst schafften. Warum *hatten* die Würfel in seinem Kopf aufgehört umherzurollen, sobald Elayne diese verdammten Räume erwähnte? Neugier. Er hatte zu Hause von mehreren Frauen ein Sprichwort gehört, üblicherweise, wenn er etwas getan hatte, was zum damaligen Zeitpunkt ein Spaß zu sein schien. »Menschen lehren Katzen Neugier, aber Katzen haben ihren eigenen Kopf.«

»Ich bin keine verdammte Katze«, murrte er, während er vom Schlafraum ins Wohnzimmer ging. Er mußte es nur einfach wissen. Das war alles.

»Natürlich seid Ihr keine Katze«, sagte Tylin. »Ihr seid ein knuspriges, kleines Entchen.«

Mat zuckte zusammen und sah sie an. Entchen? Und noch dazu ein *kleines* Entchen! Die Frau reichte ihm knapp bis an die Schulter. Trotz seiner Empörung verneigte er sich angemessen. Sie war die Königin, daran mußte er denken. »Majestät, ich danke Euch für diese wunderschönen Räume. Ich würde mich sehr gern mit Euch unterhalten, aber ich muß gehen und ...«

Sie schwebte lächelnd über die rot-grünen Bodenfliesen heran, während ihr blaues Gewand mit den weißen Seidenunterröcken schwang, die dunklen Augen fest auf ihn geheftet. Er vermied es, den sich in ihren üppigen Ausschnitt schmiegenden Hochzeitsdolch zu betrachten. Oder den größeren, mit Edelsteinen besetzten Dolch, der hinter einem gleichermaßen mit Edelsteinen besetzten Gürtel steckte. Er wich zurück.

»Majestät, ich habe eine wichtige ...«

Sie begann zu summen. Er erkannte die Melodie. Er hatte sie in letzter Zeit verschiedenen Mädchen vorgesummt. Er war klug genug, nicht tatsächlich singen zu wollen, und außerdem war der Text, den sie in Ebou Dar kannten, zu anstößig. In dieser Gegend nannten sie das Lied: »Ich werde dir mit meinen Küssen den Atem rauben«.

Er lachte nervös und versuchte, einen Tisch mit Einlegearbeiten zwischen sich und sie zu bringen, aber irgendwie gelangte sie zuerst darum herum, ohne ihre Schritte beschleunigt zu haben. »Majestät, ich …«

Sie legte eine Hand flach auf seine Brust, drängte ihn in einen hochlehnigen Stuhl und setzte sich auf seinen Schoß. Er war zwischen ihr und den Stuhllehnen gefangen. Oh, er hätte sie hochheben und ganz leicht auf die Füße stellen können. Nur daß sie diesen verdammt großen Dolch am Gürtel trug und er bezweifelte, daß sie eine solch grobe Behandlung genauso gutheißen würde wie ihre grobe Behandlung seiner Person. Dies war immerhin Ebou Dar, wo eine Frau, die einen Mann tötete, von Schuld freigesprochen war, bis sich etwas anderes erwies. Er hätte sie leicht hochheben können, nur …

Er hatte Fischhändler in der Stadt seltsame Meerestiere namens Tintenfisch und Krake verkaufen sehen – tatsächlich aßen Ebou Dari diese Wesen! –, aber sie waren nichts gegen Tylin. Die Frau besaß zehn Hände. Er schlug um sich, versuchte vergeblich, sie abzuwehren, und sie lachte leise. Zwischen Küssen erhob er atemlos Einspruch, daß jemand hereinkommen könnte, doch sie kicherte nur. Er äußerte seinen Respekt vor der Krone, und sie gluckste. Er berief sich auf seine Treue zu einem Mädchen zu Hause, die sein Herz besaß. Darüber lachte sie wahrhaftig.

»Was sie nicht weiß, kann ihr nicht schaden«, murmelte sie, während ihre zwanzig Hände keinen Moment innehielten.

Jemand klopfte an die Tür.

Er befreite seinen Mund und schrie: »Wer ist da?« Nun, es war wahrhaftig ein Schrei. Ein schriller Schrei. Er war immerhin außer Atem.

Tylin war so schnell von seinem Schoß aufgesprungen und hatte sich drei Schritte entfernt, daß es schien, als könne sie zaubern. »Mat? Ich war mir nicht sicher, daß du es warst. Oh, Majestät!« Für einen hageren, alten Gaukler konnte Thom trotz seines Hinkens eine hervorragende Verbeugung vollführen. Juilin konnte es nicht, aber er riß seine lächerliche rote Mütze herunter und tat ebenfalls sein Bestes. »Ich bitte um Vergebung. Wir wollten nicht stören ...«, begann Thom, aber Mat unterbrach ihn hastig.

»Komm herein, Thom!« Er zog seine Jacke wieder an und wollte aufstehen, als er erkannte, daß die verdammte Frau irgendwie den Gürtel seine *Hose* geöffnet hatte, ohne daß er es bemerkt hatte. Die beiden würden vielleicht nicht beachten, daß sein Hemd bis zur Taille aufgeknöpft war, aber sie würden eine herunterfallende Hose sehr wohl bemerken. Tylins blaues Gewand war nicht im geringsten in Unordnung! »Juilin, komm herein!«

»Ich bin froh, daß Euch Eure Räume gefallen, Meister Cauthon«, sagte Tylin, die fleischgewordene Würde – bis auf ihre Augen, als sie so stand, daß Thom und Juilin ihr Gesicht nicht sehen konnten. Ihr Blick verwob harmlose Worte mit besonderer Bedeutung. »Ich freue mich darauf, Eure Gesellschaft genießen zu können. Es wird sicherlich interessant für mich, einen *Ta'veren* in Reichweite zu haben. Aber ich muß Euch jetzt Euren Freunden überlassen. Nein, bleibt bitte sitzen.« Letzteres mit nur der Andeutung eines spöttischen Lächelns.

»Nun, Junge«, sagte Thom und strich sich über seinen Schnurrbart, nachdem Tylin gegangen war, »du hast Glück, daß du von der Königin mit offenen Armen empfangen wirst.« Juilin interessierte sich plötzlich sehr für seine Mütze.

Mat beobachtete sie aufmerksam und warnte sie im Geiste, noch ein Wort zu sagen – nur ein Wort! –, aber als er dann nach Nynaeve und Elayne fragte, vergaß er die Sorge, wieviel sie vermuteten. Die Frauen waren noch nicht zurückgekehrt. Trotz seiner geöffneten Hose wäre er beinahe aufgesprungen. Sie versuchten sich bereits jetzt aus ihrer Vereinbarung herauszuwinden. Lautstark verlieh er seiner Meinung über die verdammte Nynaeve al'Meara und Elayne, die verdammte Tochter-Erbin, Ausdruck. Es war unwahrscheinlich, daß sie ohne ihn in den Rahad aufgebrochen waren, aber er hätte es ihnen durchaus zugetraut, auf eigene Faust Carridin auszuspionieren. Elayne würde ein Geständnis fordern und erwarten, daß der Mann zusammenbräche. Nynaeve würde es aus ihm herauszuprügeln versuchen.

»Ich glaube nicht, daß sie Carridin belästigen werden«, sagte Juilin und kratzte sich hinter dem Ohr. »Nach dem, was ich gehört habe, kümmern sich Aviendha und Birgitte um ihn. Wir haben sie nicht fortgehen sehen. Du brauchst dir gewiß keine Sorgen darüber zu machen, daß er erkennt, was er sieht, selbst wenn er direkt an ihnen vorbei spaziert.« Thom, der sich gerade gewürzten Wein in einen vergoldeten Becher goß, den Mat in seinen Räumen vorgefunden hatte, fuhr mit seiner Erklärung fort.

Mat legte eine Hand über die Augen. Mit der Macht gestaltete Verkleidungen. Kein Wunder, daß sie wie Schlangen davongeschlüpft waren, wann immer sie wollten. Diese Frauen würden Schwierigkeiten machen. Das konnten Frauen am besten. Es überraschte ihn kaum zu erfahren, daß Thom und Juilin noch weniger über diese Schale der Winde wußten als er.

Nachdem sie gegangen waren, um sich auf einen Besuch des Rahad vorzubereiten, hatte er Zeit, seine Kleidung zu richten, bevor Nynaeve und Elayne zurückkämen. Er nützte die Gelegenheit, ein Stockwerk tiefer nach Olver zu sehen. Die hagere Gestalt des Jungen hatte durch Enid und die übrigen Köche der *Wanderin* ein wenig Speck angesetzt, aber er würde selbst für einen Cairhiener immer klein bleiben, und auch wenn seine Ohren und sein Mund auf die Hälfte zusammenschrumpften, würde seine Nase noch immer bewirken, daß er nicht allzugut aussah. Nicht weniger als drei Schankmädchen machten ein Aufhebens um ihn, während er mit gekreuzten Beinen auf seinem Bett saß.

»Mat, hat Haesel nicht wunderschöne Augen?« fragte Olver und strahlte die junge Frau mit den großen Augen an, der Mat begegnet war, als er das letztemal in den Palast gekommen war. Sie strahlte ebenfalls und zerzauste dem Jungen die Haare. »Oh, aber Alis und Loya sind auch so lieb, daß ich mich niemals entscheiden könnte.« Eine mollige Frau in fast mittlerem Alter blickte von ihrer Tätigkeit auf, Olvers Satteltaschen auszupacken, um ihm ein breites Lächeln zu gönnen, und ein schlankes Mädchen mit vollen Lippen klopfte auf das Handtuch, das sie gerade auf seinen Waschtisch gelegt hatte, warf sich dann aufs Bett und kitzelte Olver an den Rippen, bis er hilflos lachend umfiel.

Mat schnaubte. Harnan und die anderen waren schon schlimm genug, aber jetzt ermutigten diese *Frauen* auch noch den Jungen! Wie sollte er so jemals lernen, sich zu benehmen? Olver sollte auf der Straße spielen wie jeder andere Zehnjährige. Über *ihn* fielen in seinem Zimmer keine Schankmädchen her. Er hegte keinen Zweifel, daß Tylin dafür gesorgt hatte.

Er hatte Zeit, nach Olver zu sehen, bei Harnan und den anderen Rotwaffen vorbeizuschauen, die sich einen langen, von Betten gesäumten Raum nicht weit von den Ställen entfernt teilten, und in die Küchen hinab zu schlendern, um etwas Brot und Fleisch zu essen – die Getreideflocken im Gasthaus hatte er nicht hinunterbringen können. Nynaeve und Elayne waren noch immer nicht zurückgekehrt. Schließlich blätterte er in den Büchern in seinem Wohnraum und begann

Die Reisen des Jain Weitschreiter zu lesen, obwohl er vor Sorge kaum ein Wort aufnahm. Thom und Juilin kamen in dem Moment herein, als die endlich eingetroffenen Frauen gerade damit beschäftigt waren, sich zu ereifern, daß sie ihn erst hier vorfanden, als dächten sie, *er* würde sein Wort nicht halten.

Er schloß das Buch ruhig und legte es ebenso ruhig auf den Tisch neben seinem Stuhl. »Wo wart Ihr?«

»Wir sind spazierengegangen«, sagte Elayne strahlend, die blauen Augen noch weiter geöffnet, als er sie je gesehen zu haben glaubte. Thom runzelte die Stirn und zog einen Dolch aus seinem Ärmel, den er in den Händen hin und her rollen ließ. Er sah Elayne bewußt nicht einmal an.

»Wir haben mit einigen Frauen Tee getrunken, die mit der Wirtin befreundet sind«, sagte Nynaeve. »Aber ich will Euch nicht mit Gesprächen über Handarbeiten langweilen.« Juilin wollte den Kopf schütteln, hielt aber dann inne, bevor sie es bemerkte.

»Nein, bitte, Ihr langweilt mich wirklich nicht«, sagte Matt trocken. Er nahm an, daß sie ein Ende einer Nadel vom anderen unterscheiden konnte, aber er vermutete, daß sie sich genauso bereitwillig eine Nadel durch die Zunge stechen wie über Näharbeiten sprechen würde. Keine der Frauen bemühte sich um Höflichkeit, und damit bestätigten sie seine schlimmsten Befürchtungen. »Ich habe zwei Männer für jede von Euch abgestellt, die heute nachmittag mit Euch hinausgehen. Und morgen und jeden weiteren Tag werden es noch zwei Männer mehr sein. Wenn Ihr Euch nicht innerhalb des Palastes oder in meiner unmittelbaren Nähe befindet, werdet Ihr Leibwächter mitnehmen. Sie kennen ihren Dienstplan bereits. Sie werden ständig bei Euch bleiben – *ständig* –, und Ihr werdet mich wissen lassen, wo Ihr hingeht. Ihr werdet mich nicht mehr in Sorge versetzen, bis mir die Haare ausfallen.«

Er erwartete Empörung und Streit und rechnete

damit, daß sie sich aus dem, was sie versprochen oder nicht versprochen hatten, herauszuwinden versuchen würden. Er erwartete, daß seine zahlreichen Forderungen ihm am Ende noch mehr Schwierigkeiten einbringen würden. Nynaeve sah Elayne an. Elayne sah Nynaeve an.

»Nun, Leibwächter sind eine *wunderbare* Idee, Mat«, rief Elayne aus und lächelte. »Ihr hattet vermutlich recht damit. Und es ist sehr klug von Euch, daß Ihr die Männer bereits eingeteilt habt.«

»Es *ist* eine wunderbare Idee«, sagte Nynaeve und nickte begeistert. »Und *sehr* klug von Euch, Mat.«

Thom ließ den Dolch mit einem unterdrückten Fluch fallen, sog an einem Schnitt im Finger und starrte die Frauen an.

Mat seufzte. Schwierigkeiten. Er hatte es gewußt. Und das war, bevor sie ihm sagten, er solle den Rahad im Moment vergessen.

Wodurch er sich auf einer Bank vor einer billigen Taverne nicht weit vom Hafenviertel wiederfand, die sich *Die Rose von Elbar* nannte, und aus einem der verbeulten Blechbecher trank, die an die Bank gebunden waren. Zumindest spülten sie die Becher für jeden neuen Gast aus. Der Gestank einer Färberei auf der anderen Straßenseite erhob die *Rose* nur noch – nicht, daß es wirklich eine heruntergekommene Nachbarschaft war, obwohl die Straßen zu schmal für Kutschen waren. Aber eine ansehnliche Anzahl Sänften schwankten durch die Menge. Wenn auch weitaus mehr Passanten Tuche und vielleicht die Weste einer Gilde anstatt Seide trugen, so waren die Tuche doch genauso häufig gut geschnitten wie abgetragen. Die Häuser und Läden waren die übliche Abfolge an weiß verputzten Fassaden, und auch wenn die meisten klein und sogar heruntergekommen waren, stand an einer Ecke zu seiner Rechten doch das große Haus eines wohlhabenden Kaufmanns und zur Linken ein sehr kleiner Palast – zumindest kleiner als das Haus des Kaufmanns – mit einer einzigen, grün gestreiften Kuppel. Zwei Tavernen und ein Gasthaus in seinem Blickfeld wirkten kühl und einladend. Leider war die *Rose* das einzige, bei dem man draußen sitzen konnte, das einzige am genau richtigen Fleck. Leider.

»Ich glaube, ich habe noch niemals solch prächtige Fliegen gesehen«, grollte Nalesean, während er mehrere auserlesene Exemplare von seinem Becher vertrieb. »Was tun wir hier schon wieder?«

»Du schwitzt wie ein Ochse«, murrte Mat und zog seinen Hut tiefer über die Augen. »Und ich bin *Ta'veren*.« Er schaute zu dem verfallenen Haus zwischen der Färberei und dem Laden eines Webers, das zu beobachten er gebeten worden war. Nicht gebeten – befohlen traf es eher, ungeachtet dessen, wie sie es nannten und sich um Versprechen herum wanden. Oh, sie ließen es durchaus wie eine Bitte klingen, was er glauben würde, wenn Hunde tanzten, denn er erkannte es, wenn er eingeschüchtert werden sollte. »Sei einfach *Ta'veren*, Mat.« Nalesean griff seine Bemerkung auf. »Ich weiß, daß du einfach *erkennen* wirst, was zu tun ist. Pah!« Vielleicht wußte es Elayne, die verdammte Tochter-Erbin mit ihrem verdammten Grübchen, oder Nynaeve mit ihren verdammten Händen, die ständig zu ihrem verdammten Zopf zuckten, aber er wollte verflucht sein, wenn er es wußte. »Wenn sich die verflixte Schale im Rahad befindet – wie soll ich sie dann auf dieser Seite des verdammten Flusses finden?«

»Ich kann mich nicht erinnern, daß sie darüber gesprochen haben«, bemerkte Juilin trocken und nahm einen großen Schluck seines Getränks, das aus gelben, in diesem Gebiet angebauten Früchten gewonnen wurde. »Diese Frage hast du schon mindestens fünfzigmal gestellt.« Er behauptete, das helle Getränk erfrische ihn in der Hitze, aber Mat hatte einmal in eine dieser Zitronen hineingebissen, und er würde nichts hinunterschlucken, was daraus gemacht war. Er hatte noch immer leichte Kopfschmerzen und trank Tee, der schmeckte, als hätte der Tavernenwirt, ein hagerer Bursche mit glänzenden, mißtrauischen Augen, dem Getränk vom jeweiligen Vortag seit der Gründung der Stadt nur stets frische Blätter und Wasser hinzugefügt. Der Geschmack paßte zu seiner Stimmung.

»Ich würde gerne wissen«, murmelte Thom über seine aneinander gelegten Finger hinweg, »warum sie so viele Fragen über deine Gastwirtin gestellt haben.« Er schien nicht sehr aufgebracht darüber, daß die Frauen noch immer Geheimnisse bewahrten. Er war manchmal entschieden eigenartig. »Was haben Setalle Anan und diese Frauen mit der Schale zu tun?«

Frauen kamen und gingen in dem verfallenen Haus. Ein beständiger Strom von Frauen, einige gut gekleidet, wenn auch nicht in Seide, aber kein einziger Mann. Drei oder vier trugen den roten Gürtel einer Weisen Frau. Mat hatte erwogen, einigen von ihnen zu folgen, wenn sie wieder gingen, aber es erschien ihm zu geplant. Er wußte nicht, wie das *Ta'veren* wirkte – er hatte noch nie einen Hinweis darauf an sich entdeckt –, aber er hatte stets am meisten Glück, wenn alles zufällig geschah. Wie beim Würfeln, während er die meisten der kleinen, eisernen Geduldsspiele in Tavernen allerdings nicht schaffte, auch wenn er ein gutes Gefühl dabei hatte.

Er ging nicht auf Thoms Frage ein. Thom hatte sie mindestens genauso häufig gestellt, wie Mat gefragt hatte, wie er hier die Schale finden sollte. Nynaeve hatte ihm ins Gesicht gesagt, daß sie nicht versprochen hatte, ihm absolut alles zu sagen, was sie wußte. Sie sagte, sie würde ihm erzählen, was immer er wissen müßte … Sie zu beobachten, wie sie fast daran erstickte, ihn nicht beschimpfen zu dürfen, war nicht annähernd genug Rache.

»Ich sollte einmal einen Spaziergang die Gasse hinab

machen«, seufzte Nalesean. »Falls eine dieser Frauen beschließt, über die Gartenmauer zu klettern.« Die schmale Lücke zwischen dem Haus und der Färberei war auf voller Länge gut einsehbar, aber hinter den Läden und Häusern verlief eine weitere Gasse. »Mat, sage mir noch einmal, warum wir dies tun, anstatt Karten zu spielen.«

»Ich übernehme das«, sagte Mat. Vielleicht würde er hinter der Gartenmauer herausfinden, wie das *Ta'veren* wirkte. Er ging und fand nichts heraus.

Bis die Dämmerung die Straße zu vereinnahmen begann und Harnan mit einem kahlköpfigen Andoraner mit schmalen Augen namens Wat zurückkam, war die einzige mögliche Wirkung des *Ta'veren*, die er bemerkt hatte, diejenige, daß der Tavernenwirt eine frische Kanne Tee braute. Er schmeckte fast genauso schlecht wie der alte.

Wieder in seine Räume im Palast zurückgekehrt, fand er eine Art Einladung vor, die geschmackvoll auf dickem weißen Papier geschrieben war und wie ein Blumengarten duftete.

Mein kleiner Rammler, ich erwarte dich heute abend zum Essen in meinen Räumen.

Keine Unterschrift, aber die war auch nicht nötig. Licht! Die Frau besaß überhaupt kein Schamgefühl! An der Tür zum Gang befand sich ein rot bemaltes Eisenschloß. Er fand den Schlüssel und schloß es ab. Dann verhakte er vorsichtshalber noch einen Stuhl unter der Klinke der Tür zu Nerims Raum. Er konnte gut auf das Essen verzichten. Als er gerade zu Bett gehen wollte, rüttelte jemand an dem Schloß. Draußen im Gang lachte eine Frau, als sie die Tür gesichert vorfand.

Danach hätte er tief schlafen müssen, aber er lag aus einem unbestimmten Grund wach und lauschte seinem knurrenden Magen. Warum tat sie das? Nun, er wußte warum, aber warum er? Sicherlich hatte sie nicht allen Anstand über Bord geworfen, nur um mit einem *Ta'veren* zu schlafen. Wie dem auch sei – er war jetzt in Sicherheit. Tylin würde wohl nicht die Tür einschlagen. Oder? Und durch den schmiedeeisernen Sichtschutz des Balkons kämen nicht einmal Vögel herein. Außerdem würde sie eine lange Leiter brauchen, um zu dieser Höhe zu gelangen. Und Männer, welche die Leiter trugen. Es sei denn, sie kletterte an einem Seil vom Dach herab. Oder sie könnte ... Die Nacht verging, sein Magen knurrte, die Sonne stieg auf, und er hatte kein einziges Mal die Augen geschlossen oder einen vernünftigen Gedanken gehegt. Aber er hatte eine Entscheidung getroffen. Ihm schwebte eine Nutzungsmöglichkeit des Schmollwinkels vor, denn er schmollte gewiß niemals.

Er schlich sich beim ersten Tageslicht aus seinen Räumen und traf auf einen weiteren, ihm bekannten Diener, ein bereits kahl werdender Bursche namens Madic, mit einer selbstgefälligen Art und einem durchtriebenen Zug um den Mund, der besagte, daß er überhaupt nicht zufrieden war. Ein Mann, den man kaufen konnte. Obwohl der bestürzte Ausdruck, der sich kurz auf seinem kantigen Gesicht zeigte, und das höhnische Grinsen, das er kaum zu verbergen versuchte, besagten, daß er genau wußte, warum Mat ihm Gold in die Hand drückte. Verdammt! Wie viele Leute wußten, was Tylin vorhatte?

Nynaeve und Elayne schienen es, dem Licht sei Dank, nicht zu wissen. Statt dessen schalten sie ihn, weil er das Essen mit der Königin versäumt hatte, wovon sie erfuhren, als Tylin sie fragte, ob er krank sei. Und schlimmer noch ...

»Bitte«, sagte Elayne und lächelte fast so, als würde ihr dieses Wort nicht schwerfallen. »Ihr müßt Euch mit der Königin vertragen. Seid nicht nervös. Ihr werdet einen Abend mit ihr genießen.«

»Stoßt sie nicht vor den Kopf«, murrte auch Nynaeve. Bei ihr bestand kein Zweifel, daß es ihr schwerfiel, höflich zu sein. Sie zog angestrengt die Brauen zusammen, ihr Kiefer war angespannt, und ihre Hände zitterten, weil sie an ihrem Zopf ziehen wollte. »Seid einmal in Eurem Leben entgegenkommend ... Ich meine, denkt daran, daß sie eine anständige Frau ist, und versucht keine Eurer ... Licht, Ihr wißt, was ich meine.«

Nervös. Ha! Eine anständige Frau. Ha!

Keine von beiden schien im mindesten besorgt, daß er einen ganzen Nachmittag verschwendet hatte. Elayne tätschelte ihm mitfühlend die Schulter und bat ihn, es bitte noch einen oder zwei Tage lang zu versuchen. Es war gewiß besser, als in dieser Hitze durch den Rahad zu stapfen. Nynaeve sagte genau das gleiche, wie Frauen es nun einmal taten, aber ohne seine Schulter zu tätscheln. Sie gaben offen zu, daß sie den Tag damit zu verbringen beabsichtigten, mit Aviendhas Hilfe Carridin auszuspionieren, obwohl sie seiner Frage auswichen, wen sie vielleicht wiederzuerkennen hofften. Nynaeve sagte ihm dies, und Elayne sah sie auf eine Art an, daß er glaubte, er würde endlich einmal zu sehen bekommen, wie Nynaeve geohrfeigt wurde. Sie nahmen seine strikte Anweisung, ihre Leibwächter nicht zu verlassen, sanftmütig entgegen und zeigten ihm ebenso bereitwillig die Verkleidungen, die sie zu tragen beabsichtigten. Selbst nachdem Thom es ihm beschrieben hatte, war der Anblick der beiden Frauen, die sich vor seinen Augen in Ebou Dari verwandelten, fast ein genauso großer Schock wie ihre Sanftmütigkeit. Nun, Nynaeve versetzte der Sanftmütigkeit einen gewaltigen Schlag, indem sie zornig wurde, als sie erkannte, daß er seine Worte ernst gemeint hatte, daß die Aielfrau keinen Leibwächter brauche, aber sie beruhigte sich wieder. Es machte ihn bei beiden Frauen nervös, wenn sie ihre Hände falteten und ergeben antworteten. Sie beide zusammen – und eine *anerkennend* nickende Aviendha! Matt war froh, wenn er sie fortschicken konnte. Sicherheitshalber ignorierte er ihre zusammengepreßten Lippen und ließ sie ihre Verkleidungen noch einmal jenen Männern vorführen, die er als erste mit ihnen losschickte. Vanin freute sich über die Gelegenheit, einer der Leibwächter Elaynes zu sein, und zeigte es auch. Der beleibte Mann hatte nicht viel Selbstbeherrschung gelernt.

Genau wie am Vortag waren überraschend viele Menschen gekommen, um Carridin aufzusuchen, einschließlich einiger in Seide Gehüllter, aber das war kein Beweis, daß sie Schattenfreunde waren. Immerhin war Carridin der Abgesandte der Weißmäntel, und wahrscheinlich kamen mehr Menschen, die Handel mit Amadicia treiben wollten, zu ihm als zu dem Abgesandten Amadicias, wer auch immer er oder sie sein mochte. Vanin sagte, zwei Frauen hätten Carridins Palast ebenfalls beobachtet – sein Gesichtsausdruck, als Aviendha sich plötzlich in eine dritte Ebou Dari verwandelte, war erstaunlich – und auch ein alter Mann, glaubte er, obwohl sich der Bursche als überraschend flink erwiesen hatte. Vanin hatte ihn nicht genau betrachten können, obwohl er ihn dreimal gesehen hatte. Als Vanin und die Frauen gegangen waren, schickte Mat auch Thom und Juilin los, um zu sehen, was sie über Jaichim Carridin und einen gebeugten, weißhaarigen alten Mann mit einem Interesse an Schattenfreunden herausfinden konnten. Wenn der Diebefänger keine Möglichkeit fand, Carridin zu Fall zu bringen, dann gab es sie nicht, und Thom schien gut darin zu sein, alles Gerede und alle Gerüchte an einem Ort zu sammeln und die Wahrheit herauszufiltern. Aber alles das war natürlich der leichtere Teil.

Zwei Tage lang schwitzte Mat auf dieser Bank und spazierte gelegentlich die Gasse neben der Färberei hinab, doch das einzige, was sich änderte, war, daß der

Tee immer schlechter wurde. Der Wein war so schlecht, daß Nalesean Bier zu trinken begann. Am ersten Tag bot ihnen der Tavernenwirt zum Mittagessen Fisch an, aber dieser Fisch war dem Geruch nach bereits eine Woche zuvor gefangen worden. Am zweiten Tag bot er ihnen einen Austerneintopf an. Mat aß, trotz der Schalenstücke, fünf Schüsseln davon. Birgitte lehnte beides ab.

Es hatte ihn überrascht, als sie ihn und Nalesean einholte, als sie heute morgen über den Mol Hara eilten. Die Sonne war noch kaum über den Dächern aufgestiegen, aber Menschen und Karren bevölkerten bereits den Platz. »Ich muß gerade geblinzelt haben«, sagte sie lachend. »Ich habe dort gewartet, wo ich glaubte, daß Ihr herauskommen müßtet. Ich hoffe, Ihr habt nichts gegen ein wenig Gesellschaft einzuwenden.«

»Wir gehen manchmal ziemlich schnell voran«, antwortete er ausweichend. Nalesean sah ihn von der Seite an. Er hatte natürlich keine Ahnung, warum sie den Palast durch eine kleine Seitentür in der Nähe der Ställe verlassen hatten. Nicht, daß Mat glaubte, Tylin würde ihn tatsächlich im hellen Morgenlicht in den Gängen überfallen, aber es schadete niemals, vorsichtig zu sein. »Eure Gesellschaft ist uns jederzeit willkommen. Ehm … danke.« Sie zuckte nur die Achseln, murmelte etwas, was er nicht verstehen konnte, und schritt dann auf seiner anderen Seite kräftig mit aus.

So hatte es mit ihr angefangen. Jede andere Frau, die er jemals gekannt hatte, hätte wissen wollen, wofür er sich bedankt hatte, und hätte anschließend so lang und breit erklärt, warum es nicht nötig gewesen wäre, daß er sich am liebsten die Ohren zugehalten hätte – oder sie hätte ihn gleichermaßen ausführlich dafür gerügt, daß er den Dank für nötig gehalten hätte oder hätte verdeutlicht, daß sie etwas Greifbareres erwartete als Worte. Birgitte zuckte nur die Achseln, und im Verlauf der nächsten zwei Tage kam ihm etwas Bestürzendes in den Sinn.

Frauen dienten für ihn normalerweise dazu, sie zu bewundern und anzulächeln, mit ihnen zu tanzen und sie zu küssen, wenn sie es zuließen, oder mit ihnen zu kuscheln, wenn er Glück hatte. Es bereitete fast genauso viel Vergnügen zu entscheiden, welche Frau man erobern wollte, wie sie zu erobern, wenn auch nicht annähernd so viel, wie sie zu besitzen. Einige Frauen waren natürlich nur Freundinnen. Wenige. Egwene beispielsweise, obwohl er sich nicht sicher war, wie diese Freundschaft ihren Aufstieg zur Amyrlin überstehen würde. Auch Nynaeve war in gewisser Weise eine Art Freundin. Wenn sie nur einmal eine Stunde lang vergessen könnte, daß sie ihm mehr als einmal den Hosenboden versohlt hatte, und sich daran erinnern würde, daß er kein Junge mehr war. Aber die Freundschaft mit einer Frau unterschied sich von der Freundschaft mit einem Mann. Dabei war man sich stets bewußt, daß sie anders dachte als man selbst, daß sie die Welt mit anderen Augen sah.

Birgitte beugte sich auf der Bank zu ihm. »Ihr solltet besser vorsichtig sein«, murmelte sie. »Diese Witwe hält nach einem neuen Ehemann Ausschau. Ihr Hochzeitsdolch steckt in einer blauen Scheide. Außerdem ist das Haus dort drüben.«

Er blinzelte, verlor die rundliche Frau, die ihre Hüften beim Gehen so außerordentlich schwang, aus den Augen, und Birgitte reagierte auf seinen verlegenen Gesichtsausdruck mit Lachen. Nynaeve hätte ihn wortreich gerügt, und selbst Egwene hätte kühle Mißbilligung gezeigt. Am Ende des zweiten Tages auf dieser Bank erkannte er, daß er die ganze Zeit dicht mit Birgitte zusammengesessen und nicht einmal daran gedacht hatte, sie zu küssen. Er war sich sicher, daß sie auch nicht von ihm geküßt werden wollte – offen gesagt, wäre er, wenn man die häßlichen Männer bedachte, die sie anscheinend gern betrachtete, vielleicht beleidigt gewesen, wenn sie es gewollt hätte. Birgitte war zudem eine Heldin aus der Legende, von der er noch immer halbwegs erwartete, daß sie über ein Haus springen und unterwegs einige Verlorene am Kragen packen würde. Aber das war es nicht: Er hätte genausogut daran denken können, Nalesean zu küssen. Genauso wie den Tairener, ganz genauso, *mochte* er Birgitte.

Zwei Tage verbrachten sie bereits auf dieser Bank und gingen die Gasse neben der Färberei auf und ab, um die hohe Mauer aus kahlen Ziegelsteinen an der Rückseite des Gartens des Hauses zu betrachten. Birgitte hätte hinaufklettern können, aber selbst sie hätte sich vielleicht den Hals gebrochen, wenn sie es in einem Kleid versuchte. Dreimal beschloß er spontan, Frauen zu folgen, die das Haus verließen, von denen zwei den roten Gürtel einer Weisen Frau trugen. Die zufällige Gelegenheit schien sein Glück zu beschwören. Eine der Weisen Frauen ging um die Ecke und kaufte ein Bündel gedörrte Rüben, bevor sie zurückging. Die andere lief zwei Straßen weiter, um zwei große, grün gestreifte Fische zu kaufen. Die dritte Frau, groß und dunkel in geschmackvollem grauen Tuch – vielleicht eine Tairenerin – überquerte zwei Brücken, bevor sie einen großen Laden betrat, in dem sie von einem mageren, sich verbeugenden Burschen lächelnd begrüßt wurde und dann das Verladen von lackierten Schachteln und Kästchen in mit Sägespänen gefüllte Körbe überwachte, die wiederum auf einen Wagen geladen wurden. Soweit er hören konnte, hoffte sie, damit in Andor einen hübschen Betrag in Silber zu verdienen. Mat konnte nur knapp davonkommen, ohne eine Schachtel zu kaufen. Soviel zu zufälligem Glück.

Auch niemand sonst hatte Glück. Nynaeve, Elayne und Aviendha schlenderten durch die Straßen rund um Carridins kleinen Palast, ohne jemanden zu sehen, den sie wiedererkannt hätten, was sie unendlich enttäuschte. Sie weigerten sich noch immer, ihm zu sagen, um wen es ging. Es war auch einerlei, da die Leute sich ohnehin nicht zeigten. Das sagten sie ihm, während sie ihn strahlend anlächelten. Zumindest dachte er, daß es ein Lächeln sein sollte. Es war eine Schande, daß Aviendha sich anscheinend so sehr mit den beiden anderen eingelassen hatte, aber dann gab es einen Moment, in dem er sie zu einer Antwort drängte und Elayne ihn anfauchte und die Aielfrau ihr etwas ins Ohr flüsterte.

»Verzeiht, Mat«, sagte Elayne ernst, während sich ihr Gesicht so stark rötete, wie ihr Haar hell schien. »Ich bitte demütig um Verzeihung, so gesprochen zu haben. Ich … werde Euch auf Knien darum bitten, wenn Ihr es wünscht.« Natürlich stockte ihre Stimme bei den letzten Worten.

»Das ist nicht nötig«, sagte er matt und bemühte sich, sie nicht anzustarren. »Ich verzeihe Euch. Es war nichts.« Das Seltsamste daran war jedoch, daß Elayne die ganze Zeit, während sie mit ihm sprach, Aviendha ansah und bei seiner Erwiderung mit keiner Wimper zuckte, aber zutiefst erleichtert aufseufzte, als Aviendha zustimmend nickte. Frauen waren einfach eigenartig.

Thom berichtete, daß Carridin häufig Bettlern etwas gab und außerdem alles Gerede über ihn in Ebou Dar dem entsprach, was zu erwarten gewesen war, abhängig davon, ob der Sprecher glaubte, daß Weißmäntel mordende Ungeheuer oder die wahren Retter der Welt seien. Juilin erfuhr, daß Carridin einen Plan des Tarasin-Palasts erworben hatte, was auf eine Weißmäntel-Invasion in Ebou Dar oder auch darauf hinweisen konnte, daß Pedron Niall einen eigenen Palast haben und den Tarasin-Palast als Vorbild nehmen wollte. Wenn er noch lebte. Es gingen neuerdings Gerüchte in der Stadt um, daß er tot sei, aber andererseits sagten die Hälfte derer, die Gerüchte verbreiteten, Aes Sedai hätten ihn getötet, während die andere Hälfte behauptete, Rand hätte es getan, was den Wert der Gerüchte bewies. Weder Juilin noch Thom hatten etwas über einen weißhaarigen alten Mann mit verwittertem Gesicht erfahren können.

Enttäuschung hinsichtlich Carridin, Enttäuschung bei der Beobachtung des verdammten Hauses, und was den Palast betraf ...

Mat fand heraus, wie der Ablauf jener ersten Nacht sein sollte, als er schließlich wieder in seine Räume gelangt war. Olver war da; er hatte bereits gegessen, saß beim Licht der Stehlampen mit *Die Reisen des Jain Weitschreiter* in einem Sessel und war überhaupt nicht aufgebracht darüber, daß er sein eigenes Zimmer hatte räumen müssen. Madic hatte Wort gehalten. Olvers Bett stand jetzt im Schmollwinkel. Sollte Tylin einen neuen Versuch unternehmen, wenn ein Kind sie beobachtete! Die Königin war jedoch auch nicht müßig gewesen. Mat schlich sich wie ein Fuchs in die Küchen, huschte von Ecke zu Ecke, lief wie der Blitz die Treppen hinab – und stellte fest, daß es nichts zu essen gab.

Oh, Kochdüfte durchdrangen die Luft, Fleischspieße drehten sich über den großen Feuerstellen, Töpfe brodelten auf weiß gekachelten Herden und Köchinnen befeuerten ständig offene Öfen, um dieses oder jenes hineinzuschieben. Es gab nur für Mat Cauthon nichts zu essen. Lächelnde Frauen in sauberen weißen Schürzen erwiderten *sein* Lächeln nicht und stellten sich ihm in den Weg, so daß er nicht in die Nähe des Ursprungs dieser wundervollen Düfte gelangen konnte. Sie lächelten und klopften ihm auf die Finger, wenn er einen Laib Brot oder nur ein wenig honigglasierte Rüben ergreifen wollte. Sie lächelten und sagten ihm, er dürfe sich nicht den Appetit verderben, wenn er mit der Königin speisen wolle. Sie wußten es. Jede einzelne von ihnen wußte es! Er errötete zutiefst und floh in seine Räume. Er schloß die Tür hinter sich ab. Eine

Frau, die einen Mann aushungern wollte, könnte alles versuchen.

Er lag auf einem grünen Seidenteppich und spielte mit Olver Schlangen und Füchse, als ein Zettel unter seiner Tür durchgeschoben wurde.

Mir wurde gesagt, es sei nichts dagegen einzuwenden, eine Taube mit der Hand am Flügel zu packen und ihr Flattern zu beobachten –, aber ein hungriger Vogel wird sich früher oder später auch von allein der Hand annähern.

»Was ist das, Mat?« fragte Olver.

»Nichts.« Mat zerknüllte den Zettel. »Noch ein Spiel?«

»O ja.« Der Junge hätte das törichte Spiel den ganzen Tag gespielt, wenn man ihm die Gelegenheit dazu gelassen hätte. »Mat, hast du etwas von dem Schinken probiert, den es heute abend gab? Ich habe noch niemals etwas so …«

»Du bist dran, Olver. Mach einfach deinen Wurf.«

Als Mat in der dritten Nacht zum Palast zurückging, kaufte er Brot und Oliven und Schafskäse, was genausogut war. Die Küchen hatten noch immer ihre Befehle. Die verdammten Frauen lachten tatsächlich lauthals, während sie unmittelbar außerhalb seiner Reichweite dampfende Servierplatten mit Fleisch und Fisch schwenkten und ihm sagten, er solle sich nicht seinen verdammten Appetit verderben.

Er bewahrte Würde. Er gestattete es sich nicht, eine Platte zu ergreifen und davonzulaufen. Er schritt ruhig davon und schwenkte einen imaginären Umhang. »Gnädige Damen, Eure Herzlichkeit und Gastlichkeit überwältigen mich.«

Sein Rückzug wäre noch ein wenig besser vonstatten gegangen, wenn nicht eine der Köchinnen hinter seinem Rücken gehöhnt hätte. »Die Königin wird sich nur

allzu bald an gebratenem Entchen nähren, Bursche.«
Sehr spaßig. Die anderen Frauen brüllten so laut vor
Lachen, daß sie sich wohl auf dem Boden gewälzt
haben mußten. Verdammt spaßig.

Brot, Oliven und gesalzener Käse bildeten eine gute
Mahlzeit, die er mit etwas Wasser vom Waschtisch hin-
unterspülte. Seit dem ersten Tag hatte es in seinen
Räumen keinen gewürzten Wein mehr gegeben. Olver
versuchte ihm etwas über Bratfisch mit Senfsauce und
Rosinen zu erzählen, aber Mat sagte ihm, er solle lesen
üben.

An diesem Abend schob niemand einen Zettel unter
seiner Tür hindurch. Und niemand rüttelte am Schloß.
Mat begann zu glauben, daß vielleicht alles besser
würde. Morgen war das Vogelfest. Nach dem zu urteilen, was er über die Kostüme gehört hatte, welche die
Leute trugen – Männer und Frauen gleichermaßen –,
würde sich Tylin vielleicht ein neues Entchen für die
Jagd suchen. Und jemand würde vielleicht aus diesem
verdammten Haus gegenüber der *Rose von Elbar* herauskommen und ihm die verdammte Schale der Winde
aushändigen. Es mußte einfach alles besser werden.

Als er am dritten Morgen im Tarasin-Palast er-
wachte, rollten die Würfel in seinem Kopf umher.

KAPITEL 10

Das Vogelfest

Mat wachte von den Würfeln auf und erwog weiterzuschlafen, bis sie zur Ruhe kämen, aber schließlich stand er doch mißmutig auf. Als hätte er nicht schon genug Sorgen. Er verscheuchte Nerim, zog sich an, aß währenddessen die letzten Stücke Brot und Käse vom Vorabend und sah dann nach Olver. Der Junge war hin- und hergerissen zwischen der Möglichkeit, sich rasch anzukleiden, um hinauszugelangen, und der Möglichkeit stehenzubleiben – Stiefel und Hemd in der Hand haltend –, um Dutzende von Fragen loszuwerden, die Mat nur halbherzig beantwortete. Nein, sie würden heute nicht zu den Rennen gehen. Vielleicht könnten sie die Tierschau besuchen. Ja, Mat würde ihm eine Federmaske für das Fest kaufen. Wenn er sich jemals fertig ankleidete. Was prompt geschah.

In Wahrheit beschäftigten Mat die Würfel in seinem Kopf. Warum hatten sie erneut zu rollen begonnen? Er wußte immer noch nicht, warum sie auch früher schon zu rollen begonnen hatten!

Als Olver schließlich angezogen war, folgte er Mat plappernd ins Wohnzimmer – und stieß von hinten gegen ihn, als Mat jäh stehenblieb. Tylin legte das Buch, das Olver am Abend zuvor gelesen hatte, auf den Tisch zurück.

»Majestät!« Mat warf einen raschen Blick zur Tür, die er letzte Nacht abgeschlossen hatte und die jetzt weit offenstand. »Welche Überraschung.« Er zog Olver vor sich, zwischen sich und das spöttische Lächeln der

198

Frau. Nun, vielleicht war es nicht wirklich spöttisch, aber gewiß schien es in dem Moment so. Sie war offensichtlich mit sich zufrieden. »Ich wollte Olver gerade mit in die Stadt nehmen. Wir wollen uns das Fest ansehen. Und eine Tierschau. Er wünscht sich eine Federmaske.« Er schloß jäh den Mund, um nicht weiteren Unsinn von sich zu geben, und ging langsam auf die Tür zu, wobei er den Jungen als Schild benutzte.

»Ja«, murmelte Tylin, die ihn durch gesenkte Wimpern beobachtete. Sie machte keinerlei Anstalten einzugreifen, aber ihr Lächeln vertiefte sich, als warte sie nur darauf, daß sein Fuß in einer Falle landete. »Es ist weitaus besser, wenn er in Begleitung ist, als wenn er mit den Straßenkindern umherrennt, wie ich gehört habe. Man hört eine Menge über Euren Jungen. Riselle?«

Eine Frau erschien im Eingang, und Mat zuckte zusammen. Eine phantasievolle Maske aus blauen und goldenen Federn verbarg weitgehend Riselles Gesicht, aber die Federn an ihrem übrigen Kostüm verbargen sonst nicht viel. Sie besaß den aufsehenerregendsten Busen, den er je gesehen hatte.

»Olver«, sagte sie und sank auf die Knie, »würdest du gern mit mir zum Fest gehen?« Sie hielt eine rotgrüne Falkenmaske hoch, die genau die richtige Größe für einen Jungen hatte.

Bevor Mat den Mund öffnen konnte, riß sich Olver von ihm los und lief zu ihr. »O ja, bitte. Vielen Dank.« Der undankbare kleine Flegel lachte, als sie ihm die Falkenmaske vors Gesicht band und ihn an ihren Busen drückte. Hand in Hand liefen sie hinaus und ließen Mat mit offenem Mund zurück.

Mat erholte sich ausreichend schnell, als Tylin sagte: »Gut für dich, daß ich keine eifersüchtige Frau bin, mein Süßer.« Sie zog den langen Eisenschlüssel zu seiner Tür hinter ihrem Gold- und Silbergürtel hervor, dann einen zweiten und winkte ihm damit. »Die Leute bewahren ihre Schlüssel immer in einem Kasten in der Nähe der Tür auf.« Dort hatte auch er seinen gelassen. »Und niemand denkt jemals daran, daß es noch einen weiteren Schlüssel geben könnte.« Ein Schlüssel wurde wieder hinter den Gürtel gesteckt, während der andere mit lautem Klicken im Schloß gedreht wurde, bevor er seinem Gegenstück folgte. »Nun, Schätzchen.« Sie lächelte.

Es war zuviel. Die Frau jagte ihn, versuchte, ihn auszuhungern, und jetzt sperrte sie ihn mit ihr ein wie ... er wußte nicht, was. Schätzchen! Diese verdammten Würfel sprangen in seinem Schädel umher. Außerdem mußte er sich um wichtige Angelegenheiten kümmern. Die Würfel hatten niemals etwas damit zu tun gehabt, etwas zu finden, aber ... Er erreichte sie mit zwei langen Schritten, ergriff ihren Arm und suchte die Schlüssel. »Ich habe, verdammt noch mal, keine Zeit für ...« Sein Atem gefror, als die scharfe Spitze ihres Dolches unter seinem Kinn ihm die Worte raubte und ihn sich auf Zehenspitzen aufrichten ließ.

»Nehmt Eure Hand fort«, sagte sie kalt. Er sah ihr ins Gesicht. Jetzt lächelte sie nicht mehr. Er ließ ihren Arm vorsichtig los. Sie lockerte den Druck der Klinge jedoch nicht. Sie schüttelte den Kopf. »Ts, ts, ts. Ich versuche zu bedenken, daß Ihr ein Fremder seid, Gänschen, aber da Ihr es auf die grobe Art wollt ... Hände an die Seiten. Bewegt Euch.« Die Dolchspitze wies ihm die Richtung. Er schlich lieber auf Zehenspitzen rückwärts, als die Kehle durchschnitten zu bekommen.

»Was habt Ihr vor?« stieß er durch zusammengebissene Zähne hervor. Der gestreckte Hals ließ seine Stimme angestrengt klingen – unter anderem. »Nun?« Er konnte versuchen, ihr Handgelenk zu ergreifen. Er war schnell mit seinen Händen. »Was habt Ihr vor?« Schnell genug, wenn das Messer bereits an seiner Kehle anlag? Das war die Frage. Das und diejenige, die er ihr gestellt hatte. Wenn sie ihn zu töten beabsichtigte, würde ein Ruck ihres Handgelenks genau jetzt genügen, den Dolch bis in sein Gehirn zu stoßen. »Wollt Ihr mir antworten?« Es klang keine Panik in seiner Stimme mit. Er war nicht in Panik. »Majestät? Tylin?« Nun, vielleicht war er etwas in Panik, wenn er ihren Namen gebrauchte. Man könnte jede Frau in Ebou Dar den ganzen Tag ›Entchen‹ oder ›Süße‹ nennen, und sie würde lächeln, aber ihren Namen zu gebrauchen, bevor sie es erlaubte, bewirkte eine heftigere Reaktion, als wenn man eine fremde Frau irgendwo anders auf der Straße in den Po zwickte. Und einige ausgetauschte Küsse genügten keineswegs als Erlaubnis.

Tylin antwortete nicht, sondern ließ ihn einfach weiter auf Zehenspitzen zurückweichen, bis er mit den Schultern plötzlich gegen etwas prallte, das ihn aufhielt. Da dieser glühende Dolch keinen Moment gelockert wurde, konnte er den Kopf nicht bewegen, aber er versuchte sich dennoch umzublicken. Sie befanden sich im Schlafraum, und ein mit geschnitzten Blumen verzierter Bettpfosten drückte hart zwischen seine Schulterblätter. Warum sollte sie ihn hierher ...? Er errötete jäh. Nein. Sie konnte doch nicht vorhaben .... Es war nicht anständig! Es war nicht möglich!

»Das könnt Ihr mir nicht antun«, murmelte er, und wenn seine Stimme ein wenig atemlos und schrill klang, so bestand gewiß Grund dazu.

»Beobachtet und lernt, mein Kätzchen«, sagte Tylin und zog ihren Hochzeitsdolch.

Hinterher, erhebliche Zeit später, zog er das Laken verärgert über seine Brust. Ein Seidenlaken. Nalesean hatte recht gehabt. Die Königin von Altara summte glücklich neben dem Bett, die Arme auf dem Rücken, um die Knöpfe ihres Kleids zu schließen. Er trug nur sein Fuchskopf-Medaillon um den Hals und das schwarze Halstuch. Ein Band um ihr Geschenk, hatte die verdammte Frau es genannt. Er rollte sich herum

und ergriff seine silberverzierte Pfeife und den Tabaks-
beutel von dem kleinen Tisch auf der anderen Seite des
Bettes. Eine goldene Zange und ein heißes Stück Kohle
in einer goldenen, mit Sand gefüllten Schale dienten
zum Anzünden der Pfeife. Er verschränkte die Arme
und paffte heftig.

»Du solltest dich nicht aufregen, Entchen, und du
solltest auch nicht schmollen.« Sie zog ihren Dolch aus
dem Bettpfosten, wo er neben ihrem Hochzeitsdolch
stak, und überprüfte die Spitze, bevor sie ihn in die
Scheide steckte. »Was ist los? Du weißt, daß du genauso
viel Vergnügen daran hattest wie ich, und ich ...« Sie
lachte plötzlich laut und steckte den Hochzeitsdolch
ebenfalls wieder in die Scheide. »Wenn das dazugehört,
ein *Ta'veren* zu sein, mußt du sehr beliebt sein.« Mat
errötete zutiefst.

»Es ist nicht natürlich«, platzte er heraus und nahm
den Pfeifenstiel aus dem Mund. »Ich sollte derjenige
sein, der erobert!« Ihr erstaunter Blick spiegelte jäh den
seinen wider. Wäre Tylin ein Schankmädchen gewesen,
das ihn anlächelte, hätte er sein Glück vielleicht versucht – nun, wenn das Schankmädchen keinen Sohn
hätte, der gern Menschen durchlöcherte –, aber *er* war
der Eroberer. Er hatte niemals zuvor an die umge-
kehrte Möglichkeit gedacht. Er hatte niemals zuvor
daran denken brauchen.

Tylin lachte, schüttelte den Kopf und wischte sich
mit dem Handrücken über die Augen. »Oh, Täubchen.
Ich vergesse es stets. Du bist jetzt in Ebou Dar. Ich habe
im Wohnzimmer ein kleines Geschenk für dich hinterlegt.« Sie tätschelte durch das Laken hindurch seinen
Fuß. »Iß heute anständig. Du wirst deine Kraft brauchen.«

Mat legte eine Hand über die Augen und bemühte
sich sehr, nicht zu schreien. Als er die Hand wieder
herunternahm, war sie fort.

Er stieg aus dem Bett und wickelte das Laken um

sich. Aus einem unbestimmten Grund bereitete ihm die Vorstellung, nackt herumzulaufen, Unbehagen. Die verdammte Frau könnte aus dem Schrank springen. Die Kleidung, die er getragen hatte, lag über den Boden verstreut. *Warum sollte man sich mit Schnüren abmühen*, dachte er zornig, *wenn man jemandem die Kleidung einfach vom Körper* schneiden *kann!* Sie hatte jedoch kein Recht gehabt, seine rote Jacke so zu verderben. Es hatte ihr einfach Spaß gemacht, ihn mit dem Messer herauszuschälen.

Er öffnete seinen hohen, rot-goldenen Schrank, wobei er fast den Atem anhielt. Sie verbarg sich nicht darin. Seine Auswahlmöglichkeiten waren begrenzt. Nerim hatte seine meisten Jacken zum Reinigen oder Flicken gebracht. Er zog sich eilig an, wählte eine einfache Jacke aus dunkel bronzefarbener Seide und stopfte dann die zerschnittenen Fetzen so weit unters Bett wie möglich, bis er sich ihrer entledigen könnte, ohne daß Nerim es sah. Oder sonst jemand. Zu viele Leute wußten bereits entschieden zuviel über das, was zwischen ihm und Tylin vor sich ging. Er könnte niemandem in die Augen sehen, der hiervon wüßte.

Im Wohnzimmer hob er den Deckel des Lackkastens an der Tür an und ließ ihn dann seufzend wieder zufallen. Er hatte wirklich nicht erwartet, daß Tylin den Schlüssel zurücklegen würde. Er lehnte sich gegen die nicht abgeschlossene Tür. Licht, was sollte er tun? Wieder ins Gasthaus ziehen? Er wüßte zu gern, warum die Würfel zuvor angehalten hatten. Tylin wäre es durchaus zuzutrauen, Herrin Anan und Enid oder welche andere Gastwirtin auch immer zu bestechen. Und er würde es Nynaeve und Elayne zutrauen zu behaupten, er hätte irgendeine Vereinbarung gebrochen, wodurch sie nicht mehr an ihre Versprechen gebunden seien. Verdammt seien alle Frauen!

Ein großes, sorgfältig in grünes Papier gewickeltes Paket stand auf einem der Tische. Es enthielt eine Adlermaske in Schwarz und Gold und eine dazu passende, mit Federn besetzte Jacke. Außerdem befand sich eine rote Seidenbörse mit zwanzig Goldkronen und einem nach Blumen duftenden Zettel darin.

Ich hätte dir einen Ohrring gekauft, Ferkelchen, aber ich habe bemerkt, daß dein Ohr nicht durchstochen ist. Laß es machen und kauf dir etwas Hübsches.

Er war wieder nahe daran zu schreien. *Er* machte *Frauen* Geschenke. Die Welt stand Kopf! *Ferkelchen?* Oh, Licht! Kurz darauf nahm er die Maske hoch. Soviel schuldete sie ihm allein schon für seine Jacke.

Als er schließlich den kleinen, schattigen Hof erreichte, wo sie sich jeden Morgen an einem winzigen runden Teich mit Seerosen und hell gesprenkelten, weißen Fischen trafen, fand er Nalesean und Birgitte ebenfalls auf das Fest vorbereitet vor. Der Tairener hatte sich mit einer einfachen grünen Maske begnügt, aber Birgittes Maske war ein Sprühregen aus Gelb und Rot mit einem Federschopf. Sie trug ihr blondes Haar offen und ebenfalls von oben bis unten federgeschmückt, sowie ein Gewand mit einem breiten gelben Gürtel, das weitere, darunter getragene rote und gelbe Federn durchscheinen ließ. Es enthüllte nicht annähernd soviel wie Riselles Kleid, schien es aber tun zu wollen, wann immer sie sich bewegte. Er hätte niemals gedacht, daß sie ein Kleid wie andere Frauen trug.

»Manchmal macht es Spaß, wenn man angeschaut wird«, sagte sie und stieß ihn in die Rippen, als er eine Bemerkung machte. Ihr Grinsen hätte zu Nalesean gepaßt, wenn er äußerte, wieviel Spaß es machte, Schankmädchen zu zwicken. »Es ist weitaus mehr daran, als Federtänzer tragen, aber nicht genug, um mich zu behindern, und ich glaube ohnehin nicht, daß wir uns auf dieser Seite des Flusses schnell voranbewegen müssen.« Die Würfel in seinem Kopf klapper-

205

ten. »Was hat Euch aufgehalten?« fuhr sie fort. »Ich hoffe, Ihr habt uns nicht warten lassen, um einem hübschen Mädchen zu schmeicheln.« *Er* hoffte, daß er nicht errötete.

»Ich …« Er war sich nicht sicher, welche Entschuldigung er ersonnen hätte, aber in diesem Moment kamen ein halbes Dutzend Männer mit federbesetzten Jacken in den Hof, die alle schmale Schwerter an der Hüfte und außer einem Mann kunstvolle Masken mit buntem Schopf und Schnabel trugen, die keinen jemals von menschlichen Augen erblickten Vogel darstellten. Die Ausnahme war Beslan, der seine Maske am Band umherwirbelte. »Oh, Blut und Asche, was macht er hier?«

»Beslan?« Nalesean faltete die Hände über dem Knauf seines Schwerts und schüttelte ungläubig den Kopf. »Verdammt sei meine Seele, aber er sagte, er beabsichtige das Fest in Eurer Gesellschaft zu begehen. Er behauptet, es ginge um ein Versprechen, das Ihr gegeben hättet. Ich habe ihm gesagt, daß es tödlich langweilig würde, aber er wollte mir nicht glauben.«

»Ich kann mir nicht vorstellen, daß es in Mats Nähe jemals langweilig ist«, sagte Tylins Sohn. Seine Verbeugung galt ihnen allen, aber seine dunklen Augen verweilten besonders auf Birgitte. »Ich hatte noch niemals so viel Spaß wie an dem Tag, als ich mit Mat und Lady Elaynes Behüterin in einer swovanischen Nacht getrunken habe, obwohl ich mich in Wahrheit an kaum etwas erinnere.« Er schien diese Behüterin nicht wiederzuerkennen. Seltsamerweise, wenn man ihren Geschmack bei Männern bedachte – Beslan sah gut aus, vielleicht ein wenig zu gut, aber absolut nicht auf ihre Art –, lächelte sie leicht und bildete sich etwas auf seinen forschenden Blick ein.

Aber Mat kümmerte es im Moment nicht, wie unpassend sie sich benahm. Beslan hegte offensichtlich keinen Verdacht, sonst hätte er sein Schwert bereits gezogen, aber das letzte unter dem Licht, was Mat wollte, war ein Tag in seiner Gesellschaft. Es wäre unerträglich. Mat besaß einen gewissen Sinn für Anstand, auch wenn das auf Beslans Mutter nicht zutraf.

Das einzige Problem war Beslan, der dieses verdammte Versprechen, alle Feste und Festtage zusammen zu verbringen, sehr ernst nahm. Je mehr Mat mit Nalesean darin übereinstimmte, daß der von ihnen geplante Tag unglaublich langweilig würde, desto entschlossener wurde Beslan. Nach einer Weile verdüsterte sich seine Miene zusehends, und Mat begann zu glauben, daß er sein Schwert vielleicht doch noch ziehen würde. Nun, ein Versprechen war ein Versprechen. Als Mat und Nalesean und Birgitte den Palast verließen, stolzierten ein halbes Dutzend befiederte Narren hinterdrein. Mat war sich sicher, daß dies nicht geschehen wäre, wenn Birgitte ihre gewöhnliche Kleidung getragen hätte. Der ganze Haufen betrachtete sie ständig und lächelte.

»Was sollten all diese Verrenkungen, während Beslan Euch die ganze Zeit betrachtete?« murrte er, als sie den Mol Hara überquerten. Er zog das Band fester, das seine Adlermaske hielt.

»Ich habe mich nur ein wenig bewegt.« Ihre Sprödigkeit war so offenkundig vorgetäuscht, daß er zu einem anderen Zeitpunkt gelacht hätte. »Ein wenig.« Sie lächelte jäh wieder und senkte die Stimme, so daß nur er ihre nächsten Worte hören konnte. »Ich sagte Euch bereits, daß es manchmal Spaß macht, wenn man angeschaut wird. Nur weil sie alle zu gut aussehen, bedeutet das noch lange nicht, daß ich ihren Anblick nicht genieße. Oh, Ihr werdet *sie* Euch ansehen wollen«, fügte sie hinzu und deutete auf eine schlanke Frau, die mit einer blauen Eulenmaske und eher noch weniger Federn, als Riselle getragen hatte, vorübereilte.

Das war so bemerkenswert an Birgitte: Sie stieß ihn

genauso bereitwillig in die Rippen und wies ihn auf ein hübsches Mädchen hin wie jeder ihm jemals bekannte Mann, und erwartete, daß er sie im Gegenzug ebenfalls auf alles hinwies, was sie gern betrachtete – im allgemeinen der häßlichste sichtbare Mann. Aber ob sie es sich nun erwählt hatte, heute halbnackt zu gehen oder nicht, war sie ... nun, eine Freundin. Die Welt erwies sich als immer seltsamer. Die eine Frau betrachtete er zunehmend als Zechkumpan, und eine andere verfolgte ihn genauso hartnäckig, wie er jemals – sowohl in jenen alten Erinnerungen als auch in seinen eigenen – einer hübschen Frau nachgestellt hatte. Hartnäckiger. Er hatte niemals eine Frau verfolgt, die ihn hatte wissen lassen, daß sie nichts von ihm wollte. Eine verkehrte Welt.

Die Sonne war noch nicht halbwegs aufgestiegen, aber Zelebranten bevölkerten bereits die Straßen, Plätze und Brücken. Akrobaten, Jongleure und Musikanten mit an ihre Kleidung genähten Federn führten an jeder Straßenecke etwas auf, wobei die Musik häufig im Lachen und Rufen verklang. Der ärmeren Bevölkerung genügten einige ins Haar gesteckte Federn, Taubenfedern, die sie zwischen umherspringenden Straßenkindern und Bettlern vom Straßenpflaster aufgelesen hatten, aber die Masken und Kostüme wurden kunstvoller, je schwerer die Geldbörsen wurden. Kunstvoller und oft auch schockierender. Männer und Frauen waren häufig mit Federn geschmückt, die mehr Haut enthüllten, als Riselle oder jene Frau auf dem Mol Hara gezeigt hatten. Heute fand auf den Straßen und Plätzen kein Handel statt, obwohl eine Anzahl Läden geöffnet zu sein schien – ebenso wie natürlich jede Taverne und jedes Gasthaus –, aber hier und da bahnte sich ein Wagen seinen Weg durch die Menge, oder ein Lastkahn wurde vorüber gestakt, worauf sich Plattformen befanden, auf denen junge Männer und Frauen posierten, die bunte, ihre ganzen Gesichter bedeckende Vogelmasken mit manchmal einen vollen Schritt aufragenden Schöpfen trugen und breite, farbenprächtige Schwingen so bewegten, daß ihre restlichen Kostüme jeweils nur kurz aufblitzten. Was genauso gut war, wenn man darüber nachdachte.

Beslans Worten zufolge wurden diese Bühnenbilder, wie sie genannt wurden, normalerweise in Gildensälen und in privaten Palästen und Häusern aufgeführt. Das ganze Fest fand normalerweise überwiegend in Gebäuden statt. In Ebou Dar schneite es niemals richtig, selbst wenn das Wetter normal wäre – Beslan sagte, er würde diesen Schnee gern eines Tages sehen –, aber offensichtlich war der normale Winter ausreichend kalt, um die Menschen davon abzuhalten, fast unbekleidet im Freien herumzulaufen. Bei dieser Hitze strömten jedoch alle auf die Straßen. Wartet, bis die Nacht hereinbricht, sagte Beslan. Dann würde Mat wirklich etwas zu sehen bekommen. Mit dem schwindenden Sonnenlicht schwanden auch die Hemmungen.

Während Mat eine große, schlanke Frau betrachtete, die in Maske und federbesetztem Umhang und darüber hinaus nur sechs oder sieben weiteren Federn durch die Menge glitt, fragte er sich, welche Hemmungen diese Menschen noch verlieren sollten. Er hätte sie beinahe angeschrien, sich mit diesem Umhang zu bedecken. Sie war hübsch, aber draußen auf der *Straße*, vor dem Licht und allen Leuten?

Die Wagen mit den Bühnenbildern zogen zahlreiche Zuschauer an, dichte Knäuel von Männern und Frauen, die riefen und lachten, während sie Münzen und manchmal zusammengefaltete Geldscheine auf die Wagen warfen und alle anderen auf der Straße beiseite drängten. Mat gewöhnte sich daran vorauszueilen, bis sie in eine Seitenstraße einbiegen konnten, oder zu warten, bis das Bühnenbild vorübergezogen war, um eine Querstraße oder Brücke zu erreichen. Birgitte und Nalesean warfen schmutzigen Straßenkindern und Bettlern Münzen zu, während sie warteten. Nun, Nalesean warf sie. Birgitte konzentrierte sich auf die Kinder und drückte jedem von ihnen eine Münze wie ein Geschenk in eine schmuddelige Hand.

Während einer dieser Pausen legte Beslan Nalesean plötzlich eine Hand auf den Arm und erhob seine Stimme über den Lärm der Menge und die Kakophonie der Musik aus mindestens sechs verschiedenen Richtungen. »Verzeiht mir, Tairener, aber gebt ihm nichts.« Ein zerlumpter Mann drängte argwöhnisch wieder in die Menge zurück. Von hagerer und knöcherner Statur schien er die wenigen Federn, die er vielleicht für sein Haar gefunden hatte, verloren zu haben.

»Warum nicht?« fragte Nalesean.

»Er trägt keinen Messingring am kleinen Finger«, erwiderte Beslan. »Er gehört nicht zur Gilde.«

»Licht«, sagte Mat. »Darf ein Mann in dieser Stadt nicht einmal betteln, ohne einer Gilde anzugehören?« Vielleicht lag es an seinem Tonfall, daß ihm der Bettler an die Kehle sprang, der plötzlich ein Messer in der schmutzigen Faust hielt.

Ohne nachzudenken ergriff Mat den Arm des Mannes, drehte ihn um und schleuderte ihn wieder in die Menge. Einige Leute fluchten über Mat und einige über den ausgestreckt daliegenden Bettler. Einige wenige warfen dem Burschen eine Münze zu.

Mat sah aus den Augenwinkeln einen zweiten hageren Mann in Lumpen, der versuchte, Birgitte aus dem Weg zu stoßen, um ihn mit einem langen Messer zu erreichen. Es war ein törichter Fehler, die Frau wegen ihres Kostüms zu unterschätzen. Sie zog von irgendwo zwischen den Federn einen Dolch hervor und stach ihn unter den Arm.

»Vorsicht!« schrie Mat ihr zu, aber es war keine Zeit mehr für Warnungen. Noch während er schrie, zog er einen Dolch aus seinem Jackenärmel und warf ihn seitlich. Die Klinge strich an Birgittes Gesicht vorbei und versank in der Kehle eines weiteren Bettlers, bevor er ihr Stahl zwischen die Rippen stechen konnte.

Plötzlich waren überall Bettler mit Dolchen und mit Eisenspitzen versehenen Knüppeln. Schreie und Rufe ertönten, während Menschen in Masken und Kostümen aus dem Weg zu gelangen versuchten. Nalesean schlitzte einem Mann in seinem Zorn das Gesicht auf, so daß er zurücktaumelte. Beslan traf einen anderen Mann in den Bauch, während seine kostümierten Freunde weitere Angreifer bekämpften.

Mat hatte keine Zeit, mehr wahrzunehmen. Er fand sich Rücken an Rücken mit Birgitte im Angesicht der Feinde wieder. Er konnte Birgitte sich bewegen spüren und hörte ihre unterdrückten Flüche, aber er war sich dessen kaum bewußt. Sie konnte auf sich selbst aufpassen, und als er die beiden Männer vor sich betrachtete, war er sich nicht sicher, ob dasselbe auch für ihn galt. Der ungeschlachte Bursche mit dem zahnlosen, höhnischen Grinsen besaß nur einen Arm und eine runzlige Höhlung, wo sein linkes Auge gewesen war, aber er hielt einen zwei Fuß langen Knüppel mit dornenbesetzten Eisenbändern in der Faust. Sein rattengesichtiger kleiner Begleiter hatte noch beide Augen und mehrere Zähne, und trotz eingesunkener Wangen und Arme, die nur aus Knochen und Sehnen zu bestehen schienen, bewegte er sich wie eine Schlange, leckte sich die Lippen und wechselte einen rostigen Dolch ständig von einer Hand in die andere. Mat zielte mit dem kürzeren Dolch in seiner Hand, der noch immer ausreichend lang war, die lebenswichtigen Organe eines Menschen zu treffen, zuerst auf den einen und dann auf den anderen Mann. Sie bewegten sich unruhig und warteten beide darauf, daß der jeweils andere ihn zuerst angreifen würde.

»Das wird Old Cully nicht gefallen, Spar«, grollte der größere Mann, und Rattengesicht schoß vorwärts, während die rostige Klinge weiterhin blitzend von einer Hand in die andere wechselte.

Er rechnete nicht mit dem Dolch, den Mat plötzlich in der linken Hand hielt und mit dem er dem Mann ins Handgelenk stach. Sein Dolch fiel klappernd auf die Pflastersteine, aber der Bursche warf sich dennoch auf Mat. Als Mats andere Klinge in seine Brust eindrang, schrie er mit geweiteten Augen und schloß die Arme krampfartig um Mat. Das höhnische Grinsen des kahlköpfigen Burschen vertiefte sich, als er seinen Knüppel hob und hinzutrat.

Das Grinsen schwand jedoch, als sich zwei Bettler auf ihn stürzten und wütend auf ihn einstachen.

Mat beobachtete die Szene ungläubig, während er den leblosen Körper des Rattengesichts von sich schob. Die Straße war bis auf die Kämpfenden verlassen, in fünfzig Schritt Umkreis menschenleer, und überall wälzten sich Bettler auf dem Pflaster, von denen zwei oder drei und manchmal sogar vier auf einen einzelnen einstachen oder ihn mit Knüppeln oder Steinen schlugen.

Beslan ergriff Mats Arm. Er hatte Blut im Gesicht, aber er grinste. »Wir sollten gehen und die Gilde der Armen ihre Arbeit erledigen lassen. Es ist nicht ehrenvoll, Bettler zu bekämpfen, und außerdem wird die Gemeinschaft keinen dieser Burschen überleben lassen. Folgt mir.« Nalesean runzelte die Stirn – er hielt es zweifellos ebenfalls für wenig ehrenvoll, Bettler zu bekämpfen – und Beslans Freunde ebenso, deren Kostüme teilweise verrutscht waren und von denen einer seine Maske abgesetzt hatte, damit ein anderer einen Schnitt an seiner Stirn abtupfen konnte. Aber der Mann mit dem Schnitt grinste ebenfalls. Birgitte hatte keine sichtbare Verletzungen erlitten, und ihr Kostüm wirkte noch genauso ordentlich wie zuvor im Palast. Sie ließ ihren Dolch wieder verschwinden. Es war unmöglich, eine Klinge unter diesen Federn zu verbergen, aber sie tat es.

Mat hatte nichts dagegen einzuwenden, sich fortziehen zu lassen, aber er grollte: »Gehen Bettler in dieser ... dieser Stadt ständig herum und greifen Leute an?« Beslan hätte es vielleicht nicht gern gehört, wenn er sie eine verdammte Stadt genannt hätte.

Der Mann lachte. »Ihr seid ein *Ta'veren*, Mat. Um *Ta'veren* herrscht immer Aufregung.«

Mat erwiderte das Lächeln mit zusammengebissenen Zähnen. Verdammter Narr, verdammte Stadt und verdammtes *Ta'veren*. Nun, wenn ihm ein Bettler die Kehle aufschlitzte, brauchte er nicht zum Palast zurückzukehren und sich von Tylin wie eine reife Birne schälen zu lassen. Verdammt sei alles!

Die Straße zwischen der Färberei und der *Rose von Elbar* war ebenfalls von Feiernden bevölkert, wenn auch nicht von so vielen unzureichend Bekleideten. Anscheinend mußte man Geld besitzen, um fast nackt zu gehen. Obwohl die Akrobaten vor dem Haus des Kaufmanns dem nahekamen. Die Männer waren barfuß und mit unbedeckter Brust in farbenfrohen Hosen und die Frauen in noch engeren Hosen und dünnen Blusen. Sie trugen alle nur wenige Federn im Haar, wie auch die Schabernack treibenden Musikanten vor dem kleinen Palast an der nächsten Ecke – eine Frau mit einer Flöte, eine weitere mit einer großen schwarzen, mit Hebeln versehenen Tuba und ein Bursche, der nach Kräften eine große Trommel schlug. Das Haus, das zu beobachten sie hierher gekommen waren, wirkte fest verschlossen.

Der Tee in der *Rose von Elbar* war genauso schlecht wie immer, was immerhin bedeutete, daß er weitaus besser war als der Wein. Nalesean hielt sich an das herbe örtliche Bier. Birgitte bedankte sich, ohne zu sagen wofür, woraufhin Mat nur schweigend die Achseln zuckte. Sie lächelten sich an und prosteten einander zu. Die Sonne stieg auf, und Beslan saß da und balancierte zuerst einen Stiefel auf der Spitze des anderen

213

und dann umgekehrt, aber seine Begleiter wurden allmählich unruhig, egal wie oft er darauf hinwies, daß Mat ein *Ta'veren* sei. Ein Handgemenge mit Bettlern war wohl kaum die richtige Abwechslung, die Straße war zu schmal, als daß Bühnenbilder hätten vorüberziehen können, die Frauen waren nicht so hübsch wie anderswo und selbst Birgitte zu betrachten, schien an Reiz zu verlieren, als sie erst erkannten, daß sie nicht die Absicht hatte, auch nur einen von ihnen zu küssen. Mit der Beteuerung, daß sie es bedauerten, daß Beslan nicht mitkommen wollte, eilten sie auf der Suche nach etwas Unterhaltsamerem davon. Nalesean machte einen Spaziergang die Gasse neben der Färberei hinab, und Birgitte verschwand im düsteren Inneren der *Rose,* um, wie sie sagte, herauszufinden, ob es überhaupt etwas gab, was dem heimlichen Trinken in einer vergessenen Ecke gleichkam.

»Ich hätte niemals erwartet, eine Behüterin so bekleidet zu sehen«, sagte Beslan, der erneut die Stellung seiner Stiefel wechselte.

Mat blinzelte. Der Bursche hatte einen scharfen Blick. Sie hatte ihre Maske nicht einmal abgenommen. Nun, solange er nichts wußte von …

»Ich glaube, Ihr werdet meiner Mutter guttun, Mat.«

Mat versprühte hustend Tee über die Vorübergehenden. Mehrere sahen ihn wütend an, und eine schlanke Frau mit einem hübschen kleinen Busen lächelte ihn unter einer blauen Maske, die vermutlich einen Zaunkönig darstellen sollte, scheu an. Sie stampfte jedoch mit dem Fuß auf und stolzierte davon, als er ihr Lächeln nicht erwiderte. Glücklicherweise war niemand in ihrer Begleitung ausreichend verärgert, ihm mehr als düstere Blicke zuzuwerfen, bevor sie ebenfalls weitergingen. Oder vielleicht unglücklicherweise. Er hätte nichts dagegen gehabt, wenn sechs oder acht Leute ihn genau jetzt herausgefordert hätten.

»Was meinst du?« fragte er heiser.

Beslan wandte mit erstaunt geweiteten Augen ruckartig den Kopf. »Nun, weil sie Euch als ihren Geliebten erwählt hat. Warum ist Euer Gesicht so rot? Seid Ihr böse? Warum …?« Plötzlich schlug er sich mit der Hand an die Stirn und lachte. »Ihr denkt, *ich* wäre böse. Verzeiht, aber ich vergesse stets, daß Ihr ein Fremder seid. Mat, sie ist meine Mutter, nicht meine Frau. Vater starb vor zehn Jahren, und sie hat immer behauptet, zu beschäftigt zu sein. Ich bin einfach froh, daß sie sich jemanden erwählt hat, den ich mag. Wohin geht Ihr?«

Mat hatte nicht bemerkt, daß er aufgestanden war, bis Beslan es erwähnte. »Ich wollte … ich muß einfach einen klaren Kopf bekommen.«

»Aber Ihr trinkt doch Tee, Mat.«

Eine grüne Sänfte wurde vorbeigetragen, und er sah undeutlich, daß sich die Tür des Hauses öffnete und eine Frau mit einem mit blauen Federn besetzten Umhang über dem Kleid hinausschlüpfte. Ohne nachzudenken – sein Kopf war zu wirr, um klar denken zu können – folgte er ihr. Beslan *wußte* es! Er *billigte* es! Seine eigene Mutter, und er …

»Mat?« rief Nalesean hinter ihm. »Wohin geht Ihr?«

»Wenn ich bis morgen nicht zurück bin«, rief Mat wie abwesend über die Schulter, »dann sagt ihnen, sie müssen sie selbst finden!« Er ging wie benommen hinter der Frau her und hörte nicht, ob Nalesean oder Beslan noch etwas riefen. Der Bursche *wußte* es! Er erinnerte sich daran, daß er einmal geglaubt hatte, Beslan und seine Mutter wären beide verrückt. Es war weit schlimmer! Ganz Ebou Dar war verrückt! Er war sich kaum der Würfel bewußt, die in seinem Kopf noch immer umherrollten.

Reanne beobachtete von einem Fenster im Versammlungsraum aus, wie Solain die Straße hinab verschwand, die zum Fluß führte. Ein Bursche in einer bronzefarbenen Jacke folgte ihr auf dem Fuße, aber wenn er sie aufzuhalten versuchte, würde er bald herausfinden, daß Solain keine Zeit für Männer hatte.

Reanne war sich nicht sicher, warum der Drang heute so übermächtig geworden war. Seit Tagen begann er schon am Morgen und verging erst bei Sonnenuntergang, und sie hatte ihn tagelang bekämpft – infolge der strengen Regeln zögerten sie, sich auf das Recht zu berufen, daß der Befehl erst bei Halbmond ausgegeben würde, in sechs Nächten –, aber heute ... Sie hatte den Befehl ausgesprochen, bevor sie nachgedacht hatte, und hatte sich nicht dazu bringen können, ihn bis zur gegebenen Zeit zurückzunehmen. Es würde gutgehen. Niemand hatte irgendwo in der Stadt ein Zeichen von den beiden jungen Närrinnen gesehen, die sich Elayne und Nynaeve nannten. Es hatte keine Notwendigkeit bestanden, unnötige Risiken einzugehen.

Sie wandte sich seufzend wieder zu den anderen um, die warteten, bis sie ihren Platz eingenommen hatte, bevor sie sich selbst setzten. Alles würde gutgehen, wie es immer gewesen war. Geheimnisse würden bewahrt werden, wie sie seit jeher bewahrt worden waren. Aber dennoch ... Sie konnte nicht Weissagen oder Ähnliches, aber dieser Drang hatte ihr vielleicht dennoch etwas vermittelt. Zwölf Frauen betrachteten sie erwartungsvoll. »Ich denke, wir sollten erwägen, jedermann, der nicht den Gürtel trägt, eine Weile auf die Farm zu schicken.« Es gab kaum Widerspruch. Sie waren die Älteren, aber sie war die Älteste. Zumindest darin schadete es nicht, sich wie Aes Sedai zu verhalten.

KAPITEL 11

Der erste Becher

Ich verstehe das nicht«, protestierte Elayne. Man hatte ihr keinen Stuhl angeboten. Tatsächlich hatte man ihr, als sie sich hinsetzen wollte, kurz beschieden, sie solle stehen bleiben. Fünf Augenpaare waren auf sie gerichtet, fünf Frauen mit angespannten, grimmigen Gesichtern. »Ihr verhaltet Euch, als hätten wir etwas *Schreckliches* getan, obwohl wir die Schale der Winde gefunden haben!« Zumindest stand dies unmittelbar bevor, wie sie hoffte. Die Nachricht, mit der Nalesean eilig zurückgekehrt war, war nicht allzu eindeutig. Mat hatte verkündet, er hätte sie gefunden. Oder etwas sehr Ähnliches, hatte Nalesean eingeräumt. Je länger er sprach, desto stärker schwankte er zwischen vollkommener Gewißheit und Zweifeln. Birgitte war zur Beobachtung von Reannes Haus zurückgeblieben. Sie schwitzte anscheinend und langweilte sich. Auf jeden Fall waren die Dinge in Bewegung geraten. Elayne fragte sich, wie Nynaeve vorankam. Hoffentlich besser als sie selbst. Dies hatte sie sicherlich niemals erwartet, wenn sie ihren Erfolg verkündete.

»Ihr habt ein Geheimnis gefährdet, das seit über zweitausend Jahren von jeder Frau, welche die Stola trägt, streng bewahrt wurde.« Merilille saß starr aufgerichtet da und schien sich am Rande eines Schlaganfalls zu befinden. »Ihr müßt verrückt gewesen sein! Nur Wahnsinn könnte dies entschuldigen!«

»Welches Geheimnis?« fragte Elayne.

Vandene, die neben Merilille saß, richtete verärgert ihre hellgrünen Seidenröcke. »Dafür ist noch genug

Zeit, wenn Ihr wirklich erhoben worden seid, Kind. Ich dachte, Ihr hättet ein wenig Verstand.« Adeleas, in dunkelgrauem Tuch mit tiefbraunen Verzierungen, nickte und spiegelte so Vandenes Mißfallen wider.

»Man kann dem Kind nicht vorwerfen, ein Geheimnis enthüllt zu haben, das es nicht kennt«, bemerkte Careane Fransi zu Elaynes Linken und regte sich in ihrem grün-goldenen Lehnstuhl. Sie war nicht stämmig, hatte aber fast so breite Schultern und dicke Arme wie die meisten Männer.

»Das Burggesetz gestattet keine Entschuldigungen«, warf Sareitha schnell in recht überheblichem Tonfall ein, wobei ihr normalerweise wißbegieriger Blick streng wirkte. »Wenn erst bloße Entschuldigungen gestattet sind, wird das Gesetz selbst seine Gültigkeit verlieren.« Ihr hochlehniger Stuhl stand zu Elaynes Rechten. Nur sie trug ihre Stola, aber Merililles Wohnraum war wie ein Gericht angeordnet worden, obwohl niemand es so nannte. Jedenfalls bis jetzt nicht. Merilille, Adeleas und Vandene stellten sich Elayne wie Richter entgegen, Sareithas Stuhl stand dort, wo sich der Sitz des Anklägers befände, und Careanes Stuhl am Platz des Verteidigers, und die Domani-Grüne nickte nachdenklich, während die tairenische Braune, die ihre Anklägerin gewesen wäre, fortfuhr. »Sie hat ihre Schuld selbst zugegeben. Ich empfehle, daß das Kind auf den Palast beschränkt werden sollte, bis wir abreisen, und harte Arbeit leistet, damit ihr Geist und ihre Hände beschäftigt sind. Weiterhin empfehle ich in regelmäßigen Abständen eine kräftige Anzahl Hiebe, um sie daran zu erinnern, nicht hinter dem Rücken von Schwestern zu handeln. Und dasselbe für Nynaeve, sobald sie ausfindig gemacht werden kann.«

Elayne schluckte. Auf den Palast beschränkt? Vielleicht mußten sie dies nicht als Gerichtsverhandlung bezeichnen, damit es eine war. Sareitha hatte vielleicht noch nicht die alterslosen Züge erworben, aber das Gewicht des Alters der anderen Frauen erdrückte Elayne. Adeleas und Vandene, deren Haar fast vollkommen weiß war – und selbst ihre alterslosen Gesichter spiegelten das Alter wider. Merililles Haar war glänzend schwarz, und doch hätte es Elayne nicht überrascht zu erfahren, daß sie die Stola genauso lang oder länger als die meisten Aes Sedai trug. Das gleiche könnte für Careane gelten. Keine von ihnen beherrschte die Macht so gut wie sie selbst, aber ... all diese Erfahrungen als Aes Sedai, all dieses Wissen, dieses Ansehen. Eine starke Erinnerung daran, daß sie erst achtzehn war und noch vor einem Jahr Novizinnen-Weiß trug.

Careane machte keinerlei Anstalten, Sareithas Vorschlägen zu widersprechen. Vielleicht sollte sie sich am besten selbst verteidigen. »Dieses Geheimnis, von dem Ihr sprecht, hat offensichtlich etwas mit dem Zirkel zu tun, aber ...«

»Die Schwesternschaft geht Euch nichts an, Kind«, unterbrach Merilille sie scharf. Sie atmete tief ein und glättete die silbergrauen Röcke mit den goldenen Schlitzen. »Ich schlage vor, daß wir das Urteil fällen«, sagte sie kalt.

»Ich stimme mit Euch überein und beuge mich Eurer Entscheidung«, sagte Adeleas. Sie sah Elayne enttäuscht an und schüttelte stirnrunzelnd den Kopf.

Vandene winkte ab. »Ich stimme überein und beuge mich. Aber ich schließe mich dem Sitz des Anklägers an.« Careanes Blick enthielt vielleicht ein wenig Mitleid.

Merilille öffnete den Mund.

Das schüchterne Klopfen an der Tür durchbrach die augenblickliche, bedrohliche Stille.

»Was, unter dem Licht, gibt es?« murrte Merilille ärgerlich. »Ich hatte Pol gesagt, daß niemand uns stören soll. Careane?«

Nicht die jüngste, aber die schwächste in der Macht, erhob sich Careane und glitt zur Tür. Sie bewegte sich trotz ihrer kräftigen Gestalt stets anmutig wie ein Schwan.

Es war Pol selbst, Merililles Dienerin, die hereinplatzte und nach rechts und links gerichtet Hofknickse vollführte. Eine schlanke, grauhaarige Frau, die normalerweise eine Würde an den Tag legte, die der ihrer Herrin gleichkam, runzelte sie jetzt besorgt die Stirn, was auch angemessen war, nachdem sie trotz Merililles Anweisungen hier eingedrungen war. Elayne war nicht mehr so froh gewesen, jemanden zu sehen, seit … seit Mat Cauthon im Stein von Tear erschien. Ein entsetzlicher Gedanke. Wenn Aviendha nicht bald sagte, sie sei ihrem *Toh* ausreichend begegnet, könnte sie vielleicht einfach ausprobieren, ob ihre Qual beendet werden könnte, wenn sie den Mann bat, sie doch noch zu schlagen.

»Die Königin hat dies selbst gebracht«, verkündete Pol atemlos und streckte einen mit einem großen roten Wachsklumpen versiegelten Brief aus. »Sie sagte, wenn ich ihn Elayne nicht sofort brächte, würde sie ihn ihr selbst hineinbringen. Sie sagte, es ginge um die Mutter des Kindes.« Elayne hätte fast mit den Zähnen geknirscht. Die Dienerinnen der Schwestern hatten alle bereits die Art ihrer Herrinnen angenommen, über Nynaeve und sie zu reden, wenn auch selten dort, wo sie es hören konnten.

Sie riß den Brief wütend an sich, bevor Merilille es ihr erlaubte – wenn sie es ihr erlaubt hätte – und brach das Siegel mit dem Daumen.

Meine Lady Elayne!
Ich grüße die Tochter-Erbin von Andor mit erfreulichen
Neuigkeiten. Ich habe vor kurzem erfahren, daß Eure
Mutter, Königin Morgase, lebt, derzeit Gast Pedron
Nialls in Amador ist und sich nichts sehnlicher wünscht,
als wieder mit Euch vereint zu sein, damit Ihr
gemeinsam im Triumph nach Andor zurückkehren könnt.

*Ich biete Euch Begleitung zum Schutz vor den Altara
zur Zeit heimsuchenden Straßenräubern an, damit Ihr
unversehrt und schnell bei Eurer Mutter eintrefft.
Verzeiht diese wenigen, armseligen Worte, hastig
hingeschmiert, aber ich weiß, daß Ihr die wunderbare
Nachricht so bald wie möglich erfahren wollt. Bis ich
Euch Eurer Mutter übergeben kann.*

*Im Licht versiegelt,
Jaichim Carridin*

Sie zerknüllte das Papier in der Faust. Wie konnte er es *wagen*? Der Schmerz über den Tod ihrer Mutter, auch wenn sie deren Leichnam nicht hatte begraben können, begann erst allmählich zu verblassen, und Carridin *wagte* es, sie auf diese Weise zu verhöhnen? Sie umarmte die Wahre Quelle, schleuderte die widerwärtigen Lügen von sich und lenkte die Macht. Feuer entflammte mitten in der Luft, so heiß, daß nur Aschestaub auf die blau-goldenen Bodenfliesen regnete. *Das* für Jaichim Carridin. Und was diese ... Frauen betraf! Der Stolz von tausend Jahren andoranischer Königinnen stählte ihr Rückgrat.

Merilille sprang auf. »Man hat Euch nicht erlaubt, die Macht zu lenken! Ihr werdet sie loslassen ...!«

»Verlaßt uns, Pol«, sagte Elayne. »Jetzt.« Die Dienerin starrte sie an, aber Elaynes Mutter hatte sie den Befehlston gut gelehrt, die vom Thron herabklingende Stimme einer Königin. Pol vollführte flüchtig einen Hofknicks und war bereits wieder in Bewegung, bevor sie es erkannte, und dann zögerte sie nur kurz, bevor sie hinauseilte und die Tür hinter sich schloß. Was auch immer geschehen würde, ging eindeutig nur Aes Sedai an.

»Was ist in Euch gefahren, Kind?« Reiner Zorn überwog Merililles wiedergewonnene Ruhe. »Laßt die Quelle sofort los, oder ich schwöre, daß ich Euch auf der Stelle selbst verprügeln werde!«

»Ich bin eine Aes Sedai.« Die Worte klangen eiskalt, und Elayne meinte es auch so. Carridins Lügen und diese Frauen. Merilille drohte, sie zu *verprügeln*? Sie *würden* ihren rechtmäßigen Platz als Schwester anerkennen. Sie und Nynaeve hatten die Schale gefunden! Jedenfalls so gut wie, und die Vorkehrungen für ihren Gebrauch waren im Gange. »Ihr schlagt vor, mich dafür zu bestrafen, daß ich ein Geheimnis gefährdet habe, das offensichtlich nur Schwestern bekannt ist, aber niemand hat sich die Mühe gemacht, mir dieses Geheimnis mitzuteilen, als ich die Stola erhielt. Ihr schlagt vor, mich wie eine Novizin oder eine Aufgenommene zu bestrafen, aber ich bin eine Aes Sedai. Ich wurde von Egwene al'Vere, der Amyrlin, der Ihr zu dienen vorgebt, zur Stola erhoben. Wenn Ihr leugnet, daß Nynaeve und ich Aes Sedai sind, dann verleugnet Ihr den Amyrlin-Sitz, der mich ausgeschickt hat, die Schale der Winde zu finden, was wir ja auch getan haben. Das werde ich nicht zulassen! Ich ziehe Euch zur Rechenschaft, Merilille Ceandevin. Unterwerft Euch dem Willen des Amyrlin-Sitzes, oder *ich* werde *Euch* als aufrührerische Verräterin anklagen!«

Merililles Augen traten hervor und ihr Mund stand offen, aber neben Careane und Sareitha, die an ihrer Ungläubigkeit zu ersticken schienen, wirkte sie noch gefaßt. Vandene war anscheinend nur geringfügig überrascht und preßte unter leicht geweiteten Augen nachdenklich einen Finger auf die Lippen, während Adeleas sich vorbeugte und Elayne betrachtete, als sähe sie sie zum erstenmal.

Elayne schwebte durch das Lenken der Macht zu einem der hohen Lehnstühle, setzte sich hin und richtete ihre Röcke. »Ihr dürft Euch setzen, Merilille.« Sie sprach noch immer im Befehlston – anscheinend war dies die einzige Möglichkeit, sie zum Zuhören zu bewegen –, aber sie war bestürzt, als Merilille tatsächlich wieder auf ihren Stuhl sank und sie anstarrte.

Elayne blieb äußerlich ruhig und kühl, aber innerlich brodelte der Zorn. Nein, er *kochte*. Geheimnisse. Sie hatte schon immer gedacht, die Aes Sedai bewahrten zu viele Geheimnisse, selbst voreinander. Besonders voreinander. Tatsächlich bewahrte sie auch selbst welche, aber nur, wenn es nötig war und nicht vor jenen, die davon wissen mußten. Und diese Frauen hatten erwogen, *sie* zu bestrafen! »Ihr habt Eure Amtsgewalt von der Burg erhalten, Merilille. Nynaeve und ich haben sie vom Amyrlin-Sitz erhalten. Unsere Amtsgewalt hebt Eure auf. Von jetzt an werdet Ihr Eure Anweisungen von Nynaeve oder mir erhalten. Natürlich werden wir sorgfältig jedem Rat lauschen, den Ihr uns vielleicht erteilen wollt.« Sie hatte schon vorher gedacht, Merililles Augen seien hervorgetreten ...

»Unmöglich!« platzte die Graue heraus. »Ihr seid ...«

»Merilille!« sagte Elayne streng und beugte sich vor. »Verleugnet Ihr die Autorität Eurer Amyrlin noch immer? *Wagt* Ihr es noch immer?« Merilille bewegte lautlos die Lippen. Sie schüttelte heftig den Kopf. Elayne verspürte einen Schauder des Frohlockens. All das Gerede über Merilille und daß sie angewiesen würde, war natürlich Unsinn, aber Merilille *würde* sie anerkennen. Thom und ihre Mutter hatten beide gesagt, man müsse viel fordern, um wenig zu bekommen. Dennoch genügte es nicht, ihren Zorn zu dämpfen. Sie erwog halbwegs, selbst Schläge auszuteilen und auszuprobieren, wie weit sie dies weitertreiben konnte. Aber das würde alles verderben. Sie würden sich dann nur zu schnell ihres Alters erinnern und daran, vor wie kurzer Zeit Elayne erst ihr Novizinnengewand abgelegt hatte. Sie könnten sie sogar als törichtes Kind einschätzen. Dieser Gedanke nährte ihren Zorn erneut. Aber sie begnügte sich mit den Worten: »Während Ihr in Ruhe darüber nachdenkt, was Ihr mir als Aes Sedai noch erzählen solltet, Merilille, werden Adeleas und Vandene mich in dieses Geheimnis einweihen, das ich gefährdet habe. Wollt Ihr mir erzählen, die Burg habe die ganze Zeit von dieser Schwesternschaft gewußt?« Die arme Reanne und ihre Hoffnungen, der Aufmerksamkeit der Aes Sedai zu entgehen.

»Vermutlich in dem Grad, wie sie sich dazu überwinden konnten, sich Schwestern zu nähern«, erwiderte Vandene vorsichtig. Sie betrachtete Elayne so aufmerksam, wie auch ihre Schwester es jetzt tat. Obwohl sie eine Grüne war, verhielt sie sich in vielerlei Hinsicht genauso wie Adeleas. Careane und Sareitha wirkten benommen und ließen ungläubige Blicke von einer stummen, mit geröteten Wangen dasitzenden Merilille zu Elayne und zurück wandern.

»Selbst während der Trolloc-Kriege haben Frauen die Prüfungen nicht bestanden; ihnen fehlte die Stärke oder sie wurden aus einem der üblichen Gründe aus der Burg verwiesen.« Adeleas hatte einen belehrenden Tonfall angenommen. Das taten Braune häufig, wenn sie etwas erklärten. »Es ist unter den gegebenen Umständen kaum überraschend, daß einige von ihnen sich fürchteten, allein in die Welt hinauszugehen. Immerhin blieb ihnen noch die Möglichkeit, nach Barashta zu flüchten, wie die damals hier bestehende Stadt genannt wurde. Obwohl sich der Hauptteil Barashtas natürlich dort befand, wo jetzt der Rahad ist. Kein Stein von Barashta ist geblieben. Die Trolloc-Kriege haben Eharon bis vor kurzem nicht wirklich betroffen, aber letztendlich fiel Barashta genauso vollständig wie Barsine oder Shaemal oder …«

»Die Schwesternschaft«, unterbrach Vandene sie sanft. Adeleas blinzelte ihr zu und nickte dann. »Die Schwesternschaft blieb auch nach dem Fall Barashtas genauso bestehen wie zuvor und nahm Wilde und aus der Burg verwiesene Frauen auf.« Elayne runzelte die Stirn. Herrin Anan hatte gesagt, die Schwesternschaft nehme auch Wilde auf, aber Reannes größte Sorge war anscheinend gewesen, ihr und Nynaeve zu beweisen, daß sie es nicht täten.

»Keine Frau blieb jemals lange«, fügte Adeleas hinzu. »Fünf Jahre, vielleicht zehn, damals vermutlich genauso wie heute. Wenn sie erst erkennen, daß ihre kleine Gruppe kein Ersatz für die Weiße Burg ist, gehen sie und werden Dorfheilerinnen oder Weise oder dergleichen, oder sie vergessen die Macht irgendwann, hören auf, sie zu lenken und üben ein Handwerk oder Gewerbe aus. Auf jeden Fall verschwinden sie gewissermaßen.« Elayne fragte sich, wie jemand die Eine Macht vergessen konnte. Der Drang, die Macht zu lenken, die Versuchungen der Quelle waren immer vorhanden, wenn man erst gelernt hatte, sie zu handhaben. Aes Sedai glaubten jedoch anscheinend, einige Frauen könnten dies einfach ablegen, wenn sie herausfanden, daß sie keine Aes Sedai sein würden.

Vandene übernahm erneut die Erklärung. Die Schwestern sprachen häufig beinahe abwechselnd, wobei jede ruhig dort fortfuhr, wo die andere aufgehört hatte. »Die Burg hat fast von Anfang an von der Schwesternschaft gewußt, vielleicht sogar wirklich von Anfang an. Zunächst waren zweifellos die Kriege wichtiger. Und obwohl sie sich eine Schwesternschaft nannten, haben sie einfach das getan, was wir von solchen Frauen erwarten. Sie blieben im verborgenen, hielten sogar den Umstand geheim, daß sie die Macht lenken konnten, und zogen keine wie auch immer geartete Aufmerksamkeit auf sich. Im Verlauf der Jahre begannen sie sogar – natürlich geheim und vorsichtig –, einander zu benachrichtigen, wenn eine von ihnen eine Frau aufspürte, die unrechtmäßigerweise die Stola zu tragen behauptete. Habt Ihr etwas gesagt?«

Elayne schüttelte den Kopf. »Careane, ist noch Tee in der Kanne?« Careane zuckte leicht zusammen. »Ich denke, Adeleas und Vandene würden vielleicht gern ihre Lippen benetzen.« Die Domani sah die noch

225

immer benommene Merilille nicht einmal an, bevor sie zu dem Tisch trat, auf dem sich die silberne Teekanne und die Becher befanden. »Das erklärt noch nicht alles«, fuhr Elayne fort. »Warum ist das Wissen um sie ein solches Geheimnis? Warum wurden sie nicht schon vor langer Zeit zerstreut?«

»Nun, durch die Davongelaufenen natürlich.« Adeleas ließ es wie das Offensichtlichste auf der Welt klingen. »Es ist eine Tatsache, daß andere Versammlungen gesprengt wurden, sobald sie aufgefunden wurden – die letzte vor ungefähr zweihundert Jahren –, aber die Schwesternschaft ist nicht sehr groß und verhält sich ruhig. Die letzte Gruppe nannte sich Töchter des Schweigens, aber sie waren kaum schweigsam. Sie waren insgesamt nur dreiundzwanzig, Wilde, die sich zusammengeschlossen hatten und in gewisser Weise von zwei früheren Aufgenommenen ausgebildet wurden, aber sie …«

»Davongelaufene«, warf Elayne ein, während sie mit dankbarem Lächeln einen Becher von Careane entgegennahm. Sie hatte keinen für sich selbst erbeten, aber sie erkannte abwesend, daß die Frau sie zuerst bedacht hatte. Vandene und ihre Schwester hatten sich auf dem Weg nach Ebou Dar recht ausführlich über Davongelaufene unterhalten.

Adeleas blinzelte und hielt sich bei diesem Thema zurück. »Die Schwesternschaft hilft Davongelaufenen. Sie haben stets zwei oder drei Frauen in Tar Valon, die aufpassen. Einerseits nähern sie sich fast jeder ausgewiesenen Frau auf sehr umsichtige Weise, und andererseits gelingt es ihnen, jede Davongelaufene ungeachtet dessen aufzuspüren, ob sie eine Novizin oder eine Aufgenommene ist. Zumindest konnte seit den Trolloc-Kriegen keine die Insel ohne ihre Hilfe verlassen.«

»O ja«, sagte Vandene, als Adeleas innehielt, um ebenfalls einen Becher von Careane entgegenzunehmen. Er war zunächst Merilille angeboten worden, aber diese saß nur zusammengesunken und ins Leere blickend da. »Wenn es jemandem gelingt zu entkommen, wissen wir, wo wir nachsehen müssen, und sie endet fast immer wieder in der Burg und wünschte, sie wäre niemals geflohen. Jedenfalls solange die Schwesternschaft nicht weiß, daß wir von ihr wissen. Wenn das geschieht, werden die Zustände aus der Zeit vor dem Entstehen der Schwesternschaft zurückkehren, als eine der Burg entfliehende Frau überall hingehen konnte. Damals waren es mehr – Aes Sedai, Aufgenommene, Novizinnen *und* Davongelaufene –, und in manchen Jahren konnten zwei oder drei von ihnen gänzlich entkommen, in anderen Jahren drei von vier. Mit Hilfe der Schwesternschaft bringen wir mindestens neun von zehn zurück. Jetzt könnt Ihr vielleicht erkennen, warum die Burg die Schwesternschaft und ihr Geheimnis wie wertvolle Edelsteine bewahrt hat.«

Das konnte Elayne tatsächlich. Eine Frau war erst mit der Weißen Burg fertig, wenn die Weiße Burg mit ihr fertig war. Außerdem konnte es dem Ruf der Burg, unfehlbar zu sein, nicht schaden, wenn sie Davongelaufene immer einfing. Fast immer. Nun, jetzt wußte sie es.

Sie erhob sich und war erstaunt, daß Adeleas, Vandene und Sareitha es ihr gleichtaten. Sogar Merilille stand auf. Alle sahen Elayne erwartungsvoll an, auch Merilille.

Vandene bemerkte ihre Überraschung und lächelte. »Noch etwas, was Ihr vielleicht nicht wißt. Wir Aes Sedai sind auf vielerlei Art ein streitsüchtiges Völkchen. Jede verteidigt eifersüchtig ihren Platz und ihre Privilegien, aber wenn uns jemand vorangestellt wird oder bereits über uns steht, neigen wir dazu, ihr überwiegend recht sanftmütig zu folgen. Wie sehr wir innerlich vielleicht auch über ihre Entscheidungen schimpfen.«

»Nun, das tun wir«, murmelte Adeleas zufrieden, als hätte sie gerade etwas entdeckt.

Merilille atmete tief ein und beschäftigte sich einen Moment damit, ihre Röcke zu glätten. »Vandene hat recht«, sagte sie schließlich. »Ihr steht selbst über uns, und ich muß zugeben, daß Ihr uns anscheinend auch vorangestellt *wurdet*. Wenn unserem Verhalten Strafe gebührt ... Nun, Ihr werdet es uns wissen lassen, wenn dem so ist. Wohin sollen wir Euch folgen? Wenn ich mir die Frage erlauben darf?« Nichts davon klang sarkastisch. Wenn überhaupt etwas, dann war ihr Tonfall höflicher, als Elayne ihn bisher bei ihr erlebt hatte.

Sie dachte, jede jemals lebende Aes Sedai wäre stolz, wenn sie ihre Miene so gut unter Kontrolle hätte wie sie gerade. Sie wollte nur, daß sie als wahre Aes Sedai anerkannt wurde. Sie bekämpfte den kurzzeitigen Drang zu widersprechen, sie sei zu jung, zu unerfahren.

Sie atmete tief ein und lächelte herzlich. »Das erste, woran wir uns erinnern müssen, ist, daß wir *alle* Schwestern sind, in jeglicher Bedeutung des Wortes. Wir müssen zusammenarbeiten. Die Schale der Winde ist zu bedeutsam, als daß es weniger sein dürfte.« Sie hoffte, daß sie alle auch noch ebenso begeistert nicken würden, wenn sie ihnen erzählte, was Egwene beabsichtigte. »Vielleicht sollten wir uns wieder hinsetzen.« Alle warteten, bis sie saß, bevor sie selbst sich wieder niederließen. Elayne hoffte, daß Nynaeve auch nur annähernd so gut zurechtkam. Wenn sie dies herausfände, würde sie vor Schreck ohnmächtig werden. »Ich habe Euch auch etwas über die Schwesternschaft zu sagen.«

Sehr bald war es Merilille, die vor Schreck ohnmächtig zu werden schien, und selbst Adeleas und Vandene waren nicht weit davon entfernt. Aber sie sagten weiterhin: »Ja, Elayne« und »Wenn Ihr es sagt, Elayne«. Vielleicht würde von jetzt an alles reibungslos verlaufen.

Die Sänfte schwankte durch die Menge von Feiernden entlang des Kais, als Moghedien die Frau erblickte. Ein Diener in Grün und Weiß half ihr an einer der Bootsanlegestellen aus einer Kutsche. Eine weiße Federmaske bedeckte ihr Gesicht vollkommener als Moghediens Maske das ihre, aber sie hätte diesen entschlossenen Schritt, diese Frau, aus jedem Blickwinkel bei jedem Licht erkannt. Das geschnitzte Gitterwerk, das die in der geschlossenen Sänfte als Fenster diente, hinderte sie gewiß ebenfalls nicht daran. Zwei Burschen mit Schwertern an der Hüfte kletterten vom Kutschendach herab und folgten der maskierten Frau.

Moghedien schlug mit der Faust gegen die Seite der Sänfte und schrie: »Halt!« Die Träger hielten so jäh an, daß sie fast nach vorn fiel.

Die Menge drängte vorüber, wobei einige ihre Träger mit Flüchen bedachten, weil sie den Weg versperrten, und andere eher humorvolle Bemerkungen machten. Hier unten am Fluß war die Menge weniger dicht, so daß sie durch die Lücken hinweg weiterhin beobachten konnte. Das Boot, das gerade ablegte, war recht auffällig. Das Dach der niedrigen Kabine im hinteren Teil des Bootes war rot bemalt. Sie bemerkte diese Vorliebe an keinem der anderen Boote, die an dem langen Kai warteten.

Sie benetzte zitternd ihre Lippen. Moridins Anweisungen waren sehr genau gewesen und der Preis für Versagen qualvoll deutlich gemacht worden. Aber eine kleine Verzögerung würde nichts schaden. Jedenfalls dann nicht, wenn er niemals davon erfuhr.

Sie öffnete schwungvoll die Tür, stieg aus und sah sich hastig um. Dort, dieses Gasthaus, von dem aus man die Docks überblicken konnte. Und den Fluß. Sie hob ihre Röcke an und eilte davon, ohne die geringste Befürchtung zu hegen, daß jemand ihre Sänfte mieten könnte. Bis sie das sie umgebende Zwangsgewebe löste, würden die Träger jedermann, der fragte, sagen, sie seien besetzt, und dort stehenbleiben, bis sie Hungers starben. Ein Pfad eröffnete sich vor ihr, da Männer und Frauen in Federmasken beiseite sprangen, bevor sie sie erreichte, und sich schreiend die Körperstellen hielten, wo sie einen Stich gespürt zu haben glaubten. Was auch geschehen war, da keine Zeit war, so viele Geister mit komplizierten Geweben zu binden, aber ein aus Luft gewobener Nadelschauer tat hier denselben Dienst.

Die stämmige Wirtin des *Ruderers Stolz* sprang beim Anblick der ihren Schankraum in prächtiger scharlachroter, mit Goldfäden durchwirkter Seide und schwarzer Seide, die beinahe ebenso üppig glänzte wie das Gold, betretenden Moghedien fast ebenfalls beiseite. Moghediens Maske war ein gewaltiger Sprühregen pechschwarzer Federn mit einem scharfen, schwarzen Schnabel: ein Rabe. Das war Moridins Scherz, auf seinen Befehl hin trug sie die Maske und tatsächlich auch das Gewand. Seine Farben seien Schwarz und Rot, hatte er gesagt, und sie würde sie tragen, solange sie ihm diente. Sie war in Livree, wie geschmackvoll auch immer diese gearbeitet war, und sie hätte jedermann töten mögen, der sie sah.

Statt dessen spann sie hastig ein Gewebe um die Wirtin, das diese sich starr aufrichten und ihre Augen hervortreten ließ. Keine Zeit für Feinheiten. Auf Moghediens Befehl hin, ihr das Dach zu zeigen, *rannte* die Frau die geländerlose Treppe an der Seite des Raums hinauf. Es war unwahrscheinlich, daß einer der federgeschmückten Trinker etwas Ungewöhnliches am Verhalten der Wirtin bemerkte, dachte Moghedien mit leisem Lachen. Das *Ruderers Stolz* hatte wahrscheinlich niemals zuvor einen Gast ihrer Güte erlebt.

Auf dem Flachdach wog sie rasch die Gefahren ab, die es bergen würde, wenn sie die Wirtin leben ließe beziehungsweise sie tötete. Leichen gaben letztendlich auch einen Hinweis. Wenn man still in den Schatten verborgen bleiben wollte, tötete man nicht, wenn es nicht unbedingt sein mußte. Hastig paßte sie das Zwangsgewebe an und befahl der Frau, in ihr Zimmer hinabzugehen, sich schlafen zu legen und zu vergessen, daß sie sie jemals gesehen hatte. Durch die Eile war es möglich, daß die Wirtin den ganzen Tag vergessen oder im Geiste schwerfälliger aufwachen würde, als sie es bisher gewesen war – so vieles in Moghediens Leben wäre um so vieles leichter gewesen, wenn ihr Talent, Zwang auszuüben, besser entwickelt gewesen wäre –, aber immerhin eilte die Frau davon, gehorchte bereitwillig und ließ sie allein.

Als die Dachluke zum schmutzigen, weiß gefliesten Dach zufiel, keuchte Moghedien bei dem plötzlichen Gefühl, daß Finger ihren Geist streiften und ihre Seele ertasteten. Moridin tat dies manchmal. Eine Mahnung, sagte er, als brauchte sie noch mehr Mahnungen. Sie hätte sich fast nach ihm umgesehen. Sie bekam eine Gänsehaut, als wäre plötzlich ein eisiger Wind aufgekommen. Die Berührung schwand, und sie erzitterte erneut. Sie kam und ging und mahnte sie. Moridin selbst konnte jederzeit überall auftauchen. Schnell.

Sie eilte zu der niedrigen Mauer, die das Dach umgab, und suchte den sich unter ihr ausbreitenden Fluß ab. Eine Menge Boote aller Größen wurden zwischen größeren vor Anker liegenden oder segelbespannten Schiffen entlang gerudert. Die meisten der Kabinen von der Art, wie sie sie suchte, bestanden aus einfachem Holz, aber da sah sie ein gelbes Dach und dort ein blaues und da, mitten auf dem Fluß und schnell südwärts gleitend … Rot. Es mußte das richtige sein. Sie durfte keine Zeit mehr verlieren.

Sie hob die Hände, aber als ihnen Baalsfeuer entsprang, blitzte etwas um sie herum auf, und sie zuckte zusammen. Moridin *war* gekommen. Er *war* da, und er würde … Sie sah den davonflatternden Tauben nach. Tauben! Sie hätte sich beinahe auf das

Dach erbrochen. Ein Blick zum Fluß machte sie wütend.

Weil sie zusammengezuckt war, hatte das Baalsfeuer, das die Kabine und den Passagier hatte durchschneiden sollen, das Boot diagonal in der Mitte durchschnitten, ungefähr dort, wo die Ruderer und Leibwächter gestanden hatten. Weil die Ruderer aus dem Muster getilgt worden waren, bevor das Baalsfeuer auftraf, befanden sich die beiden Hälften des Bootes jetzt wieder gut hundert Schritt weiter hinten auf dem Fluß. Aber vielleicht war dies doch keine völlige Katastrophe. Weil das Stück aus der Mitte des Bootes im gleichen Moment verschwunden war, als die Ruderer starben, hatte das Boot minutenlang voll Wasser laufen können. Die beiden Teile des Bootes sanken in einem schäumenden Luftblasen-Wirbel schnell außer Sicht, noch während sie den Blick hinwandte, und rissen ihren Passagier mit in die Tiefe.

Plötzlich wurde ihr bewußt, was sie getan hatte. Sie hatte sich stets im Finstern bewegt, sich stets verborgen gehalten, hatte stets … Jede Frau in der Stadt, welche die Macht lenken konnte, würde jetzt wissen, daß jemand viel *Saidar* herangezogen hatte, wenn sie auch nicht wissen würden wofür, und jeder Beobachter hatte jenen Streifen flüssigen weißen Feuers durch den Nachmittag schneiden sehen. Angst verlieh ihr Flügel. Nicht Angst. Entsetzen.

Sie raffte ihre Röcke, hastete die Treppe hinab, eilte durch den Schankraum, wobei sie gegen Tische stieß und Menschen ins Taumeln brachte, die ihr aus dem Weg zu gelangen versuchten, rannte auf die Straße, zu erschrocken, um nachzudenken, und schlug sich mit den Händen einen Weg durch die Menge.

»Lauft!« schrie sie und warf sich in die Sänfte. Ihre Röcke verfingen sich in der Tür. Sie riß sie frei. »Lauft!«

Die Träger rannten sofort los, so daß sie geschüttelt wurde, aber es kümmerte sie nicht. Sie hielt sich mit in das geschnitzte Gitterwerk verschränkten Fingern fest und zitterte unkontrolliert. Er hatte dies nicht verboten. Er würde ihr vielleicht vergeben oder ihre selbständig ausgeführte Tat sogar vergessen, wenn sie seine Anweisungen schnell und wirkungsvoll ausführte. Das war ihre einzige Hoffnung. Sie würde Falion und Ispan *kriechen* lassen!

KAPITEL 12

Mashiara

Als das Boot vom Landesteg ablegte, warf Nynaeve ihre Maske neben sich auf die gepolsterte Bank, sank mit verschränkten Armen und fest umfaßtem Zopf zurück und blickte stirnrunzelnd ins Leere. Als sie dem Wind lauschte, hörte sie noch immer heraus, daß ein heftiger Sturm aufkäme, die Art Sturm, der Dächer abriß und Scheunen umstürzte, und sie wünschte fast, der Fluß würde genau in diesem Augenblick in Wellen aufbrechen.

»Wenn nicht das Wetter der Grund ist, Nynaeve«, ahmte sie nach, »dann solltest du diejenige sein, die geht. Die Herrin der Schiffe könnte beleidigt sein, wenn wir nicht die Stärkste von uns schicken. Sie wissen, daß Aes Sedai das hoch schätzen. Bah!« Das waren Elaynes Worte gewesen. Ohne das »Bah«. Elayne glaubte eben, allen möglichen Unsinn mit Merilille auszuhecken, würde ihr Vorteile bringen, wenn sie Nesta wieder gegenübertreten müßte. Wenn man einen schlechten Anfang mit jemandem hatte, war es schwer, das Verhältnis zu verbessern – Mat Cauthon war ein hinreichender Beweis dafür! –, und wenn sie noch schlechter mit Nesta din Reas Zwei Monde zurechtkamen, würde sie sie alle fortschicken.

»Schreckliche Frau!« murrte sie und regte sich unruhig auf den Sitzpolstern. Aviendha hatte nicht besser reagiert, als Nynaeve vorgeschlagen hatte, sie solle zum Meervolk gehen. Diese Leute waren von ihr fasziniert gewesen. Nynaeve ließ ihre Stimme hoch und geziert klingen, überhaupt nicht wie Aviendhas, aber sie traf zumindest die Stimmung. »Wir werden aus diesem Vorfall lernen, Nynaeve al'Meara. Und vielleicht werde auch ich etwas lernen, wenn ich Jaichim Carridin heute beobachte.« Bestünde nicht die Tatsache, daß Aielfrauen nichts fürchteten, hätte sie aufgrund Aviendhas Eifer, Carridin auszuspionieren, geglaubt, sie habe Angst. Einen Tag auf einer heißen Straße zu verbringen, während sich Menschenmengen vorüber drängten, war nicht lustig, und heute würde es durch das Fest noch schlimmer sein. Nynaeve hätte gedacht, die Frau würde eine hübsche, erfrischende Bootsfahrt genießen.

Das Boot schlingerte. Eine hübsche, erfrischende Bootsfahrt, sagte sie sich. Hübsche kühle Brisen in der Bucht. Feuchte Brisen, nicht trockene. Das Boot rollte. »Oh, Blut und Asche!« stöhnte sie. Sie schlug entsetzt eine Hand vor den Mund und trommelte mit den Fersen zornig gegen die Vorderseite der Bank. Wenn sie dieses Meervolk lange ertragen müßte, würde sie genauso viel Unflat von sich geben wie Mat. Sie wollte nicht an ihn denken. Ein weiterer Tag Händefalten dafür ... dieser *Mann* ... und sie würde sich jedes Haar einzeln aus dem Kopf reißen! Nicht, daß er bisher etwas Unvernünftiges gefordert hätte, aber sie wartete darauf, daß er es tat, und seine Art ...!

»Nein!« sagte sie fest. »Ich will, daß sich mein Magen beruhigt und nicht noch mehr rebelliert.« Das Boot hatte leicht zu schaukeln begonnen. Sie versuchte, sich auf ihre Kleidung zu konzentrieren. Sie war nicht so auf Kleider fixiert, wie Elayne es anscheinend manchmal war, aber es war tröstlich, an Seide und Spitzen zu denken.

Ihre ganze Kleidung war ausgesucht worden, um die Herrin der Schiffe zu beeindrucken, um ein wenig verlorenen Boden wiedergutzumachen, was auch immer es nützen würde. Grüne Seide mit gelben Schlitzen an den Röcken, Goldstickerei an den Är-

meln und dem Leibchen und goldene Spitze am
Saum, an den Handgelenken und um den Ausschnitt.
Vielleicht hätte der Ausschnitt höher sein sollen,
damit sie ernst genommen würde, aber sie besaß
nichts höher Geschlossenes. Und wenn man die Ge-
bräuche des Meervolks bedachte, war dieses Gewand
überaus sittsam. Nesta würde sie nehmen müssen,
wie sie war. Nynaeve al'Meara würde sich für niemanden ändern.

Die gelben Opalnadeln in ihrem Zopf gehörten ihr
selbst – immerhin ein Geschenk der Panarchin von Tarabon –, aber Tylin hatte die goldene Halskette beige-
steuert, von der sich Smaragde und Perlen fächerför-
mig bis auf ihren Busen hinab ausbreiteten. Ein wert-
volleres Stück, als sie sich jemals zu besitzen erträumt
hatte. Ein Geschenk, das Mat überbracht werden sollte,
hatte Tylin gesagt, was überhaupt keinen Sinn ergab,
aber vielleicht glaubte die Königin einer Entschuldigung für solch ein wertvolles Geschenk zu bedürfen.
Beide Armbänder aus Gold und Elfenbein stammten
von Aviendha, die überraschend viel Schmuck für eine
Frau besaß, die selten mehr als eine Silberhalskette
trug. Nynaeve hatte sich das hübsche, mit Rosen und
Dornen verzierte Armband aus Elfenbein ausleihen
wollen, das die Aielfrau niemals trug. Zu ihrer Überraschung hatte Aviendha es an ihren Busen gerissen,
als wäre es ihr kostbarster Besitz, und Elayne hatte sie
auch noch getröstet. Nynaeve wäre nicht überrascht
gewesen, die beiden einander weinend in die Arme
fallen zu sehen.

Irgend etwas Seltsames ging dort vor, und wenn sie
nicht gewußt hätte, daß die beiden für solchen Unsinn
zu vernünftig waren, hätte sie vermutet, daß ein Mann
die Ursache war. Nun, zumindest Aviendha war zu
vernünftig dafür. Elayne sehnte sich noch immer nach
Rand, obwohl Nynaeve ihr kaum vorwerfen konnte,
daß ...

Plötzlich spürte sie ein großes Gewebe aus Saidar fast auf sich, und …

… sie zappelte im Wasser, das über ihrem Kopf zusammenschlug, versuchte aufzusteigen, um Luft zu bekommen, verfing sich in ihren Röcken und kämpfte weiter. Sie kam an die Oberfläche, keuchte zwischen dahintreibenden Kissen nach Luft und sah sich erstaunt um. Kurz darauf erkannte sie die schräge Form über ihr als einen der Kabinensitze und ein Stück der Kabinenwand. Sie befand sich in einer eingeschlossenen Luftblase, die nicht sehr groß war. Nynaeve hätte beide Seitenbegrenzungen berühren können, ohne ihre Arme ganz auszustrecken. Aber wie …? Ein hörbarer Schlag kündete vom Grund des Flusses. Die auf dem Kopf stehende Kabine schlingerte und neigte sich. Sie hatte das Gefühl, daß die Luftblase ein wenig schrumpfte.

Erstes Gebot war, noch bevor sie sich über irgend etwas wundern durfte, hinauszugelangen, bevor sie die Luft verbraucht hätte. Sie konnte schwimmen – sie hatte oft genug zu Hause in den Wasserwald-Teichen geplanscht –, und als das Wasser sie hin und her wiegte, erinnerte sie sich daran. Sie atmete tief ein, tauchte und schwamm zu der Stelle, wo sich die Tür der Kabine befinden mußte, wobei sie wegen ihrer Röcke unbeholfen um sich trat. Es wäre vielleicht hilfreich, das Gewand abzulegen, aber sie würde nicht nur in Hemd, Strümpfen und Schmuck an die Oberfläche des Flusses gelangen. Außerdem konnte sie das Kleid nicht ausziehen, ohne ihre Gürteltasche zu lösen, und sie würde eher ertrinken, als deren Inhalt zu verlieren.

Das Wasser war schwarz und lichtlos. Ihre ausgestreckten Finger berührten Holz, und sie tastete sich an der filigranen Holzschnitzerei entlang, bis sie die Tür fand; dann suchte sie den Rahmen ab und fand ein Scharnier. Sie stieß im Geiste Verwünschungen aus und tastete sich vorsichtig auf die andere Seite. Ja! Der Riegel! Sie hob ihn an und stieß ihn nach außen. Die Tür bewegte sich vielleicht zwei Zoll weit – und stieß dann auf ein Hindernis.

Mit angespannten Lungen schwamm sie wieder in die Luftblase, aber nur so lange, bis sie erneut tief eingeatmet hatte. Dieses Mal fand sie die Tür schneller. Sie streckte die Finger durch den Spalt, um festzustellen, was die Tür blockierte. Sie versanken in Schlamm. Vielleicht konnte sie ihn mit den Händen fortschaufeln, oder ... Sie tastete sich höher. Noch mehr Schlamm. Zunehmend entsetzt, tastete sie den Spalt von unten nach oben ab und dann, weil sie sich weigerte, es zu glauben, noch einmal von oben nach unten. Schlamm, massiver schmieriger Schlamm vor der ganzen Tür.

Als sie wieder in die Luftblase auftauchte, ergriff sie den Rand des Sitzes über ihr und hängte sich daran, während sie nach Atem rang und ihr Herz wild pochte. Die Luft fühlte sich ... dichter an.

»Ich werde nicht hier sterben«, murrte sie. »Ich werde nicht hier sterben!«

Sie hämmerte mit der Faust gegen den Sitz, bis sie spürte, daß die Hand blau wurde, und rang nach dem Zorn, der es ihr ermöglichen würde, die Macht zu lenken. Sie würde nicht sterben. Nicht hier. Allein. Niemand würde wissen, wo sie gestorben war. Kein Grab, nur ein auf dem Grund des Flusses verwesender Körper. Ihr Arm sank leblos herab. Sie rang nach Atem. Schwarze und silberne Flecken tanzten vor ihren Augen. Sie schien durch eine Röhre zu blicken. Kein Zorn, erkannte sie vage. Sie versuchte, sich nach *Saidar* auszustrecken, aber ohne im geringsten daran zu glauben, daß sie es jetzt berühren würde. Sie würde hier sterben. Keine Hoffnung. Kein Lan. Und als die Hoffnung schwand, tat sie etwas, was sie noch niemals zuvor in ihrem Leben getan hatte. Sie ergab sich vollkommen.

Saidar durchströmte sie, erfüllte sie.

Sie war sich nur halbwegs des Umstands bewußt, daß sich das Holz über ihr plötzlich nach außen wölbte und barst. Sie trieb in einem Strom von Luftblasen aufwärts, durch das Loch im Rumpf in die Dunkelheit. Ihr kam vage zu Bewußtsein, daß sie etwas tun sollte. Sie konnte sich auch beinahe daran erinnern. Ja. Sie bewegte schwach die Füße. Sie versuchte, mit den Armen Schwimmbewegungen auszuführen. Aber sie trieb anscheinend einfach dahin.

Etwas ergriff ihr Gewand, und sie wurde beim Gedanken an Haie, Löwenfische und nur das Licht wußte, was diese schwarzen Tiefen sonst noch bevölkern mochte, von Entsetzen gepackt. Ein Funke Bewußtsein sprach von der Macht, aber sie schlug verzweifelt mit Fäusten und Füßen um sich und spürte, wie ihre Knöchel auf etwas Festes auftrafen. Leider schrie sie auch – oder versuchte es zumindest. Sie schluckte viel Wasser, wodurch ihr Schrei, *Saidar* und beinahe auch ihr restliches Bewußtsein erstickt wurden.

Etwas ruckte an ihrem Zopf, dann erneut, und sie wurde gezogen … irgendwohin. Sie war nicht mehr ausreichend bei Bewußtsein, um sich zu wehren oder auch große Angst zu haben, gefressen zu werden.

Plötzlich stieß ihr Kopf durch die Wasseroberfläche. Hände umfaßten sie von hinten – Hände, kein Hai – und drückten auf fast vertraute Art gegen ihre Rippen. Sie hustete – Wasser sprühte aus ihrer Nase – und hustete qualvoll erneut. Dann atmete sie zitternd ein. Sie hatte noch niemals in ihrem Leben etwas so Liebliches geschmeckt.

Eine Hand wölbte sich um ihr Kinn, und plötzlich wurde sie erneut gezogen. Mattigkeit vereinnahmte sie. Sie konnte nur auf dem Rücken treiben und atmen und in den Himmel hinaufblicken. So blau. So wunderschön. Ihre Augen brannten nicht nur vom Salzwasser.

Und dann wurde sie an der Seite eines Bootes hochgezogen, eine rauhe Hand unter ihrem Gesäß schob sie höher, bis zwei schlaksige Burschen mit Messingohrringen hinabgreifen und sie an Bord ziehen konnten. Sie halfen ihr, einen oder zwei Schritte zu gehen, aber sobald sie sie losließen, um ihrem Retter zu helfen, knickten ihre Beine ein.

Unsicher auf Händen und Knien kauernd, betrachtete sie ausdruckslos ein Schwert und Stiefel und einen grünen Mantel, die jemand auf das Deck geworfen hatte. Sie öffnete den Mund – und befreite sich vom Fluß Elbar. Es war anscheinend der ganze Fluß, einschließlich ihrer Mittagsmahlzeit und ihres Frühstücks. Es hätte sie überhaupt nicht überrascht, auch einige Fische oder ihre Schuhe zu erblicken. Sie wischte sich gerade mit dem Handrücken die Lippen ab, als sie Stimmen vernahm.

»Geht es meinem Lord gut? Mein Lord war sehr lange unten.«

»Vergeßt mich, Mann«, sagte eine tiefe Stimme. »Holt etwas, um sie einzuhüllen.« Lans Stimme, die sie jede Nacht zu hören träumte.

Nynaeve unterdrückte mit geweiteten Augen mühsam ein Wimmern. Das Entsetzen, das sie empfunden hatte, als sie geglaubt hatte, sie würde sterben, war nichts im Vergleich zu dem, was sie jetzt blitzartig durchströmte. Nichts! Dies war ein Alptraum. Nicht jetzt! Nicht so! Nicht, wenn sie wie eine halb ertrunkene Ratte aussah, die auf Knien kauerte, den Inhalt ihres Magens vor sich ausgebreitet!

Ohne nachzudenken, umarmte sie *Saidar* und lenkte die Macht. Alles Wasser wich rasch aus ihrer Kleidung und ihrem Haar, und alle Beweise ihres kleinen Mißgeschicks wurden über Bord geschwemmt. Sie rappelte sich hoch, zog hastig ihre Halskette zurecht und glät-

tete so weit wie möglich ihr Gewand und ihr Haar,
aber das Bad im Salzwasser und das schnelle Trocknen
hatten mehrere Flecken und einige Falten auf der Seide
hinterlassen, die einer kundigen Hand mit einem
heißen Eisen bedurft hätten, um beseitigt zu werden.
Haarsträhnen wollten entkommen, und die Opale in
ihrem Zopf schienen den sich sträubenden Schwanz
einer zornigen Katze zu zieren.

Es war unwichtig. Sie war die Ruhe selbst, kühl wie
eine frühe Frühlingsbrise, selbstbeherrscht wie ... Sie
fuhr herum, bevor er sich ihr von hinten nähern und
sie soweit erschrecken konnte, daß sie sich völlig bla-
miert hätte.

Sie erkannte erst, wie schnell sie sich bewegt hatte,
als sie sah, daß Lan gerade erst den zweiten Schritt von
der Reling getan hatte. Er war der schönste Mann, den
sie jemals gesehen hatte. Mit vollkommen durchweich-
tem Hemd, Hose und Strümpfen war er prachtvoll, mit
dem tropfenden Haar, das an seinem Gesicht klebte,
und ... Eine purpurfarbene Prellung blühte auf seinem
Gesicht. Sie schlug sich eine Hand vor den Mund, als
sie sich an den Moment erinnerte, als ihre Faust auf
etwas Festes traf.

»O nein! Oh, Lan, es tut mir leid! Das wollte ich
nicht!« Sie war sich nicht wirklich bewußt, den Abstand zwischen ihnen überbrückt zu haben. Sie war
einfach bei ihm, stellte sich auf Zehenspitzen und
legte sanft die Finger auf seine Verletzung. Ein geschickt gestaltetes Gewebe aus allen Fünf Mächten,
und seine verfärbte Wange war wieder makellos.
Aber er konnte vielleicht noch woanders verletzt sein.
Sie spann die Gewebe, mit deren Hilfe sie ihn unter-
suchen konnte. Neue Narben ließen sie innerlich zu-
sammenzucken, und da war etwas Merkwürdiges,
aber er schien gesund wie ein Bulle. Er war ebenfalls
naß, weil er sie gerettet hatte. Sie trocknete ihn genauso wie sich selbst. Wasser spritzte um seine Füße.

Sie konnte nicht aufhören, ihn zu berühren. Sie zog mit beiden Händen seine starken Wangen nach, seine schönen blauen Augen, seine kräftige Nase, seine festen Lippen, seine Ohren. Sie kämmte dieses seidige schwarze Haar mit den Fingern zurecht, richtete das geflochtene Lederband, das es hielt. Ihre Zunge schien ebenfalls ein Eigenleben zu führen. »Oh, Lan«, murmelte sie. »Du bist wirklich hier.« Jemand kicherte. Nicht sie – Nynaeve al'Meara kicherte nicht –, aber jemand tat es. »Es ist kein Traum. Oh, Licht, du bist hier. Wie?«

»Ein Diener im Tarasin-Palast erzählte mir, du wärst zum Fluß gegangen, und ein Bursche am Anlegesteg sagte mir, welches Boot du genommen hattest. Eigentlich wollte ich schon gestern hier sein.«

»Das kümmert mich nicht. Du bist jetzt hier. Du bist hier.« Sie kicherte *nicht*.

»Vielleicht ist sie eine Aes Sedai«, murrte einer der Ruderer, »aber ich behaupte noch immer, daß sie ein Entchen ist, das von diesem Wolf gefressen werden will.«

Nynaeve errötete zutiefst, und sie senkte ruckartig die Hände. Zu einem anderen Zeitpunkt hätte sie dem Burschen unmißverständlich die Meinung gesagt. Zu einem anderen Zeitpunkt, wenn sie klar denken konnte, woran Lan sie hinderte. Sie ergriff seinen Arm. »In der Kabine können wir uns ungestört unterhalten.« Hatte einer der Ruderer schon wieder gekichert?

»Mein Schwert und …«

»Ich nehme es«, sagte sie und hob seine Sachen mit Strängen Luft vom Deck auf. Einer dieser Rüpel *hatte* gekichert. Ein weiterer Strang Luft öffnete die Kabinentür, und sie drängte Lan und sein Schwert und alles andere hinein und schlug die Tür hinter ihnen zu.

Licht, sie bezweifelte, daß selbst Calle Coplin zu Hause jemals so kühn gewesen war – und es kannten genauso viele Wächter von Händlern Calles Muttermal genauso gut wie ihr Gesicht. Aber dies war nicht dasselbe. Überhaupt nicht! Dennoch schadete es nicht, ein bißchen weniger ... eifrig zu sein. Sie führte ihre Hände erneut zu seinem Gesicht – nur um sein Haar noch ein wenig glatter zu streichen –, und er ergriff mit seinen großen Händen sanft ihre Handgelenke.

»Myrelle ist jetzt mit mir verbunden«, sagte er ruhig. »Sie borgt mich dir aus, bis du einen eigenen Behüter findest.«

Sie befreite ruhig ihre rechte Hand und schlug ihm so fest sie konnte ins Gesicht. Er bewegte kaum den Kopf, so daß sie auch die andere Hand befreite und ihn abermals schlug. »Wie konntest du?« Vorsichtshalber unterstrich sie die Frage mit noch einem weiteren Schlag. »Du wußtest, daß ich gewartet habe!« Noch ein Schlag schien notwendig, nur um es ihm zu verdeutlichen. »Wie konntest du so etwas tun? Wie konntest du es ihr erlauben?« Noch ein Schlag. »Verdammt seist du, Lan Mandragoran! Verdammt seist du! In den Krater des Verderbens sollst du verbannt werden. Verdammt seist du!«

Der Mann – der *verdammte* Mann! – sagte kein Wort. Er hätte natürlich auch nichts erwidern können. Womit sollte er sich verteidigen? Er stand einfach nur da, während sie ihn mit Schlägen traktierte, regte sich nicht, und sein ungerührter Blick wirkte eigentümlich, so wie es auch war, wenn sie wegen ihm errötete. Auch wenn die Schläge wenig Eindruck auf ihn machten, begannen ihre Handflächen doch heftig zu brennen.

Sie ballte grimmig eine Hand zur Faust und boxte ihn mit aller Kraft in den Bauch. Er stöhnte leise.

»Wir werden dies ruhig und vernünftig besprechen«, sagte sie schließlich und trat von ihm zurück. »Wie Erwachsene.« Lan nickte nur, setzte sich hin und zog seine Stiefel zu sich heran. Sie strich sich mit der linken Hand Haarsträhnen aus dem Gesicht und streckte die rechte Hand hinter den Rücken, so daß sie ihre wunden Finger beugen konnte, ohne daß er es sah. Er hatte kein Recht, so hart zu sein, nicht, wenn sie ihn schlagen wollte. Es war wohl zuviel der Hoffnung, daß sie ihm eine Rippe gebrochen hätte.

»Du solltest ihr dankbar sein, Nynaeve.« Wie konnte der Mann so ruhig klingen? Er zog entschlossen einen Stiefel an und beugte sich herab, um den anderen aufzuheben, sah sie dabei aber nicht an. »Du würdest nicht wollen, daß ich mit dir verbunden wäre.«

Der Strang Luft ergriff eine Handvoll seines Haares und bog seinen Kopf schmerzhaft nach oben. »Wenn du es wagst – wenn du es auch nur wagst –, erneut solchen Unsinn von dir zu geben, daß du mich nicht als Witwe zurücklassen willst, Lan Mandragoran, dann werde ich ... werde ich ...« Ihr fiel nichts ausreichend Bedrohliches ein. Ihn zu treten, genügte nicht annähernd. Myrelle. Myrelle und ihre Behüter. Verdammt sei er! Ihm die Haut in Streifen abzuziehen, würde auch nicht genügen!

Er hätte sich genausogut nicht mit verrenktem Hals vorbeugen können. Er legte einfach die Unterarme über die Knie, betrachtete sie mit jenem eigentümlichen Blick und sagte: »Ich dachte daran, es dir nicht zu erzählen, aber du hast ein Recht, es zu wissen.« Dennoch zögerte er. Lan zögerte niemals. »Als Moiraine starb – wenn der Bund eines Behüters mit seiner Aes Sedai gebrochen wird –, änderte sich manches ...«

Als er fortfuhr, legte sie die Arme um sich und hielt sich, um nicht zu zittern. Ihr Kiefer schmerzte, weil sie fest die Zähne zusammenbiß. Sie ließ den Strang los, der ihn hielt, ließ *Saidar* los, aber er richtete sich nur auf und fuhr ohne mit der Wimper zu zucken damit fort, das Entsetzliche zu berichten, während er sie betrachtete. Plötzlich verstand sie seinen Blick, der kälter war als der tiefste Winter. Es war der Blick eines Mannes, der wußte, daß er tot war, und der sich nicht dazu bringen konnte, sich darum zu sorgen; ein Mann, der beinahe eifrig auf jenen langen Schlaf wartete. Ihre Augen brannten vor ungeweinten Tränen.

»Du siehst also«, sagte er mit einem Lächeln, das nur seine Lippen einschloß, ein ergebenes Lächeln, »wenn es vorbei ist, wird sie ein Jahr oder länger leiden, und ich werde dennoch tot sein. Das bleibt dir erspart. Das ist mein letztes Geschenk an dich, *Mashiara*.« *Mashiara*. Seine verlorene Liebe.

»Du wirst mein Behüter sein, bis ich selbst einen finde?« Sie war bestürzt über ihre ausgewogene Stimme. Sie durfte jetzt nicht in Tränen ausbrechen. Sie würde es nicht tun. Sie mußte jetzt mehr als jemals zuvor ihre Kraft sammeln.

»Ja«, sagte er vorsichtig, während er seinen anderen Stiefel anzog. Er hatte sie schon immer an einen halbwegs zahmen Wolf erinnert, aber jetzt ließ sein Blick ihn noch weitaus wilder erscheinen.

»Gut.« Sie richtete ihre Röcke und widerstand dem Drang, zu ihm zu treten. Sie durfte ihn ihre Angst nicht sehen lassen. »Weil ich ihn gefunden habe. Dich. Ich habe gewartet und bei Moiraine gehofft. Bei Myrelle werde ich das nicht tun. Sie wird mir deinen Bund übergeben.« Myrelle würde es tun, und wenn sie die Frau an den Haaren nach Tar Valon und zurück zerren mußte. Vielleicht würde sie Myrelle auch einfach nur aus Prinzip umherzerren. »Sag nichts«, wies sie ihn scharf an, als er den Mund öffnete. Ihre Finger streiften ihre Gürteltasche, in der sich sein in ein seidenes Taschentuch gewickelter, schwerer goldener Siegelring befand. Sie mäßigte ihre Stimme mühsam. Er war krank, und harte Worte halfen niemals gegen Krankheit. Aber es kostete sie Mühe. Sie wollte ihn heftig ausschelten, wollte sich den Zopf jedes Mal an den

Wurzeln ausreißen, wenn sie an ihn und diese Frau dachte. Sie hielt ihre Stimme mühsam ruhig und fuhr fort.

»Wenn jemand in den Zwei Flüssen einem anderen einen Ring schenkt, sind sie verlobt, Lan.« Das war eine Lüge, und sie erwartete halbwegs, daß er zornig aufspringen würde, aber er blinzelte nur. Außerdem hatte sie in einer Geschichte von dieser Vorstellung gelesen. »Wir sind schon ausreichend lange verlobt. Wir werden heute heiraten.«

»Darum habe ich stets gebetet«, sagte er leise und schüttelte dann den Kopf. »Du weißt, warum es nicht sein kann, Nynaeve. Und selbst wenn es sein könnte, Myrelle ...«

Trotz all ihrer Versprechen, Ruhe zu bewahren, umarmte sie *Saidar* und knebelte ihn mit Luft, bevor er bekennen konnte, was sie nicht hören wollte. Solange er es nicht tat, konnte sie so tun, als sei nichts geschehen. Aber wenn sie Myrelle erwischte! Die Opale drückten hart in ihre Handfläche, und sie nahm die Hand so ruckartig von ihrem Zopf fort, als hätte sie sich verbrannt. Statt dessen strich sie mit den Fingern erneut durch sein Haar, während er sie empört ansah. »Eine kleine Lektion für dich über den Unterschied zwischen Ehefrauen und anderen Frauen«, sagte sie gelassen. Ein solcher Kampf. »Ich würde es sehr zu schätzen wissen, wenn du Myrelles Namen in meiner Gegenwart nicht mehr erwähntest. Hast du verstanden?«

Er nickte, und sie ließ den Strang fahren, aber sobald er seinen Kiefer einen Moment bewegt hatte, sagte er: »Auch wenn ich ihren Namen nicht nenne, Nynaeve, weißt du doch, daß sie sich durch den Bund aller meiner Empfindungen bewußt ist. Wären wir Mann und Frau ...«

Sie hatte das Gefühl, als stünde ihr Gesicht in Flammen. Sie hatte niemals *daran* gedacht! Verdammte

Myrelle! »Kann man irgendwie feststellen, ob sie weiß, daß ich es bin?« fragte sie schließlich, während ihre Wangen wirklich beinahe brannten. Besonders, als er erstaunt lachend an die Kabinenwand sank.

»Licht, Nynaeve, du bist phantastisch! Licht! So habe ich nicht mehr gelacht seit …« Seine Heiterkeit verging, und die Kälte, die einen Moment fast aus seinem Blick gewichen war, kehrte zurück. »Ich wünschte, es könnte sein, Nynaeve, aber …«

»Es kann sein, und es wird sein«, unterbrach sie ihn. Männer gewannen anscheinend immer die Oberhand, wenn man sie zu lange reden ließ. Sie setzte sich auf seine Knie. Gewiß, sie waren noch nicht verheiratet, aber er war weicher als die ungepolsterten Bänke auf diesem Boot. Sie regte sich ein wenig, um sich bequemer hinzusetzen. Nun, jedenfalls war er nicht härter als die Bänke. »Du könntest dich genausogut damit abfinden, Lan Mandragoran. Mein Herz gehört dir, und du hast zugegeben, daß deines auch mir gehört. *Du* gehörst mir, und ich werde dich nicht gehen lassen. Du wirst mein Behüter und mein Ehemann sein, und das für eine sehr lange Zeit. Ich werde dich nicht sterben lassen. Verstehst du *das*? Ich kann so eigensinnig sein, wie es nötig ist.«

»Das hatte ich noch nicht bemerkt«, sagte er, und sie verengte die Augen. Seine Stimme klang schrecklich … nüchtern.

»Wenn du es nur jetzt bemerkst«, sagte sie fest. Sie drehte den Kopf und spähte durch die Gitter im Rumpf hinter ihm, drehte den Kopf dann erneut und sah durch die Gitter an der Vorderseite der Kabine. Lange Docks, die vom Kai aufragten, zogen vorüber. Voraus konnte sie nur weitere Docks und die Stadt sehen, die in der Nachmittagssonne weiß schimmerte. »Wohin fahren wir?« murrte sie.

»Ich habe ihnen gesagt, sie sollen uns an Land absetzen, sobald ich dich an Bord hätte«, sagte Lan. »Es schien mir das beste, sobald wie möglich vom Fluß fortzukommen.«

»Du ...?« Sie biß die Zähne zusammen. Er hatte nicht gewußt, wohin sie wollte oder warum. Er hatte mit seinem Wissen sein Bestes getan. Und er *hatte* ihr das Leben gerettet. »Ich kann noch nicht in die Stadt zurückkehren, Lan.« Sie räusperte sich und änderte ihren Tonfall. Ich muß die Meervolkschiffe, die *Windläufer*, aufsuchen.« Viel besser. Munter, aber nicht zu munter, und entschieden.

»Nynaeve, ich war unmittelbar hinter deinem Boot. Ich habe gesehen, was passiert ist. Du warst erst fünfzig Schritte vor mir und dann fünfzig Schritte hinter mir, und dann sank dein Boot. Es muß Baalsfeuer gewesen sein.« Er brauchte nicht mehr zu sagen.

»Moghedien«, hauchte sie. Oh, es hätte auch ein anderer der Verlorenen oder vielleicht jemand von den Schwarzen Ajah sein können, aber sie wußte es. Nun, sie hatte Moghedien nicht nur einmal, sondern auch noch ein zweites Mal besiegt. Sie konnte es, wenn nötig, auch ein drittes Mal tun. Ihre Miene schien ihre Zuversicht nicht widerzuspiegeln.

»Hab keine Angst«, sagte Lan und berührte ihre Wange. »Hab niemals Angst, wenn ich in der Nähe bin. Wenn du Moghedien gegenübertreten mußt, werde ich dafür sorgen, daß du ausreichend zornig bist, um die Macht zu lenken. Ich scheine in dieser Richtung ein gewisses Talent zu besitzen.«

»Du wirst mich niemals wieder erzürnen«, begann sie, hielt dann inne und sah ihn mit geweiteten Augen an. »Ich bin nicht zornig«, sagte sie zögernd.

»Jetzt nicht, aber wenn es nötig ist ...«

»Ich bin nicht zornig«, wiederholte sie lachend. Sie freute sich, schlug sich mit den Fäusten an die Brust und lachte. *Saidar* erfüllte sie, nicht nur mit Lebendigkeit und Freude, sondern dieses Mal auch mit Ehrfurcht. Sie streichelte mit federartigen Strängen Luft seine Wangen. »Ich bin nicht zornig, Lan«, flüsterte sie.

»Dein Widerstand ist gebrochen.« Er grinste und teilte ihre Freude, aber es war keine Wärme in seinem Blick.

Ich werde auf dich aufpassen, Lan Mandragoran, versprach sie im stillen. *Ich werde dich nicht sterben lassen.* Sie lehnte sich an seine Brust und erwog, ihn zu küssen, und sogar ... *Du bist nicht Calle Coplin,* sagte sie sich fest.

Plötzlich kam ihr ein entsetzlicher Gedanke. Um so entsetzlicher, weil es ihr nicht früher eingefallen war. »Die Ruderer?« sagte sie leise. »Meine Wächter?« Er schüttelte schweigend den Kopf, und sie seufzte. Leibwächter. Licht, sie hatten ihren Schutz gebraucht und nicht umgekehrt. Vier weitere Tode zu Lasten Moghediens. Vier zusätzlich zu Tausenden, aber diese betrafen sie persönlich. Nun, sie würde sich ein andermal mit Moghedien auseinandersetzen.

Sie erhob sich und überlegte, was sie mit ihrer Kleidung tun könnte. »Lan, läßt du die Ruderer umkehren? Sage ihnen, sie sollen alles geben.« Also würde sie den Palast erst bei Einbruch der Nacht wiedersehen. »Und finde heraus, ob einer von ihnen einen Kamm besitzt.« So konnte sie Nesta nicht gegenübertreten.

Er nahm seine Jacke und sein Schwert und verbeugte sich vor ihr. »Wie Ihr befehlt, Aes Sedai.«

Sie schürzte die Lippen und beobachtete, wie sich die Tür hinter ihm schloß. Lachte er sie tatsächlich aus? Sie würde darauf wetten, daß jemand auf der *Windläufer* eine Eheschließung durchführen konnte. Und nach dem, was sie bisher vom Meervolk gesehen hatte, würde sie auch wetten, daß Lan Mandragoran feststellen würde, daß er zu tun versprach, was man ihm befahl. Sie würden sehen, wer dann lachte.

Das Boot schlingerte und rollte und drehte sich langsam, und ihr Magen schlingerte mit ihm.

»Oh, Licht!« stöhnte sie, während sie auf die Bank sank. Warum hatte sie das nicht zusammen mit ihrem Widerstand verlieren können? *Saidar* festzuhalten, sich jeden Luftzugs auf ihrer Haut bewußt, machte es nur schlimmer. Loszulassen half auch nicht. Ihr würde *nicht* wieder übel werden. Sie *würde* Lan ein für allemal besitzen. Dies würde noch ein wundervoller Tag werden. Wenn nur das Gefühl wiche, daß ein Sturm aufkam.

Die Sonne stand fahl unmittelbar über den Dachfirsten, als Elayne an die Tür klopfte. Feiernde tanzten und tollten auf der Straße hinter ihr und erfüllten die Luft mit ihrem Lachen und Singen und dem Duft von Parfüm. Sie wünschte sich beiläufig, sie hätte die Gelegenheit gehabt, das Fest wirklich zu genießen. Ein Kostüm wie Birgittes zu tragen hätte vielleicht Spaß gemacht. Oder auch eines wie das, welches sie heute morgen an Lady Riselle, einer von Tylins Begleiterinnen, gesehen hatte. Solange sie ihre Maske hätte aufbehalten können. Sie klopfte erneut und dieses Mal fester.

Eine grauhaarige Dienerin mit kantigem Kinn öffnete die Tür, und ihre Miene zeigte plötzlich Zorn, als Elayne ihre grüne Maske senkte. »Ihr! Was tut Ihr wieder ...« Der Zorn wurde zu geisterhafter Blässe, als Merilille ihre Maske ebenfalls abnahm und Adeleas und die anderen es ihnen gleichtaten. Die Frau zuckte bei jedem enthüllten alterslosen Gesicht zusammen – sogar bei Sareithas. Zu dem Zeitpunkt erwartete sie diesen Anblick vielleicht bereits.

Die Dienerin versuchte mit einem plötzlichen Aufschrei, die Tür wieder zu schließen, aber Birgitte schoß an Elayne vorbei und stieß sie mit einer federbesetzten Schulter wieder auf. Die Dienerin taumelte einige Schritte und faßte sich dann, aber ob sie davonlaufen oder schreien wollte ... Birgitte kam ihr zuvor, indem sie ihren Oberarm ergriff.

»Nur ruhig«, sagte Birgitte fest. »Wir wollen uns doch nicht aufregen oder schreien, nicht wahr?« Sie schien nur den Arm der Frau festzuhalten, sie fast zu stützen, aber die Dienerin stand tatsächlich sehr aufrecht und still. Sie starrte mit geweiteten Augen auf die Maske mit dem Federschopf der Frau, die sie gefangenhielt, und schüttelte langsam den Kopf.

»Wie heißt Ihr?« fragte Elayne, während sich die anderen in der Eingangshalle hinter ihr versammelten. Die sich schließende Tür dämpfte den Lärm von draußen. Der Blick der Dienerin hastete von einem Gesicht zum anderen, als könnte sie es nicht ertragen, auch nur eines zu lange zu betrachten.

»C-c-cedora.«

»Ihr werdet uns zu Reanne bringen, Cedora.« Dieses Mal nickte Cedora. Sie wirkte, als wollte sie weinen.

Cedora führte sie steif die Treppe hinauf, während Birgitte noch immer ihren Arm umfaßte. Elayne erwog, ihr zu sagen, sie solle die Frau loslassen, aber das letzte, was sie wollte, war ein Warnruf, woraufhin jedermann im Hause in eine andere Richtung floh. Das war der Grund, warum Birgitte ihre Muskeln gebrauchte, anstatt daß Elayne selbst die Macht gelenkt hätte. Sie dachte, Cedora sei eher verängstigt als verletzt, und heute abend sollte jedermann zumindest auch ein wenig verängstigt sein.

»D-dort drinnen«, sagte Cedora und deutete mit dem Kopf auf eine rote Tür. Die Tür zu dem Raum, in dem Nynaeve und sie diese unglückliche Unterredung gehabt hatten. Elayne öffnete sie und trat ein.

Reanne war in dem Raum, saß mit dem Rücken zu den Reliefs mit den Dreizehn Sünden über dem Kamin, wie auch ein Dutzend weitere Frauen, die Elayne niemals zuvor gesehen hatte, die alle Stühle vor den hellgrünen Wänden besetzten und bei geschlossenen Fenstern und zugezogenen Vorhängen schwitzten. Die meisten trugen Ebou-Dari-Kleidung, obwohl nur eine die olivfarbene Haut aufwies. Die meisten hatten Falten im Gesicht und zumindest eine Spur Grau im Haar, und jede der Frauen konnte in gewissem Umfang die Macht lenken. Sieben trugen den roten Gürtel. Elayne seufzte wider Willen.

Reanne sprang mit demselben zornroten Gesicht auf, das Cedora gezeigt hatte, und ihre ersten Worte waren auch fast die gleichen. »Ihr! Wie könnt Ihr es wagen, Euch blicken zu lassen ...?« Worte und Zorn vergingen ebenfalls aus dem gleichen Grund, als Merilille und die anderen Elayne auf den Fersen folgten. Eine blonde Frau mit einem roten Gürtel und tiefem Ausschnitt stieß ein schwaches Keuchen aus, während sie die Augen verdrehte und leblos von ihrem roten Stuhl glitt. Niemand machte Anstalten, ihr zu helfen. Niemand sah Birgitte auch nur an, als sie Cedora in eine Ecke führte und dort hinstellte. Niemand schien zu atmen. Elayne verspürte das dringende Verlangen, »Buh« zu schreien, nur um zu sehen, was geschehen würde.

Reanne schwankte mit bleichem Gesicht und versuchte sichtlich, wenn auch nur mit geringem Erfolg, sich zusammenzunehmen. Sie brauchte nur einen Moment, um die fünf vor der Tür aufgereihten Aes Sedai mit den gelassenen Gesichtern prüfend zu betrachten und zu entscheiden, welche von ihnen das Sagen hatte. Sie wankte über die Bodenfliesen zu Merilille und sank mit gebeugtem Kopf auf die Knie. »Vergebt uns, Aes Sedai.« Ihre Stimme klang verehrungsvoll und nur unwesentlich fester, als ihre Knie es gewesen waren. Tatsächlich stammelte sie. »Wir sind nur wenige Freundinnen. Wir haben nichts getan, gewiß nichts, was die Aes Sedai in Mißkredit bringen könnte. Das schwöre ich, was auch immer dieses Mädchen Euch gesagt hat. Wir hätten Euch von ihr erzählt, aber wir hatten Angst. Wir kommen nur zusammen, um uns zu unterhalten. Sie hat eine Freundin, Aes Sedai. Habt Ihr sie ebenfalls gefangengenommen? Ich kann sie Euch beschreiben, Aes Sedai. Ich werde tun, was immer Ihr wünscht. Ich schwöre, daß wir ...«

Merilille räusperte sich laut. »Euer Name ist Reanne Corly?« Reanne zuckte zusammen und flüsterte, dem sei so, während sie noch immer den Boden zu Füßen der Grauen Schwester betrachtete. »Ich fürchte, Ihr müßt Euch an Elayne Sedai wenden, Reanne.«

Reanne hob auf *höchst* zufriedenstellende Weise ruckartig den Kopf. Sie sah Merilille an, und dann weiteten sich ihre Augen in maßlosem Entsetzen. Sie leckte sich über die Lippen und atmete tief ein. Sie wandte sich auf Knien zu Elayne um und beugte erneut den Kopf. »Ich bitte Euch um Vergebung, Aes Sedai«, sagte sie bleiern. »Ich wußte nicht ... Ich konnte nicht ...« Ein weiteres tiefes, hoffnungsloses Einatmen. »Welche Bestrafung auch immer Ihr entscheidet, wir nehmen sie demütigst an, aber bitte glaubt mir, daß ...«

»Oh, steht schon auf«, unterbrach Elayne sie ungeduldig. Sie hatte die Anerkennung dieser Frau genauso sehr gewollt wie die Merililles oder jeder der anderen, aber diese Kriecherei bereitete ihr Übelkeit. »So ist es gut. Steht auf.« Sie wartete, bis Reanne ihrer Aufforderung gefolgt war, trat dann fort und setzte sich auf den Stuhl der Frau. Es bestand keine Notwendigkeit zu katzbuckeln, aber sie wollte auch keinen Zweifel daran lassen, wer das Sagen hatte. »Wollt Ihr noch immer leugnen, von der Schale der Winde zu wissen, Reanne?«

Reanne spreizte die Hände. »Aes Sedai«, sagte sie arglos, »keine von uns würde jemals ein *Ter'angreal* und noch viel weniger ein *Angreal* oder ein *Sa'angreal* benutzen.« Arglos, und wachsam wie ein Fuchs in der Stadt. »Ich versichere Euch, daß wir keinen Anspruch darauf erheben, etwas den Aes Sedai auch nur Nahestehendes zu sein. Wir sind nur diese wenigen Freundinnen, die Ihr hier seht, die dadurch verbunden sind, daß sie einst die Erlaubnis erhielten, die Weiße Burg zu betreten. Das ist alles.«

»Nur diese wenigen Freundinnen«, wiederholte Elayne trocken über aneinandergelegte Finger hinweg. »Und natürlich Garenia. Und Berowin, und Derys, und Alise.«

»Ja«, bestätigte Reanne widerwillig. »Und sie.«

Elayne schüttelte überaus gemächlich den Kopf. »Reanne, die Weiße Burg weiß von Eurer Schwesternschaft. Die Burg hat schon *immer* davon gewußt.« Eine dunkle Frau mit tairenischem Aussehen – obwohl sie eine blau-weiße Seidenweste mit dem Zeichen der Gilde der Goldschmiede trug – stieß einen unterdrückten Schrei aus und preßte dann beide Hände auf den Mund. Eine hagere, bereits ergrauende Saldaeanerin, die den roten Gürtel trug, sank mit einem Seufzen zusammen und folgte der blonden Frau auf den Boden, und zwei weitere schwankten, als wollten sie es ihnen gleichtun.

Reanne hingegen sah die Schwestern vor der Tür Bestätigung heischend an und erhielt sie, wie sie glaubte. Merililles Gesicht war eher frostig als gelassen, und Sareitha verzog das Gesicht, bevor sie es verhindern konnte. Vandene und Careane preßten beide die Lippen zusammen, und Adeleas wandte den Kopf hierhin und dorthin, um die Frauen an den Wänden zu betrachten, wie sie vielleicht ihr bisher unbekannte Insekten betrachtet hätte. Natürlich entsprach das, was Reanne sah, nicht dem, was tatsächlich war. Sie hatten Elaynes Entscheidung alle angenommen, aber auch noch so viel »Ja, Elayne ...« konnte sie nicht dazu bringen, daß sie ihnen auch gefiel. Sie hätten schon vor zwei Stunden hier sein können, wenn nicht so viele »Aber, Elayne ...« eingewandt worden wären. Manchmal bedeutete Führung eine Herde hüten.

Reanne fiel nicht in Ohnmacht, aber ihr Gesicht war angsterfüllt, und sie hob flehend die Hände. »Wollt Ihr die Schwesternschaft vernichten? Warum jetzt, nach so langer Zeit? Was haben wir getan, daß Ihr jetzt über uns herfallt?«

»Niemand wird Euch vernichten«, belehrte Elayne sie. »Careane, da niemand sonst den beiden helfen wird – würdet Ihr es bitte tun?« Überall im Rund sprang jemand auf, und einige erröteten, und bevor Careane reagieren konnte, kauerten bereits zwei Frauen über jeweils einer Ohnmächtigen, hoben sie auf und hielten ihnen Riechsalz unter die Nase. »Der Amyrlin-Sitz wünscht, daß sich jede Frau, welche die Macht lenken kann, mit der Burg verbindet«, fuhr Elayne fort. »Das Angebot gilt für jedes Mitglied der Schwesternschaft, das es annehmen will.«

Hätte sie Stränge Luft um jede einzelne dieser Frauen gewoben, hätte sie sie nicht starrer halten können. Hätte sie jene Stränge fest zusammengedrückt, wären ihre Augen nicht weiter hervorgetreten. Eine der Frauen, die ohnmächtig geworden waren, keuchte und hustete plötzlich und schob das Fläschchen Riechsalz fort, das ihr bereits zu lange unter die Nase gehalten wurde, woraufhin sich aller Erstarrung löste und eine Flut von Stimmen anschwoll.

»Wir können doch noch Aes Sedai werden?« fragte die Tairenerin in der Weste der Gilde der Goldschmiede aufgeregt, während eine Frau mit rundlichem Gesicht, die einen mindestens doppelt so langen roten Gürtel wie alle anderen trug, gleichzeitig herausplatzte: »Sie werden uns lernen lassen? Sie werden uns wieder lehren?« Eine Flut qualvoll eifriger Stimmen. »Wir können wirklich …?« und »Sie werden uns tatsächlich …?« von allen Seiten.

Reanne fuhr heftig zu ihnen herum. »Ivara, Sumeko, Ihr alle, Ihr vergeßt Euch! Ihr sprecht vor Aes Sedai! Ihr sprecht … vor … Aes Sedai.« Sie fuhr sich mit zitternder Hand über das Gesicht. Verlegenes Schweigen senkte sich herab. Augenlider wurden gesenkt, und Röte stieg in Wangen. Trotz all dieser Falten aufweisenden Gesichter und des grauen und weißen Haars fühlte sich Elayne an eine Gruppe Novizinnen erinnert, die nach dem letzten Läuten eine Kissenschlacht veranstalteten, als die Herrin der Novizinnen hereinkam.

Reanne blickte zögernd über ihre Fingerspitzen. »Wir werden wirklich in die Burg zurückkehren dürfen?« fragte sie kaum hörbar.

Elayne nickte. »Diejenigen, die lernen können, Aes Sedai zu werden, werden die Chance bekommen, aber es wird für alle Platz sein. Für jede Frau, welche die Macht lenken kann.«

Ungeweinte Tränen schimmerten in Reannes Augen. Elayne war sich nicht sicher, aber sie glaubte die Frau flüstern zu hören: »Ich kann eine Grüne werden.« Es fiel ihr sehr schwer, nicht zu ihr zu eilen und sie zu umarmen.

Keine der anderen Aes Sedai zeigte Gefühle, und Merilille war gewiß aus noch härterem Holz. »Wenn ich eine Frage stellen dürfte, Elayne? Reanne, wie viele … von Euch werden wir aufnehmen?« Die kleine Pause sollte zweifellos die Formulierung »wie viele Wilde und Frauen, die es beim ersten Mal nicht geschafft haben« verhindern.

Wenn Reanne es bemerkte oder vermutete, kümmerte sie sich nicht darum. »Ich kann nicht glauben, daß jemand das Angebot ablehnen würde«, sagte sie atemlos. »Es wird vielleicht einige Zeit dauern, alle zu benachrichtigen. Wir bleiben verstreut, versteht Ihr, damit …« Sie lachte ein wenig nervös und noch immer den Tränen nahe. »… damit Aes Sedai uns nicht bemerken. Im Moment stehen eintausendsiebenhundertdreiundachtzig Namen auf der Liste.«

Die meisten Aes Sedai lernten, ein Erschrecken hinter äußerlicher Ruhe zu verbergen, und nur Sareitha ließ es zu, daß sich ihre Augen weiteten. Sie formulierte auch lautlos Worte, und Elayne kannte sie gut genug, um ihre Lippen lesen zu können. *Zweitausend Wilde! Das Licht helfe uns!* Elayne beschäftigte sich angelegentlich mit ihren Röcken, bis sie sicher war, daß sie ihre Miene beherrschte. Das Licht helfe ihnen in der Tat.

Reanne mißverstand das Schweigen. »Habt Ihr mehr erwartet? Jedes Jahr sterben mehrere Frauen bei Unfällen oder eines natürlichen Todes, wie andere Menschen auch, und ich fürchte, die Schwesternschaft hat sich in den letzten tausend Jahren verringert. Vielleicht waren wir zu vorsichtig darin, uns Frauen anzunähern, wenn sie die Weiße Burg verlassen, aber es bestand immer die Angst, daß eine von ihnen berichten könnte, befragt worden zu sein, und … und …«

»Wir sind nicht im geringsten enttäuscht«, versicherte Elayne ihr mit tröstlichen Gesten. Enttäuscht? Sie hätte beinahe hysterisch gekichert. Es gab fast doppelt so viele Mitglieder der Schwesternschaft wie Aes Sedai! Egwene würde niemals behaupten können, sie hätte nicht ihren Teil dazu beigetragen, Frauen, welche die Macht lenken konnten, in die Burg zu bringen. Aber wenn die Schwesternschaft Wilde ablehnte … Sie mußte bei der Sache bleiben. Die Schwesternschaft war nur zufällig entdeckt worden. »Reanne«, sagte sie sanft, »meint Ihr, Ihr könntet Euch jetzt daran erinnern, wo sich die Schale der Winde befindet?«

Reanne errötete zutiefst. »Wir sind niemals damit in Berührung gekommen, Elayne Sedai. Ich weiß nicht, warum *Angreale* gesammelt wurden. Ich habe niemals von dieser Schale der Winde gehört, aber es gibt einen Lagerraum, wie Ihr ihn beschrieben habt, drüben …«

Im unteren Stockwerk lenkte eine Frau kurz die Macht, und jemand schrie in höchstem Entsetzen.

Elayne sprang blitzartig auf, wie auch alle anderen.

Birgitte zog irgendwo unter ihrem mit Federn geschmückten Gewand einen Dolch hervor.

»Das muß Derys gewesen sein«, sagte Reanne. »Sie ist die einzige, die noch im Haus ist.«

Elayne eilte voran und ergriff ihren Arm, als sie zur Tür laufen wollte. »Ihr seid noch keine Grüne«, murmelte sie und wurde mit einem reizenden, gleichzeitig überraschten und schüchternen Lächeln bedacht. »Wir werden uns darum kümmern, Reanne.«

Merilille und die anderen stellten sich auf beiden Seiten auf, bereit, Elayne aus dem Raum zu folgen, aber Birgitte war bereits vor ihnen allen an der Tür und grinste, während sie nach dem Riegel griff. Elayne schluckte und schwieg. Das war die Ehre der Behüter, sagten die Gaidin: als erste hineinzugehen und als letzte herauszukommen. Aber sie umarmte dennoch *Saidar*, bereit, alles zu zermalmen, was ihre Behüterin bedrohen würde.

Die Tür öffnete sich, bevor Birgitte den Riegel anheben konnte.

Mat schlenderte herein und schob eine schlanke Dienerin, an die Elayne sich erinnerte, vor sich her. »Ich dachte mir schon, daß Ihr hier wärt.« Er grinste unverschämt, beachtete Derys' Blicke aber nicht und fuhr fort. »Als ich nämlich eine verdammt große Anzahl Behüter in meinem am wenigsten beliebten Wirtshaus vorfand. Ich komme gerade von der Verfolgung einer Frau in den Rahad zurück. Ins oberste Stockwerk eines unbewohnten Hauses, um genau zu sein. Nachdem sie gegangen war, konnte ich durch den Staub auf dem Boden sofort erkennen, welchen Raum sie betreten hatte. Es befindet sich ein verdammt großes, verrostetes Schloß an der Tür, aber ich wette tausend Goldstücke gegen einen Tritt in den Hintern, daß sich Eure Schale hinter dieser Tür befindet.« Derys wollte ihn treten, doch er schob sie fort, zog einen kleinen Dolch aus seinem Gürtel und ließ ihn auf seiner Handfläche springen. »Würde eine von Euch dieser Wildkatze erklären, auf wessen Seite ich stehe? Frauen mit Dolchen beunruhigen mich zur Zeit.«

»Das wissen wir bereits alles, Mat«, sagte Elayne. Nun, sie waren gerade im Begriff gewesen, alles darüber zu erfahren, aber seine erstaunte Miene war *unbezahlbar*. Sie spürte etwas von Birgitte. Sie sah sie eher ausdruckslos an, aber diese kleine Gefühlsverwicklung, die Elayne unterbewußt spürte, vermittelte Mißfallen. Aviendha würde wahrscheinlich auch nicht viel davon halten. Jetzt den Mund zu öffnen, war eine der schwersten Aufgaben, die Elayne jemals bewältigt hatte. »Ich muß Euch jedoch danken, Mat. Es ist vollkommen Euch zuzuschreiben, daß wir fanden, was wir gesucht haben.«

Er schloß rasch den Mund, öffnete ihn jedoch gleich wieder. »Dann sollten wir ein Boot mieten und diese verdammte Schale holen. Mit etwas Glück können wir Ebou Dar noch heute nacht verlassen.«

»Das ist lächerlich, Mat. Wir werden nicht im Dunkeln im Rahad herumschleichen, und wir werden Ebou Dar erst verlassen, wenn wir die Schale gebraucht haben.«

Er versuchte natürlich, darüber zu diskutieren, aber Derys ergriff die Gelegenheit, daß seine Aufmerksamkeit auf etwas anderes gerichtet war, und versuchte erneut, ihn zu treten. Er sprang um Birgitte herum und schrie, jemand solle ihm helfen, während die schlanke Frau hinter ihm herjagte.

»Ist er Euer Behüter, Elayne Sedai?« fragte Reanne zweifelnd.

»Licht, nein! Birgitte ist meine Behüterin.« Reannes Kinn sank herab. Nachdem sie eine Frage beantwortet hatte, stellte Elayne selbst eine Frage, die sie keiner anderen Schwester hätte stellen mögen. »Reanne, wenn es Euch nichts ausmacht, es mir zu sagen – wie alt seid Ihr?«

Die Frau zögerte und schaute zu Mat, aber er sprang herum, um eine grinsende Birgitte zwischen sich und Derys zu halten. »Mein nächster Namenstag«, sagte Reanne, als wäre es das Normalste von der Welt, »wird der vierhundertzwölfte sein.«

Merilille fiel auf der Stelle in Ohnmacht.

KAPITEL 13

Der Flamme versiegelt

*E*laida do Avriny a'Roihan saß königlich auf dem Amyrlin-Sitz, dem großen, mit geschnitzten Weinreben verzierten Stuhl, der jetzt mit sechs anstatt sieben Farben bemalt war, eine mit sechs Streifen versehene Stola um die Schultern, und ließ ihren Blick im runden Saal der Burg kreisen. Die bemalten Stühle der Sitzenden waren entlang dem der Treppe gegenüberstehenden Podest neu aufgestellt worden, so verteilt, daß sie jetzt sechs Ajahs anstatt sieben Platz boten. Und achtzehn Sitzende standen gehorsam da. Der junge al'Thor kniete ruhig neben dem Amyrlin-Sitz. Er würde solange nicht sprechen, bis es ihm gestattet würde, was heute jedoch nicht geschähe. Heute war er nur ein weiteres Symbol ihrer Macht, und die zwölf begünstigten Sitzenden strahlten vor Stolz.

»Die große Übereinstimmung ist erreicht, Mutter«, sagte Alviarin unterwürfig an ihrer Schulter und verbeugte sich demütig vor dem Stab mit der Flamme.

Unten auf dem Boden, unterhalb des Podests, schrie Sheriam wild und mußte von der neben ihr stehenden Burgwache zurückgehalten werden. Die Rote Schwester, die sie abschirmte, höhnte verächtlich. Romanda und Lelaine klammerten sich an ruhige, äußerliche Würde, aber die meisten anderen, die auf dem Boden abgeschirmt und bewacht wurden, weinten leise, vielleicht vor Erleichterung, daß nur vier Frauen zur Höchststrafe verurteilt wurden, vielleicht auch aus Angst vor dem, was noch geschehen würde. Die aschfahlsten Gesichter gehörten den dreien, die es gewagt hatten, im aufständischen Saal der jetzt vernichteten Blauen zu sitzen. Jede Aufständische war aus ihrer Ajah ausgestoßen

*worden, bis Elaida die Erlaubnis erteilte, um Wiederauf-
nahme zu bitten, aber die einstigen Blauen wußten, daß
ihnen schwierige Jahre bevorstanden, in denen sie sich ihre
Gunst mühsam wieder verdienen mußten, Jahre, bevor man
ihnen erlauben würde, überhaupt wieder einer Ajah beizu-
treten. Bis dahin lag ihr Schicksal in ihrer Hand.*

*Sie erhob sich, und es schien, als sei die sie vom Zirkel
durchströmende Eine Macht eine Manifestation ihrer
Stärke. »Der Saal stimmt mit dem Willen des Amyrlin-Sitzes überein. Romanda soll als erste gezüchtigt werden.« Romanda hob ruckartig den Kopf. Sie würde schon sehen, wieviel Würde sie bewahren konnte, bis sie gedämpft wurde.
Elaida vollführte eine knappe Geste. »Bringt die Gefangenen
fort und führt die ersten der armseligen irregeleiteten
Schwestern herein, die ihnen gefolgt sind. Ich werde ihre
Unterwerfung annehmen.«*

*Unter den Gefangenen erklang ein Aufschrei, und eine
Frau riß sich von dem ihren Arm umfassenden Wächter los.
Egwene al'Vere warf sich zu Elaidas Füßen auf die Stufen,
die Hände ausgestreckt, während Tränen ihre Wangen hin-
abliefen.*

*»Vergebt mir, Mutter!« weinte das Mädchen. »Ich bereue.
Ich werde mich unterwerfen. Ich unterwerfe mich. Bitte,
dämpft mich nicht!« Sie sank gebrochen zusammen, und
ihre Schultern bebten vor Schluchzen. »Bitte, Mutter! Ich
bereue! Ich bereue aufrichtig!«*

*»Der Amyrlin-Sitz kann Gnade walten lassen«, sagte
Elaida triumphierend. Die Weiße Burg mußte sich von
Lelaine und Romanda und Sheriam als warnendes Beispiel
trennen, aber sie konnte die Stärke dieses Mädchens erhalten. Sie war die Weiße Burg. »Egwene al'Vere, Ihr habt
Euch gegen Eure Amyrlin aufgelehnt, aber ich werde Gnade
walten lassen. Ihr werdet erneut das Novizinnen-Weiß tragen, bis ich selbst Euch für wert erachte, weiter erhoben zu
werden, aber Ihr werdet an eben jenem Tag die erste sein, die
einen Vierten Eid auf die Eidesrute schwören wird. Ihr werdet dem Amyrlin-Sitz Treue und Gehorsam schwören.«*

Die Gefangenen sanken nacheinander auf die Knie und baten, diesen Eid auch leisten zu dürfen, um ihre wahre Ergebenheit zu beweisen. Lelaine war eine der ersten und weder Romanda noch Sheriam die letzte. Egwene kroch die Stufen hinauf und küßte den Saum von Elaidas Gewand.

»Ich unterwerfe mich Eurem Willen, Mutter«, murmelte sie mit tränenerstickter Stimme. »Danke. Oh, ich danke Euch!«

Alviarin ergriff Elaidas Schulter und schüttelte sie. »Wacht auf, törichte Frau!« grollte sie.

Elaida öffnete im trüben Licht einer einzigen, von Alviarin gehaltenen Lampe ruckartig die Augen. Alviarin beugte sich, eine Hand auf ihrer Schulter, über ihr Bett. Noch immer benommen, murmelte sie: »Was habt Ihr gesagt?«

»Ich sagte: ›Bitte wacht auf, Mutter‹«, erwiderte Alviarin gelassen. »Covarla Baldene ist aus Cairhien zurückgekehrt.«

Elaida schüttelte den Kopf, versuchte die letzten Reste des Traums abzuschütteln. »So bald? Ich hatte sie frühestens in einer Woche erwartet. Covarla, sagt Ihr? Wo ist Galina?« Törichte Fragen. Alviarin würde nicht wissen, was sie meinte.

Aber die Frau sagte in diesem gelassenen, kristallenen Tonfall: »Sie glaubt, Galina sei tot oder gefangengenommen worden. Ich fürchte, sie bringt keine … guten Nachrichten.«

Elaida vergaß rasch, was Alviarin wissen oder nicht wissen sollte. »Erzählt«, forderte sie, während sie das Seidenlaken zurückwarf, aber während sie aufstand und ein Seidengewand über ihrem Nachthemd schloß, hörte sie nur Bruchstücke. Ein Kampf. Horden von Aielfrauen, welche die Macht lenkten. Al'Thor verschwunden. Katastrophe. Sie bemerkte verwirrt, daß Alviarin ordentlich mit einem weißen, mit Silberstickereien verzierten Gewand bekleidet war und die Stola der Behüterin der Chroniken um den Hals trug. Die

Frau hatte sich erst angekleidet, bevor sie ihr diese Neuigkeiten überbrachte!

Die Uhr in ihrem Arbeitszimmer schlug leise die zweite Stunde, als sie den Wohnraum betrat. Die frühen Morgenstunden. Die schlechteste Zeit für unheilvolle Nachrichten. Covarla erhob sich hastig von einem der rot gepolsterten Lehnstühle, ihr unversöhnliches Gesicht vor Müdigkeit und Sorge eingefallen, und kniete sich hin, um Elaidas Ring zu küssen. Ihr dunkles Reitgewand war von der Reise noch staubbedeckt, und ihr helles Haar brauchte eine Bürste, aber sie hatte auch jetzt den Schal umgelegt, den sie schon trug, solange Elaida lebte.

Elaida wartete kaum ab, bis die Lippen der Frau den Großen Schlangenring berührten, bevor sie die Hand fortzog. »Warum wurdet Ihr geschickt?« fragte sie kurz angebunden. Sie nahm ihr Strickzeug von dem Stuhl auf, wo sie es gelassen hatte, setzte sich hin und begann mit den langen Elfenbeinnadeln zu arbeiten. Zu stricken diente dem gleichen Zweck, wie ihre Elfenbeinminiaturen zu liebkosen, und sie bedurfte jetzt gewiß des Trostes. Das Stricken half ihr auch beim Nachdenken. Und sie mußte nachdenken. »Wo ist Katerine?« Wenn Galina tot war, sollte Katerine vor Coiren die Führung übernommen haben. Elaida hatte deutlich gemacht, daß die Rote Ajah das Sagen hätte, wenn al'Thor erst gefangengenommen worden wäre.

Covarla erhob sich langsam, als sei sie unsicher, ob sie aufstehen sollte. Ihre Hände verkrampften sich um die mit roten Fransen versehene, über ihre Arme geschlungene Stola. »Katerine gehört zu jenen, die vermißt werden, Mutter. Ich habe die höchste Position unter jenen, die …« Ihre Worte erstarben, als Elaida sie ansah, während ihre Finger bei der Arbeit erstarrten. Covarla schluckte und regte sich unbehaglich.

»Wie viele, Tochter?« fragte Elaida schließlich. Sie konnte nicht glauben, daß ihre Stimme so ruhig klang.

»Ich weiß nicht, wie viele entkommen sind, Mutter«, antwortete Covarla zögernd. »Wir wagten nicht, solange abzuwarten, bis wir die Suche aufnehmen konnten, aber ...«

»Wie viele?« schrie Elaida. Sie zwang sich schaudernd, sich auf ihr Strickzeug zu konzentrieren. Sie hätte nicht schreien sollen. Es war ein Zeichen von Schwäche, Zorn nachzugeben. Das Stricken beruhigte sie.

»Ich ... ich habe elf weitere Schwestern mitgebracht, Mutter.« Die Frau hielt inne, atmete schwer und fuhr fort, als Elaida schwieg. »Vielleicht kommen noch andere zurück, Mutter. Gawyn weigerte sich, länger zu warten, und wir wagten nicht, ohne ihn und die Jünglinge zu bleiben, nicht, wo so viele Aiel in der Nähe waren, und die ...«

Elaida hörte nicht mehr zu. Zwölf waren zurückgekehrt. Wären mehr entkommen, wären sie nach Tar Valon zurückgeeilt und gewiß genauso bald wie Covarla hier gewesen. Selbst wenn eine oder zwei verletzt waren und langsam reisten ... Zwölf. Die Burg hatte selbst während der Trolloc-Kriege keine Katastrophe dieses Ausmaßes erlebt.

»Diesen Aiel-Wilden muß eine Lektion erteilt werden«, sagte sie und unterbrach damit, was immer Covarla gerade gesagt hatte. Galina hatte geglaubt, sie könnte Aiel benutzen, um Aiel abzulenken. Welche Närrin die Frau gewesen war! »Wir werden die Schwestern retten, die gefangengehalten werden, und die Aiel lehren, was es bedeutet, sich Aes Sedai zu widersetzen! Und wir werden al'Thor wieder gefangennehmen.« Sie würde ihn nicht entkommen lassen, und wenn sie die gesamte Weiße Burg persönlich anführen müßte! Die Vorhersage war eindeutig gewesen. Sie *würde* triumphieren!

Covarla warf einen unruhigen Blick zu Alviarin und regte sich erneut unbehaglich. »Mutter, jene Männer ... ich denke ...«

»Denkt nicht!« fauchte Elaida. Ihre Hände verkrampften sich um das Strickzeug, und sie beugte sich so heftig vor, daß Covarla tatsächlich eine Hand hob, als wolle sie einen Angriff abwehren. Alviarins Anwesenheit war Elaida entfallen. Nun, die Frau wußte jetzt, was sie wußte. Darum konnte sie sich später kümmern. »Ihr habt doch Verschwiegenheit bewahrt, Covarla? Außer daß Ihr die Behüterin der Chroniken benachrichtigt habt?«

»O ja, Mutter«, antwortete Covarla hastig. Sie nickte eifrig und war froh, daß sie etwas richtig gemacht hatte. »Ich habe die Stadt allein betreten, und ich habe mein Gesicht verhüllt, bis ich bei Alviarin eintraf. Gawyn wollte mich begleiten, aber die Brückenwächter weigerten sich, ein Mitglied der Jünglinge passieren zu lassen.«

»Vergeßt Gawyn Trakand«, befahl Elaida verärgert. Dieser junge Mann war anscheinend am Leben geblieben, um ihre Pläne zu stören. Wenn sich herausstellte, daß Galina noch lebte, würde sie für dieses Versagen und dafür, daß sie al'Thor hatte entkommen lassen, bezahlen. »Ihr werdet die Stadt genauso vorsichtig verlassen, wie Ihr sie betreten habt, Tochter, und haltet Euch und die anderen in einem der Dörfer jenseits der Brückenstädte gut verborgen, bis ich nach Euch schicke. Dorlan wird dafür geeignet sein.« Sie würden in diesem winzigen Weiler, der kein Gasthaus besaß, in Scheunen schlafen müssen. Das war das mindeste, was sie für ihre Stümperei verdient hatten. »Geht jetzt. Und betet, daß bald jemand eintrifft, der einen höheren Rang bekleidet. Der Saal wird für diese beispiellose Katastrophe Genugtuung fordern, und im Moment nehmt Ihr die höchste Position unter jenen ein, die gefehlt haben. Geht!«

Covarla wurde bleich. Sie schwankte dermaßen, als sie ihren Hofknicks vollführte, daß Elaida glaubte, sie würde umfallen. Stümper! Sie war von Narren, Verrätern und Stümpern umgeben!

Sobald Elaida die Außentür zufallen hörte, schleuderte sie ihr Strickzeug von sich, sprang auf und fuhr zu Alviarin herum. »Warum habe ich hiervon nicht schon früher erfahren? Wenn al'Thor vor – was sagtet Ihr? Vor sieben Tagen? –, wenn er vor sieben Tagen entkommen ist, müssen irgend jemandes Augen-und-Ohren ihn gesehen haben. Warum wurde ich nicht informiert?«

»Ich kann an Euch nur weitergeben, was die Ajahs mir berichten, Mutter.« Alviarin richtete völlig gelassen ihre Stola. »Wollt Ihr wahrhaftig eine dritte Katastrophe riskieren, indem Ihr die Gefangenen zu befreien versucht?«

Elaida schnaubte verächtlich. »Glaubt Ihr tatsächlich, Wilde könnten Aes Sedai trotzen? Galina hat sich überrumpeln lassen. So muß es gewesen sein.« Sie runzelte die Stirn. »Was meint Ihr mit einer *dritten* Katastrophe?«

»Ihr hört nicht zu, Mutter.« Alviarin setzte sich unerhörterweise hin, ohne die Erlaubnis dazu erhalten zu haben, schlug die Beine übereinander und richtete unbekümmert ihre Röcke. »Covarla dachte, sie hätten sich vielleicht gegen die Wilden behaupten können – obwohl ich glaube, daß sie davon nicht annähernd so überzeugt ist, wie sie uns glauben machen will –, aber die Männer waren eine andere Sache. Mehrere hundert Männer in schwarzen Jacken, die alle die Macht lenkten. Sie war sich dessen sicher, und die anderen anscheinend ebenso. Lebende Waffen, nannte sie sie. Ich glaube, sie hätte sich noch bei der Erinnerung daran fast beschmutzt.«

Elaida stand da wie erschlagen. Mehrere hundert? »Unmöglich. Es können nicht mehr sein als ...« Sie trat zu einem scheinbar vollkommen aus Elfenbein und Gold bestehenden Tisch und goß sich einen Becher gewürzten Wein ein. Der Rand des Kristallkruges schlug gegen den Kristallbecher, und fast ebensoviel Wein ergoß sich auf das Tablett wie in den Becher.

»Da al'Thor das Schnelle Reisen beherrscht«, sagte Alviarin plötzlich, »scheint es logisch, daß zumindest einige dieser Männer es auch beherrschen. Covarla ist der festen Überzeugung, daß sie auf diese Weise angekommen sind. Er ist über seine Behandlung vermutlich ziemlich aufgebracht. Covarla war deshalb anscheinend etwas beunruhigt und hat angedeutet, daß auch einige der Schwestern beunruhigt wären. Vielleicht hat er das Gefühl, Euch etwas zu schulden. Es wäre nicht erfreulich, wenn diese Männer plötzlich aus der Luft genau hier die Burg beträten, nicht wahr?«

Elaida stürzte den gewürzten Wein regelrecht ihre Kehle hinab. Galina hatte Anweisungen erhalten, damit zu beginnen, al'Thor gefügig zu machen. Wenn er kam, um Rache zu nehmen ... Wenn es wirklich Hunderte von Männern gab, welche die Macht lenken konnten – selbst wenn es nur einhundert waren ... Sie mußte nachdenken!

»Ich denke, wenn sie kommen wollten, wären sie jetzt bereits hier. Sie hätten sich den Überraschungsmoment nicht entgehen lassen. Vielleicht will selbst al'Thor nicht der versammelten Burg gegenübertreten. Sie sind vermutlich alle nach Caemlyn, in ihre Schwarze Burg, zurückgekehrt. Was, wie ich befürchte, bedeutet, daß Toveine ein höchst unerfreulicher Schock bevorsteht.«

»Schickt ihr den schriftlichen Befehl, sofort zurückzukommen«, sagte Elaida heiser. Der gewürzte Wein half anscheinend nicht. Sie wandte sich um und zuckte zusammen, als Alviarin unmittelbar vor ihr stand. Vielleicht waren es nicht einmal einhundert Männer – *nicht einmal* einhundert? Bei Sonnenuntergang wären *zehn* noch verrückt erschienen –, aber sie durfte das Risiko nicht eingehen. »Schreibt den Befehl selbst, Alviarin. Jetzt. Sofort.«

»Und wie soll ihr die Botschaft überbracht werden?« Alviarin neigte den Kopf in frostiger Neugier. Aus einem unbestimmten Grund lächelte sie schwach. »Von *uns* beherrscht niemand das Schnelle Reisen. Die Schiffe werden Toveine und ihre Gesellschaft jetzt jeden Tag in Andor an Land bringen, wenn es nicht bereits geschehen ist. Ihr habt ihr befohlen, ihre Leute in kleine Gruppen aufzuteilen und Dörfer zu meiden, damit niemand gewarnt wird. Nein, Elaida, ich fürchte, Toveine wird ihre Kräfte in der Nähe von Caemlyn wieder sammeln und die Schwarze Burg angreifen, ohne daß sie eine Nachricht von uns erhält.«

Elaida keuchte. Die Frau hatte sie gerade beim Namen genannt! Und bevor sie ihren Zorn äußern konnte, kam es noch schlimmer.

»Ich glaube, Ihr seid in erheblichen Schwierigkeiten, Elaida.« Kalte Augen blickten Elaida an, und kalte Worte lösten sich glatt von Alviarins lächelnden Lippen. »Früher oder später wird der Saal von der Katastrophe mit al'Thor erfahren. Galina konnte den Saal vielleicht zufriedenstellen, aber ich bezweifle, daß es auch Covarla gelingen wird. Sie werden wollen, daß jemand … Höherstehendes … bezahlt. Und früher oder später werden wir alle Toveines Schicksal erleiden. Dann wird es schwierig für Euch sein, diese Last auf Euren Schultern zu tragen.« Sie richtete beiläufig die Stola der Amyrlin um Elaidas Hals. »Tatsächlich wird es unmöglich sein, wenn sie es bald erfahren. Ihr werdet gedämpft und als abschreckendes Beispiel verdammt werden, so wie Ihr es mit Siuan Sanche tun wolltet. Aber vielleicht gewinnt Ihr genügend Zeit, es wiedergutzumachen, wenn Ihr auf Eure Behüterin der Chroniken hört. Ihr müßt einen guten Rat annehmen.«

Elaidas Zunge fühlte sich erstarrt an. Die Drohung hätte nicht deutlicher ausgesprochen werden können. »Was Ihr heute gehört habt, ist der Flamme versiegelt«, sagte sie mit belegter Stimme, aber sie wußte, noch bevor sie die Worte ausgesprochen hatte, daß sie nutzlos waren.

»Wenn Ihr meinen Rat zurückweisen wollt ...« Alviarin hielt inne und wollte sich abwenden.

»Wartet!« Elaida zog die Hand zurück, die sie unbewußt ausgestreckt hatte. Der Stola beraubt. Gedämpft. Und selbst danach würde man sie noch zum Schreien bringen. »Was ...?« Sie mußte abbrechen, um zu schlukken. »Was rät mir meine Behüterin der Chroniken?« Dies mußte irgendwie aufzuhalten sein.

Alviarin trat seufzend wieder näher. Tatsächlich noch näher. Viel zu nahe für jemanden, der bei der Amyrlin stand, da sich ihre Röcke fast berührten. »Ich fürchte, zunächst müßt Ihr Toveine ihrem Schicksal überlassen, zumindest im Moment. Und Galina und alle anderen Gefangenen ebenfalls, gleichgültig, ob sie von den Aiel oder den Asha'man gefangengenommen wurden. Jeder Rettungsversuch muß jetzt Entdeckung bedeuten.«

Elaida nickte zögernd. »Ja. Das sehe ich ein.« Sie konnte ihren entsetzten Blick nicht vom fordernden Blick der anderen Frau abwenden. Es mußte eine Möglichkeit geben! Dies durfte nicht geschehen!

»Ich bin der Ansicht, es ist an der Zeit, Eure Entscheidung über die Burgwache zu überdenken. Glaubt Ihr wirklich nicht, daß die Wache nach allem verstärkt werden sollte?«

»Ich ... ich denke, ich sollte es tun.« Licht, sie mußte nachdenken!

»Gut«, murmelte Alviarin, und Elaida errötete vor hilflosem Zorn. »Morgen werdet Ihr persönlich Josaines Räume durchsuchen, und Adelornas ebenfalls.«

»Warum, unter dem Licht, sollte ich ...?«

Die Frau zog erneut an ihrer gestreiften Stola, dieses Mal fast so fest, als wollte sie sie ihr herunterreißen oder sie damit erwürgen. »Anscheinend hat Josaine vor einigen Jahren ein *Angreal* gefunden und niemals zurückgegeben. Und Adelorna hat, fürchte ich, noch Schlimmeres getan. Sie hat ohne Erlaubnis ein *Angreal* aus einem der Lagerräume entwendet. Wenn Ihr sie gefunden habt, werdet Ihr sofort ihre Bestrafung verkünden. Eine recht harte Strafe. Und gleichzeitig werdet Ihr Doraise, Kiyoshi und Farellien als Beispiele der Aufrechterhaltung des Gesetzes hinstellen. Ihr werdet jeder ein Geschenk machen. Ein gutes Pferd wird genügen.«

Elaida fragte sich, ob ihr wohl die Augen aus dem Gesicht fallen würden. »Warum?« Manchmal behielt eine Schwester dem Gesetz zum Trotz ein *Angreal* für sich, aber die Strafe betrug selten mehr als einen festen Schlag auf die Knöchel. Jede Schwester wußte um die Versuchung. Und um alles andere! Die Absicht war offensichtlich. Jedermann würde glauben, Doraise und Kiyoshi und Farellien hätten die anderen beiden entlarvt. Josaine und Adelorna waren Grüne, während die anderen der Braunen und Grauen beziehungsweise der Gelben Ajah angehörten. Die Grüne Ajah würde zornig sein. Sie könnten sogar versuchen, es den anderen heimzuzahlen, was wiederum jene Ajahs aufwiegeln würde und ... »Warum wollt Ihr das tun, Alviarin?«

»Elaida, es sollte Euch genügen, daß ich Euch dies rate.« Spöttisches, honigsüßes Eis wurde zu kaltem Stahl. »Ich möchte Euch sagen hören, daß Ihr tun werdet, was man Euch befiehlt. Sonst hat es für mich keinen Zweck mehr zu versuchen, die Stola um Euren Hals zu retten. Sagt es!«

»Ich ...« Elaida versuchte, den Blick abzuwenden. Oh, Licht, sie mußte nachdenken! Ihr Magen verkrampfte sich. »Ich werde ... tun ... was man ... mir sagt.«

Alviarin lächelte ihr frostiges Lächeln. »Seht Ihr, das war doch gar nicht so schwer.« Sie trat jäh zurück und breitete bei einem angemessenen Hofknicks ihre Röcke aus. »Ich werde mich, mit Eurer Erlaubnis, zurückziehen, damit Ihr den Rest der Nacht noch etwas Schlaf finden mögt. Ihr müßt morgen früh zeitig aufstehen, um Chubain Befehle zu erteilen und Räume zu durchsuchen. Außerdem müssen wir entscheiden, wann wir die Burg über die Asha'man in Kenntnis setzen.« Ihr Tonfall machte deutlich, daß sie diese Entscheidung treffen würde. »Und vielleicht sollten wir auch damit beginnen, unseren nächsten Zug gegen al'Thor zu planen. Die Burg muß sich bald offen bekennen und ihn gefügig machen, meint Ihr nicht? Denkt gut darüber nach. Ich wünsche Euch eine angenehme Nacht, Elaida.«

Elaida sah ihr benommen und mit einem Gefühl der Übelkeit nach. Offen bekennen? Das würde einen Angriff dieser – wie hatte die Frau sie genannt? – Asha'man nur *herausfordern*. Das durfte ihr nicht passieren. Nicht ihr! Bevor sie erkannte, was sie tat, schleuderte sie ihren Becher quer durch den Raum, so daß er an der Wand zerbarst. Dann ergriff sie mit beiden Händen den Krug, hob ihn mit einem Wutschrei über den Kopf und schleuderte ihn ebenfalls von sich, so daß der gewürzte Wein umherspritzte. Die Vorhersage war so eindeutig gewesen! Sie würde ...!

Sie hielt jäh inne und betrachtete stirnrunzelnd die winzigen, an der Wand hängenden Kristallsplitter und die über den Boden verstreuten größeren Scherben. Die Vorhersage. Sie hatte gewiß ihren Triumph prophezeit. *Ihren* Triumph! Alviarin hatte vielleicht einen geringfügigen Sieg errungen, aber die Zukunft gehörte Elaida. Solange sie Alviarin loswerden könnte. Aber es mußte still geschehen, auf eine Art, daß sogar der Saal es verheimlichen wollte. Auf eine Art, die erst auf Elaida hindeuten würde, wenn es zu spät wäre, falls Alviarin davon erfahren sollte. Und plötzlich kam ihr die Idee. Alviarin würde es nicht glauben, wenn man es ihr erzählte. Niemand würde es glauben.

Hätte Alviarin sie jetzt lächeln sehen, wären ihr die Knie weich geworden. Bevor sie mit ihr fertig war, würde Alviarin Galina beneiden, lebendig oder tot.

Alviarin blieb im Gang vor Elaidas Räumen stehen und betrachtete beim Licht der Stehlampen ihre Hände. Sie zitterten nicht, was sie überraschte. Sie hatte erwartet, daß die Frau stärker kämpfen, länger widerstehen würde. Aber der Anfang war gemacht, und sie hatte nichts zu befürchten. Es sei denn, Elaida erfuhr, daß ihr in den letzten Tagen nicht weniger als fünf Ajahs Nachrichten über al'Thor hatten zukommen lassen. Die Entlassung Colavaeres hatte die Agenten jeder Ajah in Cairhien eiligst zur Feder greifen lassen. Nein, wenn Elaida es erfuhr, war sie dennoch ausreichend sicher, da sie die Frau jetzt unter Kontrolle hatte. Und weil Mesaana ihre Gönnerin war. Elaida war jedoch am Ende, ob sie es erkannte oder nicht. Selbst wenn es den Asha'man nicht gelang, Toveines Feldzug vollkommen zu zerschlagen – und nach dem, was Mesaana ihr über die Ereignisse der Brunnen von Dumai erzählt hatte, schien es unzweifelhaft, daß es ihnen gelänge –, würden allen Augen-und-Ohren in Caemlyn dennoch wahrhaft Flügel verliehen, wenn sie es erfuhren. Ohne ein Wunder, wie an den Toren erscheinende Aufständische, würde Elaida innerhalb weniger Wochen Siuan Sanches Schicksal teilen. Der Anfang war in jedem Fall gemacht, und wenn sie wünschte, sie wüßte, was ›es‹ war, mußte sie wirklich nur gehorchen. Und aufpassen. Und lernen. Vielleicht würde sie die Stola mit den sieben Streifen selbst tragen, wenn alles vorbei war.

Seaine tauchte im frühen, durch ihre Fenster hereinströmenden Sonnenschein ihre Feder in das Tintenfaß, aber bevor sie das nächste Wort schreiben konnte, öffnete sich die Tür zum Gang, und die Amyrlin rauschte herein. Seaine wölbte die dichten schwarzen Augenbrauen. Sie hätte jedermann sonst eher erwartet als Elaida, vielleicht sogar al'Thor selbst. Dennoch legte sie die Feder hin, erhob sich anmutig und zog die silber-weißen Ärmel herab, die sie hinaufgeschoben hatte, damit keine Tinte daran käme. Sie vollführte einen dem Amyrlin-Sitz von einer Sitzenden in ihren eigenen Räumen angemessenen Hofknicks.

»Ich hoffe, Ihr habt keine Weißen Schwestern gefunden, die *Angreale* verbergen, Mutter.« Nach all diesen Jahren hörte man aus ihrer Sprache noch immer den lugardischen Akzent heraus. Sie hoffte es recht inbrünstig. Elaidas Abstieg zu den Grünen vor wenigen Stunden, während die meisten anderen schliefen, bewirkte vermutlich noch immer Jammern und Zähneknirschen. Solange man sich erinnern konnte, war keine Schwester dazu verurteilt worden, gezüchtigt zu werden, weil sie ein *Angreal* zurückgehalten hatte, und jetzt sollten es sogar zwei sein. Die Amyrlin mußte eine ihrer berühmten Phasen kalten Zorns durchlebt haben.

Aber wenn das zum gegebenen Zeitpunkt zutraf, gab sie jetzt keinen Hinweis mehr darauf. Sie betrachtete Seaine einen Moment schweigend, in ihrer mit roten Schlitzen versehenen Seide kühl wie ein Winterteich, und glitt dann zu der reich verzierten Anrichte, auf der die Elfenbeinminiaturen von Seaines Familie standen. Sie alle waren schon seit Jahren tot, aber sie liebte sie noch immer.

»Ihr habt Euch nicht erhoben, um mich zur Amyrlin zu wählen«, sagte Elaida und nahm das Bild von Seaines Vater auf. Sie stellte es hastig wieder hin und nahm statt dessen das Bild ihrer Mutter hoch.

Seaine hätte fast erneut die Augenbrauen gewölbt, aber sie versuchte, es sich zur Regel zu machen, sich nicht häufiger als einmal am Tag überraschen zu lassen. »Ich wurde erst hinterher darüber informiert, daß der Saal sich versammelt hatte, Mutter.«

»Ja, ja.« Elaida ließ von den Miniaturen ab und glitt zum Kamin. Seaine hatte schon immer eine Vorliebe für Katzen gehabt, und aus Holz geschnitzte Katzen aller Arten bevölkerten den Kaminsims, einige in komischen Posen. Die Amyrlin betrachtete sie stirnrunzelnd, schloß dann fest die Augen und schüttelte leicht den Kopf. »Aber Ihr seid geblieben«, sagte sie und wandte sich rasch um. »Jede Sitzende, die nicht informiert wurde, entfloh der Burg und schloß sich den Aufständischen an. Warum seid Ihr als einzige geblieben?«

Seaine spreizte die Hände. »Was konnte ich anderes tun, Mutter? Die Burg muß unversehrt sein.« *Wer auch immer die Amyrlin ist*, fügte sie im Geiste hinzu. *Und was stimmt mit meinen Katzen nicht, wenn ich fragen darf?* Nicht, daß sie diese Frage jemals laut gestellt hätte. Sereille Bagand war eine grimmige Herrin der Novizinnen gewesen, bevor sie im selben Jahr, in dem sie selbst die Stola erhielt, zum Amyrlin-Sitz erhoben wurde, und sie war eine noch grimmigere Amyrlin gewesen, als Elaida jemals sein könnte. Seaine waren die Eigenheiten mehrere Jahre lang zu nachhaltig und tief eingebleut worden, um jetzt noch etwas daran zu ändern. Oder an der Abneigung gegenüber der Frau, welche die Stola trug. Man mußte eine Amyrlin nicht mögen.

»Die Burg muß unversehrt sein«, stimmte Elaida ihr zu und rieb ihre Hände aneinander. »Sie muß unversehrt sein.« Warum war sie nervös? Sie kannte neunundneunzig verschiedene, unangenehme Stimmungen, aber nervös war die Frau niemals. »Was ich Euch jetzt sage, ist der Flamme versiegelt, Seaine.« Sie verzog den Mund, zuckte die Achseln und riß verärgert an ihrer Stola. »Wenn ich wüßte, wie ich es noch eindringlicher ausdrücken könnte, würde ich es tun«, sagte sie vollkommen trocken.

»Ich werde Eure Worte in meinem Herzen bewahren, Mutter.«

»Ich möchte – ich befehle Euch –, daß Ihr Nachforschungen anstellt. Ihr müßt dies wirklich in Eurem Herzen bewahren. Wenn die falsche Person davon erfährt, könnte es Tod und Unheil für die ganze Burg bedeuten.«

Seaines Augenbrauen zuckten. Tod und Unheil für die ganze Burg? »In meinem Herzen«, wiederholte sie. »Möchtet Ihr Euch setzen, Mutter?« Das war in ihren eigenen Räumen angemessen. »Darf ich Euch etwas Minztee anbieten? Oder gewürzten Pflaumenwein?«

Elaida winkte ab und ließ sich auf dem bequemsten Stuhl nieder, den Seaines Vater als Geschenk geschnitzt hatte, als sie die Stola erhielt, obwohl die Polster seitdem natürlich mehrmals erneuert worden waren. Die Amyrlin verlieh dem Stuhl durch ihren starr aufgerichteten Rücken und die eiserne Haltung den Anstrich eines Throns. Höchst ungnädigerweise erteilte sie Seaine nicht die Erlaubnis, sich zu setzen, so daß Seaine die Hände faltete und stehen blieb.

»Ich habe, seit man meine Vorgängerin und ihre Behüterin der Chroniken entkommen ließ, lange und intensiv über Verrat nachgedacht, Seaine. Ihrer Flucht muß Verrat zugrunde gelegen haben, und ich fürchte, daß einige Schwestern ihnen geholfen haben könnten.«

»Das wäre gewiß eine Möglichkeit, Mutter.« Elaida runzelte angesichts der Unterbrechung die Stirn.

»Wir können niemals sicher sein, wer den Schatten des Verrats im Herzen trägt, Seaine. Nun, ich vermute, daß jemand Vorkehrungen getroffen hat, einen meiner Befehle zu widerrufen. Und ich habe Grund zu der Annahme, daß jemand persönlich mit Rand al'Thor Verbindung aufgenommen hat. Ich weiß nicht, zu welchem Zweck, aber das ist sicherlich Verrat an mir und an der Burg.«

Seaine wartete auf weitere Äußerungen, aber die Amyrlin erwiderte nur ihren Blick und strich zögernd ihre mit roten Schlitzen versehenen Röcke glatt, als sei sie sich dieser Bewegung nicht bewußt. »Wonach genau soll ich forschen, Mutter?« fragte sie vorsichtig.

Elaida sprang auf. »Ich beauftrage Euch, den Ge-

277

stank des Verrats zu verfolgen, egal, wohin oder wie hoch hinauf er führt – auch wenn er zu der Behüterin der Chroniken selbst führt. Was Ihr findet, werdet Ihr allein dem Amyrlin-Sitz berichten, Seaine. Niemand sonst darf davon wissen. Versteht Ihr mich?«

»Ich verstehe Eure Befehle, Mutter.«

Was, wie sie dachte, nachdem Elaida noch schneller verschwand, als sie gekommen war, ungefähr das einzige war, was sie verstand. Sie setzte sich nachdenklich auf den Stuhl, den die Amyrlin freigemacht hatte, die Fäuste unter das Kinn gepreßt – die Haltung, in der ihr Vater stets dagesessen hatte, wenn er nachgedacht hatte. Es mußte schließlich eine logische Erklärung geben.

Sie hätte sich nicht gegen Siuan Sanche gestellt – sie selbst hatte das Mädchen zuerst als Amyrlin vorgeschlagen! –, aber nachdem es geschehen war und alle Formen gewahrt waren, wie flüchtig auch immer, war es sicherlich Verrat gewesen, ihr zur Flucht zu verhelfen, und ebenso, einen Befehl der Amyrlin bewußt widerrufen zu haben. Und vielleicht war auch die Verbindung zu al'Thor Verrat. Das hing davon ab, worüber man sich austauschte und zu welchem Zweck. Es wäre schwierig herauszufinden, wer den Befehl widerrufen hatte, wenn man nicht wußte, um welchen Befehl es ging. Zu diesem späten Zeitpunkt war es genausowenig wahrscheinlich, daß herausgefunden würde, wer Siuan zur Flucht verholfen hatte, wie es wahrscheinlich war, daß man erfuhr, wer vielleicht an al'Thor geschrieben hatte. Jeden Tag flogen so viele Tauben in die Burg und wieder hinaus, daß der Himmel manchmal Federn zu regnen schien. Wenn Elaida mehr wußte, als sie sagte, hatte sie gewiß geschickt darum herum geredet. Das alles ergab sehr wenig Sinn. Verrat würde Elaida vor Zorn kochen lassen, aber sie war nicht wütend, sondern nervös gewesen. Und bestrebt fortzukommen. Und geheimnisvoll, als wollte sie nicht alles sagen, was sie wußte oder vermutete. Zudem schien sie auch besorgt gewesen. Welche Art Verrat würde Elaida nervös oder besorgt machen? Tod und Unheil für die ganze Burg.

Wie die Teile eines Puzzles fügte sich allmählich alles zusammen, und Seaine wölbte die Augenbrauen. Es paßte. Alles paßte zusammen. Sie spürte alles Blut aus ihrem Gesicht weichen, und ihre Hände und Füße fühlten sich plötzlich eiskalt an. Der Flamme versiegelt. Sie hatte gesagt, sie würde dies in ihrem Herzen bewahren, aber alles hatte sich geändert, seit sie jene Worte ausgesprochen hatte. Sie erlaubte sich nur dann Besorgnis, wenn Grund dazu bestand, und im Moment war sie überaus besorgt. Sie konnte sich dem nicht allein stellen. Aber wer könnte ihr unter den gegebenen Umständen helfen? Die Antwort war leicht. Es dauerte eine Weile, bis sie sich wieder gefaßt hatte, aber dann eilte sie aus ihren Räumen und aus den Quartieren der Weißen hinaus, wobei sie erheblich schneller ging als gewöhnlich.

Diener huschten wie immer durch die Gänge, obwohl sie so schnell lief, daß sie meistens an ihnen vorbei war, bevor sie Zeit für eine Verbeugung oder einen Hofknicks fanden, aber es waren anscheinend weniger Schwestern in der Nähe, als man durch die frühe Stunde hätte erklären können. Weitaus weniger. Doch wenn die meisten auch aus einem unbestimmten Grund in ihren Räumen blieben, machten die wenigen dies in gewisser Weise auch wieder wett. Schwestern schwebten die mit Wandteppichen behangenen Gänge entlang, die Gesichter vollkommen gelassen, aber hinter ihren Blicken schien sich Zorn zu verbergen. Hier und da sprachen zwei oder drei Frauen miteinander, die sich wachsam umsahen, ob jemand sie belauschte. Es waren stets zwei oder drei Frauen derselben Ajah. Sie glaubte, selbst gestern noch Frauen verschiedener Ajahs freundschaftlich miteinander umgehen gesehen

279

zu haben. Von Weißen wurde erwartet, daß sie ihre Empfindungen vollkommen verbargen, aber sie hatte niemals einen Grund dafür erkennen können, warum sie sich blind stellen sollte, wie es einige andere taten. Mißtrauen ließ die Luft in der Burg knistern. Das war leider nichts Neues – die Amyrlin hatte durch ihre harten Maßnahmen damit begonnen, und die Gerüchte über Logain hatten die Situation noch verschlimmert –, aber heute morgen schien es ärger denn je.

Talene Minly kam vor ihr um eine Ecke. Sie hatte ihre Stola aus einem unbestimmten Grund nicht nur über die Schultern, sondern auch über die Arme gebreitet, als wollte sie die grünen Fransen zeigen. Dabei fiel ihr auf, daß jede Grüne, die sie heute morgen gesehen hatte, ihre Stola trug. Talene, blond und statuenhaft und wunderschön, war bereit gewesen, Siuan abzusetzen, aber sie war schon in die Burg gekommen, als Seaine noch eine Aufgenommene war, und diese Entscheidung hatte ihrer langen Freundschaft nicht geschadet. Talene hatte Gründe angeführt, die Seaine akzeptieren konnte, wenn sie auch nicht mit ihr übereinstimmte. Heute blieb ihre Freundin stehen und betrachtete sie aufmerksam. So viele Schwestern schienen einander in letzter Zeit auf diese Weise zu betrachten. Zu einem anderen Zeitpunkt wäre sie ebenfalls stehengeblieben, aber nicht jetzt, wo ihr Kopf vor Sorgen wie eine verdorbene Melone zu zerspringen drohte. Talene war eine Freundin, und sie dachte, sie könnte sich ihrer sicher sein, aber dies zu denken genügte nicht allein. Später würde sie an Talene herantreten. Sie hoffte, daß es möglich wäre, und eilte nur mit einem Nicken vorüber.

In den Quartieren der Roten war die Stimmung noch schlechter und die Luft noch dicker. Wie bei den anderen Ajahs gab es auch hier viel mehr Räume, als noch Schwestern da waren – so war es schon, seit die erste Aufständische geflohen war –, aber die Rote war die größte der Ajahs, und die noch bewohnten Stockwerke waren von Schwestern bevölkert. Rote trugen ihre Stolen häufig auch dann, wenn es nicht nötig war, und selbst hier trug jede Frau ihre roten Fransen wie ein Banner zur Schau. Unterhaltungen stockten, wenn Seaine sich näherte, und kalte Blicke folgten ihr in eisigem Schweigen. Sie fühlte sich wie ein Eindringling tief in Feindesland, während sie über diese eigenartigen Bodenfliesen – weiß mit der tränenförmigen Flamme von Tar Valon in Rot – schritt. Andererseits mochte jeder Teil der Burg Feindesland sein. Wenn man in eine andere Richtung blickte, konnte man jene scharlachroten Flammen für die Fänge eines roten Drachen halten. Sie hatte die unsinnigen Geschichten über die Roten und falsche Drachen niemals geglaubt, aber ... Warum wollte niemand von ihnen sie leugnen?

Sie mußte nach dem Weg fragen. »Ich werde sie nicht stören, wenn sie beschäftigt ist«, sagte sie. »Wir waren einst enge Freundinnen, und ich würde diese Freundschaft gern auffrischen. Die Ajahs dürfen jetzt weniger denn je auseinandertreiben.« Das war alles nur zu wahr, obwohl die Ajahs eher zu zerfallen als auseinanderzutreiben schienen, aber die Domani hörte ihr mit einer wie in Kupfer gestochenen Miene zu. Es gab nicht viele Domani-Rote, und diese wenigen waren meist bösartiger als eingefangene Schlangen.

»Ich werde Euch den Weg zeigen, Sitzende«, sagte die Frau schließlich wenig respektvoll. Sie ging voran und beobachtete Seaine, als sie an die Tür klopfte, als könnte sie sie nicht allein hier zurücklassen. In die Tür war ebenfalls die Flamme geschnitzt, die in der Farbe frischen Blutes bemalt war.

»Herein!« rief eine energische Stimme von drinnen. Seaine öffnete die Tür und hoffte, daß sie den richtigen Raum betrat.

»Seaine!« rief Pevara freudig aus. »Was führt dich heute morgen zu mir? Komm herein! Schließ die Tür und setz dich!« Es schien, als wären die Jahre, seit sie Novizin und Aufgenommene gewesen waren, dahingeschmolzen. Etwas rundlich und nicht groß – sie war für eine Kandori tatsächlich klein –, war Pevara aber recht hübsch, hatte ein fröhliches Zwinkern in den Augen und ein bereitwilliges Lächeln. Es war traurig, daß sie die Rote Ajah erwählt hatte, ungeachtet ihrer Gründe, weil sie Männer noch immer mochte. Die Roten zogen Frauen an, die Männern gegenüber ein natürliches Mißtrauen an den Tag legten, aber andere erwählten sie wiederum, weil es eine wichtige Aufgabe war, Männer zu finden, welche die Macht lenken konnten. Ob sie anfangs Männer mochten oder verachteten, nicht viele Frauen konnten lange der Roten Ajah angehören, ohne eine voreingenommene Haltung gegenüber Männern zu entwickeln. Seaine hatte Grund zu der Annahme, daß Pevara, kurz nachdem sie die Stola erlangt hatte, eine Strafe verbüßt hatte, weil sie gesagt hatte, sie wünschte, sie hätte einen Behüter. Seit sie die sichereren Höhen des Saals erreicht hatte, äußerte sie offen, Behüter würden die Arbeit der Roten Ajah erleichtern.

»Ich kann dir gar nicht sagen, wie froh ich bin, dich zu sehen«, sagte Pevara, als sie es sich in Lehnstühlen bequem gemacht hatten, die mit den in Kandor vor hundert Jahren beliebten Spiralen verziert waren, und hübsche, mit Schmetterlingen bemalte Becher mit Blaubeertee in Händen hielten. »Ich habe oft gedacht, ich sollte zu dir gehen, aber ich gebe zu, daß ich fürchtete, was du sagen würdest, nachdem ich dich vor so vielen Jahren bewußt geschnitten habe. Der Klinge verschworen, Seaine. Ich hätte es nicht getan, wenn Tesien Jorhald mich nicht buchstäblich am Kragen gepackt hätte, und ich trug die Stola erst zu kurz, um schon ein starkes Rückgrat zu besitzen. Kannst du mir verzeihen?«

»Natürlich verzeihe ich dir«, erwiderte Seaine. »Ich

habe es verstanden.« Die Rote Ajah mißbilligte Freund-schaften außerhalb der eigenen Ajah zutiefst. Zutiefst und wirksam. »Wir können uns nicht gegen unsere Ajahs auflehnen, wenn wir jung sind, und später scheint es unmöglich umzukehren. Ich habe mich tau-sendmal daran erinnert, wie wir nach dem letzten Glockenschlag miteinander geflüstert haben – Oh, und die Streiche! Erinnerst du dich daran, wie wir Seranchas Nachtgewand mit Juckpulver bestreuten? –, aber ich schäme mich zuzugeben, daß ich erst überaus veräng-stigt sein mußte, um mich zu rühren. Ich möchte unsere Freundschaft gern wieder auffrischen, aber ich brauche auch deine Hilfe. Du bist die einzige, der ich wirklich vertrauen kann.«

»Serancha war damals ein Tugendbold, und sie ist es noch immer«, lachte Perava. »Die Graue Ajah ist ein guter Ort für sie. Aber ich kann nicht glauben, daß dich irgend etwas ängstigt. Du hattest niemals einen Grund, verängstigt zu sein, bis wir wieder in unseren Betten lagen. Aber unter der bedrohlichen Aussicht, bald vor den Saal zu treten, ohne zu wissen warum, werde ich dir alle mir mögliche Hilfe zukommen las-sen, Seaine. Welche Hilfe brauchst du?«

Direkt angesprochen, zögerte Seaine und nippte an ihrem Tee. Nicht, daß sie an Pevara zweifelte, aber es war … schwierig, die Worte auszusprechen. »Die Amyrlin hat mich heute morgen aufgesucht«, sagte sie schließlich. »Sie hat mich angewiesen, Nachfor-schungen anzustellen. Der Flamme versiegelte Nach-forschungen.« Pevara runzelte leicht die Stirn, aber sie sagte nicht, daß Seaine in diesem Falle schweigen sollte. Seaine hatte vielleicht die meisten ihrer Streiche als Mädchen ausgeheckt, aber Pevara war diejenige mit der größten Unverfrorenheit gewesen und hatte die besten Nerven bei der Durchführung bewiesen. »Sie war sehr vorsichtig, aber als ich ein wenig dar-über nachgedacht hatte, erkannte ich, was sie von mir wollte. Ich soll ...« Bei den letzten Worten versagte ihr der Mut. »... Schattenfreunde aus der Burg vertreiben.«

Pevaras Augen, die so dunkel wie ihre eigenen blau waren, versteinerten. Ihr Blick schwenkte zum Kaminsims, wo Miniaturen ihrer Familie in einer geraden Linie aufgereiht standen. Sie waren alle in ihrer Novizinnenzeit gestorben, Eltern, Brüder und Schwestern, Tanten, Onkel und alle anderen, bei einem rasch unterdrückten Aufstand von Schattenfreunden ermordet, die überzeugt worden waren, daß der Dunkle König bald aus seinem Gefängnis ausbrechen würde. Darum war Seaine sicher gewesen, daß sie ihr trauen konnte. Pevara hatte die Rote Ajah erwählt – obwohl Seaine noch immer glaubte, sie hätte in der Grünen Ajah genausoviel Erfolg gehabt und wäre dort glücklicher gewesen –, weil sie glaubte, daß eine Rote, die Männer jagte, welche die Macht lenken konnten, die besten Aussichten hatte, Schattenfreunde aufzuspüren. Sie war sehr gut darin. Ihr rundliches Äußeres verdeckte einen stählernen Kern. Und sie besaß den Mut, ruhig zu sagen, was auszusprechen Seaine nicht fertiggebracht hatte.

»Die Schwarze Ajah. Nun, kein Wunder, daß Elaida vorsichtig war.«

»Pevara, ich weiß, daß sie deren Existenz stets heftiger geleugnet hat als jegliche drei anderen Schwestern zusammengenommen, aber ich bin fest überzeugt, daß sie das gemeint hat, und wenn sie sicher ist ...«

Ihre Freundin winkte ab. »Du brauchst mich nicht zu überzeugen, Seaine. Ich bin schon zu dem Schluß gekommen, daß die Schwarze Ajah existiert, seit ...« Hier zögerte Perava seltsamerweise und spähte wie eine Wahrsagerin auf dem Jahrmarkt in ihren Teebecher. »Was weißt du über die Ereignisse unmittelbar nach dem Aiel-Krieg?«

»Zwei Amyrlins starben plötzlich innerhalb von fünf

Jahren«, sagte Seaine vorsichtig. Sie nahm an, daß die andere Frau die Ereignisse in der Burg meinte. Um die Wahrheit zu sagen, hatte sie, als sie vor fünfzehn Jahren und nur ein Jahr nach Perava zur Sitzenden erhoben wurde, auf kaum etwas außerhalb der Burg geachtet, und auch auf Ereignisse innerhalb der Burg nicht allzu sehr. »Viele Schwestern sind in jenen Jahren gestorben, soweit ich mich erinnere. Willst du also sagen, du glaubst, daß die ... Schwarze Ajah damit zu tun hatte?« Endlich. Sie hatte es ausgesprochen, und der Name hatte ihr nicht die Zunge verbrannt.

»Ich weiß es nicht«, sagte Perava leise und schüttelte den Kopf. »Du hast gut daran getan, intensiv nachzudenken. Damals wurden ... Dinge ... getan und der Flamme versiegelt.« Sie atmete zitternd ein.

Seaine drängte sie nicht. Sie hatte selbst etwas einem Verrat Ähnliches begangen, indem sie dasselbe Siegel gebrochen hatte, und Perava würde selbst entscheiden müssen. »Es wird sicherer sein, sich Berichte anzusehen als Fragen zu stellen, ohne eine Ahnung davon zu haben, wen wir tatsächlich befragen. Eine Schwarze Schwester muß logischerweise in der Lage sein, trotz der Eide zu lügen.« Sonst wäre die Schwarze Ajah schon längst entlarvt worden. Der Name schien ihr mit zunehmendem Gebrauch leichter über die Lippen zu kommen. »Wenn eine Schwester aufgeschrieben hat, sie hätte das eine getan, wir aber beweisen können, daß sie etwas anderes getan hat, dann haben wir eine Schattenfreundin gefunden.«

Perava nickte. »Ja, aber wir müssen vorsichtig sein. Vielleicht hat die Schwarze Ajah nichts mit dem Aufstand zu tun, aber ich kann mir nicht vorstellen, daß sie diese Gelegenheit ungenutzt verstreichen lassen würden. Ich denke, wir müssen uns das letzte Jahr genauer ansehen.«

Seaine stimmte dem widerwillig zu. Sie würden bezüglich der letzten Monate weniger Berichte lesen können, sondern mehr Fragen stellen müssen. Noch schwerer war die Entscheidung, wen sie an ihren Nachforschungen teilhaben lassen wollten. Besonders nachdem Pevara sagte: »Es war mutig von dir, zu mir zu kommen, Seaine. Ich habe Schattenfreunde gekannt, die ihre Brüder, Schwestern und Eltern getötet haben, um zu verbergen, wer sie waren und was sie getan haben. Ich liebe dich dafür, aber du warst wirklich sehr mutig.«

Seaine zitterte wie unter einer Vorahnung. Hätte sie mutig sein wollen, hätte sie die Grüne Ajah erwählt. Sie wünschte fast, Elaida wäre zu jemand anderem gegangen. Aber jetzt war keine Umkehr mehr möglich.

Von Robert Jordans »Das Rad der Zeit« liegen bei Piper vor:
1. Roman: Drohende Schatten
2. Roman: Das Auge der Welt
3. Roman: Die Große Jagd
4. Roman: Das Horn von Valere
5. Roman: Der Wiedergeborene Drache
6. Roman: Die Straße des Speers
7. Roman: Schattensaat
8. Roman: Die Heimkehr
9. Roman: Der Sturm bricht los
10. Roman: Zwielicht
11. Roman: Scheinangriff
12. Roman: Der Drache schlägt zurück
13. Roman: Die Fühler des Chaos
14. Roman: Stadt des Verderbens
15. Roman: Die Amyrlin
16. Roman: Die Hexenschlacht
17. Roman: Die zerbrochene Krone
18. Roman: Wolken über Ebou Dar
19. Roman: Der Dolchstoß
20. Roman: Die Schale der Winde
21. Roman: Der Pfad der Dolche
22. Roman: Neue Bündnisse
23. Roman: Kriegswirren
24. Roman: Das Herz des Winters
25. Roman: Die Herrschaft der Seanchaner
26. Roman: Flucht der Sklaven
27. Roman: Pfade ins Zwielicht
28. Roman: Die Weiße Burg
29. Roman: Der neue Frühling
30. Roman: Die Klinge der Träume
31. Roman: Der Untergang der Shaido

Das Rad der Zeit 1. Das Original. Die Suche nach dem Auge der Welt
Das Rad der Zeit 2. Das Original. Die Jagd beginnt
Das Rad der Zeit 3. Das Original. Die Rückkehr des Drachen
Das Rad der Zeit 4. Das Original. Der Schatten erhebt sich

Robert Jordans Rad der Zeit. Das illustrierte Handbuch

Robert Jordan
Der neue Frühling
Das Rad der Zeit 29.
Aus dem Amerikanischen von
Andreas Decker. 429 Seiten.
Serie Piper

Was geschah vor der Rückkehr Rand al'Thors, des legendären Wiedergeborenen Drachen? Welche Ereignisse führten zu Rands Flucht aus seiner Heimat? Das langerwartete Prequel über die Vorgeschichte und die Hintergründe zum Welterfolg »Das Rad der Zeit« ist eine faszinierende Reise in die Vergangenheit, eine Zeit voll düsterer Schlachten und mystischer Magie. Endlich lüftet Robert Jordan eines der bestgehüteten Geheimnisse seiner Welt – unverzichtbar für Robert Jordan-Fans und alle, die es werden wollen!

»Jeder Roman dieses Zyklus ist wie der Satz einer Sinfonie!«
Interzone

Markus Heitz
Trügerischer Friede
Ulldart – Zeit des Neuen 1.
448 Seiten. Serie Piper

Nach der großen, verheerenden Schlacht ist auf dem Kontinent Ulldart wieder Frieden eingekehrt. Doch die Ruhe trügt: Während Lodrik sich immer weiter zurückzieht, plant seine erste Frau Aljascha, die Herrschaft über Tarpol zu erlangen. Und im fernen Norden ist jemand erschienen, den alle für tot gehalten haben. Die ehemaligen Kampfgefährten müssen erneut zusammentreffen, um die Katastrophe zu verhindern …

Mit dem Zyklus »Zeit des Neuen« kehrt der Bestsellerautor auf den Kontinent Ulldart zurück – ein idealer Einstieg für Neuleser und zugleich ein Wiedersehen mit den beliebtesten Helden und größten Schurken.